Das Geheimnis
des Vogelgotts

Das Geheimnis des Vogelgotts

Buch 3 in der Jugendreihe

'Erinnerung an die Zukunft'

von

Evadeen Brickwood

Aus der Jugendreihe „Erinnerung an die Zukunft", Buch 3
„Das Geheimnis des Vogelgotts"
Der Originaltitel des Werkes lautet: „The Secret of the Bird God",
der dritte Band in der „Remember the Future" Reihe
Übersetzung aus dem Englischen von Birgit Böttner

Erste Print-Auflage, 2022 Evadeen Brickwood bei Amazon

ISBN: 9781502749710
NLSA ISBN: 9781049211756

Cover Design von Yvonne Less, www.art4artists.com.au
Bildquellen: 'Depositphotos.com' lizensiert
Buch-Layout: Birgit Böttner
Landkarten-Illustration: Birgit Böttner
Südafrikanische Ausgabe gedruckt in Kapstadt
Marketing: Alphalogic International

Den Weg zurück nach Alesia und dann in die Zukunft zu finden, erweist sich schwieriger, als die Zeitreisenden es sich vorgestellt hatten. Im Mittelmeer bricht ein Krieg aus und Katherine, Trevor und Chryséis müssen ins Landesinnere fliehen. Nur dort ist nichts so, wie man es sich vorgestellt, und wer hat schon jemals was von Ägypten ohne Pyramiden gehört? Die Kinder entdecken faszinierende Bücher, eine Zauberschule und, daß Unsichtbarkeit im prähistorischen Ägypten, das jetzt Ta Mery heißt, sehr nützlich sein kann. Jemand scheint ihnen Steine in den Weg zu legen, und sie finden die schockierende Wahrheit heraus. Kann der verborgene Vogelgott den Kindern helfen, sich rechtzeitig in Sicherheit zu bringen?

Was im Zweiten Buch Geschah

Katherine, Trevor und Chryseis begaben sich auf eine Seereise und segelten zu den Überresten des versunkenen Kontinents Atland. Als ein gestohlener sprechender Stein in ihrem Gepäck gefunden wird, werden die drei Freunde des Diebstahls verdächtigt.
Auf einmal sind alle hinter dem geheimnisvollen Stein aus dem sagenumwobenen Land Lyonesse her, und einige seltsame Meeresbewohner sind gar nicht so amüsant, wie sie erscheinen. Die Zeitreisenden entkommen nur knapp einer Falle, die von Zauberern auf Prydhain gestellt werden und erhalten Hilfe von unerwarteter Seite. Dann hat der Sprechende Stein auch etwas zu sagen...

Besonderer Dank und Anerkennung

Ich möchte meinem Mann Peter und meinen Töchtern Franciska und Svenja danken, und allen meinen Lektoren und Testlesern für ihre Bemühungen, konstruktives Korrekturlesen und ihre unermüdliche Unterstützung. Der Bibliothek in Linden für die Hilfe bei meiner Suche nach Inhalten, die ich für meine Recherchen benötigte, als Google noch nahezu unbekannt war. Und Cobus Griesel, der sein technisches Know-how zu Verfügung stellte.

Für Peter, Franciska und Svenja,
die mit mir auf Zeitreise gingen

Karte des Gadirischen Meeres und der Küste Nordafrikas

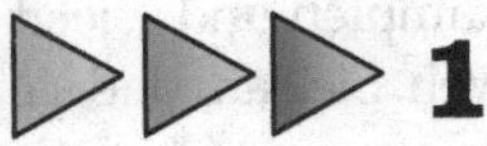 # 1 DAS DORF DER VOGELNESTER

Chryséis hatte einen wunderlichen Traum. Sie ritt auf einem Pferd in den Feldern zu Hause. Ihre Eltern waren da, zusammen mit Cassie und Jason und sie lachten alle. Plötzlich sprang sie auf eines von Túvars schnellen, weißen Pferden und ritt weiter und weiter über die Felder von Sydonia. Im Hintergrund hörte sie das Rauschen des Meeres... des Meeres?! Sie öffnete ein Auge nur ein klein wenig. Trevor und Katherine schliefen fest neben ihr in einem großen ovalen Korb, zugedeckt mit federleichten Decken. Warm und weich. Alles war gut!

Chryséis fühlte sich so wohl, daß sie bald wieder in dem großen Nest einschlief, aber eine halbe Stunde später wachte sie erschrocken wieder auf, verwirrt vom Geruch des Meeres, dem Rauschen der Brandung und dem zunehmenden Tageslicht draußen. Draußen vor dem... dem... wo genau war sie eigentlich? Jemand tippte ihr immer wieder auf die Schulter und wuschelte ihr Haar. "Chris -"

"Lass mich...", murmelte sie. Sie fühlte wie ihr Knie ein wenig schmerzte.

"Chris, wach auf, es ist schon spät!" Das war Katherines eindringliche Stimme.

"Was ist los, stimmt etwas nicht? Sind wir schon da?"

"Stimmt etwas nicht? Und ob da etwas nicht stimmt!"

Chryséis setzte sich auf und rieb sich die Augen. "Warum? Was ist los?" Dann kamen die Erinnerungen von gestern mit erschreckender Geschwindigkeit zurück. "Oh nein!" stöhnte sie und hielt sich den Kopf.

Sie waren auf einem Schiff zurück nach Atala gesegelt, dann war da ein schrecklicher Sturm gewesen... und so viele Blitze!

Das Schiff war hilflos zwischen hohen Wellen hin und her getaumelt. Sie mussten alle um ihr Leben schwimmen und sich dann im strömenden Regen an den Strand kämpfen und ... jetzt ... waren sie in diesem... Nest. Ihr Bein tat weh. Sie sah, daß sie sich das Knie aufgeschürft hatte. Das reichte aus, um Chryséis in Panik zu versetzen. "Ich habe die Schnauze voll!" stöhnte sie. "Ich haue ab hier! Wo ist der ZPS?" Sie tastete nach ihrem Rucksack und fand ihren Zeitportal-Sucher. Ein flacher birnenförmiger Metallgegenstand. "Wir gehen zurück. Ich meine es ernst!"

Katherine war schockiert. "Aber Chris, wir können doch nicht einfach..."

"Wenn du nicht mit mir zurückkommen willst, ist das deine Sache. Ich gehe dann eben alleine. Ich habe genug!" rief Chryséis. Sie richtete den ZPS schnell auf die Wand und drückte auf den großen weißen Knopf. Ein verschwommenes Bild erschien auf der am Felsen befestigten Wand. Oszillierende Wellen erschienen und formten eine Vortex.

"Nein, das kannst du doch nicht machen!" Trevor versuchte, ihr den ZPS zu entreißen.

"Kann ich wohl." Chryséis hielt das Gerät von ihm weg.

Alles ging sehr schnell! Sie drückte den roten Knopf, der auf den Bezugspunkt in der Zukunft programmiert war - zurück nach Carter Valley. Bevor ihre erschrockenen Freunde sie aufhalten konnten, sprang Chryséis hinein. Sie sprang in den Strudel an der Korbwand und war augenblicklich verschwunden! Der Strudel drehte sich im Kreis und Katherine wollte Chryséis schon folgen, aber Trevor hielt sie am Ellbogen zurück. "Nein, tu das nicht!"

"Wir müssen doch zusammenbleiben!", rief Katherine.

"Zu spät. Es ist zu gefährlich."

Das schimmernde Bild begann schon zu verblassen.

"Es ist nicht zu spät. Ich will mit ihr gehen!" Katherine versuchte, ihren Arm zu befreien. "Nein!" Die Vortex verschwand und mit ihr verschwand Chryséis.

"Lass mich gehen, Trevor! Oh, warum hat sie das nur getan?

Sie weiß, daß sie das nicht tun sollte. Sie weiß das." Katherine setzte sich hin und schluchzte. "Was ist, wenn sie...? Was sollen wir denn jetzt tun?"

"Ich weiß es nicht. Uns wird schon was einfallen." Trevor sah wie ein schwacher Schimmer an der Korbwand auftauchte. "Was ist das denn?"

"Was ist was?" Katherine schaute auf.

"Die Vortex kommt zurück…"

"Was?!" Katherine schrie auf. Die Vortex oszillierte jetzt immer stärker und immer heller. "Was hat das zu bedeuten?"

"Das kann nur eins bedeuten."

Die Vortex drehte sich in Spiralen im Kreis herum. Chryséis fiel heraus und landete auf dem Boden aus Seegrasbinsen. "Chris! Oh Chris, du bist wieder da!"

"Oh, oh", stöhnte Chryséis ein wenig und hielt sich den Kopf. "Autsch."

"Warum hast du das bloß getan?" schrie Katherine sie an und begann zu heulen.

"Was ist los mit dir, bist du verrückt geworden?" Trevor war wütend. "Du hättest dich umbringen können. Du hättest ... uns alle umbringen können!" Er riss Chryséis das ZPS aus der Hand. "Gib das her."

"Was ist denn mit deinem Kopf los? Lass mich sehen", schluchzte Katherine und kroch zu Chryséis hinüber.

"Es tut mir leid." stöhnte Chryséis. "Ich bin ein Vollidiot!"

"Das kannst du laut sagen", murmelte Trevor.

"Du hast eine Beule am Kopf." erklärte Katherine und gab Chryséis einen Klaps auf den Arm.

"Aua!" Katherine gab ihr noch einen Klaps.

"Hey, bring mich nicht um. Ich habe einfach nicht klar gedacht, das ist alles."

"Das ist alles? Nah, das ist nicht gut genug. Wir sind Wissenschaftler und befinden uns mitten in einem Experiment. Da kannst du nicht einfach die Nerven verlieren. Das ist zu gefährlich. Für uns alle... " Trevor gingen die Worte aus. Warum mussten Mädchen immer so hysterisch sein?

"Mach mal halblang, ich bin doch nur ein Kind. Und ich hab' schon gesagt, daß es mir leid tut. Oh Katie, hör auf zu weinen. Ich werde es nicht wieder tun, ich verspreche es."

Katherine rieb sich die Augen und schlug Chryséis noch einmal auf den Arm - nur so zur Sicherheit. "Wie konntest du das tun? Wie konntest du sowas tun?"

"Aua, hör auf! Mir tut schon mein Kopf weh. Und mein Knie." Sie hatte am Tag zuvor während des Sturms ihr Knie verletzt. Katherine holte tief Luft und stand auf.

"Gut!" Sie langte aus, aber Trevor hielt ihre Hand fest. Ihm kam ein Gedanke in den Sinn.

"Hör mal, wo bist du eigentlich gelandet? Warst du... zu Hause gewesen?" Seine Worte hörten sich etwas kratzig an. Katherine schluckte ihre Tränen hinunter und zog ihre Hand weg. Ihre Wut begann sich aufzulösen.

"Ich ... ich glaube schon," antwortete Chryséis. "Ich habe nicht wirklich hingesehen. Alles schien ziemlich ... normal zu sein. Ich habe einfach auf rückwärts gedrückt, und sobald ich draußen war hat mich die Vortex wirder zurückgebracht. Genau wie bei dir damals, als du den ZPS zum ersten Mal getestet hast." Trevor nickte.

"Und es war gut, daß du das getan hast! Stell dir mal vor, was für eine Zeitschleife du damit ausgelöst hottest – für uns alle. Dann gäbe es kein Zurück nach Hause mehr."

"Ja. Tut mir leid." Chryséis sah ziemlich schuldbewusst drein. Sie beruhigten sich alle, aber Trevor hielt immer noch den Zeitportalfinder, den ZPS, den Chryséis benutzt hatte, fest in der Hand.

Während Chryséis noch im Tiefschlaf gewesen war, hatten er und Katherine die durchnässten Rucksäcke ausgeräumt. Die virtuellen Unsichtbarkeitsmäntel, kurz VUs genannt, und die anderen Geräte aus den Sandwich-Tüten, waren nun mehr oder weniger trocken und lagen auf dem Boden verstreut herum. Trevors Zahnbürste war nirgends aufzufinden, aber das war nicht so wichtig. Die Digitalkamera funktionierte noch und sie hatten den Palmtop und die Vakuum-Batterien eingeschaltet.

Alles war noch funktionstüchtig.

"Wenigstens wissen wir, daß die Zeitportalfinder noch funktionieren", sagte Trevor sarkastisch. "Danke, daß du den Referenzknopf getestet hast. Ich bin sicher, daß wir von jedem anderen Ort nach Hause kommen können, nicht nur vom Hirtenhügel in Sydonia. Warum hast du dich nicht ein wenig umgeschaut? Dann wüssten wir es mit Sicherheit," meinte Katherine.

"Was? Ich bin froh, daß sie sofort wieder zurückkam." Trevor schüttelte den Kopf. Chryséis zeigte auf das nestartige Bett. "Ich habe keine Lust mehr auf unser Projekt. Ich will einfach wieder normal sein. Nicht halb ertrinken oder von riesigen Vögeln aufgefressen werden".

Katherine kicherte. "Ich bezweifle, daß hier Vögel leben. Normalerweise schlafen die wohl nicht in Federbetten oder flechten Körbe aus Bambus."

"- sie haben auch keine Falltüren im Boden", sagte Trevor. Es war wichtig, daß sie sich mit ihrer augenblicklichen Situation auseinander setzten. Er untersuchte die Korbwände. Sie waren mit einer durchsichtigen Substanz überzogen, wohl um den Raum wasserdicht zu machen. Das schützte ihn effektiv vor dem allgegenwärtigen Sand, dem Wind und dem Wasser. Die Wände liefen oben in einer Naht zusammen, was die Decke bildete. "Das wurde eindeutig von Menschen gemacht", meinte er.

"Stimmt", überlegte Katherine. "Ich frage mich allerdings, wie sie die Körbe an dem Felsen befestigt haben." Sie kämmte ihr Haar zu einem Pferdeschwanz nach oben und zog ihre Sandalen an.

"Ich hoffe, sie sind freundlich zu uns, wer auch immer sie sein mögen. Immerhin haben sie uns ja vor dem Sturm gerettet."

"Oder... sie halten uns hier als lebenden Fleischvorrat gefangen", meinte Chryséis. "Was ist, wenn sie grausame Riesen sind oder so?"

"Ach, hör schon auf! Es ist schon schlimm genug, daß du uns einen Schrecken eingejagt hast, als so einfach in die

Vortex gesprungen bist!" Chryséis zog ihren Schultern hoch und liess sie fallen.

Trevor kratzte sich den Kopf. "Warte... könnt ihr euch noch an die fliegenden Nepeshai erinnern? Das müssten sie eigentlich sein."

"Vielleicht, aber da waren Leute am Strand unterwegs", sagte Katherine. "Ich glaube nicht, daß sie Flügel hatten. Wer auch immer sie sind, wir sollten vorsichtig sein."

"Genau." Chryséis war immer noch nicht davon überzeugt, daß sie mit dem Projekt weitermachen sollten.

"Wo ist Tepi?" Katherine wurde auf einmal klar, daß ihr goldgelber Hund nicht bei ihnen in der Korbhütte war.

Eine einsame Träne kullerte ihr über die Wange. War sie ertrunken? Tepi konnte einfach nicht tot sein ... das wäre zu viel!

"Sie war mit uns am Strand, als wir Schutz suchten. Dort trockneten Fische auf Gestellen... Tepi war noch direkt neben mir."

"Glaubst du, sie könnte irgendwo da draußen sein?"

"Wahrscheinlich... wir sollten sie suchen gehen. Ich frage mich, ob die Crew des Schiffes auch hier ist", sagte Trevor. Er spähte durch eine Ritze in der Korbwand. "Wir müssen hoch oben auf dem Felsen sein. Ich kann den Strand und das Meer ganz da unten sehen."

"Wir sind ganz oben auf dem Felsen?" fragte Katherine.

Bevor sie ihre Situation weiter erörtern konnten, hörten sie ein schabendes Geräusch und die Falltür schwang mit einem lauten Klappern auf. Eine lächelnde junge Frau erschien. Sie hatte glattes braunes Haar und schaute sie mit ihren sehr blauen Augen an. Die Frau zog sich mit Leichtigkeit nach oben und stellte einen Keramiktopf auf den geflochtenen Boden, bevor sie sich ganz aufrichtete.

"Sha'anti athenai," grüßte sie die Kinder. "Mein Name ist Nerilee von Berberia." Sie sprach mit einem leicht pfeifenden Akzent, aber die Kinder verstanden sie.

"Schelanti!" Stellten sie sich vor und starrten die junge Frau an.

Diese lächelte offen und nickte. "Geht es euch gut, Athenai?"

"Ja, uns geht es gut. Danke, daß ihr... uns gerettet habt."

"Ach ja, Rimmon, der Gott des Regens und des Donners, hat gestern einen ziemlichen Wutanfall bekommen. Die Ältesten sagen, es ist an der Zeit, die Gottheit zu besänftigen."

"Ja, es war ein sehr schlimmes Unwetter."

"Esst ... Frühstück ... und kommt später runter." Nerilees Wangen und Kinn waren mit winzigen Tätowierungen verziert: jeweils drei Punkte in einem Dreieck. Sie stand flink auf, ging zu einem Wandregal und nahm drei kleine Schalen herunter. Die Frau hatte keine Flügel und war eindeutig ein Mensch.

"Wo sind wir hier, Nerilee von Berberia?"

"Im Dorf Tăzilian im Lande Berberia, das 'Fremde Land'. Weit weg von Atland. Wenn man Glück hat, landet man hier und nicht weiter die Küste hoch."

"Ach, und warum hat man dann Glück? Schiffbruch zu erleiden ist doch kein Glück, egal wo", erwiderte Katherine.

Die Frau warf ihr langes, dunkles Haar zurück und schöpfte dampfende Fischsuppe in die Schüsseln. "Oh, doch, das ist es. Ihr müsst Nereus und seinen Töchtern für euer Glück danken. Unten im Süden ist die Küste sumpfig und da ist das Dorf Nahuatlacas."

Die Salzwiesen im Süden, wo einst eine Landbrücke Punt mit dem Mutterkontinent verbunden hatte, waren nun die Heimat von Flamingos und vielen Krokodilen.

"Nahuatlacas?" Die Zeitreisenden versuchten, das Wort auszusprechen. "Was ist das denn?" fragte Trevor.

"Böse Menschen", sagte Nerilee angewidert. "Ein Stamm aus Atland, Überlebende der großen Sintflut, genau wie wir Tăzilier, aber sie sind böse Menschen, die Nahuatlacas. Sie haben angefangen, sich 'Krokodilmenschen' zu nennen und haben nichts gegen ein bisschen Menschenfleisch."

Die Kinder saßen mit offenem Mund da. Hatte sie schon zuviel gesagt? Kein Grund, sie noch mehr zu beunruhigen, dachte Nerilee bei sich.

Die "Krokodilmenschen" ritzten sich die Haut auf dem Rücken mit Steinklingen und die Narben ähnelten den

Rücken von Krokodilen. Sie feilten sich auch ihre Zähne zu scharfen Spitzen, um die Ähnlichkeit perfekt zu machen. Die Herzen von schiffbrüchigen Seeleuten wurden oft einer grausamen Gottheit namens "Kolibri zur Linken" geopfert.

Nerilee schauderte bei dem Gedanken, aber sie behielt dies für sich. Die Tăzilier gehörten zum großen Clan der Guan-Chez oder "Männer vom Weißen Berg". Ein stolzes, schlankes und hochgewachsenes Volk. Sie hielten sich von ihren grausamen Nachbarn unten im Süden fern, denn die Nahuatlacas hatten ihre zivilisierte Art verloren.

Kannibalen! "Der Erdmutter sei Dank", sagte Katherine schnell.

"Ja, der Erdmutter sei gedankt." Nerilee steckte Holzlöffel in die Schüsseln und stellte sie auf den Boden. Sie lächelte die Kinder an und kletterte geschickt die Leiter zurück hinunter.

Die Kinder begannen hungrig zu essen. Was Chryséis getan hatte und der Streit von vorhin , all das war so gut wie vergessen. "Es ist zwar Fischsuppe, schmeckt aber gut," lobte Trevor.

"Wir haben schon viel Schlimmeres zum Frühstück gegessen als Fischsuppe", meinte Chryséis. Wir hätten sie nach Tepi fragen sollen."

"Du hast recht, aber wir machen uns ja gleich auf die Suche."

"Hier gibt es Kannibalen?!" fragte Katherine und verzog das Gesicht.

"Zum Glück nicht hier im Dorf." Chryseis hatte ihre Suppe schon fast aufgegessen.

"Bist du sicher? Vielleicht will sie uns nur Honig ums Maul schmieren und sie haben noch was anderes vor mit uns," sagte Trevor. "Und sie mästen uns wie die Hexe in Hänsel und Gretel."

Sie lachten unbehaglich und aßen den Rest der Suppe auf.

"Wenigstens scheinen diese Tassils freundlich zu sein", sagte Chryséis und kaute noch, als sie sich bereit machten, die Korbhütte zu verlassen. Sie reichte Trevor die Schüsseln nach unten. Er war als Erster durch die Falltür nach draussen geklettert. Chryséis und Katherine folgten ihm.

"Nerilee ist in Ordnung, aber die anderen Dorfbewohner sind vielleicht nicht so freundlich, wenn sie dich mit deinen Haaren in alle Himmelsrichtungen sehen." Trevor und Katherine grinsten. Die blonden Strähnen waren auf Chryséis' Kopf kreuz und quer getrocknet. "Nichts für ungut, aber du siehst aus wie eine Art rutischer Waldelf..."

"Kannst du das in Ordnung bringen?" fragte Chryséis ungeduldig.

"Klar", erwiderte Katherine und flocht ihrer Freundin schnell einen Zopf. Trevor spähte nach unten, um sich einen Überblick über ihre Lage zu verschaffen. Auf den Felsen hingen weitere Körbe, die mit Leitern aus Seilen miteinander verbunden waren. "Sie müssen eine Art Klebstoff benutzen, um diese Körbe an den Felsen zu kleben", sagte er. "Na ja, so etwas Ähnliches jedenfalls. Kommt jetzt, ihr braucht viel zu lange." Trevor wurde ungeduldig.

Er wusste nicht, was er mit dem Geschirr tun sollte und stellate die Schüsseln auf die hölzerne Plattform. "Okay, fertig", sagte Katherine. "Lasst uns gehen und Tepi suchen."

"Warte, bevor wir gehen..." Chryséis starrte auf ihre Füße. "Habt ihr mir verziehen? Daß ich vorhin einfach so abhauen wollte..."

"Ich denke schon", brummte Trevor.

"Ich muss wissen, daß ihr nicht sauer auf mich seid!" Chryséis sah ihre Freunde an und biss sich auf die Lippe.

"Ich denke schon", wiederholte Trevor mit dumpfer Stimme. Katherine zeigte allerdings eine andere Reaktion. Sie starrte Chryséis an. "Wenn du das noch einmal machst, ich schwöre... ich..."

"Das werde ich nicht! Ich verspreche es. Ich war doch nur so verwirrt und... ich werde es bestimmt nicht wieder tun."

"Na dann ist ja alles klar", grunzte Katherine.

"Danke..." Sie erwähnte nicht, daß ihr Knie wieder anfing weh zu tun.

"Ja, ja." Katherine war sich plötzlich nicht mehr so sicher, ob sie Chryséis so schnell hätte verzeihen sollen, aber das war jetzt nicht mehr so wichtig. Sie mussten gehen und Tepi suchen. Der Abstieg war nicht so einfach, wie sie es sich vorgestellt hatten. Es half, nicht nach unten zu schauen, denn sie waren wirklich hoch oben. Es gab eine Strickleiter, die auf eine andere Plattform hinunterführte. Während sie sich abmühten, starrten Kinder in Lendentüchern mit wildem, ungepflegtem Haar von oben auf sie herab. Von weit oben. Sie schrien und grinsten und ließen sich dann an Seilen herab.

"Die scheinen sich hier nicht viel um gepflegte Frisuren zu kümmern", grinste Chryséis.

Sie sahen die flinken Bewegungen der Kinder. Sollten sie auf sie warten oder schon vorgehen?

Obwohl sie wild aussahen, hatten täzilianische Kinder gute Manieren und halfen zuhause mit. Für heute war die Schule aus und die Kinder waren neugierig auf die Fremden, die den Sturm überlebt hatten. Sie wurden in ihrer Muttersprache unterrichtet, mit Hilfe kleiner Elfenbeintafeln auf die Buchstaben geritzt waren, und Zeichnungen im Sand.

Eine Gruppe von Frauen in groben Stoffsaris sah vom Strand aus zu ihnen hinauf. Sie waren tätowiert wie Nerilee und wirkten freundlich. Eine der Frauen gab den wild aussehenden Kindern ein Zeichen, dort zu bleiben, wo sie waren, und winkte die Zeitreisenden herunter.

Diese machten es den Dorfkindern nach und ließen sich langsam auf hinuntergleiten. Schließlich erreichten sie den Sand und warteten geduldig darauf, daß die Frauen etwas sagten. Eine ältere Frau legte ihre Finger auf ihr Herz und dann auf den Mund. Es war eine bekannte Geste, die sie verstanden.

"Sha'anti, athenai. Mein Name ist Tewannakit von Berberia. Dorfälteste. Seid willkommen. Die beiden Matrosen sagten uns, daß ihr aus Sydonia kommt."

Also hatten nur zwei der Matrosen den Schiffbruch überlebt! Die Kinder waren traurig über den Rest der Besatzung.

"Ja, das ist richtig..." sagte Katherine.

"Wir werden später eine Zeremonie für die Toten

abhalten", sagte sie und die Kinder nickten. "Jetzt wollen wir uns erst einmal um dein Bein kümmern", sagte eine andere Frau und deutete auf das getrocknete Blut an Chryséis' Knie.

"Ach, das ist nicht so schlimm," tat Chryséis es ab, war aber dankbar für die Aufmerksamkeit.

Sie folgten den Frauen den Strand hinunter zu einem Schuppen, der auf der Rückseite offen war. So etwas wie ein 'Haus des Lebens'. Chryséis' Knie wurde mit einer grünen Salbe und Seetang bandagiert, was sich ein wenig unangenehm anfühlte. "Schukri", bedankte sie sich bei Tewannakit von Berberia und der anderen Frau, die sich nicht vorgestellt hatte.

"Es sollte schnell heilen, Kind", sagte sie, und die anderen Frauen nickten.

"Darf ich euch etwas fragen?" begann Katherine.

"Wegen eurem Hund?" Fragte eine der Frauen.

"Woher wisst ihr das...?" Doch dann erinnerte sich Katherine an die telepathischen Fähigkeiten vieler Menschen in der Bekannten Welt. Die Frau winkte ihnen, ihr zu folgen.

Sie gingen zu einem großen Schuppen, in dem Fische an Schnüren trockneten und geräucherter Fisch an Holzgestellen hing. Die Tãzilier lebten von den Früchten des Meeres.

Unter den Regalen waren die Fischereigeräte geordnet aufbewahrt. Harpunen aus robustem Walknochen, dreizackige Speere und Angelruten aus Walrosselfenbein, direkt neben Stapeln von Fischernetzen. Aus dem Schatten kam etwas Goldenes auf sie zugerast. Es war eine bellende und kläffende Tepi, der Katherine fast umwarf. "Oh, Gott sei Dank, Tepi!" Tränen liefen über Katherines Gesicht, als sie sich hinhockte, um ihren Hund zu streicheln. Tepi wimmerte beim Klang ihres Namens und wedelte mit dem Schwanz.

"Ist sie verletzt?" fragte Trevor.

"Ich glaube nicht", sagte Katherine und wischte sich das Gesicht mit der Hand.

"Tepi muss die Nacht hier verbracht haben. Wahrscheinlich konnte sie den Fischköpfen auf dem Haufen da drüben nicht widerstehen." Der Haufen verströmte einen unangenehmen Geruch, und Tepi sah vergnügt drein. "Ich bin so froh, daß es dir gut geht."

Katherine kraulte Tepi ausgiebig und schaute auf. "Meine Güte, seht euch nur diese Klippe an! So etwas nennen die ein Dorf." Die Klippe erstreckte sich, so weit das Auge reichte. Längliche zwiebelförmige Korbhäuser waren in den senkrechten Felsspalten mit einer lehmartigen Substanz befestigt. Mit Holz verkleidete Stufen waren überall in den Fels gehauen.

"Das ist eher wie eine ganze Stadt!" sagte Trevor.

"Viele Dörfer", sagte Tewannakit und die Frauen lachten. Die Tăzilier pfiffen und zwitscherten untereinander, und die Frauen unterhielten sich.

"Sie sprechen wie die Vögel miteinander", flüsterte Trevor.

"Ja, das tun sie", flüsterte Katherine zurück. Diese Strandbewohner schienen nicht so fliegen zu können wie die Nepeshai-Leute, aber sie hatten eine Art Vogelsprache.

"Wir gehen jetzt kochen. Wollt ihr mitkommen?" Fragte eine der Frauen. Sie gingen hinunter zum Strand, vorbei an dem Altar der Erdmutter, der aus Treibholz bestand und mit glitzernden Gegenständen verziert war.

Am Felsen hinter dem Altar floß ein stetes Rinnsal von Süßwasser in einen langen Trog . Zwei lachende Frauen schöpften daraus Wasser mit versiegelten Körben und trugen diese auf dem Kopf zu den Kochfeuern.

Die wild aussehenden Kinder waren nun wieder überall. Sie schnatterten und zwitscherten und erinnerten die Zeitreisenden ein wenig an die Ioannu, denen sie in Alesia begegnet waren. Es schienen nur Frauen und Kinder anwesend zu sein. Katherine sah auf's Meer hinaus. Da waren Boote mit flatternden Segeln, die fröhlich auf den sanften Wellen schaukelten. Die Männer waren wahrscheinlich auf dem Meer und fischten.

Aber es ging nicht immer so friedlich zu.

Selbst auf den Inseln unweit der Küstengewässer, wo die Guanchis lebten, waren der launische Wettergott Rimmon auch wohlbekannt. Die Fischer beider Stämme wussten die Wetterzeichen zu deuten, und wenn sich ein Sturm näherte, ertönte das heulende Muschelhornsignal. "Whooa, whooa, whooooa!"

Gestern war gerade noch genug Zeit geblieben, um die Boote und die Ausrüstung zu sichern und sich in den gemütlichen Hütten um die gefüllten Töpfe niederzulassen, bevor der Regen auf die Küste niederprasselte. Sie konnten das Donnern und die Wellen hören, die an Land rollten, und an den Felsen am Strand zerschellten, aber sie fühlten sich in ihren Korbhäusern sicher. Eine Gruppe trödelnder Jungen hatte ein vorbeifahrendes Segelschiff entdeckt. Der Mast zersplitterte, als es auf die dunklen Felsen zutrieb.

Die braven Fischer schickten Gebete an die gütige Erdmutter für das Wohlergehen der Menschen an Bord. Seltsamerweise waren vor dem Sturm einige Ioannu auf dem Meer bei den Felsen draussen, umgeben von zahmen Delfinen, gesichtet worden. Die Seegeborenen schienen das Auftauchen des Schiffes zu erwarten, aber ein wütender Sturm wie dieser war selbst für die Ioannu gefährlich.

Die Fischer hatten ihr Abendessen abgebrochen und waren den Überlebenden zur Hilfe gekommen.

Heute war der Himmel wieder klar und das Wetter würde halten. Eine Gruppe älterer Männer war damit beschäftigt, neben umgedrehten Booten Netze zu reparieren, während die Frauen am Ufer kochten.

Ein paar Kinder saßen bei den Kochfeuern und übten die Schrift "Tifinar". Es war die Schriftsprache der atlantischen Guan-Chez-Stämme, mit Buchstaben- und Zahlensymbolen.

"Kommt hierher", rief einer der älteren Jungen, der offenbar der Anführer war, den drei Freunden zu.

Er zeigte ihnen die Elfenbeintafeln , die auf dem Boden ausgebreitet lagen. Sie ließen sich die Symbole zu Wörtern und Summen zusammensetzen. Es war das Einzige, was die Tãzilier tun konnten, um eine Art Zitadellschule zu erhalten.

"Das ist aber nicht Akkadisch", meinte Trevor.

"Was ist denn Akkadisch?" Fragte der Junge.

Die Zeitreisenden sahen sich an. "Die Sprache, die wir in

Alesia benutzen."

"Wo ist Alesia?" Wollte eines der Mädchen wissen.

"Weit jenseits des Ozeans", erklärte Chryséis. "Jenseits von Atland im Westen." Nachdem sie festgestellt hatten, daß sie die Schriftsprache des jeweils anderen nicht kannten, brachten die Dorfkinder ihnen ein paar Wörter und Sätze auf Tifinar bei.

"Das bedeutet drei Schiffe am Horizont", sagte der Anführer der Kinder und zeigte auf eine Reihe ovaler Tafeln im Sand. Chryséis ordnete die Tafeln neu an. "Dann bedeutet das drei neue Menschen auf einem Schiff." Die Kinder kicherten.

"Nein, das bedeutet drei Mokis auf einem Schiff."

"Fast richtig", brummte Chryséis.

Sie lachten alle und probierten andere Sätze aus.

Der Duft eines köstlichen Eintopfs wehte zu ihnen herüber. Fisch und Fleisch wurden auf einem hölzernen Rost, Barbacóa genannt, gegrillt. Die Frauen arbeiteten im Rhythmus traditioneller Lieder, die eher wie Vogelgezwitscher klangen. Heute Abend würden sie den verstorbenen Seelen aus dem Schiffswrack am Strand die letzte Ehre erweisen können, so wie es Tradition war. Die Zeitreisenden beobachteten das friedliche Treiben und waren froh, daß sie nicht in einem Kannibalendorf gelandet waren. Wenigstens machte hier niemand den Versuch, sie auf die Speisekarte zu setzen.

Im Gegenteil, die Kinder brachten ihnen, der Meinung der Fischerleute nach, viel Glück.

Trevor wollte es nicht zugeben, aber er hatte auch genug von ihren gefährlichen Abenteuern in der Vorgeschichte und vermisste das ruhige Leben in ihrem Internat.

Im diesem Moment jedoch, genoss er es am Strand zu sein und fühlte sich sicher und sorglos.

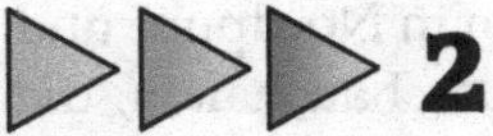 **2**   # SYDONIA RUFT

In der Zitadelle von Sydonia öffnete die Lady ihre Augen und atmete tief durch. Sie versuchte noch immer, telepathischen Kontakt mit den drei Kindern aus der Zukunft aufzunehmen. Die Lady hatte dies versucht, seit sie auf dem Rückweg nach Alesia über den Atlantischen Ozean verschwunden waren. Aber die Zeitreisenden gaben noch immer keine Antwort .

Sie waren unerreichbar, seit die beunruhigende Nachricht von einem Schiffbruch Sydonia erreicht hatte. Ein Schiff, in dem sie in Caradoc an Bord gegangen waren, war während eines Seesturm gekentert. Die 'Navis Terumal' war zuletzt vor der berberischen Küste geortet worden, kurz nachdem sie die Insel Breasal passiert hatte.

Die Lady von Sydonia warf einen Blick auf die Umrisse des Hirtenhügels, der sich an der anderen Seite des Sydonia Tals erhob, und ihr wurde das Herz schwer. Die Nachmittagssonne tauchte alles in ein goldenes Licht und sie lehnte sich an den Fensterrahmen, um die Stadt zu betrachten. Auf dem Hirtenhügel waren Trevor, Chryséis und Katherine erst in diesem Frühjahr in der 'Alesischen Epoche' angekommen. Die Lady hatte sie in ihren Schutz genommen und die klugen Kinder recht lieb gewonnen.

Sie hatte ihnen auch den Schutz der anderen Ladys, die die Bekannte Welt regierten, zugesagt und sogar das Meervolk gebeten, sich um ihr Wohlergehen auf See zu kümmern, wo sie es selbst nicht tun konnte.

"Oh liebe Erdmutter, bitte lass sie am Leben sein und wohlauf ", murmelte sie. "Wenn jemand die Reisepapiere bei ihnen findet, wird er wissen, was damit zu tun ist."

Die Kinder hatten gelernt, telepathische Botschaften zu senden und zu empfangen, und es gab da immer noch ein

Fünkchen Hoffnung. Sie sandte telepathische Botschaften an die Ioannu und an die Ladys der Zitadellen in Nordpunt und Breasal: Sie sollten nach drei Kindern Ausschau halten, die seit dem Kentern ihres Schiffes in einem schlimmen Sturm vor der Küste Berberias verschollen waren.

Der Passagebrief war jedoch zusammen mit dem Schiff in den aufgewühlten Wellen verschwunden.

*

"Wir müssen unbedingt nach Alesia zurück ", sagte Katherine zu Nerilee, die am Wassertrog Wurzelgemüse schrubbte. "Können wir nicht eines eurer Boote nehmen?"

Nerilee wusste nicht recht, was sie den schiffbrüchigen Kindern antworten sollte. Alleine ein Boot nehmen? Hatte der Wahnsinn ihren Verstand befallen? Hier gab es nur Fischerboote. Sicherlich war keines der Boote stark genug, um über das tückischen Gadirische Meer zu segeln. Besonders in der stürmischen Jahreszeit des Rimmon. Die größeren Boote würden erst später im Jahr bereit gemacht werden, wenn eine Gruppe von Täziliern ihre Guanchi-Verwandten auf den nahen Inseln besuchen wollte.

"Nein, Athenai, ich glaube, das ist unmöglich", sagte sie deshalb. "Überhaupt müssen die Ältesten eine solche Entscheidung treffen."

"Kannst du nicht die Ältesten fragen?"

"Ich fürchte, die Antwort wird dieselbe bleiben. Ich muss jetzt gehen und bei den Vorbereitungen für heute Abend helfen. Bitte macht euch keine Sorgen, es wird sich schon ein Weg finden", sagte Nerilee und ging mit ihrem Korb voller Gemüse davon.

"Keine Sorgen machen?" wiederholte Chryséis. "Natürlich machen wir uns Sorgen."

"Was sollen wir jetzt tun?" Trevor hatte gedacht, daß die Lösung des Problems darin bestehen würde, einfach ein Boot zu nehmen und nach Westen zu segeln. Es sollte nicht allzu schwierig sein, eine Fähre von einer der Inseln zu erwischen.

"Ich habe genug von diesem Kram, ich will endlich nach

Hause!" klagte Katherine. "Sollen wir eines der ZPSs benutzen?"

"Ich glaube nicht, daß das nötig ist, und außerdem besteht die Möglichkeit, daß wir jetzt irgendwo anders in der Vergangenheit landen. Wenn wir so mir nichts dir nichts verschwinden, würden sich alle bestimmt Sorgen um uns machen, und das wäre nicht richtig."

Trevor fummelte an dem hölzernen Abfluss herum, der vom Trog aus zu den Korbhäusern führte.

"Habt ihr nicht gehört, was sie gesagt hat?" meinte Chryséis ungeduldig. "Wir können nicht einfach ein Fischerboot nehmen und übers Meer segeln. Das ist viel zu weit und zu gefährlich. Wir können nur abwarten."

"Ja? Und das sagt genau die Richtige", grinste Trevor.

"Oh je, stimmt. Jetzt hab' ich meinen Ruf weg", stöhnte Chryséis und meinte damit ihre unbedachte Reise durch die Vortex.

"Und hier gibt es nichtmal richtige Schiffe", seufzte Katherine. "Also heißt es, auf die Ältesten zu warten."

Sie schluckte eine Träne hinunter, drehte sich um und wischte so lässig wie möglich ihre Augen. Sie würden einen anderen Weg finden, um nach Alesia zurückzukehren. Sie hatten keine andere Wahl.

Es kam ihnen immer noch nicht in den Sinn, die Lady von Sydonia telepathisch zu kontaktieren.

"Ich werde sehen, ob sie Hilfe beim Kochen brauchen", sagte Katherine und folgte Nerilee den Strand hinunter.

Sie waren jetzt hier und es war es nicht allzu schlimm. Die Tăzilier führten ein friedliches Leben in ihrem Vogelnestdorf. Jeden Morgen bei Sonnenaufgang ließen die Männer ihre robusten Boote aufs Meer hinausgleiten, wo sie bis nach Mittag ihre Zeit mit Fischen verbrachten.

Leckerer geräucherter Fisch, den die Tăzilier Sprotts nannten, war eine Delikatesse, die sie an die Bewohner des Landesinneren verkauften. Die Dorfbewohner tauschten sie gegen Stoffe, Baumaterialien, Gewürze, Leder, Getreide und Gebrauchsgegenstände, die das Meer nicht liefern konnte.

Zusammen mit Meersalz und Garum, einer Fischsauce aus fermentierten Fischresten, war geräucherter Fisch eine der beliebtesten Handelswaren an Markttagen.

"Ich glaube, ich habe ein paar Ioannu auf den Felsen sitzen sehen", sagte Chryséis zu Trevor. "Willst du mitkommen und nachsehen?"

"Klar, warum nicht." Katherine war damit beschäftigt, einer Gruppe von Frauen beim Säubern und Auffädeln von Fisch zu helfen. Sie sah nicht, wie ihre Freunde winkten, und diese beschlossen, ohne sie auf Erkundungstour zu gehen. Tepi sprintete jedoch über den Strand, um sich den beiden Kindern anzuschließen. Sie joggten über die Felsen, bis diese zu spitz wurden, um darüber hinwegklettern zu können.

Chryséis hatte Recht gehabt. Drei Ioannu-Männern saßen auf einem abgeflachten Felsen im Wasser, während ihre Delphinrösser im tieferen Wasser aufgeregt quiekten.

Sie waren von einer geschützten Bucht im Norden gekommen, wo sie in einer kleinen Gemeinschaft lebten. Die Ioannu winkten den Kindern zu, die versuchten, so weit wie möglich zum flachen Felsen hinaus zu balancierten. Seit dem Sturm mochte Tepi nicht mehr in der Nähe des Meeres sein und blieb lieber am Strand. Sie jagte eine Weile ihren Schwanz, bevor sie sich wieder beruhigt hatte.

"Oh, es ist einfach wunderbar, euch hier zu sehen." Chryséis strahlte beim Anblick der Ioannu. "Schelanti!"

"Schelanti, athenai", rief ihnen der größte der Seemänner fröhlich zu. "Ihr seid die fremden Kinder aus Sydonia, nehme ich an", sagte er mit quiekender Stimme. "Ich bin Tarit Maredit, 'Beschützer des Meeres'."

"Schelanti, Tarit Maredit", sagte Chryséis.

Die Ioannu waren zurückgekommen, um herauszufinden, ob die drei besonderen Kinder den Schiffbruch überlebt hatten und wohlauf waren. Schließlich hatte die gesamte Ioannu-Gemeinschaft versprochen, über sie zu wachen, wenn sie den Ozeanen der Bekannten Welt nahe waren.

"Die ehrenwerten Ladys von Sydonia, Algiras, Anaá und

Caradoc erkundigen sich nach dem Wohlergehen der jungen Freunde", sagte der Anführer der Seemänner weiter. "Die gute Lady von Sydonia bittet um Gedankenkommunikation, wenn es recht ist." Natürlich, Telepathie!

"Tut uns leid, daran haben wir gar nicht gedacht. Bitte lasst sie wissen, daß es uns gut geht. Sogar unsere vierbeinige Freundin Tepi ist hier bei uns." Trevor deutete auf die Hündin am Strand, die ihn genau beobachtete.

"Ich verstehe", sagte der Seemann und lächelte, als er das fröhliche Landtier sah.

"Wir wollen nach Hause", sagte Chryséis, "aber wir dürfen keines der Fischerboote nehmen. Heute Abend findet hier eine Zeremonie für die ertrunkenen Seeleute statt, und wir hoffen, die Ältesten werden einen Plan für uns machen."

"Eure gute Nachricht soll den Ladys mitgeteilt werden, Athenai", quietschte Tarit Maredit, und die Delfine stimmten mit ein. Sie unterhielten sich noch eine Weile mit den Ioanny, aber die mussten fort, als die Flut kam. Es war gefährlich, zu lange bei den scharfkantigen Felsen zu verweilen.

"Wir kommen morgen früh wieder, und vielleicht reitet ihr mit uns."

"Das wäre toll!" Trevor grinste von Ohr zu Ohr. Er wollte schon immer auf einem Delfin reiten.

Die beiden Zeitreisenden wären jetzt schon mit ihnen gegangen, aber das war ohne Katherine und ihre Habseligkeiten nicht möglich. Es würde auch eine sehr nasse Reise werden.

"Wenn ich es mir recht überlege, ist es vielleicht besser, zuerst mit den Ältesten zu sprechen. Vielleicht können wir ein Schiff vom nächsen Seehafen nehmen."

Die Ioannu stimmten zu, daß es besser sei, mit den Ältesten zu sprechen. "Wir sehen euch später," rief der Anführer ihnen zu. Sie ließen sich ins Wasser gleiten, kletterten auf den Rücken ihrer Delphine und waren in Windeseile im Meer verschwunden.

Trevor und Chryséis liefen zurück zum Dorf, während

Tepi aufgeregt an jedem Stück Treibholz und Seegras schnupperte. Jetzt, da die Ioannu die Verbindung zu ihren Freunden in Alesia wiederhergestellt hatten, sah alles viel rosiger aus.

Sie fanden Katherine an einem geschützten Ort hinter einer Felswand. Einige der Jungen spielten Balôta, die tăzilianische Version von dem Spiel Schweineschnauze. Balôta ähnelte dem beliebten alesischen Ballspiel, bei dem ein kleiner weicher Têrakhon-Ball mit großen Weidenlöffeln gegen eine senkrechte Wand geschlagen wurde. Es gab aber nur zwei Spieler pro Team, und es gab auch keine Löcher in der Felswand. Bei diesem Spiel ging es darum, die andere Mannschaft mit Ausdauer zu übertrumpfen.

Manchmal wurden auch Spiele zwischen den Tăziliern und ihren Cousins von der Insel, den Guanchis, ausgetragen. Trevor machte beim nächsten Spiel mit. Katherine war damit beschäftigt, Fische zu kratzen, als ob sie nie etwas anderes getan hätte.

"Oh, das ist doch klasse. Sie haben uns nicht vergessen!", rief sie. "Ich wünschte, ich wäre dabeigewesen! Dann müssen wir die Lady von Sydonia eben telepathisch kontaktieren." Sie starrte auf den Fischhaufen vor ihr, dann auf Chryséis. "Ich muss das hier wirklich erledigen", seufzte sie. "Wenn du mir hilfst, sind wir schneller fertig."

"Also gut", sagte Chryséis ohne große Begeisterung. Es dauerte nicht lange, und Nerilee und Tewannakit kamen zu ihnen, gerade als sie mit Trevor gehen wollten.

"Athenai", begann Tewannakit, "die Ältesten haben beschlossen, daß ihr und die Seeleute die nächste Moki-Karawane bald zum Markt nach Bilbá begleiten sollt." Die Kinder hatten die beiden Seeleute nicht gesehen, da sie sich noch von dem Schiffbruch erholten.

"In zwei Tagen, um den Zeitpunkt des abnehmenden Mondes. Von dort aus werdet ihr zum nächstgelegenen Hafen gebracht , von wo aus ihr euch auf den Weg zurück nach Atala Machen könnt."

Sie zeigte auf die die Felsen. Auf der Ebene oberhalb der Klippe weidete eine Herde dunkler, zotteliger Mokis. Die großen drei-zehigenTiere, die von täzilianischen Hirtenjungen gehütet wurden, waren gutmütige Lasttiere.

"Klar, hat ja keine Eile", murmelte Katherine.

"Vielen Dank, Tewannakit. Schukri, das ist sehr nett von ihnen", gab Trevor eine höflichere Antwort.

"Macht euch fertig und wascht euch jetzt. Das Festmahl beginnt, wenn die Sonne diesen Punkt erreicht." Nerilees Arm beschrieb einen niedrigen Winkel.

"Das werden wir tun", sagte Chryséis, und sie schlenderten zurück zum Wassertrog und waschten sich die Hände und Gesichter. "Die Ioannu werden wohl morgen früh zurück sein. Dann können wir ihnen von dem neuen Plan erzählen."

"Aber woher sollen wir wissen, wann?" fragte Katherine.

"Er wird es uns telepathisch mitteilen. Du kannst das so gut, Chris, also wirst du uns sagen, wann."

"Wir haben jetzt keine Zeit, um mit der Lady von Sydonia zu sprechen. Wir werden sie morgen kontaktieren."

"Klar doch," meinte Trevor.

Eine Gruppe von Jungen kam auf sie zu und bat die Kinder, mit ihnen Balôta zu spielen. Trevor sprang erfreut auf.

Ihre Reise durch Prydhain und Lyonesse, um den Sprechenden Stein zurückzuholen, hatte nicht viel Raum für Spiele gelassen. Balôta war eine willkommene Ablenkung.

"Lass dir nicht zu viel Zeit, Trev... und du must dich wieder waschen."

Aber Trevor rannte schon ohne zu antworten mit den anderen Jungs davon.

Bald begannen die Gedenkfeiern zu Ehren der beim Schiffsunglück verlorenen Seelen.

Es war das erste Mal, daß die Kinder die beiden Seeleute sahen, die den Untergang der 'Navis Terumal' überlebt hatten. Benommen folgten diese den vorgeschriebenen Ritualen am Schrein der Erdmutter. Während der Zeremonie wurde Weihrauch angezündet und Gebete gesprochen.

Dann begannen die Festivitäten.

Die Dorfbewohner setzten sich in einem großen Kreis um ein Lagerfeuer herum. Delikatessen aus rohen Seeigel-Eiern, Fisch, gebratenem Saurier und Schildkrötenfleisch waren auf Platten angerichtet. Alle versammelten sich, plauderten, oder besser gesagt, zwitscherten, und aßen die Spezialitäten.

Die Zeitreisenden lauschten fasziniert der Vogelsprache, die ihre tãzilianischen Gastgeber sprachen. Obwohl sie sich bemühten, ihre akkadische Muttersprache beizubehalten, ermöglichten ihnen das Trillern und Zwitschern die Kommunikation von Klippe zu Klippe.

Mädchen und Jungen trugen das "Lied der Geister über den Wassern" und die "Ode an Bhûranyu" vor. Danach wurden junge Tänzer von zwei Imsad-Spielerinnen und energischen Trommelschlägen begleitet.

Nach dem Essen wurde weiter geplaudert und gelacht, und die Musik spielte weiter, bis es Zeit war, zu Bett zu gehen.

Die Dorfbewohner schlossen ihre Augen, die Musik verstummte und im Hintergrund war nur noch das Rauschen des atlantischen Meeres zu hören. Einer der Ältesten ergriff das Wort und bat darum, daß Rimmons Zorn für eine Weile nicht zurückkehren möge und daß den Gästen eine rasche Heimreise gewährt werden solle.

Am Tag nach dem Fest hatten sich die Zeitreisenden wieder mit den Ioannu draussen bei den Felsen getroffen und ihnen von der Entscheidung der Ältesten berichtet.

"Es ist also beschlossen. Ich werde der Lady von Sydonia Bescheid geben. Sie wünscht allerdings, bald direkt mit euch zu sprechen."

"Ja, wir werden mit ihr sprechen. Wir sind nur immer so beschäftigt", erwiderte Trevor.

Nerilee sie mit dem Frühstück geweckt und meinte, daß die Fischer ihnen angeboten hatten, sie im Boot hinauszufahren. Die Kinder hatten zwar abgelehnt, aber die beiden Matrosen nahmen gerne an. Sie fühlten sich fehl am Platz, wenn sie sich zu lange auf festem Boden aufhielten.

Danach hatte Chryséis sie zum Treffen mit den Ioannu angetrieben. "Sie warten schon auf uns," hatte sie gesagt.

Als sie ins Dorf zurückkehrten, wurden sie von einer Gruppe von Jungen gebeten, mit ihnen auf die Pirsch nach fliegenden Sauriern zu gehen, während Tepi am Fuße der Klippe saß und wartete.

Die Saurier, die auf dem flachen Felsen oben entfernt vom Korbdorf, nisteten. Die Jungs kletterten mühelos die steilen Felsen hinauf, wobei sie sich gewebte Beutel über die Schultern legten, und die drei Freunde folgten ihnen etwas außer Atem. Sie stießen bald auf mit Federn gepolsterte Nester mit Gelegen, die in den Beuteln verschwanden.

Dann brachte einer der Jungen einen männlichen Flugsaurier mit seiner Schleuder zu Fall. Die Flugsaurier hatten Hauben auf den Köpfen. Sie klemmten ihre dunklen Flügel fest an den Körper und machten einen ziemlichen Lärm, als sie auf dem felsigen Schelf entlang humpelten. Ihre Jungen lernten gerade, von den Felsen hinab ins Meer zu gleiten. Einige der Eltern kamen den Kindern ziemlich nahe und kreischten sie an. Die Jungs kletterten schnell wieder hinunter, weil keiner von ihnen ein Auge verlieren wollte.

Tepi saß dort, wo sie sie zurückgelassen hatten, und wedelte freudig mit dem Schwanz. Sie hatte den Flugsaurier gefunden und bewachte ihn.

Sie brachten ihren Fang zu den Kochfeuern, wo sie die Eier und den erlegten Saurier auf ein Bett aus Seegras legten. Die Frauen lobten die Kinder und schickten sie zum Lernen in eine der tiefer gelegenen Hütten.

Später schlenderten die drei Freunde den Strand entlang und schauten sich eine Weile die Salzgewinnungsanlage an.

Tepi wurde ganz aufgeregt und bellte, als sie die salzverkrusteten Tücher sah, die im Wind über großen, flachen, mit Meerwasser gefüllten Pfannen flatterten. Die steifen weißen Tücher hingen im Wasser und absorbierten das Salz, während das Wasser verdunstete.

Es war die Aufgabe der älteren Kinder, alle paar Tage das

Salz von den Tüchern zu kratzen und die weiße Substanz in dicht geflochtenen Körben aufzufangen.

"Ich glaube, wir gehen besser zurück ins Dorf", sagte Chryséis. "Ich will nicht auf die komischen Kannibalen treffen." Sie befanden sich noch innerhalb der sicheren Grenzen des Dorfes, kehrten aber trotzdem um.

Später waren Trevor und Chryséis damit beschäftigt im flachen Wasser Krabben auszugraben, während Katherine bei der Zubereitung von Glaswurzsalat, einem Gericht mit rohen Seeigel-Eiern und gedämpftem Strandspinat half. Die winzigen rohen Seeigel-Eier schmeckten ein bisschen wie Honigmelone. Gekocht mit Sauriereiern schmeckten sie wie Krabben. Nach dem Abendessen waren sie so müde, daß sie die Leiter zu ihrer Korbhütte hoch über dem Strand hinaufstiegen, noch bevor die Sonne hinter dem Horizont verschwunden war.

Als die flammende Sonne im Meer versank, nahm eine schläfrige Chryséis endlich telepathischen Kontakt mit der Lady von Sydonia auf.

'Sie bringen uns bald zu einem Marktplatz in Berberia und dann zu einem Seehafen. Von dort aus werden wir ein Schiff nach Alesia nehmen.' Chryséis schickte den Gedanken fort und konzentrierte sich auf das Gesicht der Frau.

Die Antwart kam sofort zurück. 'Es ist besser, nicht zu warten. Brecht morgen früh auf. Ich wünsche euch allen eine gute Reise und wir werden bald wieder voneinander hören", hatte die Ldy gedacht. 'Gute Nacht und schelanti, athenai.'

Als sie in dem großen Bett einschliefen, fühlten sich die Zeitreisenden nicht mehr ganz so einsam und verlassen.

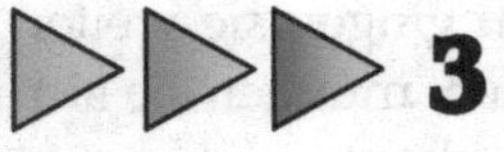# 3 DER KRIEG DER GIGANTEN

Am dritten Tag nach dem Schiffbruch war es an der Zeit, sich von den gastfreundlichen Täziliern zu verabschieden.

Die Karawane machte sich kurz vor Tagesanbruch bereit, die jungen Zeitreisenden und die beiden Seeleute nach Bilbá im Lande Sybaris zu bringen. Von dort aus würden sie mit einem Vimaan zur Hafenstadt Hyela im Norden reisen. Die Lady von Hyela würde von dort aus ihre Seereise zurück nach Alesia organisieren. Es war ein guter Plan.

Tewannakit und drei Männer leiteten die Karawane. Sie trugen lange Reisetuniken aus Sämischleder, die mit kleinen Muscheln und Haifischzähnen bestickt waren. Die Kinder packten alle ihre Sachen sorgfältig in die trockenen Rucksäcke und vergewisserten sich, daß sie nichts vergessen hatten. Die Karawane bestand aus drei kräftigen Mokis, die Salz und Sprotts in Körben an ihren Flanken trugen, sowie längliche Amphoren mit Garum-Fischsauce. Die Waren würden gegen dringend benötigte Seile, Stoffe für die Schneiderei, sowie gegen Getreide und Honig eingetauscht werden.

Die Mokis wackelten im Gänsemarsch einen schmalen Pfad entlang, der sich die niedrigen Hügel südlich des täzilianischen Dorfes hinaufschlängelte. Tepi trottete gemächlich neben Katherines Moki her und blieb ab und zu stehen, um die Luft und den Boden zu beschnuppern.

Es dauerte nicht lange, bis sie Berberi-Nomaden sahen, die eine Herde Schafe mit seltsam langen Beinen hüteten. In der Nähe weideten Zwergelefanten, aber die drei Kinder waren von diesem Anblick nicht sehr überrascht. Hatten sie nicht schon viel exotischere Tiere gesehen?

Weiter oben auf dem Pfad nahmen sich die Täzilier nur einen kurzen Moment Zeit, um entfernte Berberi-Cousins vom

Stamm der Tamaschek zu begrüßen, dann gingen sie weiter. Wenn sie ihre Ware heute verkaufen wollten, mussten sie sich beeilen. Nach einer weiteren Stunde durch die karge sybarische Hochebene erreichten sie den Marktplatz.

Viele Berberis und Bauern aus der Umgebung hatten sich bereits auf dem Marktplatz niedergelassen und boten dort ihre Waren an. Es herrschte reger Handel. Mokis, kreischende Harpies in Käfigen, Geschirr, Lebensmittel und Werkzeuge. Alles wechselte geschwind den Besitzer. Die Täzilier und ihre Gäste ritten zu ihrem üblichen Platz und banden die Mokis an kurzen Stangen hinter einem offenen Zelt an, das ihr angestammter Marktstand war.

"Wir sind spät dran. Lasst uns schnell auspacken", sagte Tewannakit. Als die Waren auf großen, bestickten Tüchern ausgebreitet lagen, liefen die Kinder umher und beobachteten die Menschen auf dem Markt.

Kleine Kinder in Lendenschurzen liefen herum und spielten mit Stöcken und Bällen. Die Berberfrauen hatten gepunkteten Tätowierungen auf ihren Gesichtern und trugen einfache Stoffbahnen, die wie Saris um ihre schlanken Körper gewickelt waren. Die Berberi waren ein abergläubisches Volk. An ihren Gürteln und Hälsen baumelten Beutel mit Glücksbringern und kleinen magischen Gegenständen, und an Handgelenken trugen sie eine einzige große blaue Perle. Dieses blaue Auge sollte böse Gedanken abwenden.

An verschiedenen Ecken des Hauptplatzes saßen zwei Geschichtenerzähler, Rawis genannt, auf großen gesteppten Decken. Einer der Rawis unterhielt Händler und Dorfbewohner mit Geschichten von Guanchi-Inselpriesterinnen, die Magades genannt wurden. In einer Geschichte stürzten sie sich von den Klippen ins Meer, um den Meeresgöttern zu opfern.

Die Guanchis glaubten, daß dies die Kräfte des Meeres besänftigte und sie daran hinderte, die Inseln zu überfluten. In einer anderen Geschichte fand eine Priesterin die wahre Liebe zu einem Berberi-Mann und verließ ihre Insel auf dem Rücken eines großen Vogels, den ihr Geliebter geschickt hatte.

Sie schlenderten ein wenig umher. "Hast du verstanden, was der Erzähler über die Austrocknung des Meeres gesagt hat?" fragte Trevor, als sie hungrig und müde zum täzilianischen Stand zurückgingen.

"Ich glaube nicht, daß er vom Meer gesprochen hat, sondern von einem großen See", sagte Chryséis.

"Okay, ein großer See also."

"Ich sterbe vor Hunger..." Katherine begann schneller zu laufen. Sie konnten es mittlerweile kaum erwarten, die große Stadt Hyela an der Küste des Blauen Meeres zu sehen.

Nach einem einfachen Mahl übernachteten die Täzilier in der einzigen Herberge des Dorfes. Zum Frühstück bekamen sie getrockneten Fisch und eine Art Haferschleim. Der Proviant für die Reise nach Hyela bestand aus einem Päckchen Sprotts und mit Süßwasser gefüllten Sauriereiern, die mit Korken verschlossen waren und über der Brust getragen wurden.

"Der Vimaan ist fertig und wartet auf euch, Athenai", sagte die Jungfer, die das Gasthaus betrieb. Die Täzilier hatten sich bereits bei Tagesanbruch verabschiedet und waren mit ihren gepackten Mokis zum Nestdorf am atlantischen Meer aufgebrochen. Der Vimaan entpuppte sich als ziemlich klapprig, und trug vorne das verschnörkelte Bild eines Ankh El. Die beiden Seeleute nannten ihn scherzhaft ein Überbleibsel aus dem 'Dunklen Zeitalter'. "Es ist definitiv besser, eine alte Vimaan zu nehmen, als den ganzen Weg zur Küste des Blauen Meeres zu laufen", meinte Trevor.

"Wir können nur hoffen, daß der Vimaan es an diesem Tag dorthin schafft", lachten die Seeleute immer noch. Die Jungfer, die das Fahrzeug steuerte, lächelte aufmunternd, als die fünf Überlebenden des letzten Schiffsunglücks und ihr Hund in die Einzelkabine kletterten. Die Vimaan schaffte es heil bis nach Hyela. An der Küste schwebte der Vimaan über Zedern- und Erdbeerbäume hinweg und schließlich tauchte die Küste des Blauen Meeres auf.

Große Bergziegen grasten an den Felsen unter ihnen, während die Jungfer versuchte, den fliegenden Sauriern und

Falken aus dem Weg zu gehen. Die Ausläufer des grünen, nebligen Mutterfelsengebirges waren bewaldet.

"Seht euch das an!" rief Katherine und zeigte auf Pygmäenelefanten, die von einer Gruppe Berberis einen steilen Hang entlang getrieben wurden.

"Oh, noch ein Observatorium", sagte Chryséis, als sie über große weiße, eiförmige Gebäude flogen. Ein idealer Moment, um ein Foto mit ihrer kleinen Kamera zu machen. Im Land Oinotria folgte der Vimaan dem sich schlängelnden Fluss Medscherta eine Weile in nördlicher Richtung. Hyela war die Hauptstadt von Oinotria. Eine Herde mächtiger Auerochsen durchquerte den Fluss, und Trevor drückte seine Nase an die Têrakhon-Kuppel des Vimaans, um das spritzende Treiben der großen Tiere zu beobachten.

Chryséis und Katherine schliefen auf dem Weg zum Kap ein. Trevor war hungrig und öffnete eines der Lebensmittelpakete, die sie in Bilbá erhalten hatten. Es enthielt geräucherte Sprotts, die er mit den beiden schweigsamen Matrosen und Tepi teilte. Kurz bevor der Vimaan die Stadt erreichte, wachten die Mädchen auf. Man hätte ihnen vorgaukeln können, daß sie wieder in Algiras waren. Dieselbe Art von Gebäuden, Plätzen und Hafenbefestigungen. Trevor entdeckte sogar ein paar Toboggen, genau wie die großen geflochtenen Korbschlitten, die sie auf der Insel Avallûn gesehen hatten und der Zitadellenkomplex befand sich ebenfalls auf einem kleinen Hügel unweit des Hafens.

Aber einige Dinge waren anders hier in Hyela. Die Bewohner trugen Gewänder im griechischen Stil, die nach der neuesten Mode des Blauen Meeres in leuchtenden Farben gehalten waren. Die Männer waren rasiert und ihre Haare kurz geschnitten. Die Hochsteckfrisuren mit polierten Stäbchen der Frauen ähnelten asiatischen Frisuren und ihre Schuhe hatten tränenförmige hölzerne Absätze. Als sie im Hof der Zitadelle ankamen, wurde ihr Vimaan von drei singenden Jungfern und einer kleinen Gruppe von Beamten empfangen. Sie wurden zu ihren Zimmern in einem Turm geführt, von dem aus sie einen herrlichen Blick auf die Umgebung hatten.

"Lass mich ein Foto vom Hafen machen", sagte Chryséis und lehnte sich aus dem Fenster an der Nordseite des Turms.

"Siehst du, wie die Leute die Straßen auf und ab laufen?" Sie beugte sich vor, um einen besseren Blick zu erhaschen.

"Warum? Glaubst du, daß da was passiert ist?" fragte Trevor besorgt.

"Ich kann nicht viel sehen, aber im Hafen ist eine Menge los", sagte Chryséis. Die angespannte Atmosphäre gab Anlass zur Sorge, aber sie sollten erst später erfahren, was los war.

Sie wurden bald zum Essen gerufen. Es bestand aus mit Sesam bestreuten Brotringen und Scheiben von Luni, einem riesigen Käse, der auf einem eigenen, stabilen Tisch lag. Sie konnten die Größe des riesigen Käses nicht fassen, aber er schmeckte tatsächlich ziemlich gut. Die Jungfern schnitten Scheiben davon ab und servierten sie am Tisch. Sogar Tepi hatte ihre eigene Schüssel. Beim Abendessen erfuhren die Kinder dann, was es mit der Aufregung in der Stadt auf sich hatte: Es gab Krieg! König Sankhasura vom nahen Inselstaat Krauncha hatte einen seiner Überraschungsangriffe auf die oinotrische Küste gestartet und dies war eine Bedrohung für Hyela!

Sankhasura war der König eines kriegerischen Stammes von Riesen, die auf einer Gruppe von Inseln im Blauen Meer vor der Küste lebten. Die Guebras waren bei ihren Nachbarn nicht sehr beliebt, weil sie vor vielen Jahren einen schrecklichen Krieg verursacht hatten. Die grimmigen Riesen hatten den Krieg verloren und wurden seitdem aus dem größten Teil des Festlandes entlang des Blauen Meeres verbannt. Den Guebras gefiel ihre eingeschränkte Existenz auf den Inseln natürlich nicht, und König Sankhasura von Krauncha versuchte nun, sein Territorium zu erweitern.

Die Ama-zûnas waren ein Kriegerstamm und hatten die Aufgabe, an der Küste zu patrouillieren, da sie mit Oinotria und allen zivilisierten Ländern in der Region verbündet waren. Sie hätten es vorgezogen, die Riesen ein für allemal loszuwerden, aber das wäre als Verbrechen gegen die

Zivilisation angesehen worden. Es war auch eine bekannte Tatsache, daß die Sieger eines Krieges die Eigenschaften der besiegten Nation übernehmen. Niemand wollte dies riskieren.

Nicht alle Riesen rund um das Blaue Meer waren für den Krieg. Die Kabiri waren mit den "Kindern des Mondes" verwandt und wünschten sich nichts sehnlicher, als mit ihren Nachbarn in Frieden zu leben. Sie durften mit den Oinotrianern und anderen Völkern des Blauen Meeres Handel treiben und kämpften an deren Seite, falls dies nötig sein sollte.

Diesmal jedoch schien König Sankhasura Verbündete in den Gorgonen von Hesperia gefunden zu haben, die nördlich der "Passage der Goldenen Säulen" lebten. Alle Schiffe mussten ihr Land auf dem Weg zum Blauen Meer passieren. Eine Schlacht schien unmittelbar bevorzustehen. Deshalb war innerhalb der 'Passage der Goldenen Säulen' keine Seefahrt erlaubt und Schiffe durften Hyela nicht verlassen.

Die Zeitreisenden waren schockiert. Sie hatten schon einmal die unangenehme Bekanntschaft mit den Gorgonas gemacht. "Wahrscheinlich haben die Edfunier auch etwas damit zu tun. Hartnäckige Kerle", meinte Katherine.

"Das heißt, wir können nicht nach Alesia zurück ", sagte Chryséis.

"Na toll!" murmelte Trevor. "Vom Regen in die Traufe."

"Können sie uns nicht mit einem der großen Kontinentalvimaane fahren lassen?" Chryséis hatte Tränen in den Augen.

"Ich glaube nicht, daß wir dafür wichtig genug sind", meinte Katherine.

"Obwohl der Seehafen durch ein starkes elektromagnetisches Schild geschützt ist, muss der gesamte Seeverkehr eingestellt werden, bis wieder Frieden hergestellt ist", erklärte die Lady of Hyela. "Ehrenwerte Lady", wandte sich Porsenna aus Algiras, einer der Matrosen, an die Herrscherin von Oinotria "Wie lange wird diese Situation andauern?" Die Lady sah ihn mit einem Stirnrunzeln an. "Die letzte Schlacht dauerte nicht länger als drei Mondphasen an." Sie versuchte, ermutigend zu klingen.

"Oh, ist das alles?" sagten Trevor und Katherine gleichzeitig.

Alle am Tisch starrten sie an, weil sie schlechte Manieren zeigten. Die beiden schauten auf ihre Teller und überstanden das Essen, ohne ein weiteres Wort zu sagen.

So mochten die Oinotrianer Kinder am liebsten: gesehen, aber nicht gehört zu werden. "Oh, großartig", flüsterte Trevor. "Was sollen wir denn jetzt tun? Ich dachte, wir hätten die Edfunier ein für alle Mal hinter uns gelassen. Jetzt haben sie so miese Familienmitglieder hier."

"So ein Mist aber auch", flüsterte Chryséis zurück. "Drei Wochen an diesem Ort? Gibt es denn keine andere Hafenstadt in der Nähe?"

"Wir müssen abwarten, was sie entscheiden, Chris", sagte Katherine leise. "Da ist nicht viel, was wir tun können."

"Ja, ich weiß ..." Chryséis spürte, wie ihr die Tränen kamen, und Katherine drückte ihren Arm. Es war nicht schwer zu erraten, daß Chryséis Heimweh hatte.

Tepi legte ihren Kopf auf den Oberschenkel des Mädchens und sah sie mit großen Welpenaugen an. Chryséis tätschelte den Kopf des Hundes und reichte ihr ein paar Häppchen Luni-Käse unter den Tisch. Nach dem Essen wandte sich Trevor an die Zitadell- Beamten. "Athenai, gibt es den keine andere Möglichkeit für uns nach Alesia zurückzukehren? Wir haben nicht viel Zeit." Trevor fürchtete, die Beamten würden ihn wieder mit ihren Blicken zurechtweisen, aber er musste wissen, ob es noch einen anderen Weg gab.

"Na ja", sagte ein kahlköpfiger Beamter namens Rissa von Hyela in hochmütigem Ton. "Ihr könnt hier in Hyela bleiben und warten, Athenai oder ..."

"Aber wir müssen nach Hause zurückkehren...", unterbrach ihn Chryséis. Diese Ungeduld! Der Glatzkopf schloss die Augen, als hätte Chryséis ihm dröhnende Kopfschmerzen verpasst. "... oder wir werden eine andere Lösung für euch finden. Krieg ist kein Zeitvertreib, Kind. Du musst es deinen Ältesten überlassen, was zu tun ist." Rissa würde bald als Kriegsherr fungieren und hatte andere Dinge im Kopf, als auf fremde Kinder aufzupassen. "Ich verstehe", sagte Chryséis. "Da ist also nichts, was wir tun können?"

"Nein, nichts."

"Netter Kerl", flüsterte Katherine in Trevors Ohr.

Die beiden Matrosen schienen die Nachricht mit Gleichmut aufzunehmen. Wenn es der Wille der Erdmutter war, daß sie länger in einem fremden Land verweilen mussten, dann war es eben so. Sie beschlossen, in Hyela zu bleiben, bis das Blaue Meer wieder sicher war, um mit dem Schiff auszulaufen. Sie fühlten sich wohler in der Nähe des Meeres und wollten die Schlacht abwarten. Das örtliche Sorghum-Bier schmeckte diesen Männern, die die meiste Zeit ihres Lebens auf See verbracht hatten, auch recht gut.

"Verehrte Lady..." began der Beamte Rissa. Er wollte sich über die ungezogenen Kinder beschweren. "Verehrte Lady..."

Aber die Lady der Zitadelle hob die Hand und Rissa verstummte. "Wir haben keine Zeit für weitere Diskussionen."

Sie wollte das Abendessen schleunigst beenden und zu einer Konferenz mit den Ältesten von Oinotria zurückzukehren, aber zuvor musste sie eine Lösung für die Kinder aus Alesia finden.

Rissa konnte nicht leugnen, daß die Kinder ihn ärgerten. Sie nahmen ihr Schicksal nicht so gelassen hin, wie es von ihnen erwartet werden konnte. Hatte die Lady von Sydonia es versäumt, ihnen beizubringen, wie man mit seinen Älteren spricht? Natürlich wusste er nicht, daß sie nicht aus Alesia oder gar aus der gleichen Epoche stammten.

Aber die Lady von Hyela wusste es. Für alle anderen waren die Kinder einfach drei junge Sydonier mit einem seltsamen Akzent, die allein reisten. Ein solches Thema konnte man nicht beim Abendessen besprechen und vor allem nicht mit einem sturen Mann wie Rissa. Sie war von der Lady von Sydonia kontaktiert worden und hatte die Situation noch vor dem Essen telepathisch mit anderen Ladys besprochen. Daher bat die sie die Kinder umgehend in ihren Audienzsaal. "Ich weiß über eure Situation Bescheid, Athenai. Bitte verzeiht Rissas Unwissenheit. Er wird als Kriegsherr agieren, und ich fürchte, das macht ihn nicht unbedingt freundlicher."

"Okay ..." sagte Katherine. Die Kriegsherren in Sydonia waren ähnlich unfreundlich gewesen.

"Ich habe beschlossen, daß ihr unsere Jungfer Tafawana in das Land Ta Mery begleite sollt, wo bald das 'Festival von Sokhar' stattfinden wird. Dort werdet ihr erstmal sicher sein. Wir besuchen das Fest jedes Jahr, und was euch betrifft: Man kann ja nie genug Bildung bekommen..."

Die Gesichter der drei Zeitreisenden leuchteten auf. "Also müssen wir nicht hier herumhägen - Entschuldigung, nichts für ungut, Lady", meinte Trevor.

"Niemand wird in Hyela herumhängen, das kann ich euch versichern", erwiderte die Lady. "Das jährliche 'Festival of Sokhar' findet in Ush-bantoun statt, einer recht neuen Stadt in Ta Mery, dem Schwarzen Land."

Die Kinder hatten bereits ihre liebe Not mit all diesen neuen Namen von Ländern und Städten... und sie hatten keine Ahnung, wo dieses Schwarze Land lag. "Dann ist es also beschlossen. Ihr dürft die Jungfrau Tafawana auf ihrer Reise nach Ush-bantoun begleiten. Wenn ich es mir recht überlege, könnt ihr auf eurem Weg ins Schwarze Land auch im Mâ-Roc Gebirge Halt machen. Die heißen Quellen von Felsina dürften für unsere jungen Besucher interessant sein", schloss die Frau.

"Klar, heiße Quellen klingen interessant. Und dann kommen wir hierher zurück und nehmen ein Schiff nach Alesia, wenn der Krieg vorbei ist?" fragte Katherine.

Die Lady of Hyela erhob sich anmutig von ihrem Stuhl.

"Das würde ich sagen. Ihr könntet auch ein Schiff von einem anderen Hafen an der Küste nehmen, wenn ihr dies wünscht. Alle Schiffe müssen auf ihrem Weg durch die Goldenen Säulen über Hyela fahren. Wir werden sehen wie lange der Krieg mit den Riesen andauern wird. Zunächst ist es wichtig, daß ihr die Stadt verlasst. Die Lady von Sydonia würde es mir nie verzeihen, sollte euch ein Haar gekrümmt werden."

Sie ordnete an, daß den Kindern Paizas ausgestellt werden sollten. Kleine Tonscheiben, die als Reisedokumente dienten und mit dem Siegel von Hyela versehen waren. Darauf standen eingraviert Informationen über den Träger und die Reiseabsicht. Da sie ihre Briefe von der Lady von Sydonia im Sturm verloren hatten, brauchten sie eine andere Art Ausweis.

Die Schriftgelehrten der Zitadelle brauchten nicht lange, um die drei Medaillons aus Ton herzustellen. Sogar Tepi fand darauf Erwähnung. Dann spitzte sich die Lage am Blauen Meer schnell zu, als die Kriegsschiffe der Gorgonen in Sichtweite kamen. Die Kriegsherren befürchteten, daß sie versuchen würden, das starke Schutzschild zu durchbrechen, das unsichtbar über der oinotrischen Küste lag. Der Vimaan, der die Jungfer und die Kinder aus Hyela fliegen sollte, musste die Stadt sofort verlassen, da das Schutzschild nur einen Moment lang deaktiviert werden konnte.

Als der Vimaan die Küste verliess, waren von den Inseln, auf denen ein grausames Opfer für den Kriegsgott Xipe Xolotle stattfand, markerschütternde Kriegsschreie zu hören.

"Herr des Opfers, wie kannst du
in diesem Körper erkannt werden
zum Zeitpunkt des Todes?"
"Ari-sûdana!"
"Ari-sûdana!"

*

Bald waren die drei Freunde in einem bequemen, recht modernen Vimaan, auf dem Weg zum Mâ-Roc-Gebirge. Mâ-Roc bedeutete Mutterfelsen. Es war das älteste und höchste Gebirge in der Region. Der erste Halt auf ihrer Reise war die Stadt Felsina, mitten im Hochland. Von Felsina aus würde es direkt weiter nach Ush-bantoun im Schwarzen Land gehen. Das Schwarze Land war die nördlichste Provinz des Landes Ta Mery. So viel hatten die Zeitreisenden inzwischen gelernt. Schade, daß sie nicht einfach googeln konnten, wo dieses Schwarze Land lag.

In der Zitadelle von Hyela hielt Rissa, der vorsitzende Kriegsherr, gerade eine Rede, als ein Todesstrahl, der vom Blauen Meer kam, ein Haus an der oinotrischen Küste weit im Osten traf. Das Haus explodierte, aber der Angriff wurde sofort registriert und das Loch im Schutzschild repariert.

Alles, was die Zeitreisenden von ihrer hochgelegenen Position im Vimaan aus sehen konnten, war ein heller Blitz - dann spürten sie die Druckwelle. "Ich glaube, es ist wieder ein Gewitter im Anmarsch", sagte Katherine und lehnte sich in ihren Sitz zurück. "Ich mag keine Stürme. Ich bin froh, daß wir die Küste verlassen."

"Ihr müsst euch nicht grämen, Kinder. Felsina ist weit von der Küste entfernt." Ein weiterer Blitz erhellte den Himmel, aber sie spürten die Druckwelle kaum, als der Pilot am Steuer zog und den Vimaan landeinwärts lenkte. "Sollten wir nicht Richtung Westen fliegen?" fragte Chryséis.

"Nein, Athenai, wir fliegen nach Osten. Nach Ta Mery und zu dem großen Löwen", sagte Tafawana geduldig und gab dem Piloten Anweisungen, in geringerer Höhe zu fliegen.

"Ein großer Löwe?"

"Ja, ihr wisst schon..." Tafawana seufzte. Aber die Kinder wussten es nicht. "Hat uns die Frau von Sydonia nicht von einem Land namens Ta Mery erzählt?" fragte Trevor. " sie dort mit dem Heben großer Felsen experimentieren?"

"Du meinst..."

"Ja, das ist Ägypten. Wie konnte ich das vergessen? Sie hat uns von Ägypten erzählt! Und im alten Ägypten gab es das Schwarze Land und das Rote Land, " sagte Chryséis ganz aufgeregt. "Was? Das kann doch nicht wahr sein. Das ist viel zu weit weg von Alesia", stöhnte Katherine.

"Ach, hör schon auf, Katie. Ich bin mir sicher, daß wir eine bessere Chance haben, von Ägypten aus nach Alesia zurückzukehren, als in diesem ... diesem ... Fischerdorf herumzusitzen und darauf zu warten, daß irgendein Krieg mit diesen dummen, großen Riesen vorbei ist." Trevor bemerkte nicht, daß er ins Englische gewechselt hatte, und Tafawana warf ihm ihren missbilligenden Blick zu.

Chryséis sah den Gesichtsausdruck der Jungfer und seufzte. Dieses Zeitreiseabenteuer war wirklich großartig, aber jetzt wollte sie endlich nach Hause.

Zum Zeitpunkt, als die Küstenregion am Blauen Meer am Rande eines Krieges stand, verließ ein anderer Schiffbrüchiger ein Dorf im Süden des Puntischen Kontinents.

Er war im Begriff, ein tückisches Stück Ödland zu durchqueren, das ihn von der Zivilisation trennte, die er unbedingt finden musste. Er hatte seine Erinnerung verloren, als er am Strand gefunden wurde, nun war es an der Zeit, im Norden eine Zitadelle und Menschen zu finden, die so waren wie er selbst. So viel wusste er. Vor vielen Monden war sein schnelles atalianisches Schiff auf dem Weg nach Mintaka im Land Ta Neteru gewesen, in einem Orkan vor der puntischen Küste vom Kurs abgekommen. Eine mächtige Welle hatte das Schiff gegen scharfe Felsen geschleudert, bevor sich der Sturm ausgetobt hatte. Am folgenden Morgen fanden Mitglieder des Ogudoni-Stammes den verletzten Mann, als sie den Strand nach nützlichen Gegenständen absuchten. Es gab keine anderen Überlebenden. Die Ogudoni packten schnell das, was sie gebrauchen konnten, und sammelten etwas Treibholz, bevor sie sich auf den Heimweg machten. Sie trugen den Mann und eine flache Ledertasche, die mit Pergamenten und seltsamen Instrumenten gefüllt war, die er fest hielt, in ihr Dorf zurück.

In den folgenden Wochen pflegten die Ogudoni den "Glückspilz" gesund. Er wusste nicht, wie viel Glück er eigentlich gehabt hatte. Das Schiff war während des Sturms weit in den Süden nach Yam, dem "Land der Horizontbewohner", getrieben worden, und damit dem Zugriff eines Kannibalenstammes beim Sumpfland entkommen.

In der Obhut der freundlichen Ogudoni erholte sich der Mann von seinen Verletzungen. Der Schamane tat sein Bestes, um ihn mit Kräutern und Tränken wiederzubeleben, aber obwohl er nach einem Mond wieder erwachte, blieb sein Gedächtnis für einige Zeit verschwommen.

Die Ogudoni stammten ursprünglich aus Atlantis, hatten ein schwarzes Gesicht und kannten sich mit der Zivilisation aus. Vor Generationen hatten sie sich über eine alte Landbrücke auf den Kontinent Punt gewagt, um neue Länder zu erkunden. Im Landesinneren waren die Ogudoni rohen Kannibalen und Herden großer Echsen begegnet.

Sie hatten überlebt, aber viele, darunter auch die Weisen, die die alten Traditionen gut kannten, waren bei einem Kataklysmus umgekommen. Die Ogudoni mussten sich an die Küste zurückzuziehen, und die nachfolgenden Generationen wussten nur wenig über das Erbe ihres Clans. Während des Kataklysmus war die Landbrücke im Westen zusammen mit dem Teil Atlands, aus dem sie stammten, in den Fluten untergegangen. Nur die Legenden einer Heimat jenseits des großen Wassers waren geblieben und das Echo einer einst großen Nation.

*

Als der Reisende langsam sein Gedächtnis zurück erlangte, lernte er Izi-Dogo, die Sprache des Stammes. Er erinnerte sich an seinen Namen - Azurias Maya - und, daß er einst auf einer großen Insel im Nordwesten gelebt hatte. Da er die Sprache verstand, konnte er den Rawis auf dem Dorfplatz zuhören, die von fruchtbaren Ebenen rund um ein Binnenmeer, den Mer Wer, im Herzen dieses paradiesischen Kontinents erzählten, in dem es von gefährlichen Tieren nur so wimmelte.

Sie sprachen davon, daß die Menschen glücklich und im Überfluss lebten. Dann hatte das wogende Meer die größten Städte der bekannten Welt verschlungen, als der Boden bebte und nach gab. Der Grund des Mer Wer hob sich und ließ all das Wasser in eine Flutebene abfließen, die nun das südliche Punt von den nördlichen Gebieten abschnitt. Dort, wo die Sümpfe ausgetrocknet waren, blieben nur noch ein paar saure Seen übrig. Die Früchte der Erde waren verdorben und viele Menschen hatten ihr Leben verloren. Alles, was von den fruchtbaren Ebenen und den prächtigen Städten übrig blieb, war unfruchtbares Ödland. Einige Krokodile, Giraffen,

Nilpferde und Saurier hatten sich in den feindlichen Sümpfen wieder angesiedelt und Geschichten über Geister waren weit verbreitet. Der Schiffbrüchige hörte gebannt zu und kannte die Geschichte bald auswendig. Die Ogudoni zeigten ihm die Ledertasche mit den geheimnisvollen Schriftrollen und Instrumenten, die sie bei ihm gefunden hatten. Glücklicherweise waren die Schriftrollen durch das Meerwasser nur leicht beschädigt worden.

Sobald der Mann wieder bei Kräften war, studierte er die gezeichneten Himmelskarten. Er hatte den leisen Verdacht, daß er sie irgendwie verstehen musste und, daß er sie selbst gezeichnet hatte. Seine Gastgeber waren neugierig, was die kompliziert aussehenden Instrumente und vor allem die Zeichnungen zu bedeuten hatten. Die Karten schienen bestimmte Sterne am Himmel zu zeigen, aber Azurias Maya konnte ihre Bedeutung noch nicht verstehen.

Die Ogudoni sagten ihm, daß er, der "vom Glück Begünstigte", sich mit der Zeit wieder erinnern würde, und tatsächlich kehrte seine Erinnerung bald zurück. Zuerst waren es nur vage Einzelheiten, dann fügten sich immer mehr Mosaiksteinchen zu einem Bild zusammen. Woran Azurias Maya sich erinnerte, war erstaunlich: Er war ein Sternenkundiger aus Algiras, der Hauptstadt von Atland. Der Insel im Nordwesten, wo er an der großen Sternwarte in den Hügeln außerhalb von Algiras arbeitete.

Bei Routinebeobachtungen des Firmaments war ihm dort etwas sehr Ungewöhnliches aufgefallen. Berechnungen ergaben, daß sich in einem fernen Sonnensystem einer der Himmelskörper in die entgegengesetzte Richtung um seine Sonne bewegte. Eine unglaubliche Entdeckung! Um seine aufregenden Erkenntnisse mit den bedeutendsten Astronomen seiner Generation zu teilen, machte er sich auf den Weg in das Land Ta Neteru in Ost-Punt. Ta Neteru war ein Zentrum der Astronomie mit seinen großen Bibliotheken und Universitäten.

Jeden Tag erinnerte sich Azurias Maya ein wenig mehr und der Wunsch, nach Norden zu gehen und sein eigenes

Volk zu finden, wurde stärker. Die Ogudoni waren nicht bereit, Azurias Maya zu begleiten. Die Angst vor Geistern und dem Schlechten Land war zu groß. Also beschloss er, auf eigene Faust zu gehen. Um sich bei den guten Menschen, die ihm das Leben gerettet hatten, zu revanchieren, lehrte der Astronom sie, was er über die Sterne wusste. Er zeichnete Bilder von Himmelskörpern in den Sand, erklärte ihnen ihre Namen und Flugbahnen und erzählte ihnen von weit entfernten Galaxien.

Die Dorfbewohner hatten noch nie von solchen Dingen gehört und fanden den Hundsstern höchst faszinierend. Schon bald begannen sie, die Geschichten in Tänzen und mit entsprechenden Kostümen zu verkörpern. Der Sohn des Häuptlings, ein Rawi in Ausbildung, wurde ausgewählt, um die Informationen auswendig zu lernen. Es war das Einzige, was er als Gegenleistung für die Gastfreundschaft der Ogudoni geben konnte.

Bald bereitete sich der berühmte Sternkundige, Azurias Maya aus Atala, darauf vor, das Dorf an der Küste zu verlassen. Das einzige Problem war das Schlechte Land, vor allem das glühend heiße Innere im Schlechten Land. Es war ungewiss, ob er auf seinem Weg Unterstützung finden würde ode rob er sich verteidigen musste, aber Azurias Maya hatte keine Wahl. Entlang der westpuntischen Küste gab es keine Häfen, und wenn er sein Volk jemals wiedersehen wollte, musste er das Schlechte Land durchqueren. Er verließ das Dorf der Ogudoni bei zunehmendem Mond. Die Ogudoni gaben ihm einen letzten Rat: es gab auf dem Weg kannibalische Stämme, die den frühen Siedlern das Land weggenommen hatten, und Herden von großen Echsen. Azurias Maya versprach vorsichtig zu sein.

Bald durchquerte er Hügel, einen Regenwald und reptilienverseuchte Flüsse und schließlich Sumpfland und Sanddünen, die fruchtbares Ackerland verdrängten. Er begegnete Herden von gefährlichen Sauriern und schaffte es kaum lebend über den Fluss. Doch statt Kannibalen traf er auf freundliche Einheimische, die ihm mit Nahrung und

Unterkunft weiter halfen und seine ausgehöhlten Kürbisse mit frischem Wasser auffüllten. Azurias Maya zog weiter und näherte sich bald dem Rand des Schlechten Land. Ein Schwarm Geier stieg plötzlich von einer Gruppe toter Bäume auf und erschreckte ihn gewaltig. Die großen Vögel beschäftigten sich mit den Überresten eines Elefanten, den die Echsen getötet und halb aufgefressen zurückgelassen hatten.

Dies war weit entfernt von den sanften Hügeln und Blumengärten Atlands, die er so gerne wiedersehen würde oder gar vom Land der Ogudoni. Im Laufe der Zeit hatten heftige Regenfälle tiefe Furchen und Grate in das Gestein gegraben, was Täler und seltsame Gebilde formte. Das Wasser war verdampft und saure Tümpel blieben übrig.

Als er diesen unheimlichen Ort betrat, ging er an einem Skelett vorbei. Es sah menschlich aus und war im Laufe der Zeit weiß gebleicht. Die Luft stank und Azurias Maya machte seinen Weg an einem flachen, übel riechenden See vorbei. Die Ufer waren mit Salzschichten überzogen und das Wasser war nicht zum Trinken geeignet. Mehr Skelette lagen halb im Wasser, als ob sie trinken wollten . Der Anblick gab ihm eine Gänsehaut. Es ist noch Zeit umzukehren, dachte er bei sich, beschloss dann aber weiterzugehen. Nicht mehr weit, überzeugte er sich, nicht mehr weit.

Auf einmal tauchte vor ihm ein schwarzer Hund aus einer Felsformation auf. Er hatte spitze Ohren und eine lange Schnauze und sein Besitzer war vor vierzehn Tagen verdurstet . Das Tier hatte es irgendwie geschafft zu überleben. Nervös und sensible für das kleinste Geräusch, fand der Hund instinktiv eine andere lebende Seele. Zunächst scheuchte Azurias Maya den Hund weg. "Geh fort!" rief er und warf Steine in seine Richtung. Vielleicht war er ja krank und würde beißen. Aber bald gewöhnte er sich an das Tier und begrüßte sogar seine Anwesenheit in der Einöde. Er gab dem Hund einen Namen. Ohne besonderen Grund nannte er ihn Nubi. Der Hund hatte gelernt, verborgenes Wasser zu finden und kleine Eidechsen und Nagetiere zu jagen. Dies kam nun dem Mann zugute.

Als sie am dritten Tag rasteten, schüttete der Mann ein wenig Wasser in eine Vertiefung im Felsen, damit der Hund es trinken konnte. Über Nacht waren sie zu Freunden geworden. Sie teilten sich getrocknete Fleischstreifen zum Abendessen und am Morgen einen halben Fettkuchen voller Nüsse, Körner und getrockneten Beeren, aber Azurias Maya fand auch am vierten Tag kein Wasser und seine Vorräte begannen zu schwinden. Ohne Wasser würde er es nicht schaffen die andere Seite des Schlechten Landes zu erreichen. Dann verschlechterte sich seine Situation noch mehr. Ein Sandsturm fegte über das trockene Land, und Mann und Hund hasteten über die Salzkruste, um sich noch rechtzeitig in einer Höhle im Felsen zu verstecken, bevor die Sandwolke sie erreichen konnte.

Vor der Höhle begann sich der Sand aufzutürmen and der Wissenschaftler versuchte ihn verzweifelt von der Öffnung fortzuschaufeln. Der Raum war flach und enthielt nicht viel Luft, und nach einigen Stunden des Ausharrens begann der Mann das Bewusstsein zu verlieren. Der Sandsturm fegte vorüber, ohne daß er es bemerkte. Nubi winselte und leckte sein haariges Gesicht, aber der Mann wachte nicht auf, also begann der Hund zu graben. Er schaffte es, sich durch den Sandhaufen zu arbeiten, stürmte aus der kleinen Höhle und schnupperte die Luft. Es roch nach - Menschen.

Azurias Maya wusste es nicht, aber er hatte fast die andere Seite des Schlechten Landes erreicht. Nubi bellte und bellte und erregte die Aufmerksamkeit zweier Wüstenbewohner, die nach dem Sturm ihre entlegenen Brunnen inspizierten. Die Männer waren in weite Tuniken und Schleier gehüllt, die sie vor dem stechenden Wind und der glühenden Sonne schützten. Sie tranken aus dem Brunnen und boten dem Hund etwas Wasser an. Nubi trank durstig, rannte dann aber hin und her und machte soviel Lärm, daß sie ihm schließlich zu der kleinen Höhle folgten. Der Hund begann zu graben, und die Männer halfen ihm dabei.

So fanden Antar, der Wüstenprinz, und sein Bruder den berühmten Astronomen aus Atala. Azurias Maya kam zu sich und saß wie betäubt da. "Schelanti athenai, schelanti", sagte er immer wieder. "Schukri, ihe habt mir das Leben gerettet."

Er war zum zweiten Mal dem sicheren Tod entkommen.

Antar und seine Männer lebten in der Siedlung Engaddi, einer juwelenartigen Oase am nördlichen Rand des Schlechten Landes, nicht weit von der Stadt Sakhara entfernt.

"Wir bringen euch nach Engaddi. In Sicherheit", sagte Antar. Er half Azurias Maya auf sein Pferd und führte es unverzüglich zu einer Schlucht, auf dem halben Weg nach Engaddi, in der wilde Kamele ein Zuhause gefunden hatten. Vor langer Zeit hatten Siedler aus Baktrien eine Handvoll dieser Tiere mitgebracht. Die Kamele, die sich in dem feuchten Klima nicht wohl fühlten, waren nach Süden entkommen und hatten in der kühleren Schlucht ein neues Zuhause gefunden, wo sie geschützt waren vor der sengenden Sonne und den scharfen Winden. Die kleinen Höhlen in der Schlucht, die noch mit Zeichnungen von Tieren und tanzenden Menschen bedeckt waren, wurden schon lange nicht mehr bewohnt.

Tiefe Süßwasserteiche lagen zwischen den Felsen verborgen und versorgten sie. Auch eine einsame Mastodon-Familie ernährte sich von riesigen Farnen und Gräsern auf beiden Seiten der Teiche. Es war ein heiliger Ort für die Oasenbewohner von Engaddi. Die Männer tauchten Becher aus Dinosauriereiern in das kühle Wasser und gaben es Azurias Maya zu trinken. Er trank, bis er nicht mehr konnte. Das letzte, was er sah, waren die Berge, die einer nach dem anderen in der untergehenden Sonne dunkel wurden. Er wachte in Engaddi mit schmerzenden Augen und einem pochenden Kopf wieder auf. Die langen Schatten der Dattelpalmen fielen schräg über eine staubige Straße und grüne Felder. Draußen schöpfte eine Frau Wasser aus einem Brunnen, und irgendwo spielte eine Gruppe von Kindern mit viel Gejohle 'Schweineschnauze'. Es erinnerte ihn an seine Heimat Atland, wo dieses Spiel gang und gäbe war.

Nubi, der Hund, schlief auf dem Boden neben der bequemen Hängematte, in der er lag. Das bunte Türgitter wurde zur Seite geschoben und einer der Männer, die ihn gerettet hatten, betrat den Raum. Er nahm sein Kopftuch ab und sah ihn mit einem breiten Lächeln an. "Schalantai, mein Name ist Antar von Engaddi. Geht es euch besser?"

"Schelanti, athenai. Ich bin Azurias Maya von Algiras und stehe in eurer Schuld. Ihr habt mir das Leben gerettet."

Der Wüstenprinz verbeugte sich leicht und ließ seine weißen Zähne blitzen. "Eines Tages werdet ihr euch bei einer anderen würdigen Seele für diesen Gefallen revanchieren." Sagte er, wie es der Brauch war. Antars Männer waren in der Wüste schon vielen Karawanen zu Hilfe gekommen und hatten viele Leben gerettet. "Aber natürlich", sagte Azurias Maya. Nubi spitzte die Ohren und blickte die beiden Männer an, als ob er ihr Gespräch verstehen könnte.

"Wie das Schicksal es will, wird morgen früh eine Karawane nach Norden in Richtung Sakhara aufbrechen. Azurias Maya und sein vierbeiniger Begleiter könnten sich der Karawane anschließen", meinte Antar. Er deutete die Zeit des Aufbruchs an, indem er seinen Arm in einem flachen Winkel ausstreckte. Bei Sonnenaufgang also.

"Der Erdmutter sei Dank", seufzte Azurias Maya und bedankte sich. "Schukri, Prince Antar. Schukri merbani."

Die Sonne hatte sich kaum über den Horizont erhoben, als der Anführer der Karawane, ein verschleierter Konk mit dem Namen Tomi, das Zeichen zum Aufbruch gab. Eine lange Reihe eher kleiner Elefanten, ein paar Saurier und zottelige, mit Waren beladene Mokis reihten sich hintereinander ein.

Azurias Maya ritt auf dem Rücken eines zahmen Mokis, der ihn während der Reise manchmal wehmütig anblickte. Nubi trabte treu neben dem Moki her und bellte ab und zu ein wenig vor Aufregung. Es war nicht schwer, Schritt zu halten, da die Karawane sich langsam auf dem schmalen Pfad entlang schlängelte. Dem Astronom machte das langsame Tempo nichts aus. Reiten war jederzeit besser als Laufen, und schließlich war seine anstrengende Reise bald zu Ende. Er würde die Lady und die Jungfern von Sakhara um Hilfe bitten und dann über das Atlantischen Meer in seine Heimat Atland zurückkehren.

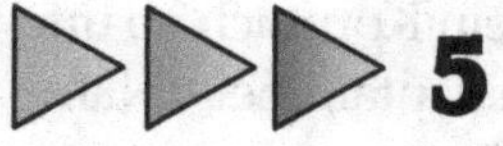

5 STRASSE OHNE WIEDERKEHR

Der Pilot hatte Anweisungen, Tafawana und die Kinder in der Stadt Felsina im Mâ-Rock-Gebirge abzusetzen und mit dem Zitadellen-Vimaan sofort nach Hyela zurückzukehren. So ein Krieg war nicht zum Lachen, und die Kriegsherren brauchten jeden verfügbaren Vimaan in ihrem Kampf gegen die Guebras. Sie machten im Nebel eine sanfte Landung im Vorhof der Zitadelle.

In ein paar Tagen würden die Zeitreisenden einen Vimaan zur Stadt Kem-Oun nehmen, wo sich der blaue Nila-Fluss in ein großes Delta aus Flüssen und Rinnsalen ausbreitete.

"Die drei Kinder werden auf Geheiß der Lady von Sydonia das Land Ta Mery und seine Kultur erkunden", erklärte Tafawana der Lady von Felsina.

"Nun gut, wenn die gute Lady von Sydonia es so wünscht", erwiderte die Herrscherin. "Ihre Gäste sind unsere Gäste. Seien Sie alle willkommen."

"Danke, ehrenwerte Lady. Zunächst werden wir nach Kem-Oun reisen, und danach weiter nach Ush-bantoun, um das Fest von Sokhar zu besuchen. Und später nach Rostau, unten im Süden am Nila-Fluss."

"Eine so lange Reise für diese drei Kinder aus Alesia?"

"Die die ehrenwerte Lady von Hyela hat dem zugestimmt. Wenn sie in unsere schöne Hafenstadt zurückkehren, werden sich die lästigen Riesen sicher wieder auf ihre elenden Inseln zurückgezogen haben. Die Kinder besteigen dann dort ein Schiff und kehren in Sicherheit nach Alesia zurück."

Es war das Ende des Frühjahrsmonsuns, wenn häufige Regenschauer im Vorgebirge die grünen Hänge wochenlang durchnässten. Bald würden sie einem recht trockenen Sommer Platz machen, bevor im Herbst der kalte Winterregen zurückkehrte.

Felsina hatte ihren Vimaan mit Schlamm, Nebel und Regen begrüßt. Sehr viel Regen, und es wurde nicht besser.

Die Stadt war von einem dichten, grünen Wald voller Farne, Moos und Leberblümchen umgeben, und umgab sogar einige der Häuser.

Von höher gelegenen Stellen tropfte ständig Quellwasser herab und ein kleiner Fluss hatte beschlossen, seinen Lauf zu ändern und lief nun quer durch die Hauptstraße der Stadt.

"Es ist wirklich nass hier", sagte Chryséis und fröstelte.

"Nun, wir werden nicht lange hier bleiben. Morgen früh machen wir uns auf den Weg ins warme und trockene Ta Mery", sagte Tafawana in einem beruhigenden Ton.

Doch als sie sich für die Nacht vorbereiteten, erreichte eine beunruhigende Nachricht die Zitadelle: König Psammetich von Felsina war bei der Verfolgung eines Wildschweins im dichten Wald umgekommen. Er war ein guter König gewesen, und unter seinen treuen Untertanen wurde viel geweint und getrauert. Während der Vorbereitungen für die Beerdigung durfte niemand Felsina verlassen, zumal die Ursache untersucht werden musste.

Am Tag zuvor hatte der Regen für kurze Zeit aufgehört, und König Psammetich war mit einer kleinen Jagdgesellschaft ausgeritten, um Wildschweine und Damhirsche für die Zitadell- Tafel zu erlegen. Zu diesem Zweck bediente er sich oft der Hilfe von Waldfaunen, die die Tiere in Netze zwischen den Bäumen lockten. Auf ihren Doppelflöten und feinen Harfen spielten die Faune verlockende Melodien, denen die neugierigen Tiere folgten. Doch dieses Mal war etwas schief gelaufen. Das edle Ross des Königs, aus bester Zucht, hatte sich aufgerichtet, durch eine plötzliche Bewegung im Gestrüpp aufgeschreckt. Das sonst so zuverlässige Tier stolperte auf dem glitschigen Gestein und der König wurde gegen einen Felsen geschleudert. So fand er den vorzeitigen Tod.

Dann hatte es wieder zu regnen begonnen. Es regnete und regnete und der Regen kam in langen silbrigen Fäden herunter. Die Feuchtigkeit hing dicht in der Luft und eine graue Sonne zeigte sich nur ab und zu verschleiert zwischen den Wolken. Das fröhliche Zwitschern der Waldvögel war verstummt und alle gewohnten Geräusche waren gedämpft.

Gerüchte machten die Runde: Hatte man nicht von zuviel Jagd im Wald gesprochen? Hatten sich die Waldelfen mit schwarzer Magie gegen ihre menschlichen Nachbarn gewandt? Obéa war im Mâ-Felsengebirge ebenso gefürchtet wie im Rest der Bekannten Welt. Die Menschen wurden gegenüber den Waldbewohnern misstrauisch.

"Das 'Haus der Wahrheit' wird schnell handeln. Es wird ein Begräbnis geben, und dann machen wir uns wieder auf den Weg ", versicherte Tafawana den Kindern. "Ihr seht doch sicher ein, daß es unpassend wäre, Felsina jetzt zu verlassen."

Chryséis rollte mit den Augen. "Ich kann das nicht glauben. Ist unsere Reise verhext oder was?"

"Nein, es ist nur eine kleine Panne", sagte Trevor. "Auf jeden Fall haben wir jetzt Zeit, in unser Tagebuch zu schreiben."

Das "Haus der Wahrheit" brauchte genau drei Tage, um festzustellen, daß kein magischer Elfenpfeil den Weg ins Herz des Königs gefunden hatte. Die Erkenntnisse des "Hauses der Wahrheit" standen außer Frage. Die Waldfaune waren entlastet.

Die Lady von Felsina entschuldigte sich öffentlich bei dem Faunenkönig, um den Frieden im Reich zu wahren. Nun konnten die Vorbereitungen für die Beerdigung beginnen. Während der öffentlichen Ankündigung regnete es natürlich. Währenddessen war vom Senat ein Nachfolger für den guten König gefunden worden.

"Wenigstens haben sie nicht allzu lange gebraucht, um jemanden zu finden", sagte Trevor.

"Eine dumme Idee, überhaupt hierher zu kommen", beschwerte sich Katherine. "Ich werd' noch verrückt, wenn dieser Regen nicht aufhört."

"Ich dachte, du wärst an den Regen gewöhnt", grinste Trevor.

"Das heißt aber nicht, daß ich ihn unbedingt mag."

"Und ich mag keine Beerdigungen!" stöhnte Chryséis. "Es

ist immer so traurig - und was sollen wir dabei tun? Eine Hochzeit wäre besser. Weißt du noch, wie viel Spaß wir in Sydonia hatten?"

"Diese Beerdigung hört sich nicht nach viel Spaß an", sagte Trevor. "Aber wir haben keine andere Wahl. Also gehen wir auf eine Beerdigung."

Der Beamte, der die Nachricht von der bevorstehenden Beerdigung überbracht hatte, hörte diese letzten Worte, als er den Raum verlassen wollte.

"Spaß? Was ist Spaß?" Er sah verdrießlich aus. Er verstand nicht, wovon die Kinder sprachen, aber er dachte, er sollte sie wissen lassen, wie unhöflich sie waren. Trevor erinnerte sich an das akkadische Wort. "Ehm, ich schätze, man würde es Fröhlichkeit nennen." Der Beamte war verblüfft. Er runzelte die Stirn. Die Kinder sahen sich gegenseitig an. Die Menschen in Oinotria waren so empfindlich! Was war jetzt an dem Wort 'Fröhlichkeit' verkehrt? Die Erwachsenen in Hyela waren auch so ernsthaft gewesen.

Alle drei versuchten, gleichzeitig zu sprechen. Sie erklärten, wie sehr sie das Ableben des guten Königs bedauerten. Und wirklich, die Beerdigung würde zweifellos sehr feierlich und festlich werden. Nur die Tatsache, daß sie wegen des ständigen Regens in den Räumen der Zitadelle eingesperrt waren, sei nicht sehr erbaulich.

Sie sahen, wie das Stirnrunzeln des Beamten verschwand. Er schüttelte sich und schenkte ihnen ein schwaches Lächeln. Kinder! "Athenai, in Felsina herrscht Fröhlichkeit", sagte er. "Wir sind zwar nicht in Ush-bantoun oder Hyela oder gar Rostau ... aber es gibt Theaterstücke und Konzerte und Feste. Zu angemessener Zeit."

Sie sahen auf den Boden und murmelten. "Natürlich, Athenai."

"Wir haben geheizte Pools", sagte der Beamte, "...und ein 'Haus des Wissens'", er machte eine wichtige Pause. "...und gutes Essen." Die Zeitreisenden nickten zu allem, was der Mann sagte, und machten sich Notizen. Beheizte Pools und eine

Bibliothek? Das hörte sich interessant an. Aber der Mann war noch nicht fertig. "...und was gibt es Schöneres als ein zielgerichtetes Leben?", sagte er und legte seine Stirn wieder in Falten.

"Ganz sicher, ganz sicher", sagte Trevor. Hörte er garnicht mehr auf? Aber Hauptsache, der Zitadell- Beamte war beschwichtigt. "Also gut, Athenai. Ich muss mich auf den Weg machen." Der Beamte nickte und verschwand abrupt.

"Das war knapp!" sagte Chryséis. "Stell dir vor, wir werden verhaftet, weil wir nicht traurig genug über ihren toten König sind."

"Ja, stell dir das vor!" miente Katherine und sah zu, wie der Regen von dem überhängenden Dach vor ihrem Fenster tropfte. "Ich habe es satt, nur in unser Tagebuch zu schreiben. Wir müssen etwas unterehmen, sonst drehe ich noch durch."

"Das können wir nicht riskieren, oder?" schmunzelte Trevor.

"Du meinst..." sagte Chryséis. Ja, es war verrückt von ihr gewesen, allein durch die Zeit reisen zu wollen. "Vielleicht war ich auch ein bisschen verrückt damals..."

"Ja, das warst du wohl", meinte Katherine. "Du hättest wenigstens in der Zukunft etwas Interessantes tun und uns davon erzählen können."

"Ihr werdet mir wohl nie vergeben, oder?"

"Nö."

"Also gut", mischte sich Trevor ein. "Wir sollten den Ort hier ein wenig erforschen. Dafür sind wir doch schliesslich hier, oder?"

Sie beschlossen, es mit den geheizten Wasserbecken zu versuchen. Eine der Jungfern gab ihnen dunkle Umhänge zum Anziehen. Man nannte sie Chitons, Regenmäntel, und eine ungenaue Wegbeschreibung. Auf dem Hof, wo die Krönung stattfinden würde, herrschte reges Treiben.

Alle waren mit den Vorbereitungen beschäftigt und kümmerten sich nicht um die Kinder. Sie verließen den Hof durch ein Seitentor, und Tepi war ganz aufgeregt, endlich draußen zu sein. Sie jagte den schlammigen Weg auf und ab und scherte sich nicht um den Regen.

"Hast du verstanden, wo diese heißen Pools sein sollen?" fragte Katherine. "Ich habe keine Lust, bei diesem trüben Wetter ewig im Kreis herumzulaufen." Sie warf Tepi einen Stock zu, damit er sie ihm nachjagen konnte. Chryséis und Trevor gingen auf dem nassen Hauptweg vor ihr her und sprangen über den kleinen Bach.

"Sie sagte, wir würden das Schild dort unten an der Kreuzung sehen", sagte Trevor und drehte sich halb um. Katherine sprang ebenfalls und wäre auf der glitschigen Straße fast gestürzt.

"Vorsichtig", warnte Chryséis und nahm Katherine an die Hand. In den Straßen und auf dem Platz war kaum jemand zu sehen. Die Gehwege rund um den Platz waren aber überdacht und trocken. Eine interessante Besonderheit, abgesehen von den bemoosten Statuen und den gurgelnden Wasserspielen.

Wasserspiele - als ob es in dieser Stadt nicht schon genug Wasser gäbe! Sie versuchten, jemanden nach dem Weg zu fragen, aber die wenigen Leute, die sie sahen, eilten mit heruntergezogener Kapuze an ihnen vorbei.

"So was von hilfsbereit", stöhnte Katherine.

"Wir sollten uns nach dem Straßenschild umsehen", sagte Chryséis und tatsächlich fanden sie das Schild.

Es waren drei gewellten Linien darauf und eine Hand zeigte nach links. Felsina war nicht so klein, wie es auf den ersten Blick erschien. An der gesamten Ostseite des Hügels reihten sich mit Moos bewachsene Häuser. Sie gingen die Straße hinunter und sahen bald den Eingang zu den beheizten Schwimmbädern. Ein weiteres Schild mit drei geschwungenen Linien wurde von einer Statue des Gottes der Gesundheit hochgehalten. In einem großen Gebäude unter einem hohen tunnelförmigen Dach sahen sie ein langes Becken mit Bahnen und kleine runde Becken mit dampfendem Wasser.

Die Becken wurden von einem sprudelnden Springbrunnen gespeist und entland der Wände standen hölzerne Bänke, die mit Kleidung bedeckt waren.

"Ist das, wo wir uns umziehen sollen?" fragte Trevor.

"Bist du schüchtern?" fragte Chryséis ihn.

"Nein", log er.

"Wir werden uns einfach in unseren Handtüchern umziehen", sagte Katherine. "Sie sind groß genug. Die Leute hier tragen so eine Art Badeanzug. Ich bin sicher, daß die Jungfer uns welche eingepackt hat."

"Okay."

Es gab sanftes Licht und Musik schien vom Dach herab zu schweben. Und überall waren Menschen!

"Das ist wahrscheinlich der Grund, warum niemand auf der Straße ist. Sie nehmen alle ein Morgenbad in den beheizten Pools, um sich aufzuwärmen", stellte Trevor fest.

"Sieht so aus. Keine schlechte Idee." Chryséis begann, sich in ihrem Handtuch umzuziehen und legte ihre Kleider und Schuhe auf einen kleinen Stapel auf die Bank. Die anderen taten es ihr nach.

Sie beschlossen, sich in eines der kleinen Becken hinabzulassen und standen eine Weile im heißen Wasser. Es duftete leicht nach Lavendel und nach dem Meer.

"Schaut mal, da sind Steinbänke im Pool", sagte Katherine.

Sie setzten sich in das runde Becken, während Tepi ihre Sachen bewachte. Sie knurrte jeden an, der ihnen zu nahe kam, und die Felsiner gingen schnell vorbei. Nach etwa einer Stunde verließen sie das Becken mit einem warmen und sehr sauberen Gefühl, und der Regen erschien ihnen jetzt nicht mehr ganz so unangenehm.

Es war kaum Mittag, als sie das Schwimmbad verliessen, und es regnete immer noch in Strömen. Auf dem Platz war nun eine Garküche geöffnet, und sie kauften sich Pfannkuchen, die mit gebratenen Pilzen gefüllt waren. Sie setzten sich auf eine Bank unter dem Dach.

"Nicht schlecht, das Essen", meinte Trevor.

Es machte ihnen auch Spaß, den Platz und die wenigen vorbeieilenden Fußgänger zu beobachten.

"Was ist das da drüben?" Chryséis zeigte auf ein

beleuchtetes Gebäude, vor dem eine Statue stand, die eine geöffnete Schriftrolle hielt. Die Statue sah aus wie eine Katze auf zwei Beinen.

"Das muss die Bibliothek sein", murmelte Katherine.

"Komm, iss deinen Pfannkuchen auf. Lass uns die Bibliothek ansehen", schlug Chryséis vor. Die einzige Bibliothek, die sie von innen gesehen hatten, befand sich auf der Insel Atala. Jetzt hatten sie viel mehr Zeit, um sich Bücher, Schriftrollen und Miragen anzuschauen. Trevor hätte gerne noch einen dieser leckeren aufgerollten Pfannkuchen gegessen, aber das hätte sie nur aufgehalten, also trabte er hinter den Mädchen her.

Die Têrakhon-Fenster wirkten hell und einladend mit ihren bunten Farben, und auf der Tafel der Katzenstatue stand, "Sekmet heißt Sie willkommen".

"Also gut, gehen wir rein..." sagte Trevor und befahl Tepi, draußen zu bleiben. Der Hund ließ sich mürrisch neben die Statue plumpsen und blickte nicht auf, als sie die Tür hinter sich schlossen. Die Kinder gingen geradewegs zu einem der halbkreisförmig angeordneten Ansichtstische. Solche Tische hatten sie im 'Haus des Wissens' in Algiras gesehen!

"Shalanti, was kann ich für euch tun?" Ein mürrisch aussehender Bibliothekar trat hinter einer Art Schalter hervor.

Er war stämmig, hatte eine Glatze und trug eine weiße Toga, dessen Ende er achtlos über die linke Schulter geworfen hatte. Er sah sie nicht gerade freundlich an. Eigentlich hatte der Bibliothekar auf einen ruhigen Nachmittag mit hochgelegten Füßen, einer Tasse Pfefferminztee und der Lektüre einer romantischen Schriftrolle gehofft.

Jetzt musste er sein Bestes tun, um höflich und hilfsbereit gegenüber einer Gruppe von Kindern zu sein.

"Schelanti athenai, wir würden gerne ein paar Bücher lesen, bitte. Katherine wusste nicht, was sie sonst sagen sollte. Der Bibliothekar schnaubte und rümpfte die Nase über die offensichtlich fremden Kinder. Aber es wurde von ihm erwartet, daß er allen Besuchern half., sogar den offensichtlich fremden.

"Ein paar Bücher, mhm, ich verstehe. Irgendetwas Bestimmtes? Wissenschaft? Geschichte?" Ein paar Bücher, wirklich! dachte er bei sich und schniefte ein wenig.

"Naturwissenschaften... und Mathematik", sagten Katherine und Chryséis gleichzeitig. Sie sahen sich an und grinsten. Schnipp.

Der Bibliothekar grunzte und führte sie zu einem der nierenförmigen Tische, über dem an einem beweglichen Arm etwas angebracht war, das wie ein Vergrößerungsglas aussah, wie eine moderne Schreibtischlampe. Das war aufregend!

Ein paar Bücher stapelten sich an der Seite des Tisches. Der Bibliothekar schien dies zu missbilligen und machte Anstalten, sie fortzuschaffen. Die Leute waren unvorsichtig, Bücher einfach so herumliegen zu lassen.

"Oh, bitte, könnten wir uns diese hier ansehen?" flehte Trevor. Der Bibliothekar blickte überrascht auf. Diese Bücher waren nicht für ältere Kinder geeignet.

Die Felsinische Bibliothek konnte zwar nicht ganz mit der berühmten Bibliothek in Lukania oder dem großen 'Haus des Wissens' in Innu mithalten, aber sie hatte sicherlich mehr zu bieten als das hier.

"Ihr wollt also keine Bücher über Wissenschaft ... und Mathematik sehen?" höhnte er.

"Doch, aber wir wollen mit diesen hier anfangen", sagte Trevor. Der Bibliothekar zuckte mit den Schultern, rückte sein Gewand zurecht und murmelte etwas vor sich hin.

Er schlurfte davon, um geeignete Bücher über Naturwissenschaften und Mathematik zu holen, wobei er einem Buch von der Größe einer flachen Waschmaschine auswich, das auf dem Boden lag!

Trevor bemerkte es kaum, da er den Tisch vor sich besah. Die Oberfläche des Tisches faszinierte ihn: rau, als wäre ein feines goldenes Netz darauf geschweißt worden. Trevor hob das Buch auf, das oben auf dem Stapel lag. Es sah aus wie eine aufgeschlagene Schriftrolle, und auf dem Pergament befanden sich Zeichnungen und eine große Schrift. Sie erkannten einige der Zeichen und Symbole. Das Buch war für jüngere Kinder gedacht und erzählte von den Abenteuern eines kleinen Bootes auf dem blauen Nila-Fluss.

"Wow, sieh dir das an!" Chryséis erhaschte einen Blick auf das Boot durch die ovale Linse, die über der Schriftrolle hing. Der rund geschliffene Kristall lag flach in einer Halterung, die an einem beweglichen Metallarm befestigt war. Man konnte den Kristall aus seiner Halterung nehmen und direkt auf die Bücher legen, aber das wussten die Kinder noch nicht.

"Ich glaube nicht, daß das ..." Chryséis zog die Kristalllinse näher heran. Da war es wieder!

"Was?" Trevor und Katherine reckten ihre Hälse, um einen Blick durch die Linse zu erhaschen. Etwas bewegte sich.

Das kleine Boot begann auf den Wellen zu segeln. Die Kinder trauten ihren Augen nicht! Dann begann die Schriftrolle eine Melodie zu "spielen" - das Boot schaukelte sanft auf den sich bewegenden Wellen. Das Buch spielte ein Bootslied! Mit einem plötzlichen Ruck segelte das Boot in die kristallene Linse hinauf und ließ die Kinder aufschrecken. Dann fuhr es wieder den blauen Fluss hinunter, bis es außer Sichtweite war.

Die Bootsmusik hatte eine einlullende Wirkung. Katherine konnte nicht anders und gähnte ausgiebig.

"Das muss eine Gute-Nacht-Geschichte sein. Vielleicht ein Schlaflied", gähnte auch Trevor. "Interessant."

"Meinst du, man kann die Bücher ausleihen?" fragte Katherine und gähnte erneut.

"Sieht nicht so aus. Ich glaube nicht, daß jeder so einen Kristall zu Hause rumliegen hat, um sie zu lesen."

"Wahrscheinlich nicht."

Der Bibliothekar tauchte plötzlich wieder neben dem Tisch auf. Ein Märchenbuch für die Kleinen, wie unpassend! dachte er und legte zwei Bücher auf den Tisch.

"Was ist das?" fragte Katherine ihn unvermittelt und deutete auf die magische Linse.

"Du fragst, was der Lesekristall ist? Jedes Kind weiß doch,

was ein Lesekristall ist!" spottete der Bibliothekar. "Was würden wir nur ohne einen Ze-phir machen?" Er schüttelte den Kopf. "Diese sind aus dem besten Su-Kitok-Kristall gemacht." Der Bibliothekar deutete auf alle anderen Tische in der leeren Bibliothek. "Jeder Tisch hat einen solchen Kristall."

"Natürlich." Trevor stupste Katherine in die Rippen. "Es ist ein Ze-phir. Das wussten wir. Es ist nur so, daß wir lange in Prydhain waren... und es gab kein 'Haus des Wissens' in der Nähe …" Er merkte, daß er dabei war, dem unfreundlichen kleinen Mann zu viel zu erzählen.

"Prydhain? Hmm." Der Bibliothekar wusste, daß eine Gruppe von sydonischen Kindern in der Zitadelle wohnte. Der Schuster hatte es ihm gestern erzählt, aber von Prydhain war nicht die Rede gewesen. Gab es denn keine Bibliotheken in Alesia oder in Prydhain? Seines Wissens nach, gab es dort auch welche.

"Hier Kinder", sagte der Bibliothekar streng. "Das nächste Mal solltet ihr im Unterricht besser aufpassen - in Sydonia." Er liess ein gebundenes Buch auf den Tisch fallen. Sie lasen den Einband des dicken Buches: 'Wissenschaft des mathematischen Ausdrucks'. Das Buch hatte einen auffälligen Einband aus Krokodilleder. Der kleine, glatzköpfige Mann schlug das Buch auf und wartete. "Ihr wisst, wie man den Ze-phir benutzt, nehme ich an?"

"Ja sicher ... natürlich. Du hältst ihn über das Buch und siehst durch", antwortete Trevor.

"Oh, man kann so viel mehr als das damit tun. Aber für den Moment muss es reichen", sagte der Bibliothekar hochmütig und schlurfte davon. Katherine seufzte.

Die Seiten waren mit mathematischen Symbolen bedeckt. Einige der Symbole und Gleichungen sahen nicht vertraut aus. Dann begann die Kristalllinse ihre Magie zu entfalten.

Die Symbole begannen sich zu verändern, verbanden sich zu Gleichungen, um sich dann wieder zu trennen und unglaubliche Farben zum Vorschein zu bringen. Die Gleichungen zersprangen wie ein kleines Feuerwerk. Sie verschwanden und tauchten an hundert Punkten wieder auf und verschmolzen zu musikalischen Kompositionen und Kaleidoskopbildern. Neue Kombinationen schraubten sich durch den Kristall nach oben, um dann in glitzernden Strudeln wieder zu verschwinden.

Die Kinder standen mit offenem Mund da. Mathematische Symbole übersetzt in Farben und Melodien? So hatten sie noch nie über Mathematik nachgedacht.

"Wow! So kann Mathe aussehen?" rief Trevor.

Der glatzköpfige Mann blickte missbilligend auf. Waren diese Kinder von Edfuniern erzogen worden?

"Kann man das auch mit anderen Büchern machen?" platzte Katherine heraus.

Der Bibliothekar kratzte sich an der Nase. "Aber natürlich, Kind." Er verstand ihr Erstaunen über etwas so Gewöhnliches nicht. Zum Glück verlangte ein anderer Überraschungsgast im 'Haus des Wissens' nach seiner Aufmerksamkeit.

Der Bibliothekar rückte sein weißes Gewand mit wichtiger Miene zurecht und ging auf den Mann zu.

"Das war so cool! Ich wünschte, ich könnte einen dieser Kristalle mit nach Pemberton nehmen. Stell dir nur vor, wie unsere Schulbücher durch diesen Ze-phir aussehen müssen", schwärmte Chryséis.

"Ich denke, es würde nichts Verrücktes passieren. Unsere Bücher sind nicht auf diese Weise geschrieben." Trevor versetzte ihrer Freude einen Dämpfer.

"Schade!" sagte Katherine. "Die Bücher hier sind fantastisch! Könnten wir nicht einfach eine dieser Schriftrollen mitnehmen?"

"Nein, du kannst keine Bücher aus einer Bibliothek stehlen, Katie!" sagte Chryséis. Trevor versuchte, sie aufzumuntern. "Hast du den Gesichtsausdruck des Bibliothekars gesehen? Ich bin sicher, er dachte, daß wir unglaublich dumm sind."

"Kann man ihm nicht verübeln", sagte Chryséis. "Ach, soll er doch denken, was er will. Mir ist das egal."

Sie machten sich bald auf den Weg und es begann wieder

heftig zu regnen, als sie die gepflasterte Straße zur Zitadelle zurückgingen. Tepi trottete hinter ihnen her und sah aus wie ein nasser Lappen. Sie hatte es aufgegeben, imaginäre Nagetiere zu jagen und wollte etwas zu fressen haben.

"Ich wünschte, ich hätte meine Zahnbürste dabei", sagte Trevor auf einmal. "Ich will mir endlich die Zähne putzen." Er hatte seine Zahnbürste verloren, als ihr Schiff während des Sturms unterging.

"Was ist das mit dir und deiner Zahnbürste, Trev?" Chryséis starrte ihn an und Katherine versuchte, nicht zu kichern.

"Ich weiß, ich würde mir nur manchmal gerne die Zähne putzen, das ist alles..." Sie begannen zu lachen.

Die Leute, die von der Zitadelle kamen, flüsterten über den Tod ihres guten Königs und starrten die kichernden Kinder missbilligend an. Der Regen hatte fast aufgehört und war nur noch ein leichter Nieselregen. Sie kamen an einem niedrigen Baum mit einer breiten Krone vorbei und bemerkten etwas Seltsames. Trevor blieb zuerst stehen, dann Katherine und Chryséis. Saß da jemand in dem Baum?

Jetzt war nichts zu sehen - aber halt - langsam tauchte eine Gestalt auf einem Ast auf. Ein Mann, ein bärtiger junger Mann mit einem Turban auf dem Kopf, der ihnen zuwinkte. Tepi bellte, hielt aber inne, als der seltsame Mann mit dem Turban die Hand hob. "Junge Freunde", sagte er. Sie sahen sich um, aber er sprach offensichtlich mit niemandem sonst.

"Emm, ja?" antwortete Katherine langsam.

"Ich habe einen Wunsch gehört, der laut und deutlich geäußert wurde", sagte der Mann mit dem Turban und runzelte die Stirn.

"Ich ... ich glaube nicht. Entschuldigen Sie die Störung, Sir." Trevor wollte an dem Baum vorbeigehen.

"Bleib stehen, Athenai", knurrte der Mann und wackelte mit dem Bart. "Lehnst du einen Dschinn ab? Einen Diener der Götter?"

"Ein Dschinn? Hast du gesagt, du bist ein Dschinn, wie ein

Flaschengeist? Aber das ist doch nicht möglich. Die gibt es nur im Märchen..." stotterte Trevor.

Der Dschinn sah etwas verwirrt drein. "Soweit ich weiß, lebe ich nicht in einem Märchen. Zumindest nicht die, die ich kenne...", schniefte er.

"Nein, wahrscheinlich nicht...", versuchte Chryséis zu erklären.

"Vielleicht könnten wir uns ein wenig beeilen. Ich habe gehört, wie dieser junge Mann einen Wunsch geäußert hat?" Er deutete auf Trevor, dann klopfte er winzige Regentropfen von seiner purpurnen Samtweste. "Bezüglich der Reinigung der Zähne... mit einer Bürste?"

Trevor starrte den Dschinn an. *Wie bitte?* Dann erhellte sich sein Gesicht. "Ja, natürlich, meine Zahnbürste, ich habe meine Zahnbürste verloren."

"Aha, ich wusste es. Wie kann ich dir helfen, Athenai?"

Katherine und Chryséis sahen sich an. Trevors Wunsch musste irgendwie diesen Geist in seinem Baum aktiviert haben. *Vielleicht eine Art Mirage*, dachte Katherine. *Ein Hologramm.*

"Ich habe meine Zahnbürste bei einem Schiffsunglück verloren und muss mir dringend die Zähne putzen", erklärte Trevor. "Kannst du sie mir vielleicht zurückgeben?"

"Hoho, junger Mann, ein Fremder, wie es aussieht." Der Dschinn grinste wissend.

Der Nieselregen hörte auf. Leuchtend orangefarbene Streifen färbten kurzfristig den Himmel, dann wurde er wieder grau, während der Dschinn über das Schicksal von Trevors Zahnbürste nachdachte.

"Nein, ich kann dir deine Zahnbürste nicht zurückgeben", sagte der Dschinn, "aber ich kann dir zeigen, wie man eine Zahnbürste herstellt." Er strich mit seiner Hand über die Blätter und brach einen Zweig ab.

"Du meinst, du sitzt auf einem Zahnbürstenbaum?" fragte Chryséis ihn mit großen Augen. Der Baum sah zwar klein aus, aber eben wie ein - nun ja – ein ganz normaler Baum.

"Ja, das tue ich in der Tat, Athenai."

Jetzt war der Dschinn an der Reihe, die Kinder anzustarren. Konnten sie einen Zahnbürstenbaum nicht von einer Zeder unterscheiden?

Er kaute auf dem dickeren Ende des Zweigs herum, bis er wie ein zerfranster Pinsel aussah. Dann hielt er den Zweig hoch und warf Trevor einen zweiten Zweig zu. Der fing ihn auf und machte es dem Dschinn nach. Der Zweig hatte einen leicht minzigen Geschmack.

Dann zeigte er Trevor, wie er sich mit dem zerfransten Ende die Zähne putzen konnte. Er spuckte auf den Boden und entblößte seine - sichtlich - sauberen Zähne. Trevor tat dasselbe. *Hmm, nicht schlecht*, dachte er, *möglicherweise antibakterielle Eigenschaften.*

"Wie heißt denn dieser Baum?" fragte Katherine den hilfreichen Flaschengeist.

"Danticlos", murmelte der Dschinn mit dem Zweig im Mund, "oder einfach nur Zahnbürstenbaum."

Er warf den Zweig über seine Schulter und verschränkte wieder die Arme. Auftrag erfüllt! "Du wirst immer eine Zahnbürste haben, wenn ein Danticlos-Baum in der Nähe ist."

"Was mir gefällt, ist, daß man kein Wasser zum Spülen braucht. Was ist, wenn ich keinen Zahnbürstenbaum finden kann?" Trevor runzelte die Stirn.

"Jeder Obstbaum ist dienlich. Nicht genau dasselbe, aber gut genug." Es begann wieder zu nieseln, und der Dschinn sah unbehaglich aus. "Dürfte ich jetzt von meiner Pflicht entbunden werden?" Er schüttelte sich. "Ihr könnt mich wieder rufen, wenn ihr mich braucht."

Trevor starrte den Dschinn an: "Wirklich? Ah, ja, ja, natürlich, du bist frei zu gehen...", sagte er.

Ein Zahnbürstenbaum, dachte er, wer hätte das gedacht! Trevor war immer noch beeindruckt von dem Lesekristall und jetzt das. Ein Zahnbürstenbaum. Der Dschinn begann zu verblassen. Er war also doch nur eine Mirage!

"Warte, wie holen wir dich zurück, wenn wir dich

brauchen?" rief Trevor, doch der Dschinn war bereits verschwunden. "Es muss hunderte von Dingen geben, die er uns beibringen könnte ..."

"Lass uns gehen, Trev. Der Wald ist magisch. Wisst ihr noch? Wie der auf Ruta Ynis. Hier gibt es Faune und Dschinns und wer weiß, was noch alles."

"Das ist ein beängstigender Gedanke", sagte Katherine.

"Aber er hat mir eine Zahnbürste gegeben", grinste Trevor.

"Ja, das hat er - wenn er überhaupt real war."

"Real genug für mich. Wie sonst würde ich jetzt diese Zahnbürste in der Hand halten, wenn er nicht echt wäre?"

Katherine und Chryséis probierten auch die Zweige aus, als sie weiter den Hügel zur Zitadelle hinaufgingen und fragten sich, wie so ein Flaschengeist einfach von alleine erscheinen und verschwinden konnte.

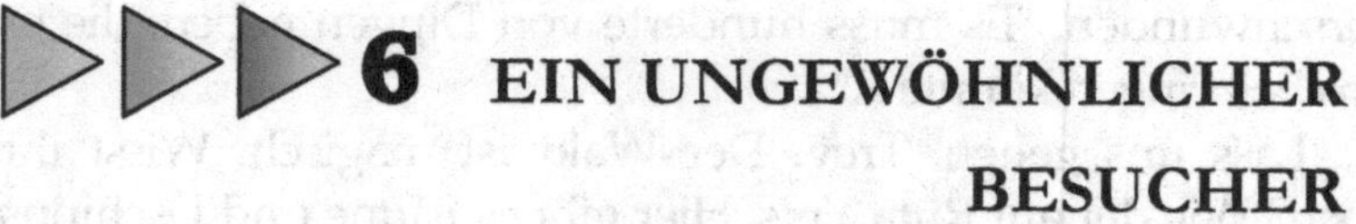

6 EIN UNGEWÖHNLICHER BESUCHER

Sie saßen gerade in der Halle beim Abendessen, als ein Mann mit einem schwarzen Hund die Zitadelle erreichten. Beide zitterten vor Kälte und waren triefend nass. Der ziemlich haarige Mann bat die Lady förmlich um ihre Gastfreundschaft und äußerte den Wunsch, so schnell wie möglich zum nächstengelegenen Hafen gebracht zu werden. Nach Hyela, vielleicht.

Er sah ungepflegt aus mit seinem langen, hellbraunen Haar und dem groben Bart und verströmte einen unangenehmen Geruch.

Wahrscheinlich ein Einsiedler und hatte anscheinend seine Haare schon lange nicht mehr geschnitten. Er trug aber typische - wenn auch zerschlissene - atalische Reisekleidung mit feinen Stickereien um den Halsauschnitt. Also musste er zivilisiert sein. An seinem Gürtel hingen zwei Kürbisbehälter und ein Obsidianmesser, und die bunt gewebte Decke um seine Schultern war eindeutig puntisch.

"Darf ich mich vorstellen? Ich bin der Astronom Azurias Maya von Algiras. Diese Erinnerung kehrte erst vor kurzem zu mir zurück, nachdem das Schiff, auf dem ich segelte, an der südpuntischen Küste gekentert war. Das Volk der Ogudoni pflegte mich gesund, und ich bahnte mir einen Weg durch das Schlechte Land, um hierher zu gelangen. Ich möchte gern in mein Heimatland zurückkehren."

"Willkommen, Azurias Maya von Algiras," begrüsste ihn die Lady von Felsina. "Seid unser Gast."

Azurias Maya neigte seinen Kopf. Er war es nicht gewohnt, so viel zu sprechen. Der Mann holte tief Luft und fuhr fort. "Ich muss mich für mein Aussehen entschuldigen, ehrenwerte Lady, denn ich wurde von einem Händler aus Sakhara nur bis an den Rand des Waldes gebracht. Mein Begleiter und ich laufen schon seit Stunden durch den Regen. Erlaubt mir, mich abzutrocknen und umzuziehen."

Um zu beweisen, daß er tatsächlich der lange verschollene Astronom Azurias Maya aus Algiras war, zeigte er ihnen Zeichnungen und Instrumente aus einer Ledertasche, die er vor der Brust trug.

Er hat also seine Manieren nicht vergessen, dachte die Lady von Felsina und sagte, "Es betrübt mich Geschichte zu hören. Viele Schiffe ereilte ein ähnliches Schicksal an der westlichen Meeresküste. Diese drei Kinder waren an Bord eines dieser Schiffe." Sie zeigte auf die Zeitreisenden. "Ihr habt meine Erlaubnis euch umzuziehen."

Azurias Maya neigte wieder seinen Kopf, um die Kinder zu grüssen. Sein Hund begann mit dem Schwanz zu wedeln, sobald er Tepi wahrnahm, aber Tepi ignorierte ihn rundheraus. Er hörte auf den Namen Nubi und war das genaue Gegenteil von dem flauschigen, hellen Tepi, aber ungefähr von gleicher Größe. Nubi war schwarz und glatt, hatte eine lange Schnauze und spitze Ohren, die er beim kleinsten Geräusch spitzte und schien dem Mann sehr zugetan zu sein.

Trevor stupste Katherine mit dem Ellbogen an.

"Was?" Sie zischte, aber anstatt ihr zu antworten, sagte er zu dem Reisenden: "Entschuldigen Sie, Sir, ich meine Athenai. Ich habe Ihren Namen schon einmal in Algiras gehört. Wir haben von Ihrer unglücklichen Seereise erfahren und den Platz in der Stadt gesehen, der nach Ihnen benannt wurde. Die Algiraner glauben, Ihr seid tot."

"Oh", sagte Azurias Maya schlicht. "Ich verstehe. Dann werde ich ihnen eben das Gegenteil beweisen müssen."

"Ich denke, das werden Sie, Athenai", sagte die Lady von Felsina. Zwei Diener brachten ihn in ein Gästezimmer, und der Mann kehrte sauberer und trockener, aber genauso haarig wie zuvor zurück.

Alle um den Tisch herum starrten ihn an, als er zu

seinem Platz am Ende des Tisches ging. Er nahm die Wasserbehälter und sein Messer ab. Erst dann begann er, sein Essen wie ein Verhungernder zu verschlingen. Er fütterte seinen Hund unter dem Tisch mit Rehpastete und Luni-Käse und schien es zufrieden zu sein.

"Athenai, du sagst, du stammst aus Atland und hast wie unsere jungen Gäste hier Schiffbruch erlitten?" fragte eines der älteren Jungfern.

"Ja, ich komme aus Algiras. Kommst Ihr auch aus Atala, Athenai?" fragte Azurias Maya die Kinder und hörte gerade lange genug zu essen auf, um die Frage zu stellen. Er scheint seine Manieren wieder vergessen zu haben, als er sich ein grosses Stück Wildschweinfleisch in den Mund schob.

"Wir waren zu Besuch in Algiras, verehrter Astronom", antwortete Chryséis höflich. "Wir kommen aus Sydonia , waren nach Prydhain gereist und haben uns nur ein paar Monde lang auf eurer schönen Heimatinsel aufgehalten. Vor einem Mond nahmen wir ein Schiff zurück nach Alesia, als Rimmon an der berberischen Küste über unser Schicksal entschied."

Chryséis war stolz auf ihre lange Rede.

"Hmm", grunzte der Mann mit dem buschigen Bart, und das war's. Nach einigen Versuchen, sich weiter zu unterhalten, gab die Jungfer auf. So wie er aussah und sich verhielt, kam er ihr überhaupt nicht wie ein berühmter Astronom vor.

Die Lady von Felsina bekam seine Geschichte später am Abend per Gedankenübertragung bestätigt, und die rief den Reisenden in ihr Audienzsaal.

Nubi wartete draußen und eine neugierige Tepi fand ihn dort mit einer Jungfer, die auf ihn aufpasste. Die beiden Hunde schlossen sofortige Freundschaft und winselten und beschnupperten sich gegenseitig.

"Die Lady von Algiras läßt Euch grüßen, ehrenwerter Azurias Maya," meinte die Lady im Audienzsaal und neigte den Kopf. Der Astronom ließ sich in einem bequemen Stuhl nieder und nahm einen Walnusskeks aus der Holzschale auf dem Tisch.

"Wie ich höre, seid Ihr in der Tat derselbe Wissenschaftler, von dem das Volk von Atala annahm, daß er auf See verschollen sei. Es heißt, daß Ihr vor vielen Monden auf dem Weg nach Mintaka in Ta Neteru wart", begann die Lady von Felsina das Gespräch.

"Ja, liebe Lady", sagte er und neigte ebenfalls den Kopf. "Ich hatte mein Gedächtnis verloren ... und kann nun nicht mehr mit meinen Gedanken kommunizieren."

"Das erklärt vieles", sagte die Lady. "Wir werden tun, was wir können, um Euch wieder mit den Eurem zu vereinen. In der Zwischenzeit dürft Ihr euch nach Belieben reinigen und die berühmten heißen Bäder von Felsina besuchen."

Eine Anspielung auf sein Aussehen, die keinem zivilisierten Menschen entgangen wäre. Azurias Maya jedoch war zu müde, um sich jetzt noch die Mühe zu machen, und hatte eher Lust, bis zum Morgen zu schlafen.

Die Lady fing seine Gedanken auf.

"Nun gut, ehrenwerter Wissenschaftler", meinte sie. "Wie Ihr wollt. Ihr müsst aber wissen, daß Hyela derzeit in einen Krieg mit Riesen verwickelt ist. Der gesamte Seeverkehr wurde eingestellt, bis sich die Lage entspannt hat. Ihr könnt die Dinge in Felsina abwarten oder gemiensam mit der Jungfer Tafawana und den drei Kindern aus Alesia im Vimaan nach Kem-Oun reisen. Ihr habt die Wahl."

In Anbetracht des Klimas im Ma-Roc-Gebirge und der Situation in Hyela, musste Azurias Maya nicht lange überlegen.

"Ich werde die Jungfer und den Kindern begleiten und von dort aus nach Ta Neteru weiterreisen. Ich werde meine Kollegen in Mintaka treffen, und danach gibt es sicher wieder Schiffe in Richtung Westen."

In der Zitadelle herrschte Ruhe, und Azurias Maya schlief tief und fest. Trevor schlich sich an den Dienern der Zitadelle vorbei, die mit dem Schmücken der Halle beschäftigt waren. Er schnitt beim Danticlos-Baum ein paar Zweige ab, bevor zurückkehrte und den Rest des Abends damit verbrachte,

Zahnbürsten mit Griffen zu schnitzen.

Am nächsten Morgen hatte es aufgehört zu regnen, und die Dekorationen wurde eilig in die Gärten der Zitadelle zurück gebracht. Beim Frühstück teilte Tafawana den Gästen mit, daß heute die Beerdigung stattfinden würde und im Anschluss an die Zeremonie, die Krönung des neugewählten Königs folgte. Der neue König war anscheinend ein Bruder des guten Königs Psammetich mit dem Namen Takelot.

"Wir müssen vielleicht Euren Aufbruch verschieben, bis sich der Nebel lichtet," fuhr die Lady fort. "Es ist zu gefährlich, zwischen den Bäumen zu fliegen."

In ihrem Quartier ließ sich Katherine bedrückt auf einen gepolsterten Sitz fallen. Sie konnte ihr Pech nicht fassen. Wenn es kein Krieg war, dann war es dichter Nebel!

"Verflixt, nicht schon wieder ein neues Problem!" Sagte sie. "Ich werde an diesem Ort noch alt werden. Vielleicht ist diese ganze Reise einfach verhext." Sogar Tepi sah deprimiert aus, als sie sich in einer Ecke des Raumes zusammenrollte.

"Nimm dich zusammen, Katie! Ich glaube nicht, daß wir unser ganzes Leben hier verbringen werden. Und seit wann glaubst du an so etwas wie einen Fluch? ", fragte sie Trevor. "Es muss es einen anderen Grund geben."

"Man braucht keinen Grund für einen Fluch!" beharrte Chryséis.

"Vielen Dank, Chris", sagte Trevor. "Ich schlage vor, wir gehen ein bisschen spazieren. Vielleicht zum Marktplatz oder zu einem Konzert."

Chryséis stimmte ihm zu. "Alles ist besser, als bei Regen Trübsal zu blasen!"

Sie zogen ihre Chitons an und gingen die Straße hinunter, vorbei an der Bibliothek, die geschlossen zu sein schien. Dann liefen sie weiter zu den Schwimmbädern. Das war der einzige Weg, den sie kannten. Der Marktplatz war völlig verwaist, und nirgendwo gab es ein Konzert zu sehen.

"Wo sind denn alle? Die Beerdigung ist doch erst am späten Vormittag", wunderte sich Chryséis. "Ich bin mir sicher, daß es in Algiras schon überall Konzerte gibt."

"Wahrscheinlich ist es draußen noch zu nass", seufzte Katherine. "Ich habe keine Lust, zu den Pools zu gehen. Können wir uns nicht einfach irgendwo hinsetzen?"

Sie setzten sich auf eine Bank neben der geschlossenen Garküche. "Diese Idee, nach Ägypten zu reisen, war von Anfang an ein Fehler gewesen. Wahrscheinlich ist der Hafen in Hyela schon wieder offen und wir sitzen in dieser verregneten Stadt fest", seufzte Chryséis.

"Wenn das so wäre, hätten sie uns sicher nach Hyela zurückgebracht", meinte Katherine.

"Was schlägst du vor, Chris? Daß wir zurück in die Zukunft reisen und die Lady von Sydonia und das prähistorische Ägypten einfach vergessen? Bist du denn kein bisschen neugierig auf Pharaonen und Pyramiden?" Trevor schüttelte den Kopf.

Für ihn gab es keinen Vergleich zwischen einer Rückkehr zum langweiligen Schulleben in Pemberton und einem Besuch des alten Ägyptens.

"Für Pharaonen und Pyramiden ist es zwar noch zu früh, aber ich bin sicher, es wird spannend", sagte er. "Es könnte schlimmer sein - wie zum Beispiel Krieg. Und es kann nicht mehr lange dauern, bis sich der Nebel verflüchtigt."

Aber der Nebel lichtete sich nicht, und als sie wieder in der Zitadelle ankamen, schlugen dicke Tropfen gegen die bunten Têrakhon-Fenster.

"Ich habe genug von der 'Alesischen Epoche'. Wir könnten schon längst wieder zu Hause sein", klagte Chryséis.

"Meine Güte, sei doch nicht so ein Baby. Wir können uns doch nicht von so'n bisschen Regen aufhalten lassen. Wir wollten ein Abenteuer erleben, und hier ist es", sagte Trevor. Er schien überhaupt kein Heimweh zu haben.

"Der 'Sprechende Stein' meinte, daß... nicht alles, was passiert, vorhersehbar ist. Und daß wir eine sichere, wenn auch abenteuerliche Reise haben werden. Und solange wir vorsichtig sind und den richtigen Leuten zu vertrauen, sind wir okay."

"Also gut, dann machen wire s genau so: Wir fahren nach Ägypten und sehen uns dort um. Dann reisen wir zurück nach Alesia und durch die Vortex geht's wieder nach Hause. Und das war's dann. Keine Abenteuer mehr!" sagte Chryséis hitzig.

"Wir könnten auch hier in Felsina bleiben und darauf warten, daß der Vimaan aus Hyela zurückkehrt", sagte Katherine, aber sie meinte das nicht wirklich ernst.

Trevor schaute aus dem Fenster. "Ich glaube, der Regen lässt nach." Er schob seine Hände tiefer in die Taschen seines Chitons. Die Mädchen setzten sich zu ihm ans Fenster in der Eingangshalle.

"Nein, tut es nicht..." Chryséis besah sich den Himmel. "Wie kann das hier Nordafrika sein, wenn es die ganze Zeit regnet?"

"Vielleicht sollten wir eine Arche bauen", scherzte Katherine.

"Du bist dieses Wetter ja gewöhnt", brummte Chryséis.

"Das heißt aber nicht, daß ich es mag", sagte Katherine. "Und wie mein Vater immer sagt: Es gibt kein falsches Wetter, nur die falsche Kleidung."

"Stimmt. Wer war vorhin so deprimiert?" fragte Chryséis.

They waited in the hall for somebody to call them outside for the festivities und endlich kam Tafawana, um sie zu holen.

"Die Bestattungsriten werden an einem überdachten Platz am Waldrand stattfinden und gleich nach der Krönung in der Zitadelle nehmen wir den Vimaan ", sagte sie. "Sobald die Nebel sich gelichtet haben."

"Ihren Optimismus möchte ich haben," maulte Chryséis.

Sie schnappten sich ihre Rucksäcke und Katherine pfiff durch die Zähne. Tepi kam angelaufen, und sie folgten der Jungfer nach draußen. Trevor spürte auf einmal ein Zupfen an seinem Ärmel. "Trev!"

"Was?!", sagte er.

"Ich habe den Palmtop-Computer auf dem Fensterbrett

vergessen", sagte Chryséis mit dringender Stimme.

Trevor starrte sie an. "Willst du ihn holen, oder muss ich es tun?"

"Ich werde ihn holen."

"Okay, wir sehen dich draussen."

Chryséis schlich in ihr Zimmer zurück, ohne daß die Jungfer es bemerkte. Katherine sah Trevor an, und der rollte nur mit den Augen. Azurias Maya trottete hinter ihnen her, aber er sah genauso ungepflegt aus wie zuvor und eher mürrisch. Der Regen hörte auf, als sie auf dem schmalen Weg durch den Nebel gingen. Unter Überdachung beim Wald befanden sich so viele Menschen, daß Tafawana sich durch die Menge drängen musste.

Ein Kelch mit Rotwein wurde feierlich herumgereicht, und der Scheiterhaufen brannte schon, als die Waldbewohner zwischen den nahen Waldbäumen auftauchten. Die Felsinier nickten ihnen zu, und dann war die Zeremonie auch schon vorbei. Die Menge ließ den schwelenden Scheiterhaufen hinter sich und gingen zur Zitadelle.

"Der König ist tot, es lebe der König!"

Die beiden Hunde wedelten mit dem Schwanz und führten eine Art Tanz auf, wobei sie sich fröhlich zuwimmerten.

Die Krönungsstätte war wieder in die Gärten der Zitadelle unter roten Stoffbahnen verlegt worden, und alle versammelten sich darum.

Nubi schnüffelte aufgeregt an den Füßen der Kinder und sprang an Katherine hoch, um ihr die Nase zu lecken. Katherine war von dieser unerwarteten Zuneigung überrascht, musste aber über die Possen des schwarzen Hundes lachen. Einige Leute lachten mit, aber solange der Scheiterhaufen noch in Sichtweite war, war Lachen nicht angebracht.

"Runter, Nubi", sagte der haarige Mann ruhig, und der Hund ließ Katherine in Ruhe. Bald darauf begann er an Tepis Hinterteil zu schnüffeln.

"Wo ist Chris?" fragte Katherine, und Trevor zuckte mit

den Schultern.

Als die Zeremonie begann, brachen die ersten Sonnenstrahlen durch den Nebel. Ein wunderbares Omen für die Zukunft des neuen Königs!

Takelot und seine Frau Bint-Anath reichten der Lady von Felsina die Hand und schworen bei der Erdmutter und den Gesetzen der Bekannten Welt, nach bestem Wissen und Gewissen für die Gemeinschaft zu sorgen.

Die Menge jubelte, und - unglaublich - die Sonne brach vollständig durch die Wolken und vertrieb die hartnäckigen Nebelschwaden.

Nun wurde ernsthaft gefeiert.

"Pula!" Die Menge brüllte. "Pula!" Es überrascht nicht, daß Pula im Mâ-Rock-Gebirge gleichzeitig "Regen und Segen" bedeutete. "Pula! Pula!"

"Zeit zu gehen", sagte Tafawana in ruhigem Ton.

"Ich hab's!" Eine strahlende Chryséis tippte Katherine auf die Schulter und zeigte ihr kurz den Palmtop, bevor sie ihn in ihren Rucksack steckte.

"Du hast alles verpasst! Und du wärst fast zurück geblieben," zischelte Katherine ihr zu.

Und so verließen die Zeitreisenden in einem leuchtend roten Zitadellen-Vimaan diese feuchte Stadt, zusammen mit der Jungfer Tafawana, zwei Hunden und einem Wissenschaftler aus Atala.

Noch bevor das Bankett begann, war der Vimaan auch schon auf dem Weg nach Ush-bantoun. Die beiden Hunde lagen nebeneinander auf dem Boden der Kabine und Azurias Maya starrte in die Ferne.

Was für ein seltsamer Mensch, dachte Tafawana. Er schien ihr nicht zuzuhören, als sie von der Region erzählte, durch die sie flogen. Tafawana war offenbar in einem ländlichen Gebiet nicht weit von hier aufgewachsen, bevor sie zur Jungfer in Hyela erzogen wurde.

Sie zeigte auf dies und jenes, und die Kinder taten ihr Bestes, ihren Erklärungen zu folgen. "Das da drüben ist das Vallé Silantris, berühmt für seine Bienenzucht. Und dort drüben seht ihr das Vallé Cisra mit seinen landwirtschaftlichen Versuchsstationen, gleich neben dem Vallé Wadjet, wo der beste Luni Käse hergestellt wird."

Wie in so vielen Ländern der Bekannten Welt, waren die Siedlungen durch ein Netz gut ausgebauter Straßen miteinander verbunden. Hin und wieder zogen Vogelschwärme am Vimaan vorbei und Karawanen unter ihnen. Strohgedeckte Häuser und Heuballen säumten die saftigen Felder. Hütten auf erhöhten Plattformen waren bis oben hin mit Getreide gefüllt.

"Ich wurde in den 'Himmlischen Auen' geboren. Das ist eine Gegend nicht weit von hier", sagte Tafawana sehnsüchtig. "Es ist so schön dort."

Katherine musste zweimal hinsehen, bevor sie merkte, daß die Heuballen einer nach dem anderen vom Feld unten verschwanden.

"Tafawana, warum verschwinden die Heuballen? Es ist doch niemand auf dem Feld."

"Das liegt daran, daß ein Agri-Teleporter im Einsatz ist,

der das Heu einbringt. Es wird fein säuberlich in Scheunen und Lagerhütten gestapelt. Nagetiere und Insekten werden mit Kristallstrahlen bekämpft. Seht, wie dort drüben." Die Kinder waren verblüfft. Landwirtschaftliche Teleporter? Auf solche Dinge hatten sie in Alesia nicht wirklich geachtet. Sie sahen ein Netzwerk von Strahlen, die ein Feld durchzogen und Trevor machte ein Foto davon.

"Schukri. Das ist sehr interessant", meinte er und schob die Micro-Kamera wieder in seine Hemdtasche.

Der Vimaan huschte an einem kleinen Tempel auf einer Anhöhe vorbei, der von bunten Vogelscheuchen umgeben war, um die Vögel von den Getreidefeldern und Obstgärten fernzuhalten. Farmtiere rissen mit großem Appetit an dem neuen Gras, und in manchen Feldern wippten breite Strohhüte auf und ab. "Ich kann gar keine Konks sehen", meinte Katherine.

"Vielleicht leben sie nicht hier in der Gegend." Chryséis zuckte mit den Schultern.

"Oh, aber Konks leben weiter unten im Süden", erklärte Tafawana. "In den Hügeln."

"Aha", sagte Katherine. "Hier ist es so schön grün."

"Gleich fängt sie wieder an", flüsterte Trevor, aber Tafawana ließ sich nicht aufhalten.

"Ja, es ist ein sehr fruchtbares Land, der 'Brotkorb' der Region", meinte Tafawana stolz. "Im Frühling tragen die Meereswinde Regenwolken ins Landesinnere. Dann fallen die Regenfälle pünktlich zur Aussaat, und die Dorfbewohner singen zur Erntezeit ihre uralten Lieder und danken der Erdmutter mit fröhlichen Festen. Was für ein wunderbares Leben." Die Jungfer schien ganz klar Heimweh zu haben.

Der Vimaan flog über eine Art Gehege hinweg.

"Das 'Säbelzahnkatzen-Rehabilitationszentrum' beim Acessa-See. Es ist einmalig", erklärte Tafawana. Waren dies etwa Säbelzahntiger? Das konnte doch nicht sein! Die mussten schon vor langer Zeit ausgestorben sein.

"Es gibt nur noch wenige dieser Großkatzen, und

unsere Wissenschaftler bemühen sich sehr um die Rettung der Tiere. Das Zuchtprogramm ist recht erfolgreich. Zwei dieser furchterregenden Katzen werden bald in die freie Wildbahn ausgesetzt. Zu diesem Zweck wurde ein großes Reservat in den Koh Kaf Bergen ausgewählt."

"Sieh dir das an!" Chryséis deutete auf einen überwucherten Hügel unweit eines kleinen Sees. Riesige braune Raubkatzen mit sehr langen Zähnen ruhten im hohen Gras. Sie hatten wohl gerade eine Antilope verschlungen. Ein großes Raubtier-Männchen knurrte den Vimaan träge an, während drei Jungtiere um das blutige Skelett herumspielten und an dem schlaffen Fell zerrten. Ein Weibchen stellte sich auf die Hinterbeine und fuhr mit ihren Pratzen durch die Luft Richtung Vimaan, was den Fahrer veranlasste, das Fahrzeug schnell nach oben zu ziehen.

Nubi setzte sich beunruhigt auf und schnupperte die Luft. Was für ein verdächtiger Geruch! Tepi wimmerte ein wenig, dann begannen beide Hunde zu heulen.

Tafawana starrte sie an. "Was ist das denn für ein Krach?!"

Sie versuchten, die beiden Hunde zu beruhigen. "Okay, okay, Tepi." "Genug damit, Nubi. Runter mit dir!" Befiehl ihm Azurias Maya und der schwarze Hund legte sich mit einem Wimmern hin. Tepi folgte seinem Beispiel. Es war das erste mal seit sie Felsina verlassen hatten, daß der Astronom den Mund aufmachte.

Katherine gluckste. "Das sind ja richtige Vampirkatzen! Kein Wunder, daß sie sie nicht mögen."

"Nein, das sind Säbelzahnkatzen", erklärte Tafawana langsam.

"Ja, das sind sie", sagte Trevor und gähnte. Sogar Säbelzahntiger konnten ihn im Moment nicht begeistern. Er war hungrig. "Können wir nicht irgendwo zu Mittag essen?"

"Wir werden bald landen und eine Mahlzeit einnehmen", sagte Tafawana. Trevor lächelteund war's zufrieden.

"Es ist nicht mehr weit. Ich will euch von den beiden Falkenköniginnen erzählen, die noch heute verehrt werden", fuhr sie fort.

Die Königinnen hatten nach dem Dunklen Zeitalter in der Zwillingsstadt Ne-khen, einem alten Zentrum, viele Jahre lang Seite an Seite regiert.

"Ne und Khen liegen so nahe beieinander, daß man sie immer noch einfach Ne-Khen nennt. Die Stadt Ne wurde von der Lady der 'Weißen Krone' und die Stadt Khen von der Lady der 'Grünen Krone' regiert."

"Es gibt Bilder der Falkenköniginnen mit ihren Vogelkronen und geflügelten Vogelgöttern, die auf vielen Wänden in den 'Weiden des Himmels' gemalt sind. Ich werde dir eines in Ush-bantoun zeigen."

"Ah, interessant. Das sind richtige Vogelliebhaber hier", sagte Chryséis, aber sie konnte kaum ihre Augen offenhalten.

Eine halbe Stunde später tauchte ein seltsames Dorf unter ihnen auf. Kastenförmige Häuser mit großen Fenstern waren übereinander gestapelt, und anstelle von Dächern hatten sie große, transparente Kuppeln. Dadurch sahen die Häuser wie ein Haufen Seifenblasen aus durchsichtigem Têrakhon aus.

"Warum stapeln sich die Häuser denn aufeinander?" Fragte Trevor. Er war nun wirklich hungrig.

"In alten Zeiten war dies wichtig, um sich vor Überraschungsangriffen von Riesen zu schützen. Sie durchstreiften das junge Land und nahmen alles mit, was nicht festgebunden war."

"Gibt es sie den heute noch?" fragte Chryséis, nun wieder hellwach.

"Nein, nicht mehr wie in alter Zeit."

"Das ist gut zu wissen. Wir hatten früher einige Probleme mit Riesen", sagte Katherine und entspannte sich.

"Fantastisch", staunte Trevor über die Kuppeln. Er machte Fotos von dem Dorf und lehnte sich in seinem Sitz zurück. "Mir gefällt dieses Dorf."

"Ja, es war schön, hier aufzuwachsen", seufzte Tafawana.

"Ihr seid hier aufgewachsen? Wer wohnt denn in den Häusern da drüben?" fragte Katherine. Sie zeigte auf eine

Reihe von Kuppeln auf einem Hügel, die sich vom Rest des Dorfes abhoben.

"Zeig nicht mit dem Finger, Kind", wies Tafawana sie zurecht. "Ja, ich bin hier aufgewachsen, und das sind Siedler aus dem Land Bharata Varsha. Die Fremden sind anders als wir. Sie bleiben lieber unter sich."

Katherine hatte keine Ahnung, woher diese neuen Siedler kamen, aber sie wagte nicht, die Jungfer zu fragen und sich belehren zu lassen. Plötzlich begann der Vimaan in der Luft herumzuspringen. Die Hunde setzten sich auf und wimmerten, und alle hielten sich an ihren Sitzen fest.

Die Zeitreisenden starrten sich an. In Prydhain war der Vimaan, in dem sie fröhlich reisten, von Zauberern ins Fûna-Gebirge umgeleitet worden, und sie hatten Trevor gefangen genommen. War dies schon wieder Schwarze Magie?

"Was in aller Welt!" schrie Chryséis auf.

Doch dieses Mal war nicht schwarze Magie der Grund für die Störung. Tafawana spoke briefly to the driver.

"Athenai, wir sind gezwungen zu landen. Irgendetwas ist nicht in Ordnung", sagte Tafawana. Sie gab dem Fahrer einen mentalen Befehl, das Flugzeug im Dorf Urka zu landen, ihrer alten Heimat.

Chryséis wurde von der plötzlichen Landung mulmig zumute, und die Hunde bellten, als der Vimaan geschwind herabschwebte, bevor er auf der Dorfwiese aufschlug.

"Nun schau', was du angerichtet hast", schimpfte die Jungfer mit dem Fahrer. "Ich habe dir gesagt, du sollst diesen Vimaan inspizieren, bevor wir Felsina verliessen..." Sie zog ihre Augenbrauen hoch.

"Verehrte Jingfer, ich bitte um Verzeihung.Die Zeit reichte nicht..." Der Fahrer fühlte sich peinlich berührt. Er wusste, daß er den Vimaan besser hätte untersuchen sollen, vor allem die Energiezellen. "Das plötzliche Ableben unseres guten Königs Psammetich, die Beerdigung und die Krönung... es ist mir einfach entfallen."

"Oh, ich verstehe", sagte Tafawana mürrisch. "Für deine Reue ist es jetzt sowieso zu spät."

Ein Banner flatterte stolz an einem Holzpfahl in der Nähe. Es zeigte einen fliegenden Falken mit einem grünen und einem weißen Flügel vor himmelblauem Hintergrund.

Dies war die offizielle Flagge der "Himmlischen Auen".

Jedes Dorf in der Gegend hatte einen ähnlichen Fahnenmast auf dem Dorfanger. Trevor machte ein schnelles Foto und ließ die Kamera wieder in seine Tasche gleiten, bevor sie jemand bemerkte. Tafawana war nicht so verärgert, wie sie tat. Sie kannte ihr Heimatdorf gut. Die Familie mütterlicherseits lebte noch immer in der Nähe, und ein längst überfälliger Besuch war angebracht. Die Familie mütterlicherseits lebte noch immer in der Nähe, und ein überfälliger Besuch war nun angebracht.

Eine Anzahl Dorfbewohner bewegte sich auf die Wiese zu, sobald sie den beeindruckenden roten Vimaan sahen. Das durchsichtige Verdeck öffnete sich mit einem schmatzenden Geräusch und alle kletterten nach draussen. Tepi und Nubi streckten sich und gähnten ausgiebig.

Die Luft roch nach feuchter Erde, aber die Sonne schien.

"Bleibe beim Vimaan, Athenai, und beaufsichtige die Reparaturen." gab Tafawana dem Fahrer einen scharfen Befehl, dann drehte sie sich um und begrüßte die erstaunten Dorfbewohner. Sie umarmte jeden einzelnen von ihnen, da sie mit allen verwandt war.

"Was für eine seltene Ehre, Tafawana", sagte eine ältere Frau.

"Nun, es scheint der Erdmutter zu gefallen, Tante ..." meinte Tafawana und stellte ihre Mitreisenden vor. Sie beantwortete die Fragen der Dorfbewohner, während sie die Straße entlang zu einem überdachten Platz gingen.

Die weiß getünchten Häuser waren genauso übereinander gestapelt und hatten Seifenblasendächer, genau wie sie es von oben gesehen hatten. Trevor vergass sogar fast seinen Hunger vor lauter Staunen. Auf flachdächern und in den Höfen zwischen den Häusern gab es Rasenflächen und Gärten. Diese Dächer konnte man vom Boden aus über schmale Treppen und

Leitern erreichen.

"Wenn Riesen hier her kommen, hilft das aber nicht viel."

"Stimmt." Katherine winkte einem wuschelhaarigen Jungen in einer scharlachroten Jacke zu, der auf einem solchen Dach stand.

Weidende Ziegen und Schafe kletterten zwischen den Dächern hin und her und Farmvögel pickten den Boden um die Lichtkuppeln herum. Die Tiere kannten den Weg die Treppen hinauf und hinunter. Sie wurden von Hirtenjungen gehütet, die sich auf den Rasenflächen oben ausruhten, die Formen der Wolken studierten, und auf langen Grashalmen kauten.

Die Besucher genossen ein schmackhaftes improptu Mittagessen bei ihren Gastgebern, was Trevor besonders gut schmeckte. Es gab Frischkäse, Fladenbrot, geröstete Nüsse und getrocknete Maulbeeren.

Danach wurden ihre Paizas von den Dorfältesten begutachtet und sie beantworteten neugierige Fragen.

Die Kinder und der stille Mann bekamen Zimmer in dem mehrstöckigen Haus eines der Dorfältesten. Im Inneren des großen Hauses roch es nach Rauch und Bienenwachs. Es erinnerte Chryséis an Etheridgeville, weit in der Zukunft. "Es riecht wie bei uns zu Hause", seufzte sie.

"Komm uns bloß nicht wieder mit Heimweh", warnte Trevor sie.

"Ich habe dir doch gesagt, daß ich nicht mehr allein in die Votrex springen werde", sagte sie und betrachtete die geschnitzten Dachsparren aus duftendem Zedernholz.

Die Tochter des Hauses war ein lebhaftes Mädchen von etwa fünfzehn Jahren, die Bibi Gul hieß. Sie freute sich, Tafawana zu sehen. Noch mehr freute sie sich, junge Besucher im Haus zu haben, und nahm sie sofort unter ihre Fittiche.

"Ischpateh Tafawana, prusht taza?" Sei gegrüßt, Tafawana, geht es dir gut? Die junge Frau begrüßte die Jungfer höflich im lokalen Dialekt.

Die Kinder verstanden kein Wort davon. Sprache und die Gebräuche in "The Pastures of Heaven" waren turanisch, was nach modernem Verständnis asiatisch bedeutete.

Bibi Gul beäugte die drei Kinder und fragte dann: "Kes-ke-hé?" *Wen haben wir denn hier?* Tafawana übersetzte und beantwortete die Frage.

Trevor schluckte schwer, konnte sich aber nicht davon abbringen, das hübsche Mädchen anzustarren. Bibi Gul hatte die unglaublichsten grünen Augen! Wie tiefe Pools, in denen man schwimmen konnte und...

"Trevor!" flüsterte Chryséis. "Bist du auf deinem eigenen Planeten?"

Er fühlte wie er rot wurde und gab ein leises Grunzen von sich.

"Ischpateh baba! Ischpateh baya!" sagte das Mädchen in einem freundlichen Ton, und Trevor versuchte, sie nicht direkt anzuschauen. Seid gegrüßt, Schwester, Seid gegrüßt, Bruder. Tiefes Rotbraun leuchtete in Bibi Guls Haar. Was für eine ungewöhnliche Farbe! Er versuchte zuzuhören. Die Zeitreisenden verstanden sie nicht, vermuteten aber, daß sie gegrüßt wurden.

"Schelanti, athenai!" antworteten sie.

"Aah, schelaanti, schelaanti, baba, baya." Bibi Gul lächelte und wiederholte ihre Begrüßungsgesten, während sie sich leicht verbeugte.

Sie lachte fröhlich. Ihr Akkadisch war recht gut, weil die Dorfkinder es in der Schule lernten.

Bibi Gul führte die Gäste die Treppe hinauf in recht "modern" aussehende Schlafzimmer unter Têrakhon-Kuppeln. Trevor musste sich ein Zimmer mit dem schweigsamen Mann und Nubi teilen, während die Mädchen mit Tepi in das geräumige Zimmer von Bibi Gul zogen.

Die Aussicht aus der durchsichtigen Kuppel war erstaunlich und man konnte sogar ein Segment öffnen und auf das Flachdach hinaus gehen.

"Wenn ich jemals ein eigenes Haus habe, möchte ich, daß es so aussieht", sagte Katherine. "Mit durchsichtigen Kuppeln und einem Dachgarten."

"Natürlich wirst du eines Tages dein eigenes Haus haben - zu Hause - und ich werde dich besuchen kommen. Wir werden auf dem Dachgarten sitzen und uns die Sterne angucken", sagte Chryséis.

"Mit einem Teleskop..." murmelte Katherine verträumt. Einem richtig großen. Ich fühle mich hier wie ein Tourist. Kein Drama oder super-gefährliche Situationen."

"Hoffen wir das Beste. Sieh dir nur die blauen Blumen da draussen an," seufzte Chryséis.

"Und gar kein Regen!"

Die Mädchen hatten alles im Nu verstaut und gingen wieder die Treppe hinunter. Dort kamen sie an einer kleinen Nische vorbei, die die bemalte Figur eine lächelnde Frau auf einer Steinkugel enthielt.

"Ist das Aïma?" fragte sie Bibi Gul.

"Nein, Freundin, der Name Aïma ist hier nicht bekannt. Die Erdmutter heißt bei uns Jestak. Sie beschützt das Haus."

"Verstehe", sagte Chryséis und dachte, warum müssen sie ihre Götter immer und überall umbenennen?

Der Stammbaum so vieler Götter war für die Zeitreisenden immer noch verwirrend. Je weiter östlich sie reisten, desto mehr Götter gab es. Jedes Land hatte allein für die Erdmutter einen anderen Namen.

Sie saßen eine Weile in der Halle und hörten Bibi Gul beim Harfenspiel zu, dann war es Zeit für einen weiteren Imbiss, und sie setzten sich um einen niedrigen Tisch. Bibi Guls Vater nahm an der Mahlzeit teil, musste aber bald wegen wichtiger Geschäfte fort.

Bibi Gul brachte Schalen mit Aioli, eingelegtem Gemüse, gerösteten, mit Olivenöl zu einer Paste zerstoßenen Walnüssen und einen Teller mit Brotringen. Walnüsse waren eine wichtige Zutat in der dörflichen Küche.

Nach dem Essen beschloss Bibi Gul, daß es Zeit für eine kleine Besichtigungstour durch Urka sei. Sie zog einen weiten Mantel an und schlug ein Ende über die Schulter. Sie gab jedem der Kinder einen Mantel und zeigte ihnen, wie sie ihn anziehen mussten.

Azurias Maya hatte sich in sein Zimmer zurückgezogen, aber Nubi, sein Hund, folgte Tepi und den Kindern nach draußen. Und Nubi musste offensichtlich ganz dringend nach draußen. In Urka gab es viele Walnuss- und Maulbeerbäume, die entlang des Dorfplatzes standen. Jede Familie pflegte mindestens einen der Bäume, und im Herbst teilten sich die Dorfbewohner die Nüsse und Früchte.

Sie gingen an einem Beet mit länglichen Kürbissen und allerlei Blattgemüse vorbei. Bibi Gul erzählte ihnen stolz von der Zeit, als die Kürbisse so groß wurden, daß sich eine ganze Familie eine Woche lang von einem einzigen Exemplar ernähren konnte.

"Kannst du sie dir als Laternen mit ausgeschnittenen, grinsenden Gesichtern an Halloween vorstellen?" Fragte Trevor Chryséis.

"Klar, warum nicht."

Bibi Gul ging auf einer gepflasterten Straße zum Dorf hinaus. Gelbe Felder entpuppten sich als Weizen und Sylphium, ein gelb blühendes Kraut, neben blauem Lavendel.

"Sylphium ist bei Hochzeitszeremonien sehr beliebt", erklärte Bibi Gul. Sie wurde von Minute zu Minute gesprächiger und stellte Fragen über das Leben in Alesia.

"Wie ist es in Sydonia? Ist es seltsam, daß es dort so viele Riesen gibt?" Sie hatte in ihrem Leben noch nie einen Riesen gesehen. "Und wie sind die Schulen bei euch? Sind die Lehrer nett?" Sie bemerkte kaum, daß der alesianische Junge nicht sehr viel sagte und nur Katherine und Chryséis ihre Fragen eifrig beantworteten.

Das war gar nicht so einfach, wenn man bedenkt, daß sie nicht aus Alesia stammten. Sie unterhielten sich lebhaft, als sie an der Nekropole des Dorfes vorbeikamen. Hier lagen Generationen von Dorfbewohnern begraben. Runde Gebäude mit Strohdächern dienten als begehbare Familiengräber.

"Der Brauch verlangt, daß Geschirr am Ende einer Beerdigung zerbrochen wird", erklärte sie ihnen und öffnete tatsächlich die Tür eines der runden Gräber, damit ihre neuen Freunde einen Blick hineinwerfen konnten. In Wandnischen saßen hölzerne Statuen der Ahnen, die rundherum bemalt und bekleidet waren.

"Gruselig!" murmelte Trevor.

"Alle Türen sind nach Westen zum 'Land der Toten' hin ausgerichtet," meinte das Mädchen als sie das Grab verliessen. Land der Toten? Das konnte nur Atland sein.

Auf der Straße trafen einen Bauern, der mit einem seltsam aussehendes Lasttier nach Urka unterwegs war. Das Tier hatte ein dickes, grün gesprenkeltes Fell und balancierte zwei Körbe rechts und links an seinen Flanken, in denen sehr grosse Eier verstaut waren.

"Ischpateh", grüßte er sie und ging seines Weges.

Bibi Gul zeigte ihnen drei Gewächshäuser mit großen Fenstern, in denen Erdbeeren wuchsen, die so groß wie Tomaten waren. Die meisten Früchte und Gemüse waren den Zeitreisenden aber unbekannt. Die Gewächshäuser ähnelten der landwirtschaftlichen Versuchsstation in Sydonia, nur daß die Pflanzen für die Ernährung und nicht zur Forschung angebaut wurden.

"Also kann jeder einfach in ein Gewächshaus gehen und die Früchte mitnehmen?" fragte Trevor.

"Ja, natürlich," antwortete Bibi Gul erstaunt.

Die Arbeiter begrüßten die Kinder und gaben jedem von ihnen eine Erdbeere zum Naschen. Es waren die besten und saftigsten Erdbeeren, die sie je gekostet hatten. Dann durften sie sich alles alleine ansehen. Wie sich herausstellte, waren die Menschen im Dorf Vegetarier, so daß die Ziegen und Schafe draussen nur für Milch und Wolle gehalten wurden. Am Eingang des nächsten Gewächshauses standen Körbe mit blauen Eiern darin, die sie an Harpie-Eier erinnerten, nur waren sie viel größer.

Roter Beerensaft tropfte auf Bibi Guls Kinn und sie lachte über ihr Missgeschick. Sie verließen die Gewächshäuser und nahmen einen Weg, der nach rechts abzweigte und an einer großen Windmühle und blau blühenden Feldern vorbeiführte. Kleine, kräftige Pferde und Mokis grasten auf einer Koppel daneben, und ein Wasserrad klapperte unaufhörlich.

Trevor pflückte etwas Lavendel und ließ die Mädchen an den duftenden Blüten riechen.

Dann hatte Bibi Gul eine Überraschung für sie auf Lager. Sie führte ihre Freunde durch einen Aprikosenhain, wo rote Schmetterlinge zwischen den Obstbäumen flatterten, zu einem anderen Feld. Dort sahen sie Leute in weißen Anzügen und mit Helmen auf dem Kopf, und Reihen mit kleinen kegelförmigen Hütten. Nubi und Tepi tollten zwischen den Bäumen des Obstgartens herum und jagten kreischende Perlhühner.

"Ich gebe auf. Sind das Astronauten? Das gibt's doch garnicht!" Chryséis rieb sich die Augen, um sicherzugehen, daß sie nicht träumte.

Bibi Gul ging weiter und den Zeitreisenden wurde bald klar, daß es sich hier nicht um Astronauten handelte, sondern um Imker. Rund um den unteren Teil ihrer Kopfbedeckung war ein breiter Stoffrand befestigt. Nicht gerade das, was Astronauten tragen würden. Sie grüßten Bibi Gul und ihre Gäste und machten sich wieder and die Arbeit. Honigbauern hatten um diese Jahreszeit alle Hände voll zu tun. Einer der Imker war Bibi Guls Onkel Naitan aus Mimra. Er begrüßte sie mit seinem Helm unter dem Arm.

"Ischpateh Bibi Gul, pruscht taza?" *Sei gegrüßt, Bibi Gul, geht es dir gut?*

"Ischpateh, Onkel Naitan."

Er hatte natürlich von dem unerwarteten Besuch gehört und grüßte die Kinder in perfektem Akkadisch. "Schelanti, athenai."

"Schelanti," grüßten sie zurück.

Bienen summten durch die Luft, aber liessen sie in Ruhe. Die Imker benutzten Rauch aus Kiefernnadeln und Eukalyptusblättern, um die Bienen zu beruhigen. Bibi Gul nahm einen großen Löffel mit glimmenden Kiefernnadeln in die Hand und schwenkte ihn vorsichtig herum. Sie nahm eine

Wabe aus einem abgedeckten Eimer und sie durften den Honig aus einem kleinen irdenen Gefäß probieren, das die Form eines Bienenstocks hatte. Bibi Gul nannte das Wachs Terâ und Bienen api. Der Honig schmeckte gut nach Lavendel und Rosmarin und sie aßen noch mehr davon. Nur dann begannen Bienen um die Kinder herum zu schwirren.

"Ist es sicher, sich den Bienen ohne Schutzanzug zu nähern?" fragte Chryséis. Sie war nervös mit all diesen stechenden Insekten um sie herum.

"Es ist ziemlich ungewöhnlich, daß sie sich so verhalten", sagte Naitan. "Wenn sie sich nicht bedroht fühlen und nicht ausschwärmen, gibt es keine Probleme. Ich frage mich, was sie so sehr aufregt." Er schenkte ihr ein ermutigendes Lächeln.

"Ungewöhnlich?" Trevor fühlte sich unwohl.

"Manchmal haben sie eine Abneigung gegen elektromagnetische Frequenzen, aber wir haben das unter Kontrolle. Wenn ihr mich jetzt entschuldigen wollt, Athenai, ich muss zur Arbeit zurück. Nicht zu nahe an die Bienenstöcke gehen, Bibi Gul ... bayartai. Auf Wiedersehen."

"Meinst du, da sind ungewöhnliche elektromagnetische Frequenzen um uns herum?" fragte Chryséis Trevor.

"Könnte sein, aber ich habe gehört, daß Bienenstiche schmerzhaft sein sollen..."

"Ja, und wenn einer von uns eine Allergie hat, könnte es gefährlich werden."

Sie entfernten sich von den Bienenstöcken, und zu ihrer Erleichterung folgten ihnen die Bienen nicht. Das Summen wurde leiser. "Das Wachs wird zur Herstellung von Têrakhon verwendet", meinte Bibi Gul, "aber das wusstet ihr sicher schon." Têrakhon war die geheimnisvolle Substanz, auf die die Kinder in der Bekannten Welt schon oft gestoßen waren. Manchmal sah es aus wie Glas, manchmal wie Plastik oder Gummi.

"Sicher..." Die Kinder nickten und sahen sich an.

"Es wird auch Mastix-Harz verwendet", sagte Bibi Gul.

"Mastix oder jede andere Art von Harz. Aber wie Têrakhon am Ende aussieht, hängt von der verwendeten Technik ab."

"Woher weißt du das alles?" fragte Chryséis. Endlich erzählte ihnen jemand, wie Têrakhon hergestellt wurde, und sie wollten mehr darüber wissen!

"Das weiß doch jeder. Die genauen Verfahren werden aber geheim gehalten. Es gibt Techniker, die sich auf die Herstellung spezialisieren." Das war alles, was Bibi Gul ihnen zum Thema sagen konnte.

"Es wäre toll, wenn wir die Formel für Têrakhon mit uns in die Zukunft nehmen könnten", sagte Chryséis zu Katherine. "Es muss eine ganze Reihe von Formeln geben, aber wo findet man sowas?"

"Vielleicht finden wir das in einer Bibliothek", meinte Chryséis.

"Hmm, kann schon sein."

"Honigbienen sind sehr nützlich", sagte Bibi Gul und pflückte eine reife Aprikose. "Hier, pflückt euch auch eine Frucht... Es gibt auch têra-api, eine Form der Medizin, die im "Haus des Lebens" neben dem Badehaus verwendet wird. Um Krankheiten zu heilen, werden lebende Bienen mit ihrem Stachel in die Haut des Patienten gestochen."

Sie waren nun wieder auf der Hauptstraße.

"Autsch, das klingt schmerzhaft!" sagte Trevor.

"Es ist gut für rheumatische Beschwerden. Der Bademeister in jedem Dorf benutzt Bienengift zur têra-api."

"Oh, stell dir das mal vor..." Allein bei dem Gedanken bekam Katherine eine Gänsehaut. "Ich bevorzuge die Geräte, die die Mediziner in Sydonia benutzen."

"Ja, die haben wir natürlich auch", meinte Bibi Gul.

"Gibt es in Urka ein 'Haus des Wissens'?" fragte Katherine. Wenn sie schon mal hier waren, konnten sie sich auch gleich die Têrakhon-Formeln ansehen.

"Nein Athenai, nicht hier. Wir haben nicht so viele Bücher im Dorf. Aber es gibt eine große Bibliothek in Ushbantoun. Ist das nicht der Ort, zu dem ihr unterwegs seid?"

Am Abend aßen sie Shishaou, ein Fladenbrot, das mit Ziegenkäse und zerstoßenen Walnüssen gefüllt und über offenem Feuer gebacken wurde. Außerdem gab es mit Zimt gewürztes Kürbismus aus Holzschalen.

Nach dem Essen ging Bibi Guls Vater mit seinen Freunden zur Orchesterprobe.

"Ich habe eine Idee", meinte Bibi Gul. "Lasst uns eine Höhle in der Nähe des Dudaka-Sees erkunden."

"Klar, warum nicht", sagte Trevor eifrig.

"Sie hat so viel Energie", seufzte Katherine.

"Besser als in einer Zitadelle herumzusitzen und nichts zu tun, wenn es draußen in Strömen regnet", antwortete Trevor.

"Na gut, dann lasst uns gehen."

Azurias Maya wollte sich immer noch ausruhen und Nubi blieb dismal bei ihm. Tepi hüpfte auf und ab und freute sich auf etwas Bewegung, auch ohne ihren neuen Freund!

Sie grüßten ein paar Dorffrauen, die vor ihren Häusern Gemüse in flachen bunten Körben putzten und die warmen Sonnenstrahlen vor der Dunkelheit genossen.

"Pass auf das Wetter auf!" Meinte eine der Frauen. "Es riecht nach Regen."

"Regen? Aber es sind keine Regenwolken am Himmel", meinte Bibi Gul.

"Achtet auf das Wetter, Kinder", wiederholte die Frau.

Sie fanden einen Weg über unwegsames Gelände außerhalb des Dorfes, ein paar Hänge hinauf und hinunter, bis sie einen niedrigen Hügel neben dem See erreichten. Tepi begann zu bellen und stürmte der Gruppe voraus. Sie knurrte und bellte und rannte auf einen zerklüfteten Felsen zu. Der Felsen war mit grau-grünen Flechten und Moos bedeckt.

Sie liefen alle den Hügel hinauf, um zu sehen, warum Tepi so aufgeregt war. Bevor sie den moosbewachsenen Felsen erreichten, hörten sie ein zischendes Miauen. Dann sahen sie eine große Katze. Eine übergroße, rot gestreifte Katze starrte den aufgeregten Hund an und fletschte die Zähne. Nase und die Schnurrhaare zitterten, und die Reißzähne waren entblößt. Die Katze sah ziemlich gefährlich aus.

Trevor stellte sich schützend vor die Mädchen, aber Katherine schob sich an ihm vorbei und pfiff. Der Bann war gebrochen. Tepi trat den Rückzug an und setzte sich vor Katherines Füße. Mit großen, fragenden Augen sah sie zu dem Mädchen auf. Die furchterregende Wildkatze sah einen Moment lang erschrocken aus, dann kletterte sie flink nach oben und verschwand.

"Tepi, was hast du dir nur dabei gedacht?" schimpfte Katherine. "Diese Katze war viel größer als du. Sie ist zu groß zum Jagen!" Tepi zog den Schwanz ein und warf Katherine einen herzerweichenden Blick zu. Vielleicht würde es helfen, sich auf den Rücken zu rollen. Sie mussten lachen, und bald war der Hund wieder auf den Pfoten und stimmte mit fröhlichem Bellen ein.

"Diese Katze war fast so groß wie ein Puma", sagte Trevor, "Sie hätte aus Tepi Hackfleisch Machen können."

"Oh, ich glaube, du übertreibst, Trev. Es war eher eine Art Wildkatze."

"Für mich sah es nicht wie eine Raubkatze aus", beharrte er.

Anscheinend war Bibi Gul an solche Sachen gewöhnt. Sie drehte sich um und winkte. Es war schon spät und sie wollte ihren neuen Freunden etwas zeigen. Warum sollte man sich über eine Wildkatze aufregen? Sie fraßen Ratten und Mäuse, und diese hier war nicht mal besonders groß.

"Komm Athenai, ich will euch die Höhle zeigen!"

Es stellte sich heraus, daß es sich um eine Fledermaushöhle handelte. Eine von vielen in dieser Gegend. Die Bauern störten sich nicht an den Fledermäusen. Sie fraßen die lästigen Insekten in den Pistazien- und Lorbeerwäldern.

Manchmal stiegen ganze Armeen von Fledermäusen nach Einbruch der Dunkelheit in die Lüfte, jagten fliegende Insekten in langen, wellenförmigen Kolonnen und tauchten in den Dudaka-See ein, um im Flug Wasser zu trinken. Bei solchen Gelegenheiten fielen einige der wagemutigen Fledermäuse den Krokodilen zum Opfer, die am anderen Ende des Sees auf der Lauer lagen, aber das schien die Fledermäuse nicht abzuschrecken.

Tepi knurrte. Ohne Vorwarnung ertönte von der Spitze des Hügels ein markerschütternder Schrei. Dann noch ein Schrei und noch einer. Die Kinder drückten sich an den Felsen, in der Hoffnung, daß sie dadurch unsichtbar würden. Bibi Gul zog den erschrockenen Trevor gerade noch rechtzeitig zurück, als sich zwei große Adler auf die Fledermäuse stürzten, die aus der Höhle segelten. Die Adler zogen sich schnell wieder in die Höhe zurück, zwei schlaffe Körper in ihren scharfen Krallen.

"Au weia ..." Katherine war tief beeindruckt. Tepi knurrte und stieß ein hackendes Bellen aus. "Pssst, Tepi. Du willst doch nicht, daß sie denken, du bist auch essbar!" Aber die Adler blieben fort.

"Es sind Boten des Vogelgottes", meinte Bibi Gul.

"Es gibt einen Vogelgott?" Trevor pfiff durch seine Zähne.

"Wenn es Vogelköniginnen gibt, warum sollten sie dann nicht auch einen Vogelgott haben?" fragte Chryséis.

Im schwachen Licht sahen sie, daß Schlangen an den Höhlenwänden hingen und nach flatternden Fledermäusen schnappten. Der Gestank am Eingang der großen Höhle war überwältigend. Bibi Gul gab ihnen ein Zeichen, daß sie gehen sollten und sie schlenderten zurück in Richtung Urka.

Bibi Gul zeigte auf eine seltsame Landschaft in der Ferne. Im schwachen Licht erinnerten die gezackten Krater an eine Mondlandschaft. Sie sahen, wie sich etwas an den Eingängen zu unterirdischen Behausungen bewegte.

"Dort leben die schwerfälligen, haarigen Matmatis", meinte Bibi Gul. "Die Kinder im Dorf schleichen sich manchmal aus Neugier zu den Matmatis. Sie kommen zurück mit großen Augen und erzählen von den Wilden Männern, die gebratene Eidechsen und Fledermäuse essen", erzählte Bibi Gul.

"Wie fangen sie den die Fledermäuse, mit Steinschleudern?" wollte Trevor wissen.

"Das kann ich dir nicht sagen, Athenai, aber es ist wahrscheinlich. Wir machen uns besser auf den Rückweg. Es sieht wirklich nach Regen aus."

"Oh, nicht schon wieder. Ich glaube, wir haben in Felsina genug Regen gehabt," seufzte Chryséis.

Es wurde jetzt dunkel und sie sahen nicht, wie die beiden großen Adler mit ihrer Beute zum Matmati-Dorf flogen und sie bei einem großen Matmati-Mann absetzten. Dann kehrten sie zu der Höhle zurück, um noch mehr Fledermäuse zu holen.

Als die Kinder die Straße erreichten, schlug das Wetter um. Große Regentropfen prasselten auf die Pflastersteine um sie herum und hinterließen dunkle Flecken. Sie begannen zu rennen und erreichten bald das Dorf. Die Kinder rannten an den Musikern vorbei, die auf dem Dorfanger geübt hatten und nun vor dem Regen in ihre Häuser flüchteten.

Tepi stürmte voraus in das Haus. Sie schüttelte sich trocken und die Kinder kreischten auf. "Tu das nicht, Tepi. Nicht im Haus!" schimpfte Katherine mit ihr. Sie zogen ihre nassen Regenmäntel aus und Bibi Gul zeigte ihnen, wo sie diese aufhängen konnten.

"Was für ein Abenteuer", staunte Chryséis. "Erst die Wildkatze, dann die Fledermäuse, Schlangen und Adler und jetzt sind wir alle nass." Inzwischen regnete es in Strömen und trommelte gegen die Kuppeln und Fenster aus Têrakhon, aber drinnen war es gemütlich.

"Nicht schon wieder Regen!" Katherine stöhnte. Es fühlte sich an, als hätten sie das verregnete Felsina nie verlassen. "Wird es lange regnen?"

"Normalerweise klart es am Morgen auf", erklärte Bibi Gul. "Aber man weiß ja nie. Regen ist gut für die Pflanzen."

"Ich bin sicher, daß der Vimaan bald fertig ist. Wir sollten Tafawana fragen, wann wir aufbrechen können," schlug Trevor vor. Sie hatten die Jungfer Tafawana den ganzen Tag nicht gesehen. Bibi Gul hatte ihnen gesagt, daß sie ihre Familie besuchte. "Sie wird morgen zurückkommen, da bin ich mir sicher. Schade, daß Ihr so früh abreisen müsst, Athenai. Es war schön, euch hier zu haben."

"Ja, wir waren auch gerne hier und wir danken euch für eure Gastfreundschaft, aber wir haben Pläne, wie du ja weisst."

"Ich weiß." Bibi Gul nickte.

Sie setzten sich zu ihrem Vater, und den beiden Hunden vor den gemauerten Kamin. Elian feilte eifrig an seinem Holzinstrument. Ihm war nicht nach Reden zumute, also plauderten sie ein wenig und tranken dampfende Tassen Minztee.

Azurias Maya war zum heißen Pool gegangen, um ein Bad zu nehmen und einen Friseur aufzusuchen. Als er zurückkam, erkannten sie ihn kaum wieder. Sein Haar war nach alesianischer Art kurz geschnitten und sein Bart war verschwunden. Der berühmte Astronom sah jetzt viel jünger aus und roch, ehrlich gesagt, auch viel besser. Nubi schnupperte an seinen Beinen und runzelte die Stirn, als er sich auf die Fensterbank vor dem Kamin setzte.

Seine Haltung hatte sich mit seinem Erscheinen verändert. Er lehnte sich mit der Teetasse in der Hand zurück und erzählte ihnen bald, was ihm seit seiner Seereise vor mehr als vier Jahreszeiten widerfahren war.

"Oh bitte, Athenai, erzählt uns mehr von deinen Abenteuern!" bat ihn Bibi Gul und klatschte in die Hände.

"Nun gut", sagte er und dachte einen Moment lang nach.

Er erzählte ihnen von dem Sturm, dem Schiffbruch, dem Volk der Ogudoni und wie er sich langsam von seinen Verletzungen erholt hatte. Dann, wie er aus dem 'Land der Horizontbewohner' nach Nord-Punt gekommen war, um sein Volk zu finden. Seine Zuhörer waren ganz sprachlos.

"Ich wünsche das nicht einmal meinen Feinden, denn ich hatte alles Wissen über meine Herkunft, meine Familie, mein Land verloren. Alle Erinnerungen waren aus meinem Gedächtnis verschwunden wie eine kleine Wolke an einem heißen Sommerhimmel. Das gute Volk der Ogudoni rettete meine Ledertasche mit Zeichnungen und Instrumenten. Ich bezweifle, daß ich mich ohne sie daran erinnern und heute hier sein könnte."

"Hört, hört...", sagte Bibi Guls Vater mitfühlend.

"Mein Hund Nubi hat mich irgendwo im Schlechten Land adoptiert. Ein schrecklicher Ort des Todes und der Krankheit, kann ich euch sagen."

"Sie sind ein berühmter Astronom aus Algiras. Ich bin sicher, die Leute zu Hause werden sich freuen, Sie wieder bei sich zu haben," Trevor schwärmte.

"Ich bin froh zu hören, daß ich nicht völlig vergessen bin... Ich muss einen Hafen finden, wo Schiffe zur untergehenden Sonne segeln", sagte der Astronom zum Abschluss.

"Tafawana sagte, du würdest mit uns kommen. Wir sind auf dem Weg nach Ägypten... Ich meine nach Ta Mery." Trevor verbesserte sich gerade noch rechtzeitig.

"Ja, Athenai. Ich werde mit euch nach Ta Mery gehen, denn der Seehafen von Hyela wird angegriffen..." Sagte er und hielt inne. Sein Kopf tat ihm anscheinend wieder weh.

Die anderen tauschten besorgte Blicke aus.

"Azurias Maya von Algiras, du solltest dich an die Mediziner in unserem 'Haus des Lebens' wenden. Sie werden dir sicher bei deinem ... geistigen Zustand helfen können." sagte Bibi Gul's Vater und legte sein Instrument weg. "Meine Tochter kann dir den Weg zeigen."

Trevor warf dem hübschen Mädchen einen Seitenblick zu und wurde leicht rot. Chryséis stupste Katherine an, und sie grinsten beide.

"Die Mediziner im Schwarzen Land können mir vielleicht helfen. Ich sollte mich jetzt ausruhen. Würdet ihr guten Leute mir bitte einen Aufguss aus Weidenrinde zubereiten? Das hilft normalerweise gegen die Schmerzen." Azurias Maya stand abrupt auf, ließ seine Decke auf die Fensterbank fallen und zog sich in das Zimmer zurück, das er mit Trevor teilte.

"Warum erzählt ihr nicht von eurer eigenen abenteuerlichen Reise, Athenai", schlug Bibi Gul vor.

Und so erzählten Chryséis, Trevor und Katherine von ihrem eigenen Unglück, an der berberischen Küste Schiffbruch erlitten zu haben, von dem täzilischen Nestdorf und wie sie dazu gekommen waren, zu diesem Ort zu reisen, anstatt ein Schiff zurück nach Alesia zu nehmen. Bibi Gul stellte aufgeregte Fragen, während Nubi seine Glieder streckte und geräuschvoll gähnte. Tepi sprang auf und flehte Katherine mit großen Augen an, sie mit ihrem neuen Freund nach draußen gehen zu lassen.

"Okay", sagte Katherine leise, lächelte und streichelte den Hund.

"Wenn der Regen anhält, könnten jederzeit Schwärme von Tausenden von Heuschrecken über das Ackerland herfallen. Ganz zu schweigen von anderen Insekten", wechselte Bibi Guls Vater das Thema. "Ein ernster Grund zur Besorgnis. Der Winkel des Laserstrahls muss angepasst werden, um die Insekteninvasion in den Griff zu bekommen. Die Fledermäuse allein werden nicht genug sein."

"Ja, Vater. Ein ernster Grund zur Besorgnis, aber ich glaube, daß unsere Gäste müde sind."

"Sicher, Tochter, ich danke dir dir, daß du so rücksichtsvoll bist."

"Ich sollte nachsehen, wo die Hunde hingelaufen sind", sagte Katherine.

"Ich komme mit ", bot Bibi Gul an. "Du kennst dich im Dorf ja nicht aus."

"Ich komme auch mit", meinte Trevor. Er hatte keine Lust, mit Azurias Maya zu reden, falls sich seine Stimmung wieder geändert hatte.

"Ich bin müde und gehe lieber ins Bett." Chryséis gähnte.

Auf dem Dorfanger weideten friedlich ein paar nasse Ziegen. Sie bemerkten den Regen durch ihr dickes Fell kaum. Man konnte nicht viel vom Dorf sehen, so dunkel war es, aber sie hörten die Hunde, wie sie die Ziegen ankläfften. Die Kinder bemerkten nicht, wie neugierige Augen ihnen folgten.

"Das ist ja wie Oxford im Herbst hier!" seufzte Katherine.

"Muss sich für dich wie zu Hause anfühlen," spottete Trevor.

"Klar Trev, in Oxford haben wir auch Häuser mit geschnitzten Zedernbalken, durchsichtige Kuppeln und all das," grummelte Katherine.

Bibi Gul konnte dem Gespräch auf Englisch nicht folgen und begann Akkadisch zu sprechen, aber sie kehrten bald wieder zum Haus zurück.

Am Morgen hingen Regentropfen wie winzige Kristalle an den Palmwedeln und Sträuchern draussen. Trevor machte einen kurzen Morgenspaziergang durch das Dorf. Er stieß gegen einen niedrig hängenden Magnolienzweig, der von Regentropfen ganz schwer war, und ein unangenehmer Schauer ging auf seinen Kopf nieder.

Die Sonne lugte durch die dünner werdende Wolkendecke und das langweilige Grau des Nebels wich wie von Zauberhand. Trevor sah am Straßenrand eine Gruppe winziger rosafarbener Blüten und pflückte ein paar duftende Gillyblumen. Aus einer Ecke des Platzes erklang Gesang. Der Dorfchor übte für einen Wettbewerb mit den Nachbardörfern. Tepi war ihm hierher gefolgt.

"Komm, lass uns zum Haus zurückgehen und sehen, ob sie etwas zum Frühstücken für uns haben. Ich bin am Verhungern." sagte Trevor zu dem Hund. Sie sah den Jungen erwartungsvoll an und begann, unter dem Gelächter der Sänger die Straße auf und ab zu laufen.

In der Tat waren die anderen schon dabei, sich zum Frühstück zu setzen. *Wenigstens keine Frösche und Kakerlaken,* dachte Katherine, als sie es sich auf einem dicken Kissen bequem machte. Sie hoffte, daß man sie nie wieder zu einer Mahlzeit wie der in Prydhain einladen würde.

Nach dem Frühstück, das aus Spinatomelett mit Kichererbsen bestand, kam Tafawana und verkündete, daß der Vimaan repariert worden sei.

Es war an der Zeit, aufzubrechen.

Zum Abschied rieben sich die Dorfbewohner wie Eskimos die Nasen. Trevor nickte aber nur und drehte sich um, während Azurias Maya etwas zum Abschied brummte.

Chryséis gab Bibi Gul ihrem rosa Schleier als Abschiedsgeschenk. Das Mädchen klatschte vor Freude in die Hände. Sie rieb ihre Nase an Chryséis' Nase und versicherte ihrer neuen Freundin, daß sie den Schleier sehr zu schätzen wisse.

"Bayartai. Auf Wiedersehen!" "Bayartai!" Einige Dorfbewohner hatten sich versammelt, um die Besucher zu verabschieden. Sie kletterten in den Vimaan, und die Têrakhonkuppel schloss sich mit einem saugenden Geräusch. Das Gefährt hob vom weichen grünen Gras ab und verschwand bald am Horizont.

Als Bibi Gul nach Hause ging, fand sie einen duftenden Strauß kleiner rosa Blumen auf ihrem Mantel, den sie am Abend zuvor auf die Fensterbank geworfen hatte.

Tepi legte sich zu Nubi neben Azurias Mayas Füße nieder. Katherine vermisste die seidige Wärme an ihren Füßen, aber sie verstand, daß ihr Hund ab und zu mit anderen Tieren zusammen sein wollte.

Tafawana gesellte sich zu dem Fahrer in das vordere Abteil des Vimaans. Sie hatten im Haus ihres Onkels übernachtet und waren Freunde geworden. Der Astronom schien zu schlafen, und so sprachen die Kinder bald auf Englisch miteinander.

"Ich kann nicht glauben, daß wir Azurias Maya, den berühmten Astronomen, getroffen haben." Chryséis flüsterte fast, als ob der schlafende Mann es irgendwie verstehen könnte.

"Ich frage mich, warum ihn niemand ausfindig machen konnte, nachdem sein Schiff gesunken war", meinte Katherine. "Sie hätten ihm einen Sender oder sowas geben sollen."

"Woher sollten sie denn wissen, was passieren würde?"

"Und was ist mit Telepathie?"

"Telepathie ist nicht narrensicher, Chris. Die Lady von Sydonia konnte sich nach dem Schiffbruch auch nicht mehr mit uns in Verbindung setzen, weißt du noch? Jetzt 'sprechen' wir wieder öfter mit ihr."

"Wahrscheinlich. Wir können die Lady von Sydonia ja danach fragen, wenn wir sie wieder sehen."

"Ich bin nur froh, daß wir nicht wieder in einer verregneten Stadt bleiben müssen. Ich kann es kaum erwarten, nach Ägypten zu kommen", sagte Trevor. "Auch wenn es nur für kurze Zeit ist."

Katherine holte ein paar Mal kurz Luft und nieste.

"Du meine Güte", sagte Chryséis. "Hast du Schnupfen?"

"Es ist nicht so schlimm", sagte Katherine. "Ich hatte keine Ahnung, daß es in Nordafrika so viel regnen würde. Aber dieses Dorf war doch klasse. Ich bin fast froh, daß wir hier zwischenlanden mussten".

9 EIN ÄGYPTEN OHNE PYRAMIDEN?

Der instand gesetzte Vimaan trug sie weiter Richtung Osten. Auf dem Weg überholte sie von Süden her ein kleiner cremefarbener Vimaan.

"Sie nehmen Kurs auf Byrsa am Meer mit seiner hoch aufragenden Festung," meinte Tafawana. Die beiden Fahrer grüßten sich. Unter ihnen ging bebautes Ackerland wieder in bewaldete Hügel über, in weitgestreckte Zedern- und Pistazienwälder.

"Hatschi!" Katherine rieb sich die Nase an ihrem Ärmel.

"Katie, hör auf zu niesen. Was ist denn los mit dir?" Chryséis wurde langsam ärgerlich. Immer wenn sie einschlafen wollte, musste Katherine wieder niesen.

"Ich weiß nicht, was mit mir los ist." Katherine schniefte und ihre Augen sahen rot und geschwollen aus. Sie hatte das Gefühl, sich die ganze Zeit an den Armen kratzen zu müssen.

"Du hast vielleicht eine Allergie. Prähistorisches Gras oder irgendein Tier," sagte Trevor träge. Er war gerade eingenickt, als Katherine seinen Traum durch ihr Niesen unterbrach.

"Oh, das ist ja toll. Heuschnupfen also." Sie wischte sich die Nase mit dem weichen Leinentuch ab, das Bibi Gul über das Brot und den Käse gelegt hatte.

"Lass dich von einem Arzt untersuchen..." murmelte Chryséis und schlief trotz des Niesens wieder ein.

Weit unten winkten zwei Männer, die sich auf Wanderstöcke stützten, dem tief fliegenden Vimaan mit dem Wappen von Felsina zu. Die Hirten hüteten Schaf- und Rinderherden. Sie waren geschickte Käsemacher und kehrten am Ende des Sommers mit großen Laiben Luni-Käse in die Täler zurück.

Trevor winkte zurück, dann musste er zweimal

hinsehen. Auf der Heide befanden sich Steinkreise. Nicht ganz so wie Stonehenge, aber der Kontrast zwischen den weißen Steinen und dem violetten Heidekraut war deutlich erkennbar. Ein langer, mit weißen Steinen gesäumter, Weg führte einen Hügel hinauf, wo man den Umriss des Abendsterns sehen konnte. Ein Symbol für Atland im Westen. Die Mädchen schliefen, also machte Trevor ein Foto, um es ihnen später zu zeigen. Sie werden mir das sonst nicht glauben, dachte er.

Von einer Wüste war weit und breit nichts zu sehen, nur grüne Hügel und Ackerland. Weiter vorne näherte sich der Vimaan einem Netz von Flüssen. Das musste das sumpfige Delta des Nila-Flusses sein.

Links davon sah man das Blaue Meer, und von rechts schlängelte sich das breite, glitzernde Band des großen Flusses auf die Küste zu.

"Leute, wacht auf, wir sind fast da." Trevor rüttelte Katherine und Chryséis wach, ließ Azurias Maya aber weiterschlafen.

"Schaut mal da drüben!" Chryséis gähnte und zeigte auf Häuser und Bauernhöfe zwischen den vielen kleineren Flüssen. Herden von Mastodonten und Flusspferden suhlten sich in den schlammigen Gewässern . Zwei Mastodonbullen rissen sich im plätschernden Wasser mit markerschütterndem Gebrüll gegenseitig in die Tiefe und Krokodile schauten von einer kahlen Sandbank aus zu. Sie hofften wahrscheinlich auf eine leichte Mahlzeit.

"Meinst du, das sind Sarkasuchus?" fragte Katherine.

"Keine Ahnung, aber die sind riesig," meinte Chryséis.

Antilopen und anmutige Gazellen tranken vorsichtig am Rande des Gewässers, Seite an Seite mit Büffeln und Wildschweinen, bereit sofort zu flüchten, wenn die Krokodile sich bewegten.

"Ups, ich glaube, wir landen schon." rief Katherine.

Ush-bantoun konnte nicht mehr weit weg sein, denn der Vimaan begann zu sinken. Aber dies konnte doch noch nicht ihr Ziel sein. Sie überquerten einen weiteren Fluss, wo dunkle Männer in Einbäumen ihnen zuwinkten. Trevor winkte zurück und sie näherten sich einer heufarbenen Savanne. Hütten flogen vorbei, Palmen und dunkle Flecken frisch-gepflügter Felder.

Die Außenbezirke einer Stadt kamen in Sicht.

"Es sieht ganz so aus, als wären wir im Schwarzen Land angelangt ", sagte Azurias Maya und streckte sich.

*

In den letzten Jahren hatte sich diese neue Stadt rasch in alle Richtungen ausgebreitet. Immer mehr Sumpfgebiete wurden trockengelegt und Kanäle gebaut. Das ehemalige Fischerdorf war nun eine nagelneue Stadt. Kem-Oun hatte einen ansehnlichen Hafen; der Damm bildete einen Halbkreis und war noch im Bau. Aber schon jetzt ankerten hier Schiffe aus Gubla und Retjenu, und rund um die Zitadelle gab es Amphitheater und Parks.

"Wir bleiben nur kurze Zeit hier," sagte die Jungfer und machte sich für die Landung bereit.

Der Vimaan ließ sich auf einem Rasenstück zwischen der Zitadelle und dem Prytaneum mit seiner ewigen Flamme nieder. Der Dschungel versperrte zwar immer noch den Blick von der Zitadelle aus auf das Blaue Meer, aber er verlieh der Stadt ein tropisches Flair.

Die Lady von Kem-Oun begrüßte sie persönlich zusammen mit dem üblichen Ritual. Tafawana hatte ihre bevorstehende Ankunft mit Gedanken angekündigt. Sobald das Begrüßungslied zu Ende war, wurden sie in ihre Quartiere geführt, während Nubi und Tepi sich aufmachten, um das Gelände der Zitadelle gründlich zu erkunden.

"Warum in aller Welt sind wir jetzt hier und fliegen nicht direkt nach Ush-bantoun?" fragte Chryséis ungeduldig.

"Woher sollen wir das wissen?" meinte Trevor. "Wahrscheinlich stimmt mit dem Vimaan wieder etwas nicht. Tafawana ist so schnell verschwunden, daß wir sie nicht mal fragen konnten. Alles, was wir tun können, ist abwarten."

Sie teilten sich wieder einen großen Raum und verschwendeten keine Zeit. Ihr Log musste aktualisiert werden und Trevor zeigte den beiden Mädchen die Bilder des Steinkreises auf der Heide.

Später erzählte Tafawana ihnen, daß es tatsächlich etwas gab, das sie für den Vimaan brauchten und das im Dorf Urka nicht zu finden gewesen war. Sie erzählte ihnen auch, daß die Riesen Hyela immer noch nicht aufgegeben hatten.

"Täglich trifft Verstärkung ein, um die oinotrischen Kriegsherren zu unterstützen, aber so ein Krieg braucht seine Zeit," meinte sie.

"Ganz bestimmt", sagte Trevor. "Ehrwürdige Jungfer, wisst Ihr, wie lange wir hier bleiben müssen?"

"Bis der Vimaan fertig ist", hatte sie nur geantwortet.

Die Lady von Kem-Oun bestand darauf, daß Katherine und Azurias Maya die Mediziner im neuen 'Haus des Lebens' in der Innenstadt aufsuchen sollten, während Chryséis und Trevor einen Rundgang durch die Stadt machten und die Hunde in der Zitadelle zurückließen.

Die Mediziner erklärten Azurias Maya, daß seine Kopfverletzungen behandelt werden müssten, um richtig heilen zu können – und die Behandlung solle sofort beginnen. Der berühmte algirische Astronom zog also in ein blau-grünes Zimmer mit einem wunderbar beruhigenden Blick auf die inneren Gärten. Je nach der Diagnose des Arztes wurden die Farben, Düfte und Melodien in diesen Räumen auf den jeweiligen Patienten abgestimmt.

"Bitte warte hier im Flur auf den Arzt", sagte eine freundliche Frau zu Katherine.

Sie musste sich um eine junge Mutter und ihr schreiendes Baby kümmern. Das Baby war kaum zu beruhigen.

Katherine fühlte sich seit ihrer Ankunft in Kem-Oun viel besser. Sie saß auf einer bequemen Bank und beobachtete das Feuer in einer Metallschale in der Mitte der Halle.

Der dunkelblaue Boden war auf Hochglanz poliert und eingelegte goldene Sterne reflektierten das Feuer.

Draußen sah sie Vögel auf dem Rasen, die gierig an den Krümeln pickten. Auf der anderen Seite des burgunderroten Rasens, halb verdeckt durch das Wasserspiel, befand sich das "Haus des Wissens", die Bibliothek von Kem-Oun.

Das Weinen des Babys verstummte und bald darauf kam die lächelnde Mutter aus dem Behandlungsraum. Als sie das "Haus des Lebens" verließen, öffnete sich der runde Têrakhon-Eingang und ein Fischer wurde hereingebracht. Er hatte offensichtlich starke Schmerzen. Ein kleiner Schwertfisch hatte seinen Kopf durch das Netz gesteckt, als es an Bord gezogen wurde, und das Bein des Mannes durchbohrt.

Oh Mann, dachte Katherine, und ihr wurde beim Anblick ein wenig übel. Es war ein Notfall, was bedeutete, daß sie noch länger warten musste. Die Mediziner hatten den Mann schon erwartet und machten sich sofort an die Arbeit. Kurz danach wurde Katherine in einen anderen Raum gerufen. "Kathín von Oxfol, dein Körper verträgt nicht den Pollen des Sylphiumkrauts. Du warst in den 'Himmlischen Auen'. Bist mit diesem seltenen Kraut in Kontakt gekommen?" fragte der Arzt.

"Ja, es gab Sylphiumfelder ganz in der Nähe."

Die Ärztin legte das Diagnosegerät beiseite und nahm etwas von einem länglichen Tisch unter dem Fenster, um mit der Behandlung zu beginnen. Dort waren in einer Reihe Stäbe zur Licht- und Klangheilung angeordnet.

Während Katherine im 'Haus des Lebens' war, hatten Trevor und Chryséis die Innenstadt von Kem-Oun und die Gegend um den Hafen erkundet. Nun warteten sie in der Eingangshalle auf ihre Freundin. Sie mußten nicht lange warten.

"Ratet mal was los ist..." meinte Katherine, als sie das Gebäude durch den runden Têrakhon-Eingang verließen. "Ich bin allergisch gegen Sylphium." Chryséis und Trevor sahen sich verwundert an.

"Erinnert ihe euch nicht an die gelben Blumen, die wir auf den Feldern um Urka gesehen haben? Sie haben mir ein Bild davon gezeigt und es ist mit Sicherheit die gleiche Pflanze."

Katherine erzählte ihnen aufgeregt von der Behandlung. "Sie hat so ein paar Stäbe benutzt, die anfingen zu leuchten. Wirklich cool. Ich muß später wieder kommen. Die Ärztin bereitet einen Trank zu, den ich einnehmen muss. Sie sagte, daß die Allergie dann nicht wiederkommen wird."

"Wirklich?" Trevor war beeindruckt. "So einfach geht das?"

"Anscheinend", meinte Katherine. "Wenn wir herausfinden könnten, wie das funktioniert, würden wir zu Hause ein Vermögen damit machen."

"Klar, als ob uns jemand ernst nehmen würde."

"Wir können ja warten, bis wir erwachsen sind, und dann ein Patent anmelden. Zumindest glaube ich, daß es so funktioniert," sagte Chryséis.

"Na gut, dann lass uns mit unserem Bibliotheksprojekt weitermachen", wechselte sie das Thema und zeigte mit dem Kinn auf das schöne weiße Gebäude an der anderen Seite des Platzes.

"Ich würde auch gerne was über Sylphium ausfindig machen", sagte Katherine.

"Klar, warum nicht, solange wir nicht vergessen nach den Têrakhon-Formeln zu suchen."

Das Pflaster auf dem Platz war neu und glänzend. Alles war anscheinend neu in dieser Stadt. Sie gingen über den Rasen zum 'Haus des Wissens' und unterhielten sich darüber, was in Urka geschehen war und daß Ägypten ganz und gar nicht so war, wie sie es sich vorstellten.

"Irgendwie macht es Sinn, daß die Leute keine Lendenschurze tragen und gestutzte Haare haben, aber bisher erinnert mich nichts an Ägypten", sagte Trevor.

"Ja, die Frauen tragen ihr Haar zurückgebunden, bis auf zwei dünne Zöpfe vor den Ohren. Ich meine, was hat das zu bedeuten? Sind das vielleicht Wikinger?" Katherine versuchte, die Leute nicht anzustarren. "Und schau dir diese spitzen roten Mützen an."

Die Männer trugen auch gestutzte Bärte und lange, nach

hinten gebundene Haare. Sogar das Schuhwerk war bemerkenswert. Aufgestülpte Schuhspitzen und Schnürsenkel waren in Kem-Oun der letzte Schrei und Frauen trugen die gleichen schleifenartigen Absätze und klobigen Sohlen aus Têrakhon, die sie schon in Hyela gesehen hatten.

"Ihre Anzüge scheinen aber aus Leinen und Seide zu sein, so wie die der Alesier. Also fallen wir wenigstens nicht auf."

"Hast du gesehen, daß mindestens die Hälfte der Leute, an denen wir vorbeigekommen sind, ein 'Horusauge' um den Hals tragen? Was das wohl zu bedeuten hat?", fragte Trevor.

"Wahrscheinlich ist das eine Art Talisman", meinte Katherine. "Und Babys und kleine Kinder tragen eine große blaue Perle um das Handgelenk. Hatten die Berberi nicht auch sowas gehabt?"

"Ich glaube schon", antwortete Trevor.

Sie erreichten das Kalksteingebäude und betrachteten den vorderen Eingang. Auf einer Seite stand eine schwarze Dioritstatue der Kobragöttin Meret Seger und auf der anderen Seite eine weiße Marmorstatue vom Gott Dschehuti, der die Kunst des Schreibens nach Ta Mery gebracht hatte.

"Meret Seger, die, die das Schweigen liebt", las Chryséis vor. "Und der Gott Dschehuti - das ist Thoth - er, der die Bücher liebt."

"Interessant", sagte Trevor. "Der Stein ist so glatt. Echt gute Arbeit."

"Ich frage mich, warum es dieses Mal keine Katzenstatue ist", fragte sich Chryséis. "Lass mich schnell mal ein Foto machen."

Sie betraten das Gebäude. Da die Kinder inzwischen wussten, wie diese Bibliotheken funktionierten, gingen sie direkt auf einen der Betrachtungstische zu. Die Oberfläche war auch hier mit einem dünnen Netz aus Gold überzogen. Katherine fand den Bibliothekar zu, der genauso aussah wie der Bibliothekar in Felsina, und fragte ihn nach einem Buch über die Pflanze Sylphium.

Der Bibliothekar kam mit einem schweren Buch aus der Abteilung für Pflanzenkunde zurück und legte es vorsichtig auf das goldene Netz des von ihnen gewählten Betrachtungstisches.

"In der 'Pflanzenkunde-Abteilung' gibt es Schriftrollen, Tontafeln und dicke Wälzer über jede erdenkliche Art von bekannten Pflanzen", sagte er, "aber ich glaube, daß dieses Werk hier das beste ist."

Sie schlugen das Buch auf und studierten die Bilder und Schriften auf den dünnen Seiten. Sie verstanden nicht viel von dem formalen Text, obwohl es Bilder gab, die die Zubereitung von Tränken zeigten, aber der Bibliothekar half ihnen, das Bild einer Sylphiumpflanze zu finden.

"Ich sehe, daß ihr das Buch nur mit den Augen lest. Wenn ihr die Eigenschaften des Sylphiums herausfinden wollt, müsst ihr die Essenz der Pflanze verstehen", sagte der Bibliothekar und hielt den Ze-Phir in seiner Halterung direkt über die gemalte Sylphiumblüte.

Dann schaute er durch die erstaunliche Kristall-Linse und lächelte.

"Was genau ist die Essenz einer Pflanze?" fragte Katherine.

"Unsere Mediziner brauchen Jahre des Studiums, bevor sie die Essenzen der Pflanzen verstehen können, aber du kannst dir das Buch ja durch den Ze-Phir-Kristall ansehen und es selbst herausfinden."

Dieser Bibliothekar war viel netter als der in Felsina. Es machte ihm anscheinend nichts aus, den fremden Kindern zu helfen.

Katherine war die erste, die durch die Kristall-Linse schaute. Eine pochende, schwache Musik kam von der Buchseite. Die Musik steigerte sich und die Pflanze selbst schien sich von der Seite abzuheben. Sie schwang sich in wogenden Bewegungen nach oben. Zuerst war es nur eine blassgrüne Ranke, dann entfaltete sich das ganze Bild und tauchte auf durch den Kristall. Ein schwacher blauer Dunst umgab das Bild und

Katherine fühlte sich in das Bild hineingezogen. Die Pflanze bewegte sich und winkte im Takt der Musik.

"Das ist ja Wahnsinn!" schwärmte sie.

"Es ist die Wachstumsmusik der Pflanze, " erklärte der Bibliothekar geduldig. Er führte den Kristall näher heran. Die Musik schwoll an und sogar das dünne goldene Netz auf dem Tisch begann zu pulsieren und sich zu verweben.

"Unglaublich!" rief Katherine.

"Komm, wir wollen uns das auch ansehen!" rief Trevor.

"Gleich."

Das bewegte Bild der Sylphium-Pflanze begann, weitere Ranken in leuchtender grüner Farbe zu formen. Die Triebe brachten Knospen hervor und die Knospen entfalteten sich zu Blattformen. Wurzeln breiteten sich aus, Sonnennahrung presste sich in die eifrige Pflanze und ... es gab Sonnenmusik, Luftmusik, Wassermusik, Erdmusik, die sich zu einer herrlichen Symphonie von Melodien vermischten ... Pollen wurde in die Luft getragen. Dann ertönte plötzlich ein schriller Pfeifton und Katherine wurde blass und ihre Augen begannen zu tränen. Chryséis gefiel das ganz und garnicht.

"Habe jetzt bitte keine allergische Reaktion."

"Okay, jetzt seid ihr dran", sagte Katherine und nieste. Sie erholte ich aber schnell wieder.

Chryséis und Trevor sahen sich das Buch jetzt gemeinsam an.

"Wow, wie kann das alles auf einer Seite sein?"

"Aber so sind doch alle Bücher geschrieben", sagte der Bibliothekar erstaunt. Er nahm den geschliffenen Kristall aus seiner Halterung und legte den Ze-Phir neben das Buch. Das Bild war jetzt wieder so flach und statisch wie zuvor und Farbe kehrte wieder in Katherines Wangen zurück.

"Fühlst du dich besser?" fragte Trevor.

"Hmm? Oh ja, mir geht es ... besser," meinte Katherine. "War das nicht gerade ein fürchterliches Geräusch?"

"Es war nur ein bisschen laut ..." begann Trevor, aber Chryséis stupste ihn an. Das Letzte was sie brauchten war eine erneute Niesattacke.

"Ähem, ja. Es scheint, als hätten wir den Grund gefunden, warum du auf diese Pflanze allergisch reagierst ... das muss wohl am Pollenton liegen."

"Und so liest du das Pflanzenbuch richtig", sagte der Bibliothekar mit ermutigender Stimme und warf einen kurzen Blick in Katherines Richtung. Das dunkelhaarige Mädchen hatte stark auf die Pflanzenmusik reagiert, aber so etwas hatte er schon öfter gesehen.

Er versuchte, nicht auf die seltsame Sprache zu achten, die diese Kinder plötzlich so unhöflich sprachen, und legte den Ze-Phir-Kristall zurück in seine Halterung.

"Gibt es in diesem 'Haus des Lebens' eine Metallfolienbibliothek?" wollte Chryséis wissen. Sie brannte darauf, die faszinierenden dünnen Metallfolien zu studieren, die sie schon mal gesehen hatten.

"Die Metallfolien?" Der Bibliothekar runzelte die Stirn. Interessant, daß die Kinder, die so wenig über Pflanzenbücher wussten, Bibliotheken aus Metallfolien kannten.

"Der 'Raum des Wiederholten Sehens' wird von Seshat beaufsichtigt, der Göttin der Schrift und der Aufzeichnungen. Die metallenen Aufzeichnungen sind sehr alt und nicht für die Öffentlichkeit zugänglich", erklärte er. "Ich kann euch aber etwas darüber erzählen..."

Und so erzählte er ihnen, daß nach dem Dunklen Zeitalter niemand mehr wusste, wo diese geheimen Aufzeichnungen zu finden waren. Vor der großen Katastrophe waren sie in den Bergen von Koh Kaf und in unterirdischen Gängen auf dem südlichen Kontinent Pâtâla versteckt worden. Jetzt gab es nur noch eine Handvoll Metallfolien mit dem Wissen und den Aufzeichnungen vieler Jahrtausende.

"Nur Wissenschaftler wissen noch, wie man die seltenen Schriften entziffert," schloss der Bibliothekar und entschuldigte sich. Er nahm das Buch mit dem Sylphiumbild mit sich.

Da gab es uralte Aufzeichnungen an geheimen Orten in

irgendwelchen Höhlen irgendwo in Hindustan und Südamerika. Was gab es da wohl noch zu entdecken? Sie waren so vertieft in das, was sie gesehen und gehört hatten, daß sie die Formeln für Têrakhon, wegen denen sie eigentlich in die Bibliothek gekommen waren, völlig vergaßen.

Ein anderer Bibliothekar führte eine Gruppe Schulkinder in die "Mirage-Abteilung". Dort sollten sie sich eine Mirage mit dem Titel "Die Sintflut von Pelasgia" ansehen. Die "Sintflut von Pelasgia" bestand aus zwei Teilen und die Untertitel lauteten "Die Passage zwischen den Goldenen Säulen" und "Eine der schlimmsten Katastrophen der Menschheit ".

"Wollt ihr sehen, was es damit auf sich hat?" flüsterte Chryséis.

"Klar, warum nicht?" meinte Trevor.

Sie folgten der Gruppe in einen großen Betrachtungsraum und hielten sich unauffällig im Hintergrund. Die Lehrerin kämpfte mit der Miragen-Rolle, und der Bibliothekar half, sie in die Wandöffnung zu stecken. Die meisten Kinder hatten diese Mirage schon einmal gesehen.

Es ging um die Völker aus Punt und Hesperia, die über den breiten Damm zwischen Nord- und Südberberia reisten, bevor dieser zusammenbrach. Die antiken Kleider und Frisuren waren zum Brüllen, und es gab viel Gekicher.

Der uralte gepflasterter Damm war links und rechts von riesigen Megalithen gesäumt. Er reichte von einem Kontinent zum anderen. Zwei massive Säulen waren mit feinem Gold überzogen, das das Sonnenlicht widerspiegelte. Mit Kupfer unterlegte Inschriften in der alten magischen Sprache Râkschas Bhasa standen ringsum auf den Säulen.

Auf einer der Säulen ging es um ruhmreiche und beschämende Taten der Menschheit im Laufe der Jahrhunderte davor. Die andere Säule enthielt wissenschaftliche Formeln und Geheimnisse darüber, wie seltene Materialien, Waffen und dergleichen hergestellt werden konnten. Es handelte ich um das Wissen der Götter.

So hatte "Die Passage zwischen den Goldenen Säulen" ihren Namen erhalten.

Die Landbrücke trennte die kühlen Gewässer des Gadirischen Meeres auf der einen Seite und die Ebene von Pelasgia auf der anderen Seite. Das sagenumwobene Land Pelasgia mit seinen grünen Hügeln, den klaren Seen und Bächen. Auf der pelasgischen Seite waren die Hänge mit Bauernhöfen übersät, und ein paar Fischerdörfer schmiegten sich an das steile Ufer des Gadirischen Meeres.

Man konnte bis zu den Schlangenhügeln, den Carnacs, weit oben in der Provinz Morbihan sehen. Eselskarren rollten geräuschvoll in tiefen Rillen über den breiten Damm, und eine bunte Menschenschar bewegte sich in beiden Richtungen.

Die Kinder lachten über die komischen Possen eines Mokis, der es mit einem widerspenstigen Schaf zu tun hatte, und ein Baby, das nach den großen baumelnden Ohrringen seiner Mutter griff.

Dann gab es einen atemberaubenden Rundblick auf die Schönheit dieser längst vergessenen Landschaft. Der Tirennische See im Osten, in den der mächtige Nila-Fluss damals sein Wasser entleert hatte. Die Täler von Isaguri und Gurgôn, die noch schöner waren als die von Lyonesse.

Dann ein kurzer Blick nach links, wo die Wellen eines uralten Meeres unterhalb der Fischerdörfer an die Felsen schlugen. Delfine sprangen fröhlich in die Luft, und Schiffe mit Segeln, die wie rote Fischflossen aussahen, fuhren ihre üblichen Routen zwischen den Inseln ab.

Die schwachen Konturen vom Land im Westen erschien und die erste Mirage endete plötzlich.

Aber die Schulkinder wussten, daß der interessante Teil noch kommen sollte. Das Kichern verstummte, als die zweite Mirage zu flimmern begann. Die Landbrücke rückte in weite Ferne. Jetzt würde es passieren. Jetzt gleich. Die Kinder wurden ganz aufgeregt und die Lehrerin sprach beruhigend auf sie ein.

Plötzlich begann das Gadirische Meer zu aufzuschäumen und der Erzähler beschrieb die Katastrophe mit ruhiger Stimme.

"Als der Mutterkontinent Atland auf den Grund des Meeres hinunter gezwungen wurde, brach die Landbrücke zusammen, und das Gadirische Meer verwandelte sich in einen wütenden Dämon, der das schöne Land Pelasgia mit einer Sturzflut überzog."

Gewaltige Wellen drückten heftiger und heftiger gegen die brüchige Landbrücke zwischen Spanien und Afrika. Oder, prähistorisch ausgedrückt, zwischen Hesperia und Berberia. Erst wurden die Fischerdörfer ausgemerzt, dann schmetterten Schiffe gegen den Felsen.

Die Landbrücke brach ein.

Zunächst langsam trugen die Wellen Schutt und Schlamm über den Damm den Hang und fegten die Reisenden mit ihren Tieren den Hang hinunter nach Pelasgia hinein. Dann brach das anschwellende Meer durch den bröckelnden Fels und begrub die Ebene mit seinen schönen Städten und grünen Weiden unter sich.

'Die Fluten hatten bald alles außer den Gipfeln des Hochlandes überschwemmt. Pelasgia existierte nicht mehr und nur das bergige Kretaland, Tenero und Lukanien lugten noch unter den Wellen hervor.

Für viele Jahresbündel würden auch sie unbewohnbares Sumpfland bleiben.'

Die Schulkinder saßen mit offenen Mündern da. Einige hatten Tränen in den Augen. Diese MIrage war immer so tragisch. Der Erzähler fuhr fort. 'Das Blaue Meer, so wie wir es heute kennen, wurde durch den Plan des Meeresgottes geschaffen und es gab nicht viele Überlebende. Die Früchte der goldenen Felder wurden vernichtet und kostete viele Leben. Es gab danach viel Elend.'

Die Kinder erschraken beim Anblick der massiven Baumstämme, die einfach knickten, und der Körper, die auf dem trüben Wasser trieben.

Als sich das wütende Meer beruhigt hatte, lagen Straßen und Gebäude unter Schlamm- und Sandschichten, aber die Dächer der einst prächtigen Städte waren noch lange Zeit durch das klare Wasser deutlich zu sehen. Die Inseln wurden schließlich von Kabiri besiedelt, den 'Großen Drachen'.

Die Fata Morgana erlaubte einen Blick in die Bergbauarbeiten auf einer dieser Inseln. Düster dreinblickende Riesen und Zwerge schufteten Seite an Seite. Das Sumpfland wurde trockengelegt, und schon bald lebten Ackerbau und Viehzucht wieder auf.

Einige langhörnige Kühe kauten mit einem so lustigen Ausdruck, daß die Kinder lachen mussten.

'Die Menschen trauten dem Meer nicht und zogen weiter ins Landesinnere. Neues Ackerland wurde gepflügt und bepflanzt. Bald war das Land wieder mit reichen Ernten und einer blühenden Zivilisation gesegnet."

Einer der Bibliothekare, der zufällig an der Gruppe vorbeikam, entfernte die Miragerollen der "Sintflut von Pelasgia", nachdem die letzten Harfentöne verklungen waren. Die Schulkinder verließen die Bibliothek und die Lehrerin erinnerte sie daran, keinen Lärm zu machen.

"Das war ja unfassbar", flüsterte Katherine. "Das ganze Land liegt jetzt unter dem Mittelmeer! Und nur die Bergspitzen ragen noch heraus."

"Ich habe mal ein YouTube Video darüber gesehen, aber das war nichts in dieser Art", sagte Trevor. "Es wurden nur verschiedene Theorien beleuchtet."

"Wollt ihr zur Zitadelle zurückgehen oder noch ein paar Bücher ansehen?" fragte Katherine.

"Jetzt sind wir schon hier, also können wir uns auch gleich noch ein paar Bücher ansehen", antwortete Chryséis.

Sie gingen zu den Betrachtungstischen zurück und sahen sich eine aufgeschlagene Schriftrolle durch die Zephir-Linse an. Die Schriftrolle hatte etwas mit Messungen zu tun. Die Verwendung bestimmter Maße war in Ta Mery zu einer hohen Kunst entwickelt worden.

Katherine schlug eine Seite mit dem Bild eines Mundes auf. Laut der Schrift war es nicht einfach nur das Bild eines Mundes, sondern ein 'ro' oder 'Mundvoll'. Ein ro entsprach etwa einem modernen Esslöffel und wurde zum Abmessen von Gewürzen und Medikamenten verwendet. Ein Heqat bestand aus 320 ro. Ein Zehntel eines Heqat wurde Hin genannt, ein Maß für Flüssigkeiten. Ein Hin fasste etwa einen halben Liter Bier.

All dies wurde anschaulich und musikalisch erklärt. Ein Handwerker, der die Seitenwand eines Bootes und verschiedene Teile für den Schiffsbau ausmisst, trinkt einen Hin Bier, wird krank und nimmt im "Haus des Lebens" einen ro voll Medizin ein und so weiter.

Die Vermessung von Grundstücken oder Gebäuden wurde "das Spannen der Schnur" genannt. Die Schnur war 100 Ellen lang und wurde nach jeder Elle verknotet. Eine Elle entsprach 52 Metern.

"Wow, ich glaube ich fotogafiere das mal schnell ab," sagte Chryséis. "Das kann sich ja kein Mensch merken."

Trevor schüttelte den Kopf. "Da sieht man nicht, was der Kristall sieht."

"Ich kann ja versuchen durch den Ze-phir durch zu fotografieren."

Aber das funktionierte nicht gut. Sie rollten das Schriftstück weiter auf.

Da gab es noch die "Horus-Augen-Brüche" der Kehrwerte der Zweierpotenzen, wie eine Hälfte, ein Viertel, ein Achtel bis hin zu einem vierundsechzigsten Teil eines Heqat oder 4,5 Litern.

In der Schriftrolle wurde erwähnt, daß das "Horusauge", das auch "geheiltes Auge" genannt wurde, böse Blicke und sogar Krankheiten ablenken konnte und ein mächtiges Amulettsymbol war. Seltsam, daß so etwas wie Schutzzauber in einem Buch über Maße erwähnt wurde.

"Wie langweilig," seufzte Chryséis. Trevor machte Fotos

von den Zeichnungen. Sie konnten sie später studieren.

"Na ja, ich verstehe das schon irgendwie. Man nimmt die Zeichnung eines Auges auseinander und ordnet jedem Teil einen Wert zu."

"Wer hat denn von sowas schon mal gehört?" Chryséis gab nicht gerne zu, daß sie etwas nicht verstand.

Schulkinder schoben sich an ihrem Betrachtungstisch vorbei. Ein paar von ihnen warfen einen Blick auf die großen Kinder, die ganz allein waren. Ihr Kichern und Schwatzen hallte noch in der Halle wider, als sie schon gegangen waren. Trevor stand vor den Bücherregalen, die neben den Zuschauertischen standen. Ein ganzes Regal handelte von Al Kemi, der "Kunst der Materie und Energiereaktion", wie diese Wissenschaft in einer alten atlantischen Schriftrolle genannt wurde.

Eine Notiz auf der Vorderseite besagte, daß die Schriftrolle in einer Höhle im Koh-Kaf-Gebirge entdeckt und von einem Händler nach Kem gebracht worden war. Wissenschaftler hatten das Pergament und seinen unschätzbaren Inhalt konserviert. Als Datum wurde das fünfte Jahr nach dem Bau des "Hauses des Wissens" im Monat Montú am Tag der Hasenjagd angegeben.

"Warum ist das nicht in der Geheimabteilung?" fragte Trevor.

"Wer weiß...", meinte Chryséis.

Ein Mann vom Büro des Hafenmeisters, kam durch den Eingang gestürmt. Er trug einige Karten und Himmelskarten im Arm, die er geräuschvoll auf einem der Besichtigungstische ablegte.

Die Zeitreisenden starrten ihm hinterher, als der Mann, ohne sie zu beachten, wieder davonstapfte, um einen Bibliothekar zu finden.

Er hatte eine Schriftrolle bestellt, die dringend am Hafen benötigt wurde, aber sie war nicht bei den anderen, die er mitgenommen hatte. Wo war diese Schriftrolle? Es war die Schriftrolle mit den Messungen, die Trevor vorhin vom Tisch genommen hatte! Der übellaunige Mann stieß mit einem Geschichtenerzähler zusammen, so daß der das Buch, das er trug, mit einem lauten Knall fallen ließ. Die Männer stritten miteinander, und die Bibliothekare versuchten, die beiden zu beruhigen.

"Kommt, lasst uns gehen, es ist schon spät", sagte Trevor. Sie schlichen sich hinaus und versuchten, nicht zu viel Aufmerksamkeit auf sich zu lenken. Sie hatten heute soviel erlebt, daß die Formeln für das Têrakhon ganz ins Vergessen geraten waren.

*

In der Zwischenzeit erholte sich Azurias Maya im 'Haus des Lebens'. Er hatte etwas Zeit, um über sein weiteres Vorgehen nachzudenken.

Es wäre das Beste, wenn er seine Forschungen nicht ungenutzt ließ. Bevor er nach Atala zurückkehrte, wollte er sich weiter flussaufwärts nach Mintaka im Land Ta-Neteru begeben, so wie er es vor der Abreise geplant hatte.

Die Behandlung war ein durchschlagender Erfolg. Azurias Maya fühlte sich besser und beschloss keine weitere Zeit zu verlieren.

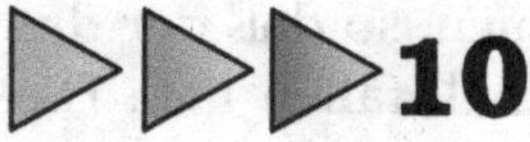 # 10   DIE MESSER-ATTACKE

"Vielleicht sollten wir auch so ein Amulett tragen, um nicht aufzufallen", sagte Katherine. "Oder eine von diesen großen blauen Perlen."

Sie saßen unter einem schattigen Baum in einem kleinen Park neben der Bibliothek und beobachteten ein Wasserspiel.

"So lange werden wir garnicht hier bleiben. Und außerdem mag ich keine Halsketten." Chryséis beobachtete Walzenvögel, die um eine alte Frau herumflatterten. Sie zerbröselte auf dem Pflaster vor dem 'Haus des Lebens' trockene Brotringe.

Katherine wechselte das Thema. "Findet ihr nicht, daß dieses Sylphium richtig gruselig war?"

"Hmm, nicht wirklich. Aber wie cool ist es, daß dein Heuschnupfen etwas mit dem Gesang der Pollen zu tun hat?" sagte Chryséis.

"Katherine reagiert eindeutig empfindlich darauf", warf Trevor ein. "Hört euch das mal an, wir reden, als ob das eine normale Wissenschaft wäre."

"Hier ist es das ja auch. Seit wir hier sind, haben wir so viele Pflanzen gesehen, warum bin ich auf dieses Sylphium so allergisch?"

"Wer weiß? Nimm einfach deine Medizin und vermeide diese Pflanze in Zukunft", sagte Chryséis träge.

Die Schulkinder aus der Bibliothek saßen auf dem burgunderroten Rasen und aßen eine Kleinigkeit zu mittag. Zwei der Jungen sprangen auf und bespritzten sich gegenseitig mit Wasser. Ihre Lehrerin schimpfte mit ihnen, und sie entschuldigten sich bei der alten Frau, die gerade die Vögel fütterte. Ihre Tunika war ganz nass geworden.

"Oh, ich glaube, der Arzt ruft mich. Die Arznei muss fertig sein." Katherine war stolz auf ihre telepathischen Fähigkeiten, und daß sie eine einfache Nachricht wie diese empfangen konnte.

"Wow, das ist beeindruckend", sagte Chryséis. "Kommt, wir gehen."Auf dem Weg zurück zur Zitadelle gingen sie unter einer Fußgängerbrücke hindurch, die zwei cremeweiße Gebäude miteinander verband. Sie wollten einen kleinen Platz mit einem elefantenförmigen Brunnen erkunden. Auf dem Platz gab es ein paar Mrktstände, an denen Waren verkauft wurden.

Chryséis knipste ein paar Fotos von den groben Körben auf denen sich haufenweise knollige Gilora-Gurken türmten, Schoten mit weißen Bohnen und goldene Kürbisse. Kräuter und Gewürze in offenen Säcken rochen so gut, und ein Stand bot Pyramiden frischer Eier an. Recht große Eier. Darüber hingen Büschel von Sylphiumblumen.

Katherine trug ihr Fläschchen mit der Arznei an einer Halskette wie einen Talisman vor sich her, aber allein der Anblick der gelben Blüten gab ihr eine Gänsehaut. Sie eilte am Gemüsemarkt vorbei zu einem Geschichtenerzähler, der auf einem bunten Teppich saß. Das Publikum, das hauptsächlich aus Hausfrauen bestand, wartete geduldig auf den Beginn einer Geschichte. Der grauhaarige Mann zupfte eifrig an seinen weiten Ärmeln, was die Menge amüsierte.

"Das kann ja eine Weile dauern", seufzte Chryséis.

Sie war sich nicht sicher, ob sie bleiben und zuhören wollte. Sie hatten heute schon so viel gesehen und gehört. Aber die Menge schob sie nach vorne, näher an die Hauswand heran. Jetzt gab es kein Entrinnen mehr

Der Erzähler begann zu reden. "Meine Kinder, wie ihr alle wisst, schuf Wr-alda die Sterne aus Staubwolken, die er ins All schleuderte." Die Hände des Rawi beschrieben tornadoartige Bewegungen. "Deshalb ist die Grundbewegung der Welt der Wirbelwind. Die Lebenskraft der Erde ist Wasser, und wir in Ta Mery sind mit Wasser gesegnet."

Die Leute murmelten und nickten. Der Rawi fuhr fort, nachdem er seine langen Ärmel nach oben geschoben hatte.

"Vor vielen, vielen Jahresbüscheln - lange bevor die Erste

Zeit begann ..." Die Stimme des Rawi dröhnte und die Zeitreisenden hatten Mühe, ihn zu verstehen. "...und dieses Kind soll Erde genannt werden."

Sein Gesichtsausdruck war plötzlich überrascht, als er auf seine rechte Handfläche blickte. "Das Kind, das Erde genannt wurde, war genauso feurig wie seine Mutter."

"Wovon redet er?" flüsterte Katherine.

"Ich bin mir nicht ganz sicher. Eine Art Entstehungsgeschichte, glaube ich", sagte Trevor.

Der Rawi hielt inne und senkte seinen Blick. Ein Gemurmel ging durch die Menge. War der alte Mann eingeschlafen?

Plötzlich sah er wieder auf und seine Hände flatterten wie Vögel durch die Luft. "Dann, als die Augenblicke vergingen, die nach unserem Verständnis tausend mal tausend Bogenzyklen der Erdenzeit wären, meine Kinder, beobachteten die Herren des Weltalls, wie das himmlische Kind abkühlte. Und während es abkühlte, hauchte Ptah es an."

Es folgte eine weitere kurze Pause, um die Wirkung zu verstärken.

"Der Atem des Ptah sandte Lebensdämpfe aus, um das Kind zu umhüllen. Dann hörte der mächtige Ptah die Stimme des heiligen Wr-alda sagen: 'Pflanzt in die erkalteten großen Wasser und auf die Felsen den Lebenssamen der Pflanzen, die auf himmlischen Feldern wachsen.' So kam Ptah mit seiner Schale voller Pflanzensamen von den himmlischen Feldern herab und streute die Samen auf die warmen Ozeane, so wie der Sämann den Weizen auf die frisch umgedrehte Erde streut."

Seine Hände strichen über eine glatte, imaginäre Oberfläche.

"Die Story dauert aber furchtbar lange", sagte Katherine.

"Ich weiß, aber wir können noch nicht gehen", antwortete Trevor. "Pssst", zischte jemand hinter ihnen.

"... also berührte Ptah die Quelle des Lebens mit seinem Finger und zeichnete sie nach seinem eigenen Abbild." Der Finger des Rawi bewegte sich durch die Luft und schrieb. Die Menge murmelte und nickte. Alle wussten was kam. "... euch ist die Weisheit von oben gegeben und die Geister eurer Gefährten aus dem niederen Leben. Du sollst all jenen, die noch im Halbdunkel des irdischen Schlafes liegen, den Weg der Wahrheit zeigen." Der Rawi hielt ein letztes Mal inne, um seinen Worten Wirkung zu verleihen. Alle hielten den Atem an. "Und so geschah es."

Das war das Ende der Geschichte.

Erwachsene und Kinder klatschten laut und lobten das Geschick des Erzählers. Mit Sesam überzogene Brotringe und Münzen wurden auf den bunten Teppich geworfen. Der Rawi hatte gute Arbeit geleistet.

Die Kinder schafften es endlich, aus der Menge fortzukommen und eilten eine steile Straße hinauf.

"Kannst du das glauben? Noch mehr Götter! Ich habe noch nie von einem Gott namens Wr-alda gehört", sagte Trevor. "Aber Ptah ist ein altägyptischer Gott, soweit ich weiß."

"Tja, man lebt und lernt, Trev." Chryséis wich einer Pfütze aus. Es bestand kein Zweifel daran, daß es selbst in Ta Mery viel regnete. Die modernen Ägypter mussten sich vor der Sonne schützen, und die Menschen im alten Ägypten trugen oft Regenmäntel. Die Zeitreisenden trugen ihre Regenjacken und Turnschuhe, was ihnen wie zu erwarten war, schräge Blicke einbrachte. Zum Glück war Kem-Oun eine neue Stadt, in der sich viele Kulturen mischten.

Sie kamen an einem Schusterladen vorbei, der in einer Ecke der steilen Straße versteckt lag, und kauften sich dort neue Sandalen. Die alten aus Sydonia waren völlig abgenutzt. Sie hatten die Zeitreisenden durch viele Länder getragen und sogar einen Schiffsuntergang mitgemacht.

Einige der Schuhe in den schmalen Regalen hatten geschwungene Spitzen und wuchtige, hohle Absätze, aber sie bevorzugten die einfacheren Sandalen.

Als es dann um die Bezahlung ging, gab es einige Verwirrung. Dem Schuster gefiel Katherines Regenjacke und er versuchte, darum zu feilschen. Dann fiel sein Blick auf Trevors Taschenmesser, das an seinem Gürtel hing.

Letztendlich begnügte er sich mit dem exotischen alesischen

Geld, das der Junge aus einem fein gearbeiteten saurischen Lederbeutel nahm.

"Was haben wir denn hier?" Sagte jemand hinter ihnen.

Die Kinder drehten sich um und sahen einem nicht allzu sauberen Mann entgegen, der seine schmutzigen Fingernägel mit einem Messer reinigte. Sein Kopf war von einer Kapuze bedeckt, aber er hatte offensichtlich eine Glatze.

"Lass sie in Ruhe, Tuyo. Das sind doch nur Kinder", knurrte der Schuster.

"Oh, aber sieh nur, was sie alles mit sich herumtragen. Ich bin sicher, sie brauchen das nicht alles!" Der schmutzige Mann spottete und der Schuhmacher zuckte mit den Schultern.

Die drei Freunde waren zunächst wie erstarrt und fragten sich, worum es hier ging, und schließlich ergriff Chryséis das Wort. "Wozu brauchst du unsere Münzen, wenn ihr euere eigenen machen könnt?"

"Hoho, da haben wir aber ein temperamentvolle Fräulein hier, nicht wahr? Ich bin nicht sehr gut darin, Münzen zu machen, also brauche ich deine." Er seufzte überdeutlich.

"Du bist also einfach nur zu faul dazu?" sagte Trevor.

Er versuchte, sich an die Selbstverteidigungstechniken zu erinnern, die Gwendola ihnen nach dem Firbolg-Angriff in Prydhain beigebracht hatte. Trevor war fest entschlossen, nicht zuzulassen, daß dieser Mann ihnen Schaden zufügte oder ihnen ihre Münzen wegnahm, aber dazu kam es nicht.

Ein roter Vimaan bewegte sich auf sie zu und setzte auf der gepflasterten Straße auf. Plötzlich verschwand der schmutzige Mann über eine schmale Treppe auf der anderen Seite der Straße und Tafawana stieg aus dem Vimaan.

"Tafawana!" Chryséis war noch nie so froh gewesen, sie zu sehen.

"Da seid ihr ja, Athenai, ich habe euch schon überall gesucht. Die Mediziner im 'Haus des Lebens' haben mir gesagt, ihr wärt schon gegangen."

"Wie habt ihr uns gefunden?" fragte Katherine die Jungfer. Sie war immer noch ein wenig verärgert über den versuchten

Raubüberfall.

"Nun, ich bin natürlich euren Gedanken gefolgt."

"Natürlich, das hast du das getan", sagte Trevor. "Vielen Dank, daß Ihr gekommen seid, ehrenwerte Jungfer."

Der Schuhmacher schlich zurück in seinen kleinen Laden und beobachtete sie durch einen Türspalt. Er konnte nur hoffen, daß die Kinder ihm nicht die Schuld an dem Vorfall mit dem Straßenräuber gaben.

Es war keine gute Idee, als Komplize von Verbrechern angesehen zu werden. Die Strafe für derartige Vorfälle war hart und einige Menschen waren bereits spurlos verschwunden . Er sollte sich besser in Acht nehmen.

Die Lady der Zitadelle duldete keine Art von Verbrechen in ihrer neuen Kolonialstadt.

▶▶▶ 11 DER MÄCHTIGE NILA FLUSS

Chryséis und Trevor saßen auf einer breiten Terasse an der Zitadelle in sicherer Entfernung von den Lagunen, die von Krokodilen nur so wimmelten.

In der Ferne, über dem Dschungel, konnte man das bläuliche Band des Nils sehen, aber ihre Aufmerksamkeit war auf eine Gruppe von Kindern gelenkt, die in der Lagune nicht weit vom Zitadellbezirk, badeten.

"Wow, sieh dir das an. Die Kinder scheinen ja überhaupt keine Angst zu haben," staunte Trevor.

"Vielleicht sind sie irgendwie geschützt?" sagte Chryséis.

"Ja, vielleicht, aber wie?"

"Vielleicht haben sie ja mit den Krokodilen ein Abkommen geschlossen." Chryséis zuckte mit den Schultern und lehnte sich in ihrem Stuhl zurück.

Ein moosbewachsenes altes Kahnhaus verrottete am Rande des Wassers, und Krokodile sonnten sich auf einer Sandbank. Die Reptilien schienen von den Kindern nicht viel Notiz zu nehmen.

Sie interessierten sich mehr für die kleinen Therasaurier, die über dem Wasser kreisten und nach nistenden Vögeln und Fischen Ausschau hielten.

Die Flugsaurier kreischten wie wild, wenn ein Krokodil nach ihnen schnappte. Es gab so viele von den Reptilien, daß die Zeitreisenden keinen Wunsch hatten, die Sümpfe zu erkunden.

Die Stadt lag an den Ufern des mächtigen Nila-Flusses und der größte Teil des Deltas war mit Dschungel bedeckt. In den Bäumen rund um die Brackwassersümpfe lebten scheue Menschen. Sie bewegten sich in Kanus, die aus

Baumstämmen gefertigt und an der Vorderseite wie Krokodilköpfe geschnitzt waren. Die Sumpfbewohner glaubten, daß die Krokodile die Kanus nicht angreifen würden, wenn sie wie ihre Verwandten aussähen.

"Irgendetwas müssen die Sumpfbewohner richtig machen," meinte Trevor. "Sonst wären sie schon längst alle aufgefressen worden."

Sie hatten den Vorfall mit dem Dieb, der ihre Münzen hatte stehlen wollen, schon fast wieder vergessen. Nun drehte sich alles darum, daß sie die Stadt bald verlassen würden.

Obwohl der Vimaan jetzt vollständig repariert und Azurias Maya viel gesünder aus dem 'Haus des Lebens' zurückgekehrt war, gab es immer noch die ein oder andere Besorgung, mit derTafawana beschäftigt war.

"Es ist klar, daß der Nila-Fluss der Nil sein muss, aber es gibt so viele Städte, Hal-Khón, Naukratis und Ush-bantoun...., und keine von ihnen hat einen größeren Hafen, außer Kem-Oun. Vielleicht sollten wir dann erstmal hier bleiben", sagte Trevor.

Chryséis seufzte. "Aber hey, wir sind in Ägypten, können reisen und noch ganz andere Dinge sehen..."

"Ich würde jetzt viel lieber nach Hause zurückkehren."

"Sei nicht so ein Langweiler, Trev", sagte Chryséis und lehnte sich wieder in ihrem Stuhl zurück. "Wir sind in Ägypten!" Ihre Einstellung hatte sich anscheinend grundlegend geändert.

Was sie über den Nil wussten, hatten sie in Sendungen auf dem Adventure Kanal gesehen oder in Büchern gelesen.

Zu Beginn der wärmeren Jahreszeit tropfte ein stetes Rinnsal von Schmelzwasser aus den Hügeln auf Moos und Farne, sammelte sich in kleinen Bächen und floss schließlich in den Nila-Fluss. Der fruchtbare Schlamm bedeckte das Schwarze Land während der jährlichen Überschwemmungen.

Hier erzählte man sich, daß die Götter die Ta-Merier gelehrt hatten, wie man den Fluss begradigt, wie man Deiche und Kanäle baut und wie man den fruchtbaren Schlamm nutzt.

Kem-Oun war dank der Laserstrahltechnologie frei von Mücken und anderen Insekten, aber das umliegende Sumpfgebiet war voll davon.

"Schön hier", bemerkte Trevor.

"Hmm ja", sagte Chryséis.

Sie war damit beschäftigt, ihr Reisetagebuch auf dem Palmtop-Computer zu aktualisieren und schaute nicht einmal auf. Trevor spielte derweil mit dem Modell eines Astrolabiums, das er in einem Schrank auf dem Gang gefunden hatte. Er drehte die kleine Maschine auf, bis sich die Planeten langsam auf ihren Metallbahnen um den goldenen Sonnenball in der Mitte bewegten.

"Es gefällt mir garnicht, daß wir Tepi zurücklassen müssen", sagte Katherine, als sie aus der Terassentür trat. "Azurias Maya nimmt die beiden Hunde ja morgen nach Mintaka mit."

"Ich weiß, aber was sollen wir mit Tepi machen, wenn wir durch durch die Vortex nach Hause zurückkehren müssen?" fragte Trevor.

"Ich weiß, aber es ist trotzdem traurig."

Sie würden Tepi furchtbar vermissen, vor allem Katherine. Aber ein Hund sucht sich aus, wo er leben möchte und Tepi hatte sich für ihren neuen Gefährten Nubi und daher für Azurias Maya entschieden. Tafawana kam nun auch heraus setzte sich zu ihnen auf die Terasse.

"Wir werden diese hübsche neue Stadt Kem-Oun morgen früh verlassen ", verkündete sie. "Ich habe die feste Absicht, rechtzeitig zum 'Fest des Sokhar' in Ush-bantoun anzukommen."

Sie hatte den Fahrer von seinen Pflichten entbunden, und er war bereits auf dem Weg zurück nach Felsina, mit fünf Passagieren an Bord, die er in den 'Auen des Himmels' absetzen musste, und einer Kiste mit kemnitischen Köstlichkeiten für König Takelot. Ein Händler hatte sich bereit erklärt, die Jungfer und die alesischen Kinder in seinem recht modernen Vimaan nach Ush-bantoun zu bringen.

Am nächsten Morgen, als es an der Zeit war abzureisen,

verabschiedete sich die Lady von ihnen in den Gärten der Zitadelle. Tepi war nirgends zu sehen, und das war wahrscheinlich gut so.

Katherine wischte sich eine Träne fort, aber sie wusste natürlich, daß sie sich von dem treuen Hund früher oder später verabschieden mussten.

Tafawana war recht gut gelaunt. Sie würde das herrliche Fest im Auftrag des Kriegsherren Rissa besuchen, bevor sie nach Hyela zurückkehrte. Allein den mächtigen Nila-Fluß von oben zu sehen, war es wert, die Reise weiter in den Süden zu unternehmen.

Man hatte ihr mitgeteilt, daß sie die Kinder der Königin von Ush-bantoun zu übergeben hatte und sie würde nicht mehr für sie verantwortlich sein.

▷▷▷ 12 EINE GEFÄHRLICHE EINLADUNG

Nach einer kurzen, angenehmen Reise landeten sie im zentralen Hof der Zitadelle von Ush-bantoun. Der Vimaan blieb lange genug, um die vier Passagiere abzusetzen, dann begab sich der Händler weiter zu seinem eigenen Quartier.

Die Stadt im westlichen Nildelta hatte keinen nennenswerten Hafen. Handelsschiffe fuhren den Nila stromaufwärts in Richtung Rotes Land und Schiffe, die mit den Bodenschätzen des Südens beladen waren, passierten Ush-bantoun flussabwärts.

Es gab viele Kanalbrücken und merkwürdige kegelförmige Türme in der Mitte der Stadt. Die großen Kegel waren das Wahrzeichen von Ush-bantoun, obwohl anderswo auch welche zu finden waren. Das jährliche Sokhar'-Fest war ein großes Ereignis in der Provinzstadt, und die Ta-Merier waren für ihre Vorliebe für ausgelassene Feste bekannt.

An den grasbewachsenen Flussufern waren schon zahlreiche Zelte aufgebaut, um die in die Stadt strömenden Besucher zu beherbergen.

Ein Beamter, Wzir genannt, empfing sie im Hof der Zitadelle und lud die drei Kinder und Tafawana ein, statt in der Zitadelle im Per-aa oder dem "Großen Haus" von Ush-bantoun zu übernachten.

Sie wurden in den königlichen Bezirk gebracht, aber Tafawana beschwerte sich dennoch, daß es ungewöhnlich sei für die Lady der Zitadelle, die Jungfer aus Hyela und ihre jungen alesischen Gäste nicht persönlich willkommen zu heißen. "Eine ansteckende Krankheit hat die ehrenwerte Lady dazu gezwungen, sich innerhalb des Zitadellenbezirks zu verschanzen. Die Königin hat daher die Pflichten der armen Lady übernommen", erklärte der Wzir nur.

"Welche ansteckende Krankheit?" fragte ihn Tafawana

"Das ist noch nicht bekannt, ehrenwerte Jungfer."

"Hmm, wenn Ihr meint, Athenai", brummte Tafawana.

"In der Tat, ich werde die Paizas ihrer Majestät selbst übergeben. Bitte folgt mir hier entlang."

Er führte die Gäste durch geflieste Gänge in das Innere des Palastes, wo sich beeindruckende Quartiere befanden. In dem großen Raum befanden sich vier Betten auf hölzernen Löwenbeinen, auf denen bunte Decken ausgebreitet waren.

Tafawana konnte es kaum abwarten, sich zum "Fest von Sokhar" zu gehen und verabschiedete sich bald von den drei seltsamen Kindern. Sie wollte das Fest unbedingt allein besuchen. "Wir werden uns sicher beim Mittagessen wiedersehen", sagte sie und beeilte sich hinaus zu kommen, bevor die Kinder es sich anders überlegten und doch noch mit wollten.

Tafawana beschloß, daß es zum guten Ton gehöre, bei den Türmen der Zitadelle vorbeizuschauen, wo die Lady und ihre Jungfern wohnten, um sich nach derem Befinden zu erkundigen. Sie begab sich durch das Tor zur großen rosafarbenen Zitadelle auf der anderen Seite der gepflasterten Straße. Die Jungfer blickte zurück und winkte, aber die Zeitreisenden sollten sie nicht wiedersehen.

"Wir sind in Ägypten. In einem echten ägyptischen Palast!" schwärmte Katherine.

"Komm, wir schauen uns das Badezimmer an". Chryséis ging direkt zu den hinteren Schiebetüren und schaute sich um. Das runde Badezimmer war mit blassgrünen Keramikfliesen ausgelegt und die Wände über den Fliesen waren mit Schilf, Fröschen und Fischen bemalt. Zwei Stufen führten hinauf zu der großen ovalen Alabasterbadewanne, die in die erhöhte Plattform eingelassen war. Wenn man an einem goldenen Hebel drehte, sprudelte warmes Wasser aus dem Maul eines Alabasterfrosches.

"Ich kann's kaum abwarten, ein Bad zu nehmen," sagte Katherine.

Direkt hinter der Wanne befanden sich drei lange Têrakhon-Fenster. Ein Stapel gefalteter Leinentücher lag auf einem schmalen Regal neben einem Tisch mit grünen Gläsern voll duftender Seifen und Ölen und sie mussten natürlich alles ausprobieren.

Nautilusmuscheln waren an der Wand neben der Schiebetür und zwischen den drei langen Fenstern angebracht und die Toilette war eine mit Alabaster ausgekachelte Stelle in einer Ecke des Badezimmers.

Sie gingen in den Schlafsaal zurück. Trevor und Chryséis hatten sich bereits ihre Betten ausgesucht und waren damit beschäftigt, ihre Schlafsäcke und ein paar Sachen auszupacken. Dann stellten sie ihre Rucksäcke unter die Betten.

"Nicht schlecht!" meinte Trevor und pfiff durch die Zähne. "Komm schon, Katherine, beeil dich."

Katherine begann sich die Hände und das Gesicht zu waschen, nur um das fantastische Bad auszuprobieren. "Okay, ich komme ja schon."

"Was für eine tolle Aussicht", staunte Chryséis.

Durch die großen Fenster auf einer Seite des Raumes, konnten sie den Nil sehen. Unterhalb der Fenster lag ein gepflasterter Hof, der von hohen Mauern umgeben war und der Haupteingang war ein bewachtes Steinportal.

Lange cremefarbene Vorhänge ließen ein sanftes Licht herein und Katherine sah sich die Wandmalereien genauer an. In einem der Gemälde schien es eine kleine vertikale Lücke zu geben. Einer der Palmwedel war in Wirklichkeit ein Griff. Katherine zog daran und eine Tür mit gut geölten Scharnieren öffnete sich. "Schaut euch das an ..."

Hinter der verborgenen Tür befand sich ein dunkler Gang, aber wohin der wohl führte?

"Meint ihr, die Gäste werden von hier aus überwacht?" fragte Trevor. "Vielleicht ist es üblich, solche Gänge als Fluchtwege einzurichten? Ihr wisst schon, wie in mittelalterlichen Schlössern ..." meinte Katherine.

"Ich würde mich ja gerne da drin umschauen, aber ich

bin mir nicht sicher, ob wir eine kurze Erkundung riskieren sollen, nur um zu sehen, wo er hinführt." Chryséis versuchte sich an die Dunkelheit zu gewöhnen.

Nach einer kurzen Besprechung entschieden die Zeitreisenden, daß es bestimmt sicher sei und betraten den dunklen Gang. Für eine Weile konnten sie nichts hören oder sehen. Trevor meinte einmal eine Holzplatte an der Wand ertastet zu haben, aber er wollte lieber nichts sagen, da es so still war. Der Gang machte eine leichte Biegung nach rechts, und sie sahen einen schmalen Lichtspalt vor sich. Die Kinder liefen schneller und waren froh, etwas anderes als nur die Dunkelheit zu sehen. Führte der Gang etwa nach draußen?

Aber das tat er nicht. Sie standen vor einer Zimmertür und hörten Stimmen. Eine Frauenstimme war recht ungeduldig und sprach in einem Dialekt, den sie nicht gut verstehen konnten.

Chryséis öffnete die Tür gerade so weit, daß sie sehen konnten, was in dem Raum geschah. Zunächst sahen sie, daß Möbel und Wände mit blendendem Gold überzogen waren. Die ungeduldige Stimme gehörte anscheinend der Frau des Königs, die ein mit Juwelen besetztes Kleid trug. Ihr Haar war blond, und ihre kurz Nase ganz mit Sommersprossen gesprenkelt. Ein goldener Reif vervollständigte ihre Frisur, aber die Frau sah irgendwie sehr modern aus.

Die Königin saß vor einem geschmückten Schminktisch in dem Raum, der ihr Schlafzimmer zu sein schien, und blickte sich in einem polierten Metallspiegel tief in die blauen Augen. Da die Frau nichts sagte, hatten die Kinder genug gesehen und zogen sich so leise wie möglich in den dunklen Gang zurück, wobei sie die Tür einen Spalt offen ließen, um etwas Licht zu haben.

Katherine presste sich auf einmal die Hand vor den Mund. Dort vor ihnen war eine weitere Tür, die nun halb offen stand. In dem Raum befand sich das Labor eines Alchemisten oder etwas, das wie ein Alchemistenlabor aussah.

Dort stand ein großer, schlanker Mann in einem schwarzen Umhang und hatte der Tür den Rücken zugekehrt. Er bediente die Gerätschaften und schien nicht zu bemerken, daß die Tür offen stand. Einen solchen schwarzen Umhang und solch verkrustete Haare hatten sie schon einmal gesehen - aber dies konnte unmöglich der Hohepriester von Schuruk sein. Dieser Mann war kein Riese! Es musste sich um einen anderern bösen Zauberer handeln.

Sie wussten nicht, daß sie vor dem Laboratorium des einst mächtigen Zauberers von Kem standen, der mittlerweile von drei der mächtigsten Ladys der "Alesischen Epoche" in die Gogmagog-Bergen gesperrt worden war. Ein anderer "Bruder" hatte seine Stelle am Hof eingenommen.

Chryséis deutete wild auf ihn und gestikulierte, daß sie weitergehen sollten, während sie versuchte kein Geräusch dabei zu machen. Sie wollte, daß sie zurück in ihr Turmzimmer gingen, aber bevor sie sich bewegen konnten, drehte sich der Zauberer halb um. Die Kinder erstarrten.

Sie konnten sehen, daß er ein hübsches Gesicht hatte, ganz und garnicht wie die anderen Zauberer, die sie bisher gesehen hatten. Anscheinend war sein Ohrläppchen verletzt, als ob etwas ein Stück davon abgeknabbert hätte.

Ein anderer Mann ging auf ihn zu. Er sah jünger aus als der Zauberer, war aber ziemlich hässlich. Mit seinem kleinen Gesicht und der großen Nase sah er aus wie ein Vogel. Er senkte seinen kahlgeschorenen Kopf mit einer engeanliegenden schwarzen Kappe, und goß eine hellgrünen Flüssigkeit aus einer bauchigen Flasche in ein anderes Gefäß. Sie bemerkten seine schmutzigen Fingernägel, und sogar an seinem Arm war etwas Schmutz.

Katherine, Trevor und Chryséis zwängten sich so leise wie möglich an der gegenüberliegenden Wand entlang an der Tür vorbei und versuchten, dabei nicht zu atmen. Als sie ihr Zimmer erreichten, schloss Katherine vorsichtig die Tür und begann wieder normal zu atmen.

"Oh, mein Gott. Das war ja sowas von...!" rief sie.

"Pssst! Mach doch nicht so 'nen Krach," warnte Trevor sie.

"Ich hatte gleich das Gefühl, daß mit diesem Ort was nicht stimmt. Ich frage mich, wozu sie hier einen Zauberer brauchen", meinte Katherine.

"Meinst du, er weiß, wer wir sind?"

Chryséis flüsterte immer noch.

"Er muss einer dieser dunklen Magier sein, die ständig versuchen, an die sprechenden Steine heran zu kommen. Hast du seine Haare gesehen?" flüsterte Katherine zurück.

"Ja, aber er ist ja kein Riese."

"Das waren zwei der anderen Zauberer in Prydhain auch nicht."

"Meinst du, er wird sich an uns rächen?" fragte Chryséis.

"Ich habe keine Ahnung... aber das ist nicht gut. Überhaupt nicht gut." Trevor shüttelte den Kopf. "Chris, kannst du nicht aus ihm schlau werden? Das Ding mit der Telepathie kannst du doch von uns am besten."

"Hör zu, so gut bin ich auch wieder nicht, und außerdem könnte er es mitkriegen, wenn wir versuchen, ihn zu durchschauen."

"Vielleicht weiß er ja garnicht, wer wir sind und macht solche Sachen immer wie sonst auch", schlug Trevor vor.

"Wie sonst auch?" fragte Katherine.

"Wenn er nur irgendein Arzt ist, brauchen wir uns keine Sorgen zu machen," meinte Katherine.

"Ein Arzt mit blutverkrusteten Haaren und schmutzigen Fingernägeln? Nein, dieser Kerl und sein kleiner Helfer sind keine Mediziner."

"Wann ist eigentlich die Audienz bei der Königin?" fragte Trevor auf einmal.

"Keine Ahnung, aber wir müssen vorsichtig sein, daß wir uns nicht verdächtig machen", sagte Katherine. "Die werden uns wahrscheinlich bald rufen."

"Wir könnten einzeln auf die Toilette gehen, während die anderen Wache halten", schlug Chryséis vor. "Ich muß wirklich dringend."

"Okay, keine schlechte Idee", stimmte ihr Katherine zu. "Aber ich bin zuerst dran."

Gegen Mittag erschien auch tatsächlich der Wzir und teilte ihnen mit, daß heute Gerichtstag in Ush-bantoun in der Provinz von Kem sei und König Osorkon gerade, gemeinsam mit dem Richter über Fälle verhandelte.

"Er wird euch später empfangen. Seine Frau Mé-lis-ah hingegen wird euch nun hier im Audienzsaal des Per-aa empfangen".

Dann forderte der Wzir sie auf, ihm durch komplizierte Gänge zu folgen, die hell erleuchtet waren. Überall standen Wachen, aber sie schauten geradeaus und bewegten sich nicht.

Trotz all des Luxus um sie herum, fühlten sich die Kinder im Großen Haus nicht so wohl wie in all den Zitadellen zuvor. Der Palast war ziemlich groß, und sie sahen kaum jemanden sonst. Rosa Marmor bedeckte die Wände und Decken, und einige verputzte Wände waren bemalt. Sie gingen an Steinskulpturen vorbei, die sie mit steinernen Augen zu verfolgen schienen.

Ihre Sandalen glitten sanft über den polierten Steinboden, aber das leiseste Geräusch hallte von den schimmernden Marmorwänden wider. Sie bogen um eine Ecke und gingen eine kurze Treppe hinunter. Wo auch immer sie jetzt waren, es war ziemlich hoch oben und weit vom Haupteingang entfernt.

Endlich blieb der Wzir stehen, öffnete eine schwere, geschnitzte Tür und winkte sie hinein. Dann drehte er sich um und ging fort, ohne ein weiteres Wort zu sagen.

"Seltsam", murmelte Katherine.

Der Audienzsaal glänzte vor Gold und auf einem Podest stand sogar ein goldener Thron am hinteren Ende des Raumes.

"Nicht schlecht, was?" Chryséis sah sich um.

"Ein bisschen übertrieben mit dem ganzen Gold", sagte Trevor.

"Wir sind in einem Palast in Ägypten." Katherine sprach die Worte langsam aus, als müsste sie es einem Kleinkind erklären.

"Also gut," sagte Chryséis. "Hier sind wir nun. Und wo ist die Königin?"

"Keine Ahnung," sagte Trevor. "Aber solange wir diesen Zauberer nicht treffen müssen, bin ich zufrieden". Aber sie trafen ihn dann doch. Während des Mittagessens, nach einer kurzen zeremoniellen Audienz mit der blonden Königin, die sie vorher schon in dem Geheimgang gesehen hatten.

Sie trafen auch seinen Lehrling, Totolin von Ereb, was 'kleiner Truthahn' bedeutete. Es war ein angemessener Name für den jungen Mann, der die ganze Zeit hinter dem Kissen seines Meisters stand und auf Befehle wartete, dies zu holen und jenes zu tragen.

Sein Köpfchen saß auf einem dürren Hals und er nickte dauernd bewundernd, wenn der Zauberer sprach. Die enge Kappe entpuppte sich als kurzes schwarzes Haar, das seinen Kopf bedeckte.

Totolin hatte während seiner Lehrzeit schon viel schwarze Magie gesehen und gelernt, sich vor den dunklen Stimmungen seines Meisters in Acht zu nehmen. Außerdem hatte er das Gefühl, daß die magischen Kräfte des Zauberers ihm selbst ebenfalls Wichtigkeit verliehen.

Offenbar war der Gerichtstag beendet, denn auch der König saß mit am Tisch. Er war freundlich, lächelte die Kinder an und hieß sie am Hof willkommen.

Die Zeitreisenden erfuhren, daß der Zauberer aus Ereb kam, dem 'Land der Finsternis' nördlich des Blauen Meeres. Er war in der Lage, die Zukunft vorauszusagen, indem er die frische Leber einer Bergziege studierte. Bei Bedarf brachte sein Lehrling schnell Tonmodelle von Lebern mit geheimnisvollen Linien und Schriften herbei. Solche Praktiken waren anscheinend in zivilisierten Ländern verpönt, aber die Kinder waren sich nicht sicher, daß sie alles so genau verstanden, was der König ihnen da erzählte.

Der neue Magier hatte den alten Zauberer von Kem am Hof von König Osorkon abgelöst, nachdem der andere Magier unter mysteriösen Umständen in Prydhain verschwunden sei.

Die Kinder wussten natürlich, was mit ihm geschehen war.

Der König erzählte ihnen allerdings nicht, daß der neue Zauberer beim Volk von Ush-bantoun nicht sehr beliebt war, aber weil die Königin ihn mochte, war er schnell zum vertrauten Berater der Königin Mé-lis-ah aufgestiegen. Das Rascheln seines schwarzen Mantels war immer in der Nähe zu hören.

Er beaufsichtigte die "Grillen" der Königin, bei der es sich um eine Anzahl von Spionen handelte, die in der ganzen Stadt ihr Unwesen trieben.

Ab und zu begann Totolin von der Ferse zu den Zehenspitzen hin und her zu schaukeln, was ziemlich komisch aussah, aber die Kinder versuchten, nicht zu lächeln oder gar darüber zu lachen.

Auf Tellern und Schüsseln wurden Omeletts mit Spinat und Kichererbsen, aufgeschnittene Gurken und Oliven und viele andere ta-merische Köstlichkeiten serviert.

König Osorkon begrüßte einen weiteren Gast, den Händler Manassi von Naharin. Er war vor ein paar Tagen gezwungen gewesen, in Ush-bantoun zu landen, weil eine Ladung Garum-Fischsauce auf eine Seite des Vimaans gerutscht war, was einen Weiterflug gefährlich machte. König Osorkon scherzte, Manassi sei mit dem Vimaan zu schnell geflogen, was der Händler entschieden bestritt. Er hoffte, am nächsten Tag wieder abreisen zu können.

"Dann müsst Ihr Eure Fischsaucen-Behälter gut festbinden, damit es im Mâ-Rock-Gebirge keine Fischsauce regnet", kicherte der König.

"Aber sicher, Hoheit. Und hat es jemals eine angenehmere Wartezeit gegeben als an diesem schönen Ort im Schwarzen Land?" Schmeichelte der Händler ihm und goss ein wenig Fischsauce aus einer kleinen Kristallflasche auf sein Omelett.

Mé-lis-ahs Augen folgten aufmerksam seinen Bewegungen.

"Wo ist denn die Jungfer Tafawana, die mit uns nach

Ush-bantoun gekommen ist?" fragte Trevor den König. "Sollte sie den nicht auch zum Essen kommen?"

"Oh, sie zog es vor, mit der Lady und ihren Jungfern zu essen... sie musste sich dort in Quarantäne begeben... die Krankheit... ihr versteht schon..." antwortete Mé-lis-ah in einem lässigen Ton. Dies war den drei Freunden neu, aber sie hinterfragten ihre Antwort nicht.

Ein paar fette Fliegen machten sich über die Essensschalen her und ein Diener wurde gerufen, um den Tisch mit einem großen, an der Decke befestigten Apparat zu fächeln. Die Königin fiel ihrem Gemahl noch öfter ins Wort und es schien, als ob der Wein, von dem die Kinder nichts bekamen, etwas damit zu tun hatte.

Das Essen zog sich in die Länge bis in den frühen Abend hinein, und sie hatten bis zur Schlafenszeit keine Gelegenheit, miteinander zu sprechen. Sie bedankten sich bei dem König und seiner Frau für ihre Gastfreundlichkeit und wurden dann wieder durch den Palast in ihr Zimmer zurück geführt.

"Mann bin ich voll," stöhnte Trevor und ließ sich auf sein Bett fallen.

"Armer alter Ossi", sagte Katherine und meinte damit König Osorkon. "Er scheint in seinem eigenen Haus nicht viel zu sagen zu haben."

"Warum muss er auch so ein Weichei sein? Die Königin und ihr Zauberer haben praktisch das Sagen", sagte Trevor.

"Was ist denn bloß mit Tafawana? Ich bin sicher, sie hatte uns gesagt, daß sie zum Abendessen zurück kommt", wunderte sich Chryséis.

"Ja, das ist seltsam. Ich meine, warum sollte sie mit all den kranken Leuten in der Zitadelle essen, wenn sie hier essen kann?"

"Keine Ahnung," sagte Katherine.

Sie wussten, daß sie auf der Hut sein mussten, wenn die Königin mit einem Zauberer befreundet war ... aber sie hatten ja wenigstens noch Tafawana und die Lady von

Ush-bantoun mit all ihren Jungfern zu ihrem Schutz hier. Krank oder nicht.

"Sie wollte uns doch morgen zum 'Fest von Sokhar' mitnehmen", bemerkte Trevor. "Ich frage mich, ob sie bis dahin zurück ist."

In dieser Nacht schlief Chryséis sehr unruhig.

Da war sie ja wieder, die Tür zur Tür ihres Zimmers zu Hause in Etheridgeville. Der vertraute Geruch von Bienenwachspolitur und die Bilder an den Wänden. Alles war so, wie es immer ausgesehen hatte, und so sollte es auch sein. So warm und gemütlich. Zu Hause eben.

Chryséis sah den Raum deutlich vor ihrem inneren Auge. Sie stand auf und ging geradewegs auf die verborgene Tür des Geheimganges zu, die sie für ihre eigene Zimmertür hielt.

Kurze Zeit später erwachten Trevor und Katherine durch die Unruhe im Zimmer. Sie setzten sich auf, rieben sich die Augen und sahen, wie Chryséis zurück ins Zimmer kam und direkt auf ihr Bett zulief. Entsetzt beobachteten sie, wie die geheime Tür aufflog und Chryséis von Totolin unsanft nach vorne gestoßen wurde.

Sie war schlafwandelnd direkt in das Labor des Alchemisten gelaufen und Totolin, der auf einer Matte vor dem Schlafgemach des Zauberers lag, war ihr ins Gästezimmer gefolgt. Das Mädchen fiel auf ihr Bett und sah ganz verdutzt drein.

"Wer hat dir aufgetragen, die Königin auszuspionieren?" zischte der Gehilfe des Zauberers und seine Augen blitzten. Er bemühte sich, leise zu sprechen, um die Wachen im Gang nicht zu alarmieren.

Totolin schaukelte auf seinen Fersen hin- und her. "Raus mit der Sprache! Wer hat euch das gesagt?" Die Kinder sahen sich sichtlich überrascht an. Spione? Was?

"Chryséis hat ein Problem mit Schlafwandeln", antwortete Katherine und gähnte.

"Oh, ich verstehe..." Totolin hatte sich eindeutig geirrt. Ausserdem waren es schließlich nur Kinder. Er gab ein unbehagliches Gackern von sich.

"Wir werden nicht mit der Königin über diesen Vorfall sprechen. Es würde sie furchtbar aufregen."

"Ähm, ja, schon gut", krächzte Trevor und Chryséis rieb sich die Augen, die sie noch nicht ganz offenhalten konnte.

"Nun gut. Lasst uns alle wieder schlafen gehen und den Vorfall vergessen." Sie hörten, wie die Tür zum Geheimgang von außen verschlossen wurde und Totolins Schritte sich schnell entfernten.

"Bist du okay, Chris?" fragte Trevor mit gedämpfter Stimme. "Das war ganz schön knapp..." Er konnte sich nicht mal mehr erinnern, wovon er geträumt hatte. Nur, daß er draußen im Mondlicht stand ... und dann ... dann ... nein, jetzt war es weg!

Chryséis antwortete mit einem ausgedehnten Gähnen.

"Oh Chris, du bist im Schlaf durch den Geheimgang spaziert. Das ist furchtbar gefährlich!", rief Katherine entsetzt. "Warum haben wir die Tür bloß nicht abgeschlossen?"

Chryséis drehte sich nur in ihrem Bett um und bald ware alle drei wieder fest eingeschlafen.

13 Königin Mé-lis-ah

Am Morgen war der nächtliche Vorfall schon fast wieder vergessen, und er erschien ihnen bald wie ein ferner Traum. Anscheinend hatten die Magier der Königin gegenüber nichts von Chryséis' Schlafwandeln erwähnt, denn niemand sprach die Zeitreisenden darauf an.

Und das war gut so.

Die Königin hatte sich mit ihrem Gefolge zum Morgenmahl in einen kleinen Garten im hinteren Teil der Per-aa begeben, und die Kinder wurden aufgefordert, sich ihnen anzuschließen.

Es regnete nicht – perfekt also, um einige Zeit im Freien zu verbringen. Auf dem Rasen gab es viel Platz zum Spielen undTrevor hatte den orangefarbene Frisbee mitgebracht, den er noch immer in seinem Rucksack herumtrug. Nach diesen ganzen Flugreisen im Vimaan brauchte er endlich mal wieder Bewegung.

"Eure Hoheit, dürfen wir im Freien spielen?" fragte er die Königin höflich nach dem Frühstück.

Ein Aufflackern des Erkennens schien über ihr Gesicht zu huschen, als sie die orangefarbene Plastikscheibe sah. Aber das konnte ja nicht sein. Wo sollte sie denn schon einmal einen Frisbee gesehen haben?

Aber Trevor hatte sich nicht geirrt. Die Königin hatte schon einmal eine Frisbee gesehen. Genau so einen wie den, den Trevor mitgebracht hatte. Sie hatte sogar schon viele davon gesehen.

"Ehrenwerte Königin Mé-lis-ah, gibt es Wurfscheiben auch in Kem?" fragte Trevor. "Es scheint, als seid Ihr mit diesem alesischen Spielzeug vertraut."

Die Königin schaute über seine Dreistigkeit erstaunt drein und verzog den Mund zu einem schmalen Strich. Dann, nach einer sehr langen Minute, hatte sie ihren Schock überwunden. Königin Mé-lis-ah erhob sich abrupt von ihrem gepolsterten Sitz und sagte: "Ich habe etwas im Audienzsaal vergessen, das ich unseren neuen Gästen zeigen wollte. Amüsiert euch gut bis zu unserer Rückkehr." Sie zwang sich zu einem gekünsteltem Lächeln. Ihre Damen wagten es nicht, sich ihre Erleichterung anmerken zu lassen, aber die Musiker begannen, eine fröhliche Melodie zu spielen.

Als sie den Audienzsaal erreichten, drehte sich die Königin um und sah die Kinder an. "Athenai, woher kommt ihr... vor Alesia, meine ich?"

"Eure Majestät, was meint Ihr damit?" fragte Trevor sie als sie den Saal betraten.

"Ihr wisst genau, was ich meine!" Schnappte die Königin und ihre Augen blitzten. Sie sahen sich überrascht an. Was wusste sie? War sie ebenfalls eine Zeitreisende? Die Lady von Sydonia hatte sie gewarnt, die Tatsache zu verbergen, daß sie aus der Zukunft kamen. Nur, daß diese Frau es zumindest ahnte, und offenbar gefiel ihr das überhaupt nicht.

Was sollten sie jetzt tun?

Katherine beschloss, das Thema vorsichtig anzusprechen. "Ist es möglich, daß Eure Hoheit weiß, woher wir kommen, oder seid Ihr vielleicht schon selbst dort gewesen?"

Ihre Miene veränderte sich schlagartig. Die Königin sah sich um. Zwei Wachen standen an den geschnitzten Türen im Audienzsaal und warteten auf ihre Anweisungen, ansonsten war niemand zu sehen.

"Verlasst uns sofort!" befahl Königin Mé-lis-ah den beiden Männern. Die Wachen stellten sich draußen vor dem Saal auf und die Königin schloss die schwere Tür hinter sich. Da wurde es den Kindern klar, daß sie einen weiteren Zeitreisenden getroffen hatten, genau wie die Lady von Sydonia. Nur, daß die Königin darüber verärgert schien. Ihre Reaktion hätte nicht unterschiedlicher sein können als die der Lady von Sydonia.

"Alles, was ich dazu sagen kann ist, daß es nicht in

dieser Zeit liegt."

"Sind Sie durch Zeit und Raum gereist, Hoheit?" fragte Trevor. "Waren Sie etwa…"

Doch Mé-lis-ah unterbrach ihn. "Also gut, wenn ihr es unbedingt wissen müsst…", sagte die Königin gereizt in perfektem Englisch mit einem undefinierbaren Akzent.

Sie fuhr fort ihnen zu erzählen, wie sie aus der Zukunft nach Kem gekommen war. Es war ein fast wahrheitsgemäßer Bericht. Fast.

Melissa El Essy war die Tochter eines amerikanisch-arabischen Diplomaten und einer französischen Mutter. Ihre Mutter war Ende der fünfziger Jahre Sekretärin an der französischen Botschaft in der Hauptstadt von Madagaskar gewesen. Sie hatte sich in den gut aussehenden Diplomaten verliebt und die beiden heirateten.

Melissa und ihre Schwester wuchsen in vielen Städten der Welt auf, aber Kairo war ihr Zuhause.

Im Jahre 1976, im Alter von siebzehn Jahren, freundete sich Melissa dort mit einem jungen Mann im Park am Ende der Straße an. Er wirkte ein wenig verloren und sprach Arabisch mit einem furchtbaren Akzent.

Der junge Mann erzählte ihr, daß er aus einer Stadt namens Ush-bantoun im Bezirk Cuma im Land Kem stamme. Melissa hatte noch nie davon gehört. Sein Vater, Bok-en-Raf, war König von Ush-bantoun. Obwohl Melissa noch nie von einem solchen Ort gehört hatte, dachte sie sich nichts dabei. Seine höfliche, altmodische Art berührte sie.

Die Königin lachte bitter auf. "Er hatte die tiefsten blauen Augen, die ich je gesehen hatte. Osorkon war als Student nach Kairo gekommen. Er nannte kein bestimmtes Studienfach - irgendetwas mit Technik. Zumindest dachte ich das damals," erzählte sie weiter. "Ich langweilte mich zu Hause. Meine Mutter plante all diese Partys, um mich in die Gesellschaft einzuführen. Wir trafen uns oft im Park oder in einem der liberalen Cafés. Wir verliebten uns ineinander und er sagte mir endlich die Wahrheit.

Nämlich, daß er mich als seine Braut in die Vergangenheit mitnehmen wollte. Daß es Vorbestimmung sei. Wie aufregend. Ein bisschen seltsam vielleicht, aber ich stellte das Ganze nicht in Frage. Er war so anders als die anderen Jungs, die ich kannte."

Alles, was die interessierte, waren anscheinend Popbands und Sport. Melissa mochte auch die Baycity Rollers und Suzy Quattro, aber sie war romantisch. Osorkon schmeichelte dem Teenager, daß sie das schönste Geschöpf sei, das je gesehen hätte.

"Er war überzeugt davon, daß Mé-lis-ah, wie er mich nannte, die Blutlinie seiner adligen Familie aufwerten würde. Unsere Nachkommen würden die mächtigsten Könige von Kem, wenn nicht sogar von ganz Ta Mery, werden. Er versprach mir Reichtum jenseits all meiner Träume, wenn ich ihn heiratete. Natürlich stimmte ich zu. Dann ging ich eines Tages auf eine Wanderung mit Osorkon – und plötzlich befanden wir uns in einem Wirbelsturm."

So erinnerte sie sich an ihre Reise durch Raum und Zeit.

"Dann fand ich mich in diesem wunderbaren Palast wieder und wurde die Königin des prähistorischen Ush-bantoun. Mein Name ist jetzt Mé-lis-ah Nûr-ah-Osorkon - Königin von Ush-bantoun, dem Licht von Osorkon. Oder kurz Königin Mé-lis-ah."

Als es ihr klar wurde, daß sie nicht zurückkehren konnte, hatte Melissa um ihre Familie getrauert und um ihren modernen Lebensstil. Aber nach einer Weile begann sie den Luxus zu genießen, den Osorkon ihr bieten konnte. Zunächst bewunderte man Melissas Schönheit und ihr hochmütiges Auftreten, doch dann wurde dieses liebenswerte Wesen mit den großen Augen von Stimmungsschwankungen heimgesucht. Der König vermisste das nette, hübsche Mädchen, das mit ihm aus dem wirbelnden Äther der Zeit gekommen war.

"Das birnenförmige Instrument, das Osorkon in die Zukunft und wieder zurück gebracht hatte, war seit Generationen im Besitz seiner Familie. Es befindet sich jetzt wieder in einer

Têrakhon-Box unter einem elektromagnetischen Schild in einem geheimen, verschlossenen Raum."

Der Magi von Kem, der Tutor des jungen Prinzen, hatte Osorkon erzählt, daß der magische Gegenstand vor dem Dunklen Zeitalter vor vielen Jahren aus einer Zitadelle im Osten entwendet worden war - daß es einst den Göttern gehört hatte.

Es gab da auch einen kurzen Stab, der die Form eines Hockeyschlägers hatte. Angeblich verlieh er einem magische Kräfte über Leben und Tod, aber das Wissen, wie man ihn benutzte, war mit der Zeit verloren gegangen.

"Der Magier konnten die Anweisungen lesen und Osorkon reiste durch die Zeit - und kam mit mir zurück. Außer dem Magier bemerkte niemand, daß er fort gewesen war. Das ist alles, was ich weiß. Als ich den Frisbee sah, wusste ich, daß ihr unmöglich aus dieser Zeit stammen konntet."

"Warum konntet Ihr denn nicht zurückreisen und eure Familie besuchen?" fragte Katherine.

"Mein Mann hatte es mir verboten und dann verschwand auch noch der Magier. Nur er konnte die Anweisungen lesen."

"Wow, das ist ja eine tolle Geschichte", sagte Chryséis.

"Willst du damit sagen, daß ich lüge?" schnauzte Melissa sie an. Sie erzählte ihnen nicht, daß ihr Mann sie in das 'Haus des Lebens' gebracht hatte, um sie von ihren üblen Launen zu kurieren, aber lange Zeit half kein einziges Mittel.

Dann beschloss Osorkon, die Eskapaden seiner Frau zu ignorieren. Schließlich war sie ein seltener Schatz und wenn nötig, wurde ihr ein beruhigender Trank verabreicht. Zu Osorkons Bedauern war ihre Ehe kinderlos geblieben.

Wie so oft bekam Melissa jetzt rasende Kopfschmerzen und sie forderte die Kinder unwirsch auf, sofort ihre Gegenwart zu verlassen.

"Was für eine Geschichte!" sagte Katherine leise, als sie die schwere Tür hinter sich schlossen. "Und habt ihr gehört, daß der Zeitportal-Sucher auch birnenförmig sein soll? Genau wie unserer?"

 # 14 EIN SPION IM WIRTSHAUS

Leider sollte dies nicht das letzte Mal bleiben, daß sie die Königin schlechtgelaunt erlebten, und auch den neuen Zauberer von Ush-bantoun hatten sie nicht zum letzten Mal gesehen. Er stand auf einmal vor ihnen, als sie aus dem Audienzsaal kamen und schien ausnahmsweise einmal allein zu sein.

"Ihr seid es also", sagte er selbstgefällig und näherte sich ihnen wie ein Raubtier auf der Pirsch. Die Kinder bekamen einen Schreck. Ging es um Chryséis' Schlafwandel-Abenteuer? Ihre bisherigen Erfahrungen mit Zauberern waren, gelinde gesagt, unangenehm gewesen.

"Was meint Ihr, Herr Magi?" Trevor versuchte, unschuldig zu klingen. "Wir hatten gestern das Vergnügen, uns am Mittagstisch des Königs kennenzulernen, nicht wahr?"

Der Zauberer ließ sich nicht so leicht ablenken. "Ihr wart es gewesen, die die Macht der drei Ladys heraufbeschworen haben, um meine Brüder vom 'Linken Pfad' zu bezwingen. Habe ich recht?! Jetzt schmachten sie in den Gogmagog-Bergen vor sich hin." Er hatte es gerade heraus gesagt.

"Nun, wir haben nicht gerade..." begann Katherine, doch Chryséis stieß sie mit dem Ellbogen in die Rippen und Katherine verstummte.

"Oh, aber meine lieben Kinder, ihr missversteht meine Absichten vollkommen. Ich bin doch auf eurer Seite." sagte der Zauberer mit seidenweicher Stimme und rückte näher.

"Ach wirklich?" Trevor wich zwei Schritte zurück.

"Aber natürlich." Der Magi ließ sein falsches Lächeln aufblitzen.

"Siehst du, wenn ihr nicht gewesen wärt, hätte ich nicht die Stellung als Berater der Königin Mé-lis-ah übernommen..." Seine Lippen bewegten sich kaum, als er sprach. "Das war eine sehr gute Sache für mich." Die Zeitreisenden verstanden. Dieser unangenehme Kerl hatte ein Auge auf die mächtige Stellung geworfen und war froh, die Konkurrenz los zu sein. So viel zu der dunklen Bruderschaft.

"Das ist nett von Ihnen, Sir. Aber wir hatten nichts damit zu tun..."

"Wirklich?" Der Hexenmeister sah überrascht aus.

"In der Tat, Sir", sagte Trevor fest.

"Lasst mich wissen, wenn Ihr etwas braucht. Was auch immer das sein mag, Athenai. Ein kleiner Aderlass könnte euch entspannen..."

"Sicher. Vielen Dank, Sir." Die Kinder versuchten, ihr Unbehagen zu verbergen. "Wir werden sicher darauf zurückkommen."

"Gut, gut." Damit verbeugte sich der Zauberer und begab sich zum anderen Ende des Korridors.

"Na endlich!" meinte Chryséis erleichtert.

"Seine Gesichtsmuskeln müssen inzwischen schon ganz gelähmt sein von diesem Gegrinse..." sagte Trevor. "Ich traue dem Kerl nicht über den Weg."

"...wenn Ihr etwas braucht, egal was..." wiederholte Chryséis spöttisch. "Ja, ganz bestimmt kommen wir dann zu ihm."

"Was sollen wir tun? Er weiß jetzt, wer wir sind," sagte Katherine. "Ich sage, wir machen uns aus dem Staub."

"Glaubst du, die lassen uns so einfach gehen?" fragte Trevor.

"Was meinst du damit, lassen uns gehen? Wir sagen einfach vielen Dank für die Gastfreundschaft, aber wir müssen jetzt gehen," meinte Chryséis beharrlich.

"Ich habe das Gefühl, daß es nicht so einfach sein wird", stöhnte Katherine. "Das sind keine einfachen Leute. Melissa scheint verrückt zu sein, und das hilft auch nicht gerade."

"Tafawana wird uns sicher helfen. Und die Lady von Ush-bantoun", antwortete Trevor. "Kommt, beruhigen wir uns ein wenig. Wir sollten in die Stadt gehen. Auf jeden Fall sollten wir nicht hier über sowas reden."

Die Mädchen stimmten ihm zu und sie verließen den Per-aa. Im Hof des Palastes trafen sie den Händler Manassi wieder, der sich prompt anbot, sie in die Stadt zu begleiten. Er musste sich dort noch um weitere Geschäfte kümmern. Da er ein fröhlicher Mensch war, hatte er schon hier und da Freundschaften geschlossen.

Nachdem sie mit der Königin und ihrem bösen Berater gesprochen hatten, waren die Kinder dankbar, unter normalen Menschen zu sein.

Manassi hatte vor, ein Wirtshaus am großen Platz in der Stadt zu besuchen. Sie kamen an einem Rawi vorbei, der einer Gruppe von Kindern spannende Geschichten über die Götter erzählte. Er saß auf einer bunten Decke mit einem Kreiselmuster. Die Kinder schienen ganz gefesselt zu sein von der Geschichte, wie die Göttin Iset und ihr Mann den Kannibalismus im Lande abgeschafft hatten.

"Wollt ihr dem Rawi zuhören?" fragte Manassi.

"Nein, ich glaube, wir haben für eine Weile genug Geschichten gehört", antwortete Chryséis.

"Oh, aber während des Festes werden viele Geschichten erzählt werden. Ihr müsst zumindest einige davon anhören."

"Ich denke, das werden wir später tun."

Sie kamen zu dem größten Platz in der Stadtmitte, der von cremefarbenen Gebäuden gesäumt wurde. Einige davon waren terrassenförmig angelegt, genau wie die atalische Bibliothek. Diesen Stil hatten sie seit Atala nicht mehr gesehen, aber es gab keine richtigen Pyramiden hier.

Auf dem Platz herrschte reges Treiben. Die Frauen trugen bunt gemusterte Kleider, lange bestickte Tuniken und schwarze Röcke. Andere hatten sich in bunte Stoffbahnen gehüllt, die wie indische Saris drapiert waren. Offenbar waren Gesichts-tätowierungen selbst hier in Mode, nur die weniger dauerhaften dunkelroten Henna-Tätowierungen, die von Friseurgehilfen vor deren Geschäften aufgetragen wurden.

Es gab hier auch ein paar Stände, die Kleinigkeiten verkauften. "Bald wird es viele Stände in der ganzen Stadt geben", sagte Manassi und zeigte nach Süden. "Auf dem großen Platz sind schon Stände aufgestellt und es gibt Bereiche, die den Künstlern zugewiesen wurden."

"Ich kann es kaum abwarten, sowas zu sehen", sagte Katherine voll Vorfreude.

Sie betraten ein 'öffentliches Haus' mit dem Namen 'Wilder Eber'. Das Wirtshaus war mit dunklem Holz getäfelt und gemütlich, aber nicht gerade ruhig. Eine Gruppe bierschlürfender Männer unterhielt sich lautstark in einer Ecke. Ihre hölzernen Becher waren mit schäumendem Hirse-Bier gefüllt.

In einer anderen Ecke des Wirtshauses klimperte ein Harfenspieler lustlos auf seinem Instrument herum und sang eine kleine Melodie. Niemand hörte ihm zu. Zwei Frauen in rosa und grünen Saris bestellten Pasteten für ihre Kinder.

Auf dem dunklen Tresen standen traditionelle Snacks: Schalen mit großen, zarten Oliven und einer Dukkah-Mischung, gebackenes Gemüse, getrocknete Datteln und frische Feigen, die innen ganz rosa waren. Stapel von Fladenbrot lagen neben grünen Fläschchen mit Olivenöl und der allseits beliebten Garum-Fischsauce.

Das gesäuerte Fladenbrot wurde in Olivenöl getaucht und dann mit Oliven und Dukkah gegessen. Dukkah war eine Mischung aus gerösteten Nüssen, Sesamsamen, Gewürzen und Salz, die zusammen gemahlen wurden. Die Kinder hatten das in Bibi Gul's Haus gelernt.

Die Speisekarte war an die Wände gemalt. Auf dem Menü standen Joghurt mit zerkleinerten Gurkenstücken und Knoblauch, frittierte, panierte Bällchen aus pürierten Kichererbsen, Pasteten und gebratenes Lammfleisch, gewürzt mit Zitrone und Rosmarin.

Trevor hatte die kleine Kamera in seiner Hemdtasche und machte ein paar Fotos davon.

Die Ta-Merier liebten besonders ihr Gerstenbier und ein alkoholisches Getränk, das mit Wacholderbeeren gebraut wurde. Nicht, daß sie derartige Getränke gut vertrugen. Wenn das innere Kaninchen durch zu viel Alkohol freigesetzt wurde, führte es dumme Possen auf. Während eines Festes geschah dies leider recht häufig.

Wenn man nicht das "Wasser des Lebens" bevorzugte, konnten Gäste auch zwischen süßen und sauren Joghurtgetränken, Gurkenwasser und Chai, einem mit Zimtstangen und Kardamomkapseln aromatisierten Tee, wählen.

"Ein Hin von dem guten Bouza-Bier! Und drei Hins gekühltes Gurkenwasser", bestellte Manassi. Er hatte seinen großzügigen Tag.

Nicht weit von ihrem Tisch entfernt ,nahm eine "Grille" die bestellten Getränke zur Kenntnis. Zur Tarnung tat er so, als sei er betrunken, während er die Palastgäste ausspionierte. Diese bemerkten den Spion nicht und genossen nur ihre Getränke. Am Tisch neben ihnen waren gerade drei Männer damit beschäftigt, Bohnen als Spielsteine auf ein Bord zu legen.

Der Gastwirt Hapu Pa Geb-Iset war offensichtlich ein guter Freund des Kaufmanns und setzte sich zu ihnen an den Tisch. Die Kinder wurden ihm vorgestellt und er entschuldigte sich für die schlechte Verpflegung in seinem bescheidenen Lokal.

Zur Überraschung der Kinder begannen die Männer mit gedämpfter Stimme über den König von Ush-bantoun und seine Königin Mé-lis-ah, seine seltsame, fremde Frau, zu sprechen.

"Ich weiß aus zuverlässiger Quelle, daß ein hübsches Fräulein bei einem Empfang zu Ehren des königlichen Geburtsfestes ein wenig zu viel gelächelt hat. Man sagt, der König habe damals vorgehabt, sich eine zweite Frau zu nehmen", plauderte der Gastwirt.

"Ja, und?" Katherine wollte die ganze Geschichte hören.

Der Wirt war etwas überrascht über die Offenheit der alesischen Kinder, aber er erzählte gerne eine gute Geschichte und fuhr fort. "Am nächsten Tag trug die Königin eine Kette aus menschlichen Zähnen um den Hals. Danach war die hübsche Dame nicht mehr so hübsch."

Es entstand eine verblüffte Pause.

"Das ist so grausam", sagte Trevor ungläubig. "Bist du sicher, daß das wirklich passiert ist? Mé-lis-ah kommt mir so zivilisiert vor."

"Ah, zivilisiert." Der Wirt ließ sich das Wort auf der Zunge zergehen. "An ihren guten Tagen mag sie ... zivilisiert sein, aber an Tagen des Wahnsinns ... sollte man besser weit weg sein."

Melissa war derart wahnsinnig?!

"Oh je", hauchte Katherine. "Statt einer Verbündeten haben wir Lady Macbeth getroffen." Das war ziemliches Pech.

"Lady von Mek-bès? Wer mag das wohl sein? Ist sie die Lady einer alesischen Zitadelle?" Manassi meinte etwas verstanden zu haben.

"Nein, nicht so wichtig..." erwiderte Katherine. "Lady Macbeth war nur eine weitere Mé-lis-ah... in einem... einem Schauspiel."

Katherine fiel keine bessere Erklärung ein. Wie sollte man einem ägyptischen Gastwirt vor 12 000 Jahren ein Shakespeare-Schauspiel erklären? Manassi nickte nur.

Hapu sah sich unauffällig im Wirtshaus um. Die 'Grillen' der Königin waren nie weit weg und er wollte sichergehen, daß man offen reden konnte. Mé-lis-ah Nûr-ah-Osorkon ah Per-aa Ush-bantoun, das Licht des Königs Osorkon des 'Großen Hauses' von Ush-bantoun, war sehr empfänglich für Gerüchte.

"Ihr wärt überrascht..." begann Chryséis. Sie wollte etwas über die moderne Zeit sagen, aber Hapu hörte ihr nicht zu.

"Die arme Lady von Ush-bantoun", murmelte der Gastwirt.

"Was ist denn los mit ihr? Geht es ihr schlechter?" fragte Manassi.

"Es wird gemunkelt, daß sie mit ihren Jungfern im Elfenbeinturm dahin schmachtet. Königin Mé-lis-ah hat die Zitadelle übernommen und will nur ihr eigenes Personal in der Nähe haben," Hapu flüsterte jetzt.

Ein Kellner, der Essen brachte, unterbrach ihr Gespräch. Hapu hatte ein paar Gerichte auf Kosten des Hauses für seinen Freund Manassi und die Kinder geordert und half dabei, die Schüsseln auf den Tisch zu stellen.

"Ist es das, was ich denke?" flüsterte Chryséis Katherine zu und zeigte auf ein gebratenes Insekt.

Katherine konnte ihr nicht antworten. Der Gastwirt forderte seine Gäste gutmütig auf eine Delikatesse zu probieren und Manassi verschlang das würzige Gericht mit Genuss. Es waren gegrillte Kuhaugen.

Chryséis nahm behutsam einen Augapfel in die Hand und schob ihn sich in den Mund. Das schien zu genügen, um ihren Gastgeber glücklich zu machen. Katherine versuchte, nicht so genau hinzusehen und tat es ihr nach. Sie liessen die gegrillten Augen auf den Boden gleiten und machten Kaubewegungen.

"Mmm, lecker," sagte Katherine und nickte.

Hapu wurde von einer Gruppe Kunden nach vorne gerufen und Manassi begleitete seinen Freund zur Theke, um mehr Oliven zu holen. Im Wirtshaus wurde es langsam dunkler, und bald begann Regen gegen die Fenster zu trommeln.

"Ich glaube, Melissa spinnt ganz schön", sagte Chryséis.

"Ich sage, wir verschwinden aus dem Palast", flüsterte Trevor. "Es ist mir egal, ob Melissa aus der Zukunft kommt. Es wird mir zu brenzlig."

"Wir sollten herausfinden, was mit der Lady von Ush-bantoun passiert ist," sagte Chryséis und biss in eine ziemlich große Olive. "Vielleicht braucht sie unsere Hilfe."

"Du hast recht. Melissas Geschichten klingen irgendwie komisch. Wir sollten die Lady finden und mit ihr sprechen." Trevor nahm sich mit einem Stück Brot etwas Auberginensalat aus einer blau-glasierten Schale.

"Wie sollen ausgerechnet *wir* der Lady helfen, wenn sie

in Schwierigkeiten steckt? Wir haben ja nicht mal mehr unsere Paizas."

"Du hast recht, Katie." Chryséis dachte einen Moment lang nach. "Und wenn wir das überstürzen, könnte Melissa misstrauisch werden."

Hapu und Manassi kamen mit weiteren Schalen zurück.

"Wir sollten bald zum Palast zurück gehen", meinte Trevor schnell, als sie wieder am Tisch waren. Aber der fröhliche Händler und sein Freund hatten andere Pläne. Hapu bestand darauf, den Kindern aus Sydonia die festliche Stadt zu zeigen.

"Nein, nein, nein. Das macht überhaupt keine Umstände!" Sagte er. "Wir können sofort gehen. Es ist die schönste Stadt in ganz Ta Mery", prahlte er.

Er gab seinem Personal scharfe Anweisungen und klatschte dem Kellner auf's Ohr, weil er nicht zugehört hatte, und bald gingen sie hinaus auf das nasse Pflaster des Stadtplatzes. Die Sonne schien schon wieder und er ging fröhlich über den Platz voraus, wobei er zahlreiche Leute grüsste.

"Also gut, besser als mit der verrückten Melissa im Palast abzuhängen, denke ich mal", bemerkte Katherine.

"Sieh dir das Prytaneum da drüben an", sagte Trevor. Er zeigte auf ein Gebäude zu ihrer Linken, aber Manassi und Hapu führten sie auf die rechte Seite des Platzes und in eine Gasse hinein. Die beiden Männer unterhielten sich, und so wechselten die Zeitreisenden ins Englische über.

Die Gasse führte hinunter zum Nila-Fluss oder vielmehr zu einem Kanal des mächtigen Flusses. Sie stiegen eine breite Treppe hinauf und setzten den Rundgang auf einer Promenade fort, von der aus man einen hervorragenden Blick auf die Stadt hatte.

"Seht euch all die weißen Kegel-Türme an, " sagte Katherine. "Komisch nur, daß es hier keine Pyramiden gibt."

"Das liegt daran, daß es noch viel zu früh für Pyramiden ist", sagte Trevor und suchte die Stadt nach den seltsam aussehenden Türmen ab.

"Das weiß ich selbst," antwortete Katherine leicht irritiert.

Zwei solcher Türme befanden sich direkt vor ihnen. Unten herum wuchsen bunte Azaleensträucher und leuchtend roter Hibiskus und oben auf den Kegeln flatterten Fahnen mit dem Bild einer gelben, geflügelten Sonne auf dunkelblauem Grund. Wendeltreppen an den Außenseiten der Türme führten bis ganz nach oben.

In Sydonia hatten sie zum ersten Mal hohe kegelförmige Strukturen gesehen, aber das hier war Ägypten.

"Ich frage mich, was das ist." Katherine sagte: "Gräber von Königen oder Lagersilos... oder vielleicht Wohngebäude..."

Trevor machte ein Foto von der Stadt und den Kegeln. Als sie an einem Park vorbeikamen, flogen kleine Vögel auf. Sie pickten an einem Stück Brot, das jemand achtlos auf den Bürgersteig geworfen hatte. Von hier aus konnte man Zelte sehen, die auf den Wiesen rund um die Stadt standen.

Sie kamen an drei Zelten vorbei, die an Jurten erinnerten. "Es sind Landbewohner, die im Park ihr Lager aufschlagen. Das ist eigentlich nicht erlaubt," meinte Hapu. Er führte den Weg an einer Bogenschießschule vorbei, die direkt am Park lag.

Ein Tempel der Göttin Iset stand einsam am grasbewachsenen Flussufer, nicht weit von einer Brücke und dem Südtor entfernt. Hapu hielt ein paar Mal an, um die Sehenswürdigkeiten zu erklären, aber Ush-bantoun war nicht sehr groß, und sie gingen bald zum Wirtshaus zum "Wilden Ebers" zurück, nachdem sie das Prytaneum, die Bibliothek und das Gerichtsgebäude gesehen hatten.

Inzwischen waren mehr Stände auf dem Platz aufgebaut worden. Statuen und Säulen entlang der schattigen Veranda vor dem Gerichtsgebäude waren mit Zweigen und Bändern geschmückt. Am Morgen des "Sokhar-Festes" würde der königliche Hofstaat dort oben Platz nehmen.

Ein alter Mann mit einem Turban auf dem grauen Kopf saß auf einer runden Decke. Ein Publikum von etwa zehn trödelnden Handwerkern und Hausfrauen stand um die

Decke herum. Der Rawi war dabei, die Geschichte von der unvergleichlich schönen "Neomah und dem gestohlenen Schuh" zu erzählen. Er hatte bereits eine bezaubernde, romantische Geschichte über den Wüstenprinzen Antar und eine Strophe aus dem Buch "Thelik Tephan", dem "Atem des Lebens", erzählt.

Hapu und Manassi konnten einer guten Geschichte nicht widerstehen und hörten eine Weile zu, während die Kinder umhergingen und sich die benachbarten Stände ansahen.

Als sie zurückkehrten, beendete der Rawi gerade seine Geschichte. "... und deshalb sollten Frauen ihre Schuhe am besten mit Kleidern oder Decken verhüllen, sonst könnte ein Vogel ihren Schuh zu einem Mann tragen, den sie nicht heiraten wollen."

Manassi und die Kinder verabschiedeten sich von dem Gastwirt und bedankten sich für das Essen und die Besichtigungstour. Es war schon spät und sie sollten, wie geplant, zum Abendessen in den Palast gehen.

Manassi nahm eine Abkürzung, und bald standen sie vor den Toren des Palastes. Von einem großen Moki am Vordereingang wurden Kisten mit Saurierfellen abgeladen. Eine Kiste mit weißen Perlen aus Dilmun, so groß wie Kirschen, war für die Frau des Königs bestimmt.

Sie liebte Schmuck, und ihr Ehemann schickte weit umher, um die erlesensten Stücke für sie zu finden.

Die Kinder bedankten sich bei Manassi und gingen zu ihrem Zimmer hinauf. Sie wussten nicht, daß die "Grille" aus dem Wirtshaus sich bereits bei der Königin gemeldet hatte.

Eine Wache fing die Gäste ab und führte sie prompt in einen grün-goldenen Saal, wo Mé-lis-ah Nûr-ah-Osorkon bereits wartete. Trevor duckte sich gerade noch rechtzeitig, als ein Spiegel aus poliertem Metall an seinem Kopf vorbeiflog und mit einem hässlichen Knall gegen die Wand hinter ihm schlug. Die Kinder starrten die zeitreisende Königin geschockt an. "Nutzloses Gesindel.

Geht mir aus den Augen, wenn ihr wisst, was gut für euch ist," kreischte Mé-lis-ah. Ein Dienstmädchen begann zu weinen und rannte an den Kindern vorbei. Als die Königin ihre jungen Gäste sah, änderte sie ihre Stimme in ein honigsüßes Schnurren. "Oh, da seid ihr ja, meine Lieblinge. Na endlich."

Dann sah sie die Diener, die verängstigt in einer Ecke des Raumes herumstanden, und ihr Ton wurde wieder rau. "Diese Diener sind so nutzlos ... Geht jetzt, ihr nutzlosen ... Flöhe."

Sie brüllte etwas Unhöfliches auf Ta-Merisch und die Diener flohen Hals über Kopf aus dem Raum. Die drei Kinder hätten am liebsten dasselbe getan.

"Ah, da haben wir es. Jetzt können wir reden." Da war sie wieder, die honigsüße Stimme.

Hapu, der Gastwirt, hatte gesagt, daß Melissa total wahnsinnig sei und anscheinend hatte er damit nicht ganz unrecht. Die blonde Frau in ihrem juwelenbesetzten Kleid schien allerdings nicht zu denken, daß an ihrem Verhalten etwas auszusetzen sei.

"Ich habe gehört, daß ihr mit Manassi und dem Wirt in der 'Kneipe' gesprochen habt. Was für ein Ort, um Kinder hinzunehmen. Ihr dürft den Lügen, die man euch über mich erzählt, keinen Glauben schenken", sagte sie abrupt.

Die Kinder starrten sie an. Die Geschichte von ihren 'Grillen' war also auch wahr. Es muss einen Spion im 'Wilden Eber' gegeben haben. Na toll.

"Welche Lügen, Melissa? Über dich? Wir haben nur über Ta Mery und Ush-bantoun und Traditionen geredet ... und waren auf Besichtigungstour", sagte Katherine mit einem unschuldigen Blick. Ihre Augen hätten einen Eisberg zum Schmelzen bringen können, aber Melissa nahm ihr das nicht ab und reagierte überraschend heftig.

"Für dich wäre das die Königin Mé-lis-ah. Und hast du gedacht, ich würde es nicht herausfinden, wenn du hinter meinem Rücken herum schwatzst?" schnauzte Melissa sie kalt an. Ihre freundliche Maske begann zu bröckeln. Sie musste sich mühsam im Zaum halten und an wieder den Grund ins Gedächtnis rufen, warum sie die Kinder hier bei sich behielt.

"Unserer ehrenwerten Lady von Ush-bantoun scheint es heute etwas besser zu gehen. Vielleicht ist sie in ein paar Tagen bereit, euch zu empfangen - und die Jungfer, mit der Ihr gekommen seid." Die Königin hatte offensichtlich Tafawanas Namen vergessen und ihr Lächeln saß ein wenig schief auf dem Gesicht.

Sicher werden wir sie sehen, dachten die Kinder und lächelten vorsichtig zurück. *Sogar noch früher als du denkst.*

Nun, früher oder später werde ich die Wahrheit aus euch herausholen, dachte dagegen Königin Mé-lis-ah boshaft und rief dann fröhlich. "Es ist Zeit zum Abendessen. Ihr müßt ja völlig ausgehungert sein. Ihr habt vor einer Ewigkeit im Wirtshaus gegessen."

"Ja, es ist noch viel Platz für köstliches Essen da", schmeichelte Trevor ihr.

"Das ist auch ganz gut so." Das Lächeln verschwand aus ihrem Gesicht.

*

Während des Essens waren die Kinder recht still. Man konnte nie wissen, was das verrückte Verhalten auslösen konnte. Aber Melissa sagte nichts mehr über ihren Ausflug zum Wirtshaus heute Nachmittag und unterhielt sich mit den Magiern neben ihr. Das aufgetragene Essen war schier unwiderstehlich. Da gab es gefüllte Feigen, gegrillten Flußfisch und Stücke eines großen, wohlschmeckenden Geflügels mit einer Art Kräuterkruste. Die Kinder aßen, so viel sie konnten, und baten dann um Erlaubnis, den Tisch verlassen zu dürfen, da sie sich müde fühlten. Zurück in ihrem sicheren Zimmer begannen sie, Pläne zu schmieden. Es war offensichtlich, daß Melissa es nicht gut mit ihnen meinte.

"Woher wusste sie, daß wir mit Manassi im 'Wilden Eber' waren?" Katherine seufzte und warf sich auf ihr Bett.

"Es gibt hier ja immer noch das Internet der Gedanken."

"Du glaubst, sie hat jemanden, der uns folgt und ihr

telepathische Nachrichten schickt?" fragte Katherine.

"Das ist doch möglich", erwiderte Trevor.

"Wer, glaubst du, war der Spion?"

"Wahrscheinlich nicht nur einer, sondern mehrere. Ich habe diesen Typen aus dem Palast an einem Tisch in der Ecke sitzen sehen. Er sah ein bisschen betrunken aus, war aber nicht nah genug dran, um zu hören, was wir sagten."

"Es sei denn, diese 'Grille' hat ein Überschallgehör", sagte Chryséis.

"Ich glaube, wir können niemandem trauen, der für Melissa arbeitet", sagte Trevor. "Schon gar nicht diesem Schleimer von einem Zauberer."

"Ich glaube immer noch, wir sollten so schnell wie möglich aus diesem Per-aa verschwinden. Vielleicht können wir bis zur nächsten Stadt laufen. Das ist allemal besser, als dabeizusein, wenn sie wieder durchdreht", meinte Katherine.

"Wenn wir jetzt fliehen, könnten sie uns erwischen, und dann sind wir in einer noch schlechteren Lage. Wir sollten versuchen, sie für eine Weile bei Laune zu halten. Sie hatte sich doch für unsere Zeitreise interessiert. Wir könnten sie mit dieser Karotte locken. Es gibt da etwas, das sie will."

"Sie ist verrückt, also wer weiß. Das mit dem Spiegelwerfen und dem Geschrei war doch total daneben. Wir sollten Tafawana finden. Sie muss doch irgendwo sein. Dann entscheiden wir, was wir tun werden," sagte Chryséis und die anderen stimmten ihr zu.

Doch dann sollten die Zeitreisenden eine böse Überraschung erleben.

▷▷▷ 15   DAS SOKHAR-FEST

Katherine wachte früh am Morgen auf und konnte nicht mehr einschlafen. Sie stand im Badezimmer am Fenster und schaute auf den Fluß hinaus. Der Nil war gleich dort draussen, außerhalb der Palastmauern. Einfach fantastisch.

Ein Nebelschleier lag über der Wasseroberfläche und ein Schwarm roter Reiher erhob sich in die Lüfte von einem der Bäume am Ufer.

"Was für ein schöner Ort", murmelte sie verträumt. "All diese großen Bäume und Palmen sind mit roten und weißen Vögeln übersät."

Die Dächer von Ush-bantoun schauten zwischen den Baumkronen hervor, und weiße kegelförmige Türme spiegelten sich im langsam dahinfließenden Wasser. Einige der Fenster waren noch erleuchtet. Boote wurden langsam flussaufwärts gerudert.

Als die Sonne höher stieg, lösten sich die Nebel auf, und die Boote verschwanden hinter den Palmen und Farnen am Flussufer. Es erinnerte sie an die Geschichte vom kleinen Boot in einem der Bücher, die sie durch den geschliffenen Kristall angesehen hatten und Katherine began die Melodie des Bootliedes zu summen.

Eine Stimme riss sie abrupt aus ihrer Träumerei. "Komm schon, Katie, mach dich endlich fertig."

Katherine hatte nicht bemerkt, daß Chryséis ins Badezimmer gekommen war. "Ich könnte mir das ewig ansehen," meinte sie und begann sich das Gesicht über dem Alabasterbecken zu waschen.

"Wir wollen schliesslich nicht in Melissas Nähe alt werden", brummte Chryséis. "Also sei vorsichtig, wenn du 'ewig' sagst."

"Mensch, bist du heute aber schlecht gelaunt."

"Na ja, ist ja kein Wunder. Wenigstens bin ich letzte Nacht nicht wieder schlafgewandelt, oder ich glaube es zumindest."

"Nein, ich glaube da bist du nicht."

Trotz allem, was gestern vorgefallen war, würden sie heute zu einem echten altägyptischen Fest gehen! Na ja, so ungefähr jedenfalls. Danach mussten sie einen Plan schmieden, um die Lady von Ush-bantoun zu kontaktieren und dann so schnell wie möglich wieder von hier abreisen.

Melissa hatte sich das Ganze allerdings etwas anders vorgestellt. Sie wurden bald von der Königin gerufen, und Melissa verlor diesmal nicht viel Zeit mit Höflichkeiten.

"Guten Morgen", sagte sie kurz angebunden. "Ihr kommt mit mir." Sie deutete auf die Kinder. "Und ihr bleibt hier."

Die Wachen senkten ihre Köpfe und blieben zurück.

Melissa führte sie die Treppen hinauf und hinunter und blieb dann vor einem bestickten Vorhang stehen, der streng bewacht wurde. Außer ihr durfte sich niemand hinter dem Vorhang aufhalten, und es war ziemlich staubig in dem kleinen Raum dahinter. Melissa öffnete eine alte, zerkratzte Tür mit einem seltsam aussehenden Schlüssel.

Was führte die Frau denn nun im Schilde? Sie wollten sie ja nicht unnötig mit Fragen löchern, aber warum wollte sie ihnen einen geheimen Raum zeigen?

Bald hatten sie ihre Antwort. In dem Raum befand sich der Zeitreiseapparat, den Osorkon dazu benutzt hatte, seine Braut aus der Zukunft zu holen.

Er lag auf dem hohen Tisch unter einer Art Käseglocke.

Die Kinder starrten auf das Objekt, das viel größer war als ihr eigener ZPS. Dieser hatte die Form einer kleinen Schildkröte mit kurzen Flügeln – und nicht die einer Birne. Er war aus einem dunkelrosa Stein gefertigt. Ein anderes Objekt lag daneben. Essah aus wie ein Hockeyschläger, genau wie Melissa es beschrieben hatte. Das Ding hätte alles Mögliche sein können. Die Têrakhon-Käseglocke war wahrscheinlich durch ein unsichtbares elektromagnetisches Schild geschützt.

Melissa erzählte den Kindern, daß sie sich bei ihrer Reise in die Vergangenheit in einer Têrakhon-Kabine befunden hatte.

"Mir wurde übel und ich verlor das Bewusstsein. Als ich dann wieder aufwachte, war ich in einem Raum mit geschnitzten Möbeln, die mit Elfenbein verziert und mit Gold überzogen waren. Am Fuße eines großen weichen Bettes warteten Dienerinnen auf mich, die in Schleier gehüllt waren. Ich wurde wie eine Königin behandelt..."

"Du musst durch eine Vortex gereist sein", sagte Trevor. "Wir wissen, wie sich das anfühlt."

Würde das hier noch lange dauern? Sie wollten das Festival besuchen und dann Pläne schmieden.

"Du verstehst überhaupt nicht, wie ich mich fühle", schleuderte Melissa ihm entgegen. "Du hast die Freiheit, in deine eigene Zeit zurückzureisen, wann immer dir danach ist. Ich dagegen bin eine Gefangene in einem goldenen Käfig."

Die Kinder wichen zurück. Richtig. Osorkon, der König von Ush-bantoun, weigerte sich ja, seiner launischen Frau das Zeitreisegerät zur Verfügung zu stellen.

"Das elektromagnetische Schild ist zu stark, um es zu durchdringen", beschwerte sich Melissa weiter. "Ich habe es versucht, aber er will mich einfach nicht gehen lassen."

"Was sollen wir dagegen tun?" fragte Katherine.

"Gebt mir euer Zeitreisegerät und Ihr werdet reichlich belohnt werden. Alles, was Ihr wollt. Gold, Land, Diamanten, Diener... alles. Aber ich muss euer Gerät haben." Melissa meinte es anscheinend todernst.

Die drei Freunde warfen sich verwirrte Blicke zu. Sie sollten einfach so ihr ZPS aufgeben? Melissa wusste ja nicht, daß sie drei Stück davon hatten, aber sogar dann war dies eine ungeheure Forderung. Trevor versuchte einen Ausweg aus dieser heiklen Situation zu finden.

"Melissa..." Seine Kehle fühlte sich trocken an. "Können wir bitte darüber nachdenken? Es kommt so überraschend. Wir hatten keine Ahnung, wie sehr du leidest..."

"Sechs Jahre. Sechs lange Jahre habe ich in der Vorgeschichte verbracht."

"Das ist eine lange Zeit", sagte Chryséis vorsichtig.

"Ja, eine sehr lange Zeit ... aber natürlich dürft ihr darüber nachdenken. Geht und genießt das Fest. Wir reden später weiter." Sie schien wieder guter Dinge zu sein. Die Kinder fühlten sich wie betäubt, als sie den Audienzsaal verließen und direkt in den Hof hinausgeführt wurden. Es war ihnen klar, wie die Antwort lauten musste. Melissa hatte sie nicht wirklich gefragt. Sie hatte sie aufgefordert, ihren Zeitportal-Sucher auszuhändigen.

"Großartig, was sollen wir denn jetzt tun?"

"Katie, ich weiß es auch nicht." Chryséis zuckte mit den Schultern. "Wir hätten die ZPS mitnehmen sollen, aber sie lassen uns ja nicht in unser Zimmer zurück." Die Wache lächelte nicht und zeigte einfach den Weg weiter durch den Innenhof und zum Tor hin.

"Sollen wir die Lady von Sydonia kontaktieren?" fragte Trevor leise und begann zu laufen.

"Was ist, wenn Melissa oder der Zauberer die Nachricht aufschnappen? Wir müssen jetzt richtig vorsichtig sein", sagte Katherine. "Ausserdem ist die Lady von Sydonia zu weit weg, um schnell etwas tun zu können."

Sie hatten zwar drei Geräte, aber die mussten noch getestet werden. Außerdem konnten sie Melissa nicht einfach einen ihrer Zeitportalfinder geben. Er konnte nicht genau auf den Zeitpunkt programmiert werden, an dem sie Kairo in den siebziger Jahren verlassen hatte.

"Und wenn Melissa an unserer Stelle im Carter Valley auftaucht, gibt's Probleme." Auf jeden Fall brauchten sie Hilfe! Die ganze Sache mit Melissa wuchs ihnen langsam über den Kopf und sie mussten endlich Tafawana finden!

*

Die Kinder konnten nicht einfach über die Straße zur Zitadelle gehen, weil die Wachen, sie sonst wohl sofort festnehmen würden. Deshalb nahmen sie erstmal den Weg in die Stadt und hofften dort in der Menge zu verschwinden. Die Stadtmitte was sehr geschäftig, da alles für die Festlichkeiten vorbereitet wurde.

Sokhar war ein ta-merischer Gott des Ackerbaus, der Patron der Handwerker und Beschützer der Goldschmiede. Zu Ehren des Gottes wurde jedes Jahr nach der ersten Ernte das "Sokhar-Fest" gefeiert. Die Menschen kamen zu diesem Ereignis aus dem ganzen puntischen Kontinent nach Ush-bantoun.

Die Kinder hatten Manassi nicht mehr im Palast gesehen. Wahrscheinlich war er schon gegangen, um mit den fahrenden Händlern auf dem Stadtplatz zu reden. Es waren so viele Menschen auf den Straßen, daß sie auf dem Weg in die Stadt ihre Wachen verloren hatten, die ihnen in einigem Abstand gefolgt waren.

"Wenn wir unsere Sachen hätten, könnten wir jetzt einfach abhauen", sagte Katherine.

"Aber das tun wir nicht, also gehen wir erstmal zum Fest und hauen danach ab." Trevor war erstaunt über all die Stände und Buden, die über Nacht in den Alleen von Ush-bantoun aufgestellt worden waren.

Überall hingen bunte Fahnen in Rot und Grün, und das einst so friedliche Stadtzentrum pulsierte nur so von Besuchern. Banner, die an Holzstangen zwischen den Bronzestatuen hingen, waren mit Hieroglyphen bemalt. *Lang lebe König Osorkon! Sokhar ist stolz auf die Könige von Ta Mery!*

*

Im Per-aa war es dagegen viel ruhiger und Zeit für eine Audienz. Melissa saß auf ihrem mit Gold bedeckten Thron und hatte schon Kopfschmerzen. Sie hatte bereits zwei Boten empfangen und wurde ihrer überdrüssig, während ihr Mann mit den Formalitäten des Festes beschäftigt war. Der Magier stand steif neben ihrem Stuhl und flüsterte ihr ins Ohr.

"Eine Nachricht für Euch, meine Königin. Sie ist von einer gewissen Wichtigkeit." Er machte ein Zeichen in Richtung Tür.

"Raus! Alle raus! Genug für heute", rief Melissa, und

der Saal war im Nu geräumt. Die Männer, die die Tür bewachten, hielten die beiden Flügel weit offen und einer der Boten der Lady von Ush-bantoun betrat den Raum.

Er trug eine lange grüne Tunika, auf deren Rücken das Wappen von Ush-bantoun gestickt war. Er war einer der wenigen Diener der Lady, die Melissa für nützlich hielt.

"Ehrenwerte ... ähm ... Königin Mé-lis-ah, Licht von Osorkon ..." Das Protokoll verlangte, daß er sie mit ihrem vollen Titel ansprach. Streng genommen waren Osorkon und seine Frau weder König noch Königin, aber Mé-lis-ahs schlecht gelauntes Verhalten war bekannt, und der Bote beschloss, sie zu belustigen.

Sie streckte dem Boten ihre juwelenbesetzte Hand entgegen. Der arme Mann sah ziemlich verlegen aus. Was sollte er mit der Hand der Königin tun? Das war nicht üblich. Schließlich streckte er seine Hand auf dieselbe Weise geschickt aus und zog sich zwei Schritte zurück.

Melissa spottete über seine Unwissenheit. "Narr", zischelte sie leise. Sie kämpfte damit, ihre Verachtung für diesen prähistorischen Tölpel in zu bezähmen. Bald würde sie wieder frei sein und konnte kommen und gehen, wie sie wollte.

Der Gedanke erheiterte sie und sie brachte ein perlweißes Lächeln für den schwitzenden Boten zustande. Der fasste sich ein Herz und sprach.

"Eure Hoheit, es wird berichtet, daß Sklavenhändler durch unser schönes Land streifen. Zwei Kinder, eines in Innu und eines in Ush-bantoun, sind seit gestern ganz plötzlich verschwunden. Dann auch noch zwei Brüder aus dem Süden..."

"Ah, Sklavenhändler..." die Königin sprach das Wort genüsslich aus. Plötzlich hatte sie eine brillante Idee. "Gut!"

"Aber Eure Hoheit, das 'Haus der Wahrheit' muss sofort nachforschen. Die Familien sind in Bedrängnis. Wir dürfen keine Zeit verlieren..." Der Bote wurde nervös und stolperte fast über den Saum seines grünen Gewandes. Worauf wartete sie? Er fasste sich schnell und richtete seine Tunika. "Die Lady würde dies natürlich selbst tun..."

"Ach, Blödsinn!" sagte Melissa ungeduldig: "Was für ein Lärm um ein paar nutzlose Kinder...", sie fing sich mit einer eleganten Geste. "Ihr könnt jetzt gehen. Ich werde meine Entscheidung später treffen. Jetzt muss ich mich für die offiziellen Feierlichkeiten fertig machen." Damit beendete sie die Audienz.

Als der verwirrte Bote den Saal verließ, wandte sich Melissa mit einem boshaften Lächeln an ihren Berater.

"Findet mir diese Sklavenhändler", befahl sie ihm. "Ich habe einen Vorschlag für sie, den sie kaum ablehnen dürften."

*

Auf dem Hauptplatz der Stadt, stürzten sich die Zeitreisenden ins Gedränge. Ihre Situation im Palast war zeitweilig vergessen.

Zwei der Stände boten gravierte und bemalte Straußeneier aus Yam an, wo Azurias Maya eine zeitlang verbracht hatte. Yam war auch die Heimat der Nyam Nyam-Pygmäen, die an den ta-merischen Höfen oft als Hofnarren eingesetzt wurden. Leider gab es in Ush-bantoun keine Hofnarren mehr, da sie entweder umgekommen oder geflohen waren. Einige von ihnen waren eindeutig zu groß, um von einem Strauß zu stammen. Sie schlenderten weiter in Richtung Prytaneum, wo ein grimmig dreinblickender Schamane aus dem Lande Zinj Botschaften von einem gefälschten 'sprechenden Stein' interpretierte, um seine Zuschauer zu unterhalten.

Der Schamane behauptete, daß er - und nur er - in der Lage sei, die stummen Antworten des schwarzen Steins auf alle Fragen zu verstehen, die ihm vom Publikum gestellt wurden. Dieser sprechende Stein war angeblich in der Lage, sich ihm gegenüber telepathisch zu äussern. Die Kinder grinsten. Natürlich war dieser Mann ein Scharlatan.

Am nächsten Stand bot eine dunkelhäutige Frau, die einen großen scheibenförmigen Hut trug, Liebesbriefe aus Perlenschnüren an. Sie fädelte die Perlen nach den Wünschen des Kunden auf.

Schwarze Perlen - eine Heirat war beabsichtigt. Grüne Perlen signalisierten einen unverheirateten Status, weiße Perlen, daß der Geliebte zurückgewünscht wurde. Neben dem Perlenladen lagen auf einem Tisch die begehrten Maschru-Stoffe aus Dwarka aus.

Dann gab es da Gewürze und Kräuter in Säcken und Têrakhon-Behältern. Weihrauch, Salz, Garum und exotische Lebensmittel. Ohrringe und Halsketten aus Perlmutt aus der Küstenregion neben goldenen Diademen und Ringen aus dem Osten. Diese waren angeblich so gefertigt, wie die alten Göttinnen sie bevorzugt hatten.

Geflochtene Töpfe, Kalebassen und Amphoren aus blauem Ton mit Griffen in Form von Lotusblumen, feine Hirschledertaschen aus Prydhain und bestickte Schuhe aus Atala waren ebenfalls im Angebot. Jemand bot goldene Äpfel aus Hisbernia an, aber die Zeitreisenden fragten sich, ob sie wirklich echt waren. Ein richtiger orientalischer Basar!

Ein Barde erheiterte das Volk mit einem Lied zum Geklirre seiner Kithara und ein blonder Junge hielt neben ihm große Klappkarten hoch, während sein jüngerer Bruder die Zimbeln im Rhythmus zur Melodie schlug. Die bemalten Karten zeigten eine Geschichte, und der Junge musste jede Karte hochhalten, die zum Lied passte.

Einige Leute standen Schlange, um ihre Zukunft von einem geheimnisvollen puntischen Mann zu hören, der in Felle gekleidet und mit vielen Halsketten behängt war.

Die Zeitreisenden bahnten sich einen Weg durch die Schlange und gingen zu einer Reihe von Ständen auf der anderen Seite des Platzes.

Auf der Veranda des "Hauses der Wahrheit" sollte später eine Rede des Herrschers von Ush-bantoun stattfinden. Die breite Treppe vor dem Gebäude war bereits abgesperrt und gerade, als Chryséis drei Dutzend durchsichtige Perlen kaufen wollte, ertönte ein durchdringendes Trompetensignal. Der König und die Königin waren eingetroffen.

Dumpfe Trommelwirbel erdröhnten im Hintergrund.

Die Menge murmelte vor Bewunderung und versammelte sich um das "Haus der Wahrheit". Die Kinder fanden einen Platz hinter der Menge, als die Trompeter um Stille aufriefen. Das Murmeln und der fröhliche Lärm des Festes verstummten augenblicklich.

Am Prytaneum begann eine Prozession über den Platz. Der Wzir in seiner regalen Tracht, schritt voran und klopfte mit seinem bemalten Stab energisch auf den Boden. Hinter dem Wzir bewegten sich andere Beamte auf das "Haus der Wahrheit" zu. Es folgten königliche Würdenträger in pelzbesetzten Uniformen und jeder von ihnen trug ein Ornament in seiner durchbohrten Nase.

Zu den Klängen einer einzelnen Trommel stellten sich die Beamten um die beiden Throne auf der breiten Veranda auf. Dann schritt der König, die Hand seiner Frau haltend, auf die Veranda zu. Die Menge jubelte, als Osorkon und seine Königin, von Dienern gefächelt, vorbeischritten. Melissa trug ein gold-schimmerndes Kleid, das vor Juwelen nur so triefte, und ein geflecktes Rinderfell um die Schultern, als Zeichen ihrer Würde. Ein geflecktes Damhirschfell war dem König selbst vorbehalten.

König Osorkon, der Häuptling des Cuma-Volkes, genoss die öffentliche Aufmerksamkeit. Der König war noch immer ein gut aussehender Mann mit braunem Haar und haselnussbraunen Augen. Seine Untertanen fanden ihn sehr beeindruckend, trotz des Bäuchleins, das er sich durch den Genuss von viel Gerstenbier zugelegt hatte.

Das Paar ging die Treppe hinauf und stellte sich vor den Thronen auf. Als er so in einer einfachen weißen Tunika, ein geflecktes Hirschfell um die Schultern, vor seinen Untertanen stand, wurde der König als Vertreter des Gottes Sokhar bejubelt.

Er schien zu warten. Wo war die gute Lady von Ush-bantoun? Wie es der Brauch verlangte, hätte sie der Zeremonie mit all ihren Jungfern beiwohnen müssen. Stattdessen sang seine Frau, die Königin, ein Lied für ihren gottgleichen Gatten, der dann dankbar seine Arme um sie schlang.

Warum war die ehrenwerte Lady nicht wie sonst bei der Prozession dabei? Ein Gemurmel erhob sich in der Menge, während der Wzir die übliche Einleitung gab.

"An diesem glückverheißenden Tag im ersten Monat des Sommers, am achtzehnten Tag im siebenunddreißigsten Jahr des Erscheinens von König Osorkon, Sohn von Bok-en-Raf I., Sohn von König Sutekh, Sohn von König Pentaware..." Der Wzir fuhr fort, die Abstammung von sechs Generationen monoton zu rezitieren. "...Herrscher des Nome of Kem mit Per-aa Residenz in der wohlhabenden Stadt Ush-bantoun und seiner Königin Mé-lis-ah, mose Magdi el Essy Pa Cairo, Mery-en-Neith... ", was so viel bedeutete wie Königin Mé-lis-ah, "geboren von Magdi el Essy aus Kairo, geliebt von der Göttin Neith - die erste erhabene Königin von Ta Mery, dem "Geliebten Land" -... das waren offenbar Melissas offizielle Titel.

Die Stimme des Wzir rezitierte weiter, und Katherine und Trevor begannen, schläfrig zu werden, wie auch einige Leute in der Menge.

"... an diesem siebten Fest während der Herrschaft unseres gesegneten Herrschers Osorkon zu Ehren von Sokhar, dem glorreichen Gott des Ackerbaus und..." Als der Wzir seine Einleitung beendet hatte, begann Osorkon nach viel pompösem Stabstampfen und Trommelwirbel seine Rede.

Die Zeitreisenden wurden wieder hellwach.

Osorkon sprach davon, daß gewöhnliche Kieselsteine unter den Edelsteinen fehl am Platz seien. Blauer Stein dürfe nicht mit gewöhnlichem Kies vermischt werden, mit dem trockene Flussbetten übersät wären. Er meinte damit natürlich, daß Adlige sich nicht unter das einfache Volk mischen sollten, aber die Zeitreisenden verstanden diese Allegorie nicht.

Chryséis fragte sich, was dieses ganze Gerede über Steine mit der Ansprache bei einem solchen Fest zu tun hatte. Vielleicht handelte es sich um irgendeine Tradition. Das Gemurmel der Menge nahm zu und ebbte wieder ab. Die Lady der Zitadelle repräsentierte die Erdmutter und hätte zu ihnen sprechen müssen. Viele waren verärgert.

Kinder warfen nun mit vollen Händen Blumen in die Luft, und die Einwohner von Ush-bantoun taten ihr Bestes, um den hochmütigen Charakter ihrer exzentrischen Königin zu ignorieren. Es stand ihnen nicht zu, die zu kritisieren, die den Göttern nahe standen.

"Es gibt keinen Stern, der tagsüber heller und wärmer scheint als die Sonne selbt. Ebenso ist kein Fest großartiger als das 'Fest des Sokhar'. Lasst das Fest beginnen," eröffnete der König schließlich die Feierlichkeiten mit einer auschweifenden Handbewegung.

Dunkelhäutige Kleine Leute strömten über den zentralen Platz. Sie führten seltsam aussehende Tiere vor, die aus ihrer Heimat stammten. Sie sahen ganz so wie Reptilien aus, mit ihren grün und braun gepunkteten Rücken. Diese Dwendis hatten bemalte Gesichter und sahen selbst ganz so wie Reptilien aus. Es folgte eine Gruppe von Gauklern. Zwei sich bewegende Dreierpyramiden, deren oberste Männer sich gegenseitig blitzschnell Gegenstände zuwarfen, erregten viel Aufmerksamkeit.

"Wow, die sind gut. Sie haben nichts fallen lassen," sagte Trevor. Eine Frau neben ihm beobachtete die Kinder aus den Augenwinkeln. Was für eine Sprache war das denn? Vielleicht war es ja etwas, das man dem Magier melden sollte...

Ein junger Mann packte Katherine lachend von hinten - und fiel einem gut platzierten Karateschlag zum Opfer. Verblüfft über den glühenden Blick in ihren Augen entschuldigte er sich, offensichtlich hatte er einen Fehler gemacht. Zwei ta-merische Mädchen starrten Katherine an. Freute sie sich nicht über die Aufmerksamkeit, die der junge Mann ihr zu diesem freudigen Anlass schenkte?

"Was glotzt ihr so?" Katherine schnauzte sie scharf an. Sie vermutete, daß der junge Mann ihr die Hüfttasche hatte klauen wollen, genau wie der Straßenräuber damals in Kem-Oun.

"Das ist doch nur ein Spaß...", sagte eines der Mädchen.

"Oh nein - das ist es nicht! Geht und vergnügt euch woanders."

Ein blauer Vogel auf dem Fuß einer Statue neben Trevor neigte den Kopf und sah sie an.

Trevor und Chryséis gingen mit Katherine fort. Das Letzte, was sie brauchten, war eine Menschenmenge, die sich gegen sie stellte. Auf dem Platz wimmelte es nur so von Künstlern, Musikern und Zuschauern. Was für ein Getöse! Niemand folgte ihnen oder schaute die Kinder an, als sie in eine der Seitengassen gingen.

"Susinku die Sandleserin,
Gigantisch an Statur,
Gigantisch an Genauigkeit".

Das Schild lehnte an der Wand einer Jurte. Katherine hatte sich gefangen und war neugierig. "Eine Sandleserin? Wie liest man denn Sand?"

"Wahrscheinlich hat es etwas mit Teeblättern in einer Tasse zu tun, oder sowas..." meinte Trevor. "Wozu brauchen die Leute in diesen Zeiten überhaupt noch Wahrsager? Ich dachte, die könnten Gedanken lesen."

"Das ist nicht gerade dasselbe wie in die Zukunft sehen, oder?" sagte Katherine. "Jedenfalls hat die Lady von Sydonia erklärt, daß viele Leute nur allgemeine Stimmungen lesen können und nicht wirkliche Gedanken lesen."

"Willst du dir das mal genauer ansehen?" Chryséis wandte sich dem Zelteingang zu. "Oh, sieh mal, sie hat eine Kundin da drin." Es war eine Matrone in einem blassrosa Sari. Susinku, die riesige Sandleserin, ließ prompt den Vorhang vor dem Eingang herunter.

Die Kinder spähten durch einen Spalt in der Filzdecke. Goldene Ringe klirrten an den Ohren und Armen der Kundin und die Matrone wurde aufgefordert, ihre Hände in eine flache Metallschale mit feinem weißen Sand zu stecken. Sie berührte den Sand und ließ ihn durch ihre Finger laufen. Dann legte sie ihre mit Juwelen geschmückten Hände für eine Weile flach auf den Sand, hob sie schnell wieder an und schüttelte den überschüssigen Sand ab.

Susinku, die riesige Sandleserin, nahm einen geheimnisvollen Gesichtsausdruck an und bückte sich, um den Sand zu untersuchen. Die Kundin nickte ab und zu. Schließlich wurde Susinku mit ein paar kleinen grünen Federn bezahlt und die Matrone verließ die Jurte.

Als die Riesin ins Zelt zurückging, fiel ihr Blick auf Trevor. *Der würde einen guten Braten abgeben,* dachte sie. Dann sah sie Chryséis. Schade, daß das Mädchen ein Albino war, ansonsten war sie recht hübsch und hatte zweifellos zartes Fleisch. Sie wusste, daß Kannibalismus seit der Zeit von Osiris verboten war und, daß diejenigen, die zu den alten Bräuchen zurückkehrten, bestraft wurden. Aber alte Gewohnheiten liessen sich nur schwer abwerfen.

Chryséis fühlte sich unter den Blicken der Frau unwohl und drängte ihre Freunde, weiterzugehen. Sie verließen das Stadtzentrum und gingen eine schmale Gasse hinunter. Am südlichen Ende der Gasse befanden sie sich auf einem grünen Damm entlang des großen Nila-Flusses.

In weißes Leinen gekleidete Männer hatten sich hier versammelt, um ihre Kräfte in verschiedenen Sportarten zu messen. Sie rangen miteinander und rannten um die Wette, warfen Baumstämme und hoben Steine empor. Die meisten Teilnehmer waren ziemlich groß, fast schon Riesen und wohl ziemlich stark.

Die Kinder sahen fasziniert zu und beschlossen, daß es noch viel zu früh war, um zum Palast zurückzukehren.

▶▶▶ 16 DIE MAGISCHEN AMULETTE

Währenddessen saß die Lady von Ush-bantoun traurig in ihrem Turm, abgeschirmt gegen Gedankenübertragung und jeden Kontakt mit der Außenwelt.

Unten standen Palastwachen, um Menschen fernzuhalten, und niemandem war es erlaubt, das Gebäude zu verlassen. Aber in der Zitadelle gab es keine Spur von Krankheit. In den Räumen, die die Lady von Ush-bantoun mit ihren Jungfern bewohnen musste, waren nur wenige Annehmlichkeiten gestattet.

Tafawana von Hyela war immer noch ganz außer sich. Der Turm war auch für sie zum Gefängnis geworden, als sie am Vortag versucht hatte, die Lady zu besuchen. Andere Jungfern und Zitadellen-Personal waren bereits verschwunden, als sie versuchten, zu fliehen oder andere Ladys im Lande zu kontaktieren. In den kegelförmigen Gebäuden, die die Zitadelle umgaben, hielt sich die loyale Dienerschaft auf. Sie warteten darauf, daß bessere Zeiten kamen, aber andere waren in den Palast eingezogen und dienten nun einer anderen Herrin.

Die Lady von Ush-bantoun erhob sich von ihrem Stuhl. "Bist du dir sicher, Mingio?" wandte sie sich an ihre vertrauteste Jungfer.

"Lady, mir wurde versichert ...", begann Mingio.

"Ja ... dann müssen wir schnell handeln, meine Freundin. Diese armen Kinder. Sie sind durch die Zeit gereist, haben Schiffbruch erlitten... und jetzt versuchen Mé-lis-ah und der Zauberer, sie für ihre eigenen Zwecke zu benutzen. Wir müssen sie warnen. Im Palast ist es zu gefährlich für sie."

"Ush-bantoun ist zu einem gefährlichen Ort geworden,

ehrenwerte Lady. Die 'Grillen' der Königin haben dafür gesorgt. Osorkon ist von Mé-lis-ahs Zauber oder ihren Tränken behext. Er hört nicht auf seine Ratgeber und es ist zu einem Spiel auf Leben und Tod geworden, den Herrscher überhaupt zu beraten", beklagte eine ältere Jungfer.

"Ich weiß, ich weiß", meinte die Lady. "Und es bricht mir das Herz, daß es so weit kommen musste. Ich hätte es sofort wissen müssen, als ich von Mé-lis-ahs kleinem Geheimnis erfuhr. Aber jetzt ist es zu spät für Klagen. Sorge dafür, daß der kleine Pepi den Kindern eine Nachricht überbringt, während sie in der Stadt sind. Wir müssen es wenigstens versuchen."

"Viele erhalten während des 'Festes von Sokhar' Geschenke auf den Straßen, Lady. Pepi wird sein Bestes tun," versicherte ihr die Jungfer Mingio.

"Er muss aufpassen, daß er keinen Verdacht erregt. Mé-lis-ahs Spione lauern an jeder Straßenecke", seufzte die Lady.

"Oh, ich wünschte, wir könnten der Lady von Innu eine Botschaft schicken, damit sie uns in unserer Notlage hilft..." sagte Mingio.

"Der kleine Pepi ist ein kluger Junge, Lady. Er wird wissen, was in diesem Fall zu tun ist. Der Erdmutter sei gedankt, daß er aus dem Per-aa geflohen ist."

"Er muss aber vorsichtig sein, wir wollen ihn schliesslich nicht auch verlieren."

*

Inzwischen unterhielt eine Gruppe von Riesen aus Keftiu die aufgeregte Menge auf der grasbewachsenen Uferböschung am Nil.

Sie bauten menschliche Pyramiden, und sobald ein kleines Kind auf der letzten Stufe balancierte, stürzte der Turm in ein lachendes Gewirr von Armen und Beinen in sich zusammen.

Ein Riese von der Insel Kibris führte Zaubertricks vor. Sein Kopf war mit einem violetten Turban bedeckt und sein Gewand mit glanzvollen magischen Symbolen bestickt. Es war eine unterhaltsame Vorstellung. Der Armreif einer Frau verschwand aus den Händen des Magiers, und gerade als die streitlustige Frau ihn verfluchen wollte, tauchte der Armreif wieder auf. Auf dem kahlen Kopf eines ahnungslosen Zuschauers. Die Menge applaudierte eifrig.

"Wie hat er das denn gemacht? Das war ja der Wahnsinn!" sagte Chryséis, während sie klatschte.

"Das muss ein Trick sein, um das Auge zu verwirren. Habt ihr David Blaine im Fernsehen gesehen? Diese Zauberer sind wirklich schnell."

Katherine war nicht so leicht zu beeindrucken.

"Ja, aber ein guter."

Die Palastwache, die den Auftrag hatte, den Kindern zu folgen, hatte sie durch reines Glück in der Menge wiederentdeckt und behielt sie genau im Auge. Die Kinder waren zu sehr von dem Spektakel um sie herum gefangen, um ihn zu bemerken. Ein kleiner buckliger Mann mit einer furchterregenden Maske mimte nun zur Belustigung des Publikums die Bewegungen neben dem riesigen Magier nach. Der Riese knurrte in spielerischer Verachtung und alle brüllten vor Lachen.

Die Kinder bewegten sich mit der Menschenmenge weiter und glotzten unhöflich auf einige exotisch aussehende Besucher mit dicken Nasenringen. Eine alte Frau, die an der Straßenecke Amulette verschenkte, näherte sich den drei Kindern. Die Zeitreisenden wussten es nicht, aber sie war eine Dienerin des Zauberers im Palast von Ush-bantoun. Drei identische Amulette, die sie hinter ihrer langen Schürze hervor gezogen hatte, baumelten plötzlich an ihrem Arm. Als sie versuchte, Katherine ein Amulett um den Hals zu hängen, wich das Mädchen instinktiv vor ihr zurück.

Die Hexe schenkte den Kindern ihr bestes, anerkennendes Lächeln. "Welch charmante Bescheidenheit!", rief sie. "So selten zu beobachten bei jungen Leuten heutzutage."

Es gelang ihr, die beiden anderen Amulette über Trevors und Chryséis' Köpfe zu ziehen und sie klatschte erfreut in ihre faltigen Hände. "Es sind Glücksbringer. Nur

Glücksbringer, Athenai."

Wie schade, daß das fremde Mädchen ein Albino war, dachte sie und starrte auf Chryséis' hellblonde Zöpfe und ihren hellen Teint. Nicht mal die Königin war derart hell.

Chryséis zuckte unter den Blicken der alten Frau zusammen.

"Du mein Blümchen, bist ein glückliches Mädchen", gackerte sie. "Ein junger Prinz, bedeutend und schön, wird dich bald zur Frau begehren", schmeichelte sie ihr.

"Von wegen", sagte Chryséis und ging davon.

Die Palastwache nickte der alten Frau zu, um ihr zu signalisieren, daß sie jetzt gehen sollte. Sie hatte ihre Arbeit getan. Er nahm sich eine Minute Zeit, um die tanzenden Pygmäenmädchen von Yam zu betrachten, dann drehte sich der Wächter, der den Befehl hatte, die drei Kinder nicht aus den Augen zu lassen, für einen Moment um. An einem der Essensstände kaufte er ein gerolltes Brot, belegt mit Oliven und Käse und gefüllte Auberginen. In diesem Moment kam ein Junge, kaum zehn Jahre alt, auf die drei Kinder zu. An seinem Arm hingen ein paar Amulette, die er den Zeitreisenden mit übertriebenen Gesten anbot.

"Meine Güte, diese Leute sind von Amuletten besessen ", stöhnte Trevor und schüttelte den Kopf.

"Schelanti Freund Trevór", sagte der Junge. Die Jungfer Mingio hatte ihm aufgetragen, was er sagen sollte. "Wir haben nicht viel Zeit. Hört gut zu. Die Lady von Ushbantoun ist mit all ihren Jungfern gefangen und auch... Tafawana. Mirá athenai, diese Amulette, die die alte Frau euch gegeben hat, sind Peilsender..."

Trevor war verblüfft. Woher kannte der Junge seinen Namen? Die Lady und Tafawana wurden gefangen gehalten? Es gab Peilsender?

Der Junge hob die Hand, um ihn daran zu hindern, weiter zu sprechen und schaute in die Richtung des Wächters. Der war gerade damit beschäftigt, Essen zu kaufen. Gut. Ein Feuerbläser, der nun zum Getöse massiver Zimbeln auftrat, lenkte den Wächter noch mehr ab.

"Keine Zeit für Fragen, Athenai", sagte der Junge einfach nur. "Mein Name ist Pepi, die Lady von Ushbantoun schickt mich. Ihr seid in großer Gefahr. Streift diese Amulette ab und nehmt dafür diese hier an."

"Und wenn es ein Trick ist?" warnte Katherine Trevor.

"Das glaube ich nicht", antwortete er. "Der Junge ist ziemlich überzeugend."

"Es ist wichtig", sagte Pepi und wunderte sich über die seltsame Sprache, die die Kinder benutzten.

Sie übergaben ihm ihre alten Amulette mit dem 'Geheilten Auge' ohne Widerspruch. Pepi nahm die Peilsender und hängte den Kindern die neuen Amulette um den Hals. Sie sahen genauso aus wie die alten.

Pepi sah sich um, um sicherzugehen, daß sie nicht beobachtet wurden, und drückte Trevor schnell ein gefaltetes Stück Pergament in die Hand.

"Eine Nachricht von... der Lady. Sage niemandem etwas davon." Er legte sich den Finger auf den Mund: "Sucht meine Schwester Nedjem im Palast auf, wennn ihr zurückkommt. Sie wird es Euch erklären."

Der Junge verschwand in der Menge und beäugte kurz die kleinen tanzenden Mädchen aus Yam. Er überzeugte drei der Zuschauer, die Amulette anzunehmen, die er den Kindern abgenommen hatte, und legte sie ihnen um den Hals. Dann war er plötzlich verschwunden.

"Warum haben wir ihm eigentlich vertraut?" fragte Katherine.

"Weil er weiß, wer wir sind, und wir haben dieser alten Frau nicht getraut", sagte Chryséis, "oder Melissa und ihrem Zauberer..."

"Bei Melissa habe ich ein mulmiges Gefühl. Denk nur an ihre Zeitreisegeschichte und so weiter. Wenn es stimmt was der Junge gesagt hat, dann sind die ganzen Jungfern zusammen mit der Lady im Turm eingesperrt."

"Wisst ihr noch, wie Melissa uns sagte, daß Tafawana die Lady besucht hat und deshalb in Quarantäne bleiben musste? Das heißt doch wohl, daß sie auch im Turm gefangen gehalten wird", sagte Trevor.

"Okay, vielleicht haben wir genug vom Fest gesehen und sollten zurück gehen", sagte Chryséis. "Wie müssen jetzt irgendwas tun."

Als der Wächter sich umdrehte und seine leckere Brotrolle aß, sah er, daß die Kinder immer noch ihre Amulette trugen. Im nächsten Moment waren sie fort und besahen sich wahrscheinlich die nächste Vorstellung. Er war nicht allzu besorgt, weil er ihnen nun überall hin folgen konnte. Zumindest dachte er das.

Währendessen schlängelten diese sich durch die Menge und sahen kurz Pepi wieder, wie er den Zuschauern zulächelte und ihnen seine restlichen Amulette um den Hals legte. Ein paar andere Kinder taten dasselbe mit gewöhnlichen glückbringenden Talismanen.

Pepi sah zu den Zeitreisenden hinüber und zwinkerte ihnen zu.

▷▷▷ 17 DIEBE IM PALAST

Sie kehrten in den Palast zurück als es zu regnen anfing und hofften, Melissa dort nicht zu begegnen. Als sie die Treppe hinaufgingen, wurden sie allerdings von einem der wuselnden Diener der Königin abgefangen.

"Na toll", brummte Katherine. "Pech gehabt."

Sie hatten keine andere Wahl, als dem jungen Mann in die Gemächer der Königin zu folgen, wo Melissa an einem kleinen Tisch saß und mit ihrem Schmuckkästchen beschäftigt war. Sie nahm ein hübsches Schmuckstück nach dem anderen heraus, nur um es dann wieder in die Schatulle zu legen. Es war niemand sonst im Raum und die Kinder warteten still ab.

"Oh, wie ich es vermisse, in Kaufhäuser zu gehen...", sagte sie endlich. "Shopping macht Spaß". Hatte sie einen ihrer abgefahrenen Momente?

"Aber... ihr habt hier doch so viel mehr." Chryséis versuchte, ihr zu schmeicheln. "Ich meine, schaut euch das alles hier an. Die tollen Kleider, die Ihr tragt, und all diese wunderbaren Dinge..."

"Ja, ich weiß", sagte Melissa selbstgefällig. Sie sprach mehr zu sich selbst im Spiegel als zu ihren Gästen. "Du hast nicht zufällig Lippenstift dabei?"

"Ehm nein - ich bin erst elf," sagte Chryséis

"Ach, schade. Kommt, setzt euch neben mich, meine kleinen Schwestern", gurrte Melissa. "Ich will euch meine Sachen zeigen."

Katherine und Chryséis begannen, auf den Tisch zuzugehen.

"Nicht du", fuhr Melissa Katherine an. Katherine erstarrte. Was war denn jetzt das Problem?

"Wie kannst du meine Schwester sein mit deiner olivfarbenen Haut und deinem dunklen Haar? Die kleine Blonde sieht so aus wie ich."

Das war zu viel für Chryséis. *Wie konnte diese Frau es wagen, ihre beste Freundin zu beleidigen? Wie konnte sie nur so etwas Dummes sagen? Kleine Schwester... Quatsch!*

Sie hielt der Königin eine Standpauke. Melissa wurde blass um die Nase und starrte ihren wütenden jungen Gast an. Sie hatte sich einen angenehmeren Besuch erhofft, und daß es ihr gelingen würde, die Kinder von einander zu trennen.

Katherine und Trevor starrten sie an. Das war nicht gut, ganz und gar nicht gut! *Chris, halt die Klappe*, Trevor konzentrierte sich sehr stark auf das Mädchen und hoffte, daß seine telepathischen Fähigkeiten dazu ausreichten. *Melissa ist doch nicht Holly Benson.*

Chryséis verstand die Botschaft und verstummte auf der Stelle.

Melissa hatte Mühe, sich zu beruhigen. "Wie kannst du es wagen! So eine Unverschämtheit! Ich denke, es ist besser, wenn ihr jetzt alle auf euer Zimmer geht. Es wird natürlich eine Strafe geben... Ihr dürft euer Zimmer nicht verlassen, bis... bis ihr zum Abendessen gerufen werdet. Dann werden wir weitersehen..." Ihr Tonfall war drohend.

Sie hatte genug von ihrem eigenen Spiel – so machte das keinen Spaß. Diese Bälger waren ihr ohnehin nicht mehr von Nutzen. Ihr Plan wurde ja schon in die Tat umgesetzt.

"Gut gemacht, Chris", murmelte Trevor, als sie wieder in ihrem Schlafraum waren.

Der Regen hatte aufgehört und die Mondsichel lugte hinter dünnen Wolkenfetzen hervor. Das Sonnenlicht war bereits in der Abenddämmerung verblasst, daher kamen Wachen ins Zimmer und zündeten Öllampen an den Zimmerwänden an, bevor sie den Raum schweigend wieder verließen.

"Danke, daß du mich verteidigt hast, Chris, aber du solltest dich nicht so von ihr ärgern lassen", sagte Katherine als die Wachen fort waren.

"Was? Du meinst, sie darf so mit uns reden?" fragte Chryséis hitzig.

"Nein, natürlich nicht", antwortete ihr Trevor. "Aber welche Wahl haben wir? Warte mal... wo ist denn mein Rucksack?" Seine Hände tasteten auf dem Boden unter dem Bett herum.

"Meiner ist auch weg", rief Katherine entsetzt. Man war also doch in ihr Zimmer eingebrochen. Fast alle ihre Sachen waren weg! Nur die Schlafsäcke auf den Betten waren noch da und ihre Zahnbürsten waren noch im Bad.

"Während wir uns also auf dem Festival vergnügt haben, hat Melissa unsere Sachen gestohlen. Ich kann es kaum glauben!" flammte Chryséis wieder auf. "Wir konnten wir so doof sein und glauben, daß sie es nicht tun würde?"

"Ich bin mir sicher, es war dieses Wiesel von einem Magier ... oder sein schleimiger Handlanger ..." Trevor stapfte zwischen der Badezimmertür und den Betten hin und her wie ein Tiger in seinem Käfig.

Chryséis wollte am liebsten durch den Geheimgang stürmen und Melissa erneut zur Rede stellen, aber das war bestimmt nicht die beste Idee. Die Tür zum Gang war sowieso verschlossen und sie schrie auf vor lauter Frust.

"Chris, du hörst jetzt auf auf zu schreien!" Katherine war kurz davor, selbst die Fassung zu verlieren. "Was ist, wenn die Wachen uns hören und reingerannt kommen?"

"Unsere Zeitportal-Sucher! Unser Palmtop-Computer und unsere Kleidung, einfach ... alles ... oh nein, unser Palmtop ist auch weg!"

Chryséis hätte heulen mögen, aber sie biss sich auf die Unterlippe und schluckte. Es hätte fast geklappt. Nur eine kleine Träne entkam. "Ich will nur noch nach Hause," schluchzte sie. "Oh, wie ich diesen blöden Ort hasse!"

"Reiß dich zusammen, Chris. Das hilft uns auch nicht weiter", sagte Trevor. Er ärgerte sich auch, aber sie mussten ruhig bleiben, um einen Weg finden, ihre Sachen wieder zu bekommen und von hier zu fliehen. Und zwar so bald wie möglich.

"Warum haben sie das nur getan?" fragte Katherine.

"Melissa ist natürlich hinter einem Zeitportal-Sucher her." Trevor ballte und seine Fäuste und entspannte sie wieder. "Wahrscheinlich hat sie beschlossen, in unserem Zimmer ein bisschen shoppen zu gehen. jetzt hat sie drei."

"Wie sollen wir ohne unsere ZPS wieder nach Hause kommen?" Chryséis schien sich langsam zu beruhigen, aber jetzt regte Katherine sich auf.

"Sie werden uns niemals gehen lassen. Wir kommen hier nie wieder raus. Wir hätten zurück in die Zukunft gehen sollen. In Sydonia..."

"Wovon redest du, Katie?" sagte Trevor. "Wir sind schon sooo weit gekommen! Wir sind durch die Zeit gereist und haben einen Krieg mit üblen Riesen überlebt, einen Angriff mit Seeungeheuern, den Schiffbruch... weißt du das noch? Klar werden wir hier rauskommen. Wir müssen nur einen Weg finden. Wir haben ja noch unsere VUs."

"Ja, das ist wahr", sagte Chryséis. Sie trugen die Haarreifen. Außerdem hatten sie auch die Hüfttaschen mit allen möglichen nützlichen Dingen dabei.

"Melissa könnte mit ihrem unheimlichen Zauberer schon auf dem Weg ins Carter Valley sein", rief Katherine.

Trevors Gesicht hellte sich auf. "Sie weiß ja garnicht nicht, wie man unsere ZPS benutzt."

"Sie wird es herausfinden. Selbst wenn sie aus den siebziger Jahren stammt, wird sie wissen, wie man einen Knopf drückt", sagte Chryséis kleinlaut.

"Ja, aber welchen? Es ist möglich, daß sie nur ein Gerät genommen hat und es waren drei. Sie wird ja nicht alle drei brauchen, um in die Zukunft zu reisen."

"Wir könnten uns unsichtbar aus dem Raum schleichen - und den Palast durchsuchen", schlug Katherine vor. Sie war wieder ruhiger.

"Und wo würdest du anfangen zu suchen? Ich würde sagen, wir schaffen es bis zur nächsten Zitadelle und fragen dort um Hilfe," meinte Chryséis.

"Und wie kommen wir an den Wachen vorbei? Die müssen inzwischen in höchster Alarmbereitschaft sein und vielleicht können sie uns sogar unsichtbar am Tor entdecken."

"Können wir nicht eine telepathische Nachricht schicken?" fragte Chryséis.

"Ich glaube, das Gebäude könnte abgeschirmt sein. Oder schlimmer noch, sie könnten die Gedankenübertragung auffangen. Und wer weiß, was Melissa dann mit uns machen wird." Trevor setzte sich auf sein Bett. Das war garnicht so einfach, aber wenigstens waren sie jetzt dabei, eine Lösung zu finden.

"Nein, es ist besser, wenn wir versuchen, auf eigene Faust hier rauszukommen", entschied Chryséis. "Dann können wir wieder die Lady von Sydonia kontaktieren. Sie wird wissen, was zu tun ist." Die alte Chryséis war fast wieder zum Vorschein gekommen.

"Warum haben wir das nicht schon längst getan?" sagte Trevor. "Wir hätten Melissa niemals auch nur ein bisschen trauen dürfen!"

"Oh je, ich bin zu jung für sowas", stöhnte Katherine. "Das ist einfach zuviel!"

"Kleines, du bist auch viel zu jung zum Zeitreisen." Chryséis zog den Gurt des Schlafsacks fester. "Also komm damit gefälligst klar."

"Das ist was ganz anderes." Katherine schob ihre Unterlippe vor.

"Nein, ist es nicht!" beharrte Chryséis.

"Und wer hat gerade einen Wutanfall bekommen?" fragte Katherine.

"Ich weiß nicht wovon du redest ..."

"Ach, hört schon auf, ihr zwei! Ich kann nicht nachdenken, wenn ihr euch zankt." Trevor hatte das Gefühl, daß er etwas vergessen hatte. "Wir müssen die Lady kontaktieren. Der Junge auf dem Markt hat etwas gesagt ... warte."

Trevor hatte fast die gefaltete Nachricht vergessen, die Pepi ihm auf dem Fest zugesteckt hatte. Er suchte in seiner Hosentasche danach. "Natürlich, das ist es! Der Junge sagte, es sei eine Botschaft von der Lady von Ush-bantoun."

"Los, mach die Nachricht auf!" rief Katherine.

Trevor faltete das Stück Pergament auf und - schaute verwirrt darauf. Es waren Zeichen darauf oder vielmehr Bilder, wie Hieroglyphen. Aber die Zeitreisenden hatten keine Ahnung, was sie bedeuteten.

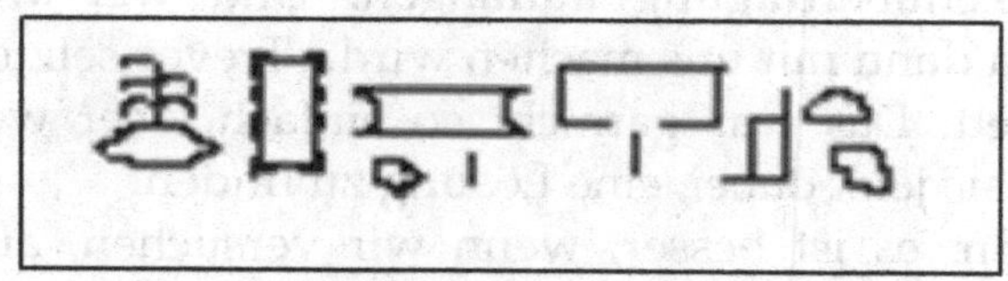

"Ätzend, wir können die Nachricht nicht lesen. Was jetzt?"

"Ich glaube, ich weiß, was zu tun ist", sagte Katherine. "Pepi meinte, daß er eine Schwester im Palast hat. Wie war ihr Name gleich? Nedjem oder so ähnlich. Er sagte, sie könnte es uns erklären."

"Dann werden wir eben diese Nedjem finden. Danach gehen wir zur Zitadelle und fragen die Lady von Ush-bantoun um Rat. Und Tafawana ist ja auch dort." Trevor zuckte mit den Achseln.

"Wie wollt ihr das machen? Wir kommen ja nicht mal aus diesem Zimmer raus."

Sie überlegten einen Moment und hatten bald einen brauchbaren Plan.

Katherine öffnete die schwere Zimmertür und bat den Wachmann draußen freundlich: "Bitteschön, guter

Wächter, sorgen Sie dafür, daß die Jungfer Nedjem zu uns geschickt wird, um beim Baden zu helfen."

Die Wache schien hilfsbereit zu sein. Die Königin konnte manchmal sehr streng mit den Menschen sein, und dies waren nur Kinder.

Er bemerkte nicht, wie sich ein unsichtbares Kind barfuß an ihm vorbeischlich. Trevor stahl sich die Treppe hinauf in die Richtung des Schlafgemachs der Königin. So weit so gut.

Da gab es nur einen Haken: leider hatte die Wache Katherines Bitte missverstanden. Statt der Jungfer Nedjem rief er eine Frau namens Nedjes herbei.

Bald darauf öffnete eine kleine schwarzhaarige Frau, die als Dwendi hätte durchgehen können, schüchtern die Tür. Da sie Pepis Schwester noch nie begegnet waren, wussten die Kinder es jedoch nicht besser.

Nedjes war eine Wäscherin und kannte die Kinder ein wenig, aber nicht genug, um zu merken, daß eines der Kinder fehlte.

Sie war überrascht, als die Mädchen ihr Grüße von einem jüngeren Bruder überbrachten und sie dann baten, ihnen zu sagen, was auf dem Zettel stand. Sie hatte nur einen Bruder, der älter war als sie.

"Ich kann Schriftzeichen nicht sehr gut lesen", sagte sie, "aber ich werde es versuchen." Die kurze Botschaft war nicht allzu schwierig. Nedjes las sie zögernd. "Kommt und wartet ... südlich der Festungsmauer an ... der Wasserstraße bei ... beim 'Haus von Iset'."

"Bist du sicher, daß das in der Nachricht steht?"

"Ja, es ist alles da. Ich bin mir sicher," sagte die Wäschefrau.

Die Mädchen sahen sich schweigend an und dankten Nedjes.

Sie baten sie, ihnen zu zeigen, wie man das Bad einlaufen liess, damit der Wächter keinen Verdacht schöpfe. Dann verließ Nedjes das Turmzimmer und nickte der Wache bedeutungsvoll zu.

Trevor schaffte es gerade noch rechtzeitig, sich wieder an der Dienerin vorbei ins Zimmer zu drängen, bevor die schwere Tür sich hinter ihm schloss. "Und?" Fragte er und machte sich wieder sichtbar.

"Nun, sie sagte, daß auf dem Zettel steht: Kommt und wartet, südlich der Festungsmauer an der Wasserstraße beim 'Haus von Iset'", antwortete Katherine.

"Woher sollen wir wissen, wo das ist?"

"Wir werden es schon irgendwie herausfinden. Hast du denn was gefunden, Trev?" fragte Chryséis ihn.

Die Antwort war nicht sehr positiv. "Nirgendwo auch nur eine Spur von unseren Rucksäcken, auch im Thronsaal nicht."

"Na toll. ich frage mich, was sie damit gemacht haben." Chryséis sah auf ihre Uhr. Die Zeit verging wie im Flug!

"Wenn wir noch vor dem Abendessen hier wegkommen wollen, sollten wir uns beeilen!" sagte Trevor.

Mit seinem Schweizer Taschenmesser, das er immer in seiner Hüftttasche dabei hatte, riss er eines der dicken Leinentücher in breite Streifen, während aus dem breiten Froschhahn im Badezimmer lautstark ein kleiner Wasserfall erklang. Sie knoteten die Streifen zu einem langen Seil zusammen.

"Ich habe Hunger", maulte Chryséis.

"Ach komm, jetzt doch nicht!" Sagte Katherine irritiert. "Ich habe etwas getrocknetes Fleisch in meiner Tasche. Wir können es später essen."

Trevor tastete seine Brusttasche ab. Wenigstens war die Digitalkamera noch da! Er schloss den Knopf und zog den letzten Seilknoten fest. Dann rollten die Kinder ihre Schlafsäcke zusammen und schnallten sie sich auf den Rücken.

Sie testeten die Unsichtbarkeitsgeräte und stopften was sie noch hatten, zusammen mit ein paar Seifen aus dem Badezimmer in die Hüfttaschen. Das Saurierleder-Portemonnaie der Lady von Sydonia, hing noch immer um Katherines Taille, und darin befanden sich ihre Münzen.

Sie hatten heute auf dem Fest nur ein paar gefüllte Auberginen damit gekauft und das war alles, was sie seit heute Morgen gegessen hatten.

"Fertig?" fragte Chryséis.

"Fertig!"

Trevor war der Erste. Er kletterte an dem behelfsmäßigen Seil hinunter und ließ sich sanft auf seinen Schlafsack fallen. Dann war Katherine an der Reihe und schließlich glitt Chryséis am Seil hinunter. Im Innenhof hielten sie einen Moment lang inne und lauschten. Alles war ruhig.

"Ich habe das Amulett auf dem Tisch oben vergessen!" Chryséis schlug sich an die Stirn. Trevor gab etwas Unfreundliches von sich und Katherine verdrehte die Augen. "Kein Grund, rotzig zu werden. Wir können ja nicht ohne das Amulett gehen, oder?" beharrte Chryséis.

"Was willst du tun, wieder hochklettern?" fragte Trevor sarkastisch. "Du vergisst immer was."

"Ja ... tut mir leid."

"Uns läuft die Zeit davon, Chris", meinte Katherine nervös. "Wir sollten uns auf den Weg machen."

"Dafür muss genug Zeit sein. Hört auf zu reden und helft mir wieder rauf", befahl sie ihren Freunden. Trevor faltete seine Hände, um eine Stufe zu machen, und Katherine schob von unten nach.

Chryséis zog sich mit überraschender Kraft über den Marmorsims des Fensters und griff nach dem Amulett. Es lag noch immer auf dem Tisch unter dem Fenster. Mit dem Amulett sicher um den Hals seilte sie sich wieder ab. Chryséis fiel sanft auf ihren zusammengerollten Schlafsack. Kleine Fledermäuse schwirrten an ihr vorbei und jagten sich im sanften Mondlichtlicht. Im Palast war es immer noch still. Vielleicht etwas zu still.

Sie hörten bald aufgeregte Stimmen im Zimmer, aus dem Chryséis vor wenigen Minuten noch das Amulett geholt hatte.

Die drei Freunde sahen sich einen kurzen Moment lang an, dann verschwanden sie einer nach dem anderen.

Gerade noch rechtzeitig! Jemand hatte das verknotete Laken-Seil, das an einer der roten Säulen befestigt war, entdeckt und es zurück nach oben gezogen.

"Undankbar!" schimpfte Melissa. "Sie werden dafür büßen ... unwürdige Flöhe. Sie werden nicht weit kommen! Wachen!" Ihre Stimme wurde leiser, als die drei Freunde durch das Palasttor sprinteten. Kein Alarm erklang und sie liefen weiter ohne sich umzusehen. Die Wachen würden ihnen sicher jeden Moment auf den Fersen sein.

*

Weit weg, jenseits des Atlantischen Meeres in der Stadt Sydonia, versuchte ihre Freundin, die Lady der Zitadelle, erneut telepathischen Kontakt mit den jungen Zeitreisenden aufzunehmen. Doch so sehr sie sich auch bemühte, es kam keine Antwort.

▶▶▶ 18 DIE FALLE AM FLUSS

"Okay, lass uns zum Fluss runter gehen und dieses 'Haus von Iset' finden," flüsterte Trevor, als sie sich ein wenig verschnauften.

"Ich habe da so 'ne Idee, wo es sein könnte," keuchte Chryséis' geisterhafte Stimme. "Geht dicht an der Hausmauer entlang und nehmt euch an die Hand..." Sie war schon ganz außer Atem.

"Jawohl, Kommandant..."

"Ha, sehr witzig, Trevor. Kommt schon, lasst uns gehen!"

Um sie herum war die nun dunkle Stadt Ush-bantoun ganz ruhig und friedlich. Der blasse Mond verschwand hinter Wolkenschleiern, nur um kurz darauf wieder aufzutauchen. Katherine erschrak bei jedem kleinen Geräusch, aber die Wachen kamen nicht. Ohne die Amulette, die die Hexe ihnen beim Fest gegeben hatte, konnten sie die Kinder schliesslich nicht finden und die neuen Amulette schützten sie hervorragend.

Sie schlichen sich so schnell sie konnten an den Hauswänden der engen Straßen entlang und liefen dann geschwind über den großen Platz. Einmal hörten sie die Schritte von Wachen und die unsichtbaren Kinder drückten sich ganz schnell gegen eine Hauswand. Klack, klack, klack.

Drei Wächter bogen um eine Ecke und Chryséis zuckte zusammen, als Katherine ihr die Hand drückte. Die Wachen schoben einen betrunkenen Riesen aus dem Weg, der ein paar Stufen aus einer Kneipe auf den Stadtplatz hinauf taumelte.

Sie hörten, wie der Riese etwas in einer fremden

Sprache rief, aber die Palastwachen ignorierten ihn. Dann entfernten sich die Schritte in Richtung Per-aa und der Platz lag wieder menschenleer in der Dunkelheit da, übersät mit den Abfällen des Festes.

Dies hatte traditionell mit dem Sonnenuntergang geendet und viele Stände und Buden waren bereits abgebaut worden. Trevor wollte einen glitzernden Stein aus einem Müllhaufen aufheben, aber Chryséis spürte wie er nach unten zog und zischelte: "Lass das, Trevor." Sie gingen weiter zum Wirtshaus zum 'Wilden Eber', das bereits geschlossen war.

"Welche Straße hatten Manassi und Hapu damals genommen, um zum Flussufer zu kommen?" fragte Chryséis ganz leise. "Ich glaube, dort irgendwo muss der Tempel der Iset sein."

Sie sah ein großes Schild, das an eine Hauswand genagelt war und auf das Flussufer zeigte. "Schaut mal, da drüben", sagte sie und deutete auf das Schild.

"Wo? Chris, du bist unsichtbar..."

"Oh, tut mir leid, das habe ich vergessen." Chryséis drückte auf den Knopf ihres VUs, wurde sichtbar und deutete wieder auf das Schild.

"Okay, ich kann es sehen", flüsterte Trevor.

Chryséis schaltete ihren VU wieder ein, aber sie war lange genug sichtbar gewesen, daß der betrunkene Riese sie angestarrt hatte. Als das Mädchen wieder verschwand, schüttelte er den Kopf und versprach sich, weniger von dem guten Bouza-Bier zu trinken.

"Puh, das war knapp!" flüsterte Chryséis und zog die anderen mit sich nach vorne Richtung Gasse.

"Pass doch auf, das hat wehgetan!" zischelte Katherine. Ein Wasserlauf floss rechts unter einer langen Brücke hindurch und da standen ein paar Gebäude auf der anderen Seite der Brücke.

"Seht ihr den Kanal da drüben? Vielleicht ist der Tempel ja da," schlug Trevor vor.

"Wo?" fragte Katherine.

"Rechts."

Die Kinder suchten das Flussufer ab. Viele der Festbesucher schliefen schon in ihren Jurten oder saßen am Feuer, sangen und tranken Bouza.

Plötzlich stand ein kleiner Junge vor den Zeitreisenden, ganz so als ob er sie sehen könnte. Er hob die Hand und sagte: "Bleibt stehen, junge Reisende. Ich werde euch zum 'Haus von Iset' bringen." Ein dünner Schleier bewegte sich über den Mond hinweg und sie erkannten den Jungen. Es war Pepi.

Mingio hatte Pepi gebeten, nach den Kindern Ausschau zu halten. Etwas hatte ihr gesagt, daß sie noch heute Nacht kommen würden. Als Pepi leise Geräusche und Geflüster hörte, war er mutig nach vorne getreten. Er konnte nichts erkennen, und wenn es nicht die Kinder waren, würde er einfach schnell weglaufen. Das war allerdings nicht nötig, da die Kinder nun nacheinander vor ihm auftauchten.

"Schelanti, athenai", sagte er, wobei seine Stimme nur leicht zitterte. "Ihr habt also die Notiz gelesen und den Weg hierher gefunden?"

"Deine Schwester im Palast hat es uns erklärt. Wir haben ihr gesagt, daß du sie grüßen lässt," meinte Katherine.

"Der Erdmutter sei gedankt für Nedjem", seufzte der Junge.

"Nein, nicht Nedjem. Wir haben mit Nedjes gesprochen..." Chryséis erkannte, daß sie einen Fehler gemacht hatten. Einen großen Fehler.

Natürlich war die Dwendi-Frau nicht die Schwester von Pepi gewesen! Wie konnten sie nur so dumm sein?!

Pepi wusste nicht, was er sagen sollte, aber er sah besorgt drein, als er sie zum 'Haus von Iset' führte und in eine kleine strohgedeckte Hütte unweit des Tempels winkte. Die einfache Holztür öffnete sich mit einem Ruck. Innen war es ganz dunkel. Sie trauten ihren Augen nicht, als eine echte Jungfer in der Tür erschien. Sie war die Erste, die sie seit ihrer Ankunft in Ush-bantoun gesehen hatten.

"Schelanti Athenai, mein Name ist Mingio." Ihre Hände flogen zur vertrauten Begrüßung zum Herz und an die Lippen, und die Kinder antworteten auf die gleiche Weise.

"Die Lady von Ush-bantoun und alle, die ihr treu ergeben sind, befinden sich in großer Gefahr. Wir brauchen eure Hilfe...", dann fiel ihr Blick auf die Schlafsäcke, die sich die Kinder auf den Rücken geschnallt hatten, und auf die Hüfttaschen. "Ich sehe, ihr habt bereits beschlossen, die Stadt zu verlassen. Eine weise Entscheidung..."

Pepi unterbrach die Jungfer und erzählte ihr schnell, was im Palast geschehen war. Mingio sah recht besorgt aus. "Wir müssen sofort aufbrechen. Die Wachen werden jeden Moment hier sein. Nedjes ist eine Dienerin des Zauberers."

Sie holte etwas aus der Hütte und winkte den Kindern, ihr in den dunklen Schatten einer hohen Wacholderhecke zu folgen. Sie gab ihnen ein Zeichen, still zu sein und lauschte dann aufmerksam. Das Klimpern einer Kithara klang aus einem Zelt, dann Lachen und fröhlicher Gesang.

Der Mond stand jetzt hell vor dem tiefblauen Himmel und dünne Wolken bewegten sich zur gelben Scheibe hin. Im Schatten reichte die Jungfer Mingio Katherine ein paar kleine Kuchen und eine Flasche mit Trinkwasser sowie zwei gefaltete Pergamentstücke und sagte: "Hör gut zu, Athenai. Überquert die Brücke über diesen Wasserweg." Sie deutete zur Stadtmauer. "Geht durch das Tor hindurch. Dort stehen jetzt keine Wachen mehr. Haltet euch nach rechts, wo sich die Straße gabelt. Das ist der Weg nach Innu. Bleibt im Schutz der Bäume und haltet Ausschau nach wilden Tieren - und vor allem nach Menschen."

Sie sah ihre entsetzten Gesichter. "Gebt nicht die Hoffnung auf, Kinder", sagte sie sanft. "Man kann nie wissen, was euch hinter der nächsten Abzweigung erwartet." Das klang nicht gerade beruhigend.

"Das eine Pergament ist ein Passierschein, falls er benötigt sein sollte. Zeigt dieses andere Dokument niemandem. Es ist eine Nachricht, die nur für die Augen der Lady von Innu bestimmt ist. Behaltet eure Amulette bei euch und nehmt sie niemals ab."

Katherine steckte die Dokumente in ihre bereits prall gefüllte Hüfttasche und mühte sich, diese wieder zu schließen.

Mingio sah sich um und sprach dann eindringlich. "Bleibt auf dem Weg nach Innu und meidet die Siedlungen. Die Erdmutter und der Vogelgott seien mit euch. Nun geht."

Keine Erklärung, wie und wo sie diese Lady von Innu finden sollten, also würden sie es selbst herausfinden müssen.

Mingio nahm Pepis Hand, drehte sich um und ging so schnell wie jungfernhaft möglich in die entgegengesetzte Richtung fort. Bald verschwanden sie in den stillen Schatten der kegelförmigen Türme. Die Kinder schalteten dagegen ihre VUs ein und eilten zur Brücke hinüber.

Mingio hatte recht gehabt: Es gab hier keine Wachen.

Sie passierten das offene Tor und hatten kaum das andere Ende der Brücke erreicht, als sie durch einen lauten Knall und einen Blitz hinter sich aufgeschreckt wurden.

Sie drehten sich um und sahen, wie die kleine Hütte, wo sie sich gerade noch befunden hatten, in Flammen aufging. Nedjes, eine der vielen "Grillen" des Magis, hatte die hieroglyphische Botschaft gemeldet und Melissa hatte schnell und tödlich reagiert.

Die drei Freunde liessen sich nicht aufhalten. Sie eilten geschwind über die Brücke hinweg, fort von dem Gejammer und Geschrei, das von den Jurten kam, und fort von dem knisternden Feuer.

▶▶▶**19** MENSCHENHÄNDLER

Abgesehen von einer Gruppe Dwergar, die die Nacht in Zelten am Straßenrand vor dem Tor verbrachten, begegneten sie eine Weile lang keiner Menschenseele. Aber das war sowieso egal, denn sie waren immer noch unsichtbar. Sie liefen immer weiter durch die Nacht, so wie es ihnen die Jungfer Mingio es ihnen aufgetragen hatte.

"Mann, bin ich müde. Ich wünschte, ich könnte in einem schönen, weichen Bett im Palast schlafen", seufzte Katherine.

"Klar, wenn das große, weiche Bett wichtiger ist als deine Freiheit, dann kehren wir um und gehen zurück zum Palast."

"So habe ich's nun auch wieder nicht gemeint…"

Trevor blieb abrupt stehen, dann zog er die anderen nach vorne. "Unten am Flussufer sind 'ne Menge Leute," sagte er.

"Ich frage mich, was die da unten machen", gähnte Chryséis.

Es gab keine Sträucher oder Binsen, die die Sicht auf den langsam fließenden Fluss versperrten, aber es war dunkel und schwer zu erkennen, ob diese Leute freundlich waren oder nicht. Ein paar Mokis lagen auf dem Boden. Sie waren an starken Ästen angebunden und muhten leise im Schlaf.

"Es könnte eine große Karawane sein. Wollt ihr nachsehen gehen?"

"Nein," sagte Chryséis. "Vielleicht später."

"Wir brauchen sowieso 'ne Ruhepause", meinte Katherine. "Lasst uns was trinken und was essen."

Die Kinder setzten sich unter einen Baum und machten - immer noch unsichtbar - Rast. Mingio hatte sie vor Kontakt mit Unbekannten gewarnt, aber es fühlte sich sicherer an, in der Nähe anderer Menschen zu sein. Vielleicht würden sie später folgen, wenn die Karawane weiterzog.

Sie dösten eine Weile aneinander gelehnt, ohne richtig einschlafen zu können. Die Leute am Fluss kauerten unter der breiten Krone eines umgestürzten Baumes zusammen. Ihre kleinen Feuer gingen langsam aus, als der mondhelle Nachthimmel in einen grauen frühen Morgen überging.

Die Zeitreisenden konnten nun besser sehen, was sich da am Flussufer zutat... und trauten ihren Augen kaum!

Die Leute, die sie für Händler gehalten hatten, entpuppten sich als Gefangene, die mit Schnüren zusammengebunden waren. Es waren Männer, Frauen und Kinder, und die meisten saßen mit hängenden Schultern und traurigen Gesichtern da. Aufseher gingen herum und teilten Wasser aus.

Die Kinder verstanden nicht. Sie wussten, daß der Handel mit Menschen in der zivilisierten Bekannten Welt ebenso verachtet wurde wie bei ihnen in der Zukunft.

"Oh je", sagte Chryséis leise. "Die armen Leute."

Die Sklavenhändler waren im ganzen Reich unterwegs gewesen und warteten am Fluss auf die Lieferung von Waren, die ihnen die Königin von Ush-bantoun versprochen hatte. Drei Kinder, gute kräftige Exemplare, die für Ta Schemau bestimmt waren.

Ta Schemau befand sich im Süden des Roten Landes, wenn man dem Lauf des Nila-Flusses folgte. Die Erde sort war nicht sehr fruchtbar, aber reich an Erzen, so daß der Bergbau der Haupterwerb seiner einwohner war. Eine schwere Krankheit hatte die Bevölkerung vor fünf Jahren dezimiert und Arbeiter wurden gebraucht. Vor der Katastrophe waren zwei rechtschaffene Ladys aus ihren Zitadellen verschwunden und korrupte Kriegsherren wurden dafür verantwortlich gemacht.

Was sie brauchten, waren Arbeiter, die das Erz abbauten. Der "Rat der Nationen" der "Bekannten Welt" hatten Grund zur Besorgnis und würde bald eingreifen müssen.

Offiziell war der Sklavenhandel war in der Bekannten Welt verboten, wo Freiheit, Gerechtigkeit und Weisheit immer hoch geschätzt wurden.

Im Moment fühlten sich allerdings die wenigen Sklavenhändler in ihrem Geschäft mit Ta Schemau sicher. Geschützt durch einen ödenWüstenstreifen, bot es ein ideales Versteck vor den Gesetzen der zivilisierten Welt.

Die Sonne stieg höher am Himmel auf.

"Seht ihr, was ich sehe?" fragte Chryséis.

Eine in einen dunklen Umhang gehüllte Gestalt war eingetroffen und die Sklavenhändler begannen sich mit dem Mann zu unterhalten. Es war der Magier!

"Melissas Berater!" keuchte Katherine. "Und sieh mal, wer da noch ist." Totolin, der ein paar Schritte hinter seinem Herrn stand, gluckste, dann begann er in seine schmutzige Hand zu husten.

"... das war nicht der Plan... wir haben Zeit verloren..." Die drei Freunde belauschten das gedämpftes Gespräch.

"Heute wird es keine Kinder mehr aus Ush-bantoun geben, Khopri. Unser Plan ist schiefgegangen. Die Kinder sind verschwunden und ihre Sachen wurden gestohlen. Die Königin bedauert dies sehr. Geh und finde ein paar andere Exemplare. Das sollte dir doch nicht schwerfallen..."

Dem Anführer der Sklavenhändler gefiel das ganz und garnicht. Das Gold, das die Königin der kleinen Stadt Ush-bantoun ihm angeboten hatte, würde nicht gezahlt werden. Und das gute Land und das unbezahlbare Gerät, das sie ihm für eine erfolgreiche Übergabe in Ta Schemau versprochen hatte, ebenfalls nicht.

Es gab gute schwarze Erde in den neuen Territorien von Kem... er hatte vor gehabt, sich dort niederzulassen.

Chryséis meinte zu Katherine und Trevor, daß sie einen großen Bogen um die Gruppe machen sollten. Sie entfernten sich in aller Ruhe vom Lagerplatz, als es dort einen Aufruhr gab. Wo war das Mädchen, das sie gestern vom Hof ihrer Eltern entführt hatten?

Die Sklavenhändler zählten die Menschen ab. Dann sahen sie sich überall um und stießen Flüche aus, während sie die Anhöhe hinaufkletterten, die zur Straße führte. Sie suchten in den Spalten zwischen Felsen und Bäumen. Nichts.

Der Suchtrupp bewegte sich auf die Kinder zu und zwei der Jagdhunde schnüffelten und bellten sie an. Unsichtbar oder nicht, die Hunde spürten, wo sie sich befanden. Es wurde den Kindern klar, daß sie fliehen mussten, um nicht entdeckt zu werden.

Aufgeregte Stimmen näherten sich und Trevor begann, auf einen Felshaufen zuzulaufen, und zog die Mädchen mit sich. Sie suchten verzweifelt nach Deckung auf der anderen Seite der Felsen und hielten sich die ganze Zeit an den Schlafsackgurten der anderen fest. Eine schmale Öffnung neben den freiliegenden Wurzeln eines großen Baumes war gerade groß genug, um hindurchzurutschen!

"Hier rein!" rief er.

Sie krabbelten in eine gut versteckte Öffnung im Boden und fielen auf einen Haufen weicher Walderde. Das Licht war schwach und sie lagen eine Weile einfach nur still da und lauschten.

"Ich habe Angst, noch weiter zu gehen. Lass uns hier warten, bis sie wieder weg sind."

"Katie... ich glaube, es ist besser, tiefer hineinzugehen. Was ist, wenn die Hunde uns so nah an der Öffnung spüren können? Oder sogar reinspringen?"

"Trevor hat recht", flüsterte Chryséis zurück. "Wir können uns tiefer drinnen besser verstecken. Am besten schalten wir unsere Unsichtbarkeitsumhänge aus, damit wir uns hier drin sehen können."

"Was ist, wenn wir wilden Tieren begegnen? Ich wünschte, ich hätte noch mein Pfefferspray dabei..." warf Katherine ein. Aber dann drückte auch sie auf den Knopf an ihrem Haarreif.

"Nicht so laut! Willst du von den Sklavenhändlern geschnappt werden?"

"Nein..."

"Na dann, komm endlich!" Forderte Trevor sie auf

Als sie sich von der Öffnung entfernten, stießen sie

plötzlich auf eine Wand aus glatten Steinen, die eine Seite der niedrigen Höhle bildete. Könnte es sich um ein unterirdisches Gebäude handeln? Die sandige Erde rieselte durch die Risse oben auf die Wand herunter.

Die Stimmen draußen wurden lauter und Schatten zogen an der Öffnung vorbei.

"Ich fürchte, wir haben nicht viel Zeit..." sagte Chryséis.

"Versuch, nicht zu viel zu denken. Der Zauberer könnte hier unsere Gedanken aufschnappen." Trevor schaute sich schon nach einem Weg um, der tiefer in die Höhle führte.

"Vielleicht schirmen uns die Amulette noch ab", meinte Katherine.

"Das stimmt. Gut möglich."

Ihre Augen gewöhnten sich an die Dunkelheit. Weiter unten war die bemerkenswerte Wand von Kies und Sand bedeckt. Die Wurzeln von Waldpflanzen hingen in den Hohlraum hinunter. Sie hörten Hundegebell und von oben ertönten hackende Stimmen. Die Kinder krochen vorsichtig weiter. Zum Glück hatten die Sklavenhändler den Erdspalt noch nicht entdeckt.

Trevor rutschte einen kiesigen Abhang hinunter und versuchte, nicht zu viel Lärm dabei zu machen. Chryséis folgte ihm und danach kam Katherine. Der Sand war hier mit Steinen und bunten Tonscherben übersät, dann wurde der Boden plötzlich glatt und war völlig eben. Sie standen auf einem massiven steinernen Türsturz, der sich auf zwei quadratischen Säulen befand.

"Wahrscheinlich stützte der mal die Decke ab", stellte Katherine fest.

"Cool", staunte Trevor.

Die Wand war an dieser Stelle viel höher, als sie zuvor angenommen hatten. Die Kinder tasteten sich an Felsblöcken entlang in der Dunkelheit vor. Zum Glück sahen sie den Skorpion nicht, der sich mit seinen Jungen auf dem Rücken unter einen flachen Stein zurück kroch. Sie lauschten.

"Ich glaube nicht, daß sie die Öffnung gefunden haben",

sagte Katherine erleichtert und schnallte den Riemen ihres Rucksacks fester.

"Oder vielleicht haben sie das entlaufene Mädchen gefunden, nach dem sie gesucht haben." Trevor balancierte über den Türsturz und glitt einen weiteren Abhang hinunter.

Ein Lichtstrahl schnitt durch das schummrige Dunkel der Höhle. Chryséis hatte aus Versehen den Knopf ihrer Taschenlampe gedrückt.

"Mensch, du hättest uns wenigstens warnen können, Chris!" sagte Trevor und rieb sich die Augen.

"Tut mir leid..." murmelte Chryséis.

"Wir können es genausogut anlassen, damit wir mehr sehen können", sagte Katherine. "Es wird immer dunkler hier."

Trevor kletterte einen kleineren Trümmerhaufen hinauf und die Mädchen folgten ihm. An mehreren Stellen tropfte Wasser an der seltsamen Wand hinunter. "Meinst du, wir sind noch in der Nähe des Nils?" Fragte er.

"Kann sein."

Schwaches Licht drang auf der anderen Seite eines offenen Türrahmens zu ihnen. Vielleicht war es ja ein Weg nach draussen. Trevor stellte sich in den breiten steinernen Türrahmen und blickte in eine große Halle.

Die hohe Decke war teilweise eingestürzt und das Sonnenlicht fiel in langen, staubigen Strahlen durch eine winzige Öffnung oben. Weitere steinerne Türstürze hielten das Dach hoch - oder das, was vom Dach übrig geblieben war.

Das Licht reichte aus, um zu sehen, wohin sie gingen, und Chryséis schaltete ihre Taschenlampe aus. Die Kinder sprangen über die Schwelle auf schmutzige Pflastersteine. Sie hatten die Sklavenhändler draußen fast schon vergessen.

"Das ist einfach fantastisch hier!"

Sie gingen vorsichtig um die auf dem Boden liegenden Dachsparren herum. Der Boden in der Mitte der Halle war ein ganzes Stück tiefer und sah aus wie ein großes Schwimmbecken mit Stufen, die in einen flachen Dümpel führten. Das schmutzige Wasser stank und war mit

Vogelunrat bedeckt.

"Siehst du die Kabinen dort drüben?" fragte Trevor und zeigte auf eine Reihe kleinerer Räume entlang des 'Schwimmbeckens'.

"Die sehen wirklich aus wie Umkleidekabinen. Überhaupt sieht es hier aus wie in einem Hallenbad für Riesen", sagte Chryséis. "Glaubst du, daß hier mal Riesen gelebt haben?"

"Durchaus möglich. Erinnert ihr euch, daß die Kinder des Mondes vor dem Dunklen Zeitalter eine hohe Zivilisation hatten?" sagte Trevor.

"Ich wünschte, wir könnten ein Bild davon machen", sagte Katherine, "aber hier drin reicht das Licht nicht aus."

"Es ist mir egal, wo wir sind. Solange wir hier sicher wieder rauskommen", sagte Trevor und sah zur Decke. "Das ist viel zu hoch als Fluchtweg."

"Ich hoffe, diese dummen Sklavenhändler haben das Mädchen nicht erwischt. Was glaubst du, wohin sie verschwunden ist? fragte Katherine.

"Ich bin sicher, sie kann auf sich selbst aufpassen." Chryséis war im Moment nicht sehr mitfühlend. Sie hatten ihre eigenen Probleme. "Wir können nicht jeden prähistorischen Sklaven retten, Katie."

Sie versuchten, nicht über die Trümmer beim 'Schwimmbecken' zu stolpern, als sie sich auf die andere Seite begaben. "Ich habe echt Hunger", beschwerte sich Katherine.

"Was, schon wieder?"

"Ja, Trevor, tut mir leid, aber ich bin auch nur ein Mensch."

"Na gut. Lass uns was essen. Vielleicht in einer der Kabinen. Ich denke, das ist da am sichersten." Dem schwächer werdenden Licht nach zu urteilen, war die Sonne weitergewandert.

"Wir haben noch ein paar Mini-Salami und Mingios Kuchen", verkündete Katherine. "Schade, daß unsere Notration im Palast gestohlen wurde."

"Immerhin haben wir noch unsere Schlafsäcke", sagte Trevor.

"Ja, immerhin."

"Wir müssen uns überlegen, wie wir unsere Sachen zurückbekommen", sagte Chryséis, "aber das Wichtigste zuerst. Wer will einen Kuchen?"

Sie aßen und tranken Wasser aus der Flasche, die Mingio ihnen gegeben hatte, und lauschten auf Stimmen oder Schritte. Aber niemand war ihnen in die Höhle gefolgt. Zumindest dachten sie das.

"Glaubt ihr, daß Schutzengel mitkommen, wenn man zeitreist?" fragte Katherine.

"Wir versuchen hier rauszukommen und wie wir den Weg nach Innu wieder finden können und wie wir unsere gestohlenen Sachen wieder finden ... und du machst dir Sorgen um Schutzengel", brummte Chryséis.

Trevor döste vor sich hin und begann leicht zu schnarchen.

"Ich habe immer so ein Gefühl, daß mich etwas beschützt ..."

"Wirklich Katherine, die Dinge sind auch ohne Schutzengel schon kompliziert genug", stöhnte Chryséis. "Okay, wenn du dich dadurch 'beschützter' fühlst, ich denke, dein Schutzengel ist dir wahrscheinlich in die Vergangenheit gefolgt. Zufrieden?" sagte Chryséis leicht spöttisch.

"Vielen Dank auch, Chris..." Sie runzelte die Stirn.

"Trevor... Trevor, wach auf." Sie rüttelte Trevors Schulter. "Wir müssen weitergehen." Eine giftige Knopfspinne kroch in seinen Schlafsack, wo es so schön warm war, und wurde zerquetscht, als er sich mit einem dumpfen Schlag umdrehte.

Die Mädchen waren schon dabei, ihre Sachen zu packen.

"Was?" fragte Trevor schläfrig.

"Wir müssen von hier verschwinden, Trev." Katherine saß abrupt auf und lauschte. "Gibt's große Vögel hier drinnen?"

"Große Vögel? Was? Ich glaube nicht."

"Deswegen...", Katherine hob eine weiche weiße Feder

auf. Sie war recht groß und - sehr sauber.

"Wie ist die denn hier rein gekommen?" Die Kinder lauschten einen gespannten Moment lang, aber sie konnten keine Vogel-Geräusche hören.

"Wenn das nicht von einem Vogel stammt, dann was?" fragte sich Chryséis. "Gibt es vielleicht gefährliche Dinosaurier, die leise sind und darauf warten uns anzugreifen?" Sie hatten ja schon Dinosaurier mit Federn gesehen. Die Kinder sahen sich um, aber auch keine Spur von Dinosauriern.

"Ich habe keine Lust das 'rauszufinden. Am besten ist es, wenn wir denselben Weg zurückgehen. Möglichst langsam und leise. Wenigstens wissen wir, daß wir so wieder rauskommen."

"Was ist, wenn die Sklavenhändler und ihre Hunde noch da sind und nur darauf warten, daß wir uns zeigen? Ach so, wir haben ja die VUs..."

"Hmm, aber wir uns verirren, wenn wir tiefer in die Höhle gehen, ist das schlimmer. Sogar, wenn es keine Dinosaurier gibt, was ist, wenn wir auf eine Sackgasse stoßen oder Steine wegkicken und unter Trümmern begraben werden ... oder wir verhungern?"

"Okay, gehn wir erstmal aus dieser Kabine raus. Hier drin kann ich nicht nachdenken", sagte Chryséis und stand auf.

Sie bekam einen mächtigen Schreck, als sie einen knirschenden Schritt neben sich hörte. Eine Hand unterdrückte ihren Schrei, bevor sie einen weiteren Laut von sich geben konnte und ein kaltes Messer berührte ihre Kehle. Katherine und Trevor sprangen entsetzt auf.

Ein junger Mann hielt das Messer an die Kehle ihrer Freundin. Sie sahen eine junge Frau in einem blauen Kleid hinter einem Steinhaufen hervorlugen und ihre Gedanken rasten. Das waren mit Sicherheit nicht die Sklavenhändler, vor denen sie geflohen waren!

"Was soll das? Wer seid ihr?" wollte Trevor wissen.

Der junge Mann mit dem Messer sah nun, daß er es mit

Kindern zu tun hatte. Er zog seine Klinge zurück und klopfte Chryséis unbeholfen auf den Rücken. Sie gab ein Stöhnen von sich und stolperte ein wenig nach vorne.

"Wer sind wir? Wer seid ihr denn?!" wollte der junge Mann wissen.

Er trug einen Köcher über die Schulter geschlungen. Die Feder, die sie vorhin gefunden hatten, war offensichtlich an einem der Pfeile in seinem Köcher befestigt gewesen.

"Warum sollten wir euch das sagen, wenn ihr droht, unsere Freundin zu töten?" Antwortete Trevor mit einer Frage "Komm her, Chryséis..."

Chryséis steckte der Schrecken noch in den Knochen. Sie wäre beinahe über einen Stein gefallen, und Katherine fing ihre zitternde Freundin auf.

"Verzeiht uns, Athenai. Wir haben nicht gesehen, daß ihr Kinder seid. Wir waren unverzeihlich unhöflich", sagte die junge Frau gutmütig. Sie trat vor den Steinhaufen und hielt sich die Ohrenläppchen zwischen Zeigefinger und Daumen. Ein Zeichen der Reue, das die Zeitreisenden schon kannten. "So kann man es auch ausdrücken!" sagte Katherine.

"Wir dachten, Ihr gehört zu den Sklavenhändlern und ihren Schergen. Mein Name ist Rhodopis von Innu", sagte das Mädchen besänftigend. "Wir sind im Morgengrauen weggelaufen. Sie waren auf der Suche nach mir und wir haben uns versteckt. Das ist Charaxus, mein Verlobter." Sie schaute den jungen Mann mit dem Messer zärtlich an.

"Angenehm. Wir sind Trevor, Chryséis und Katherine." Trevor gab ein kurzes Grunzen von sich.

"Ich freue mich, eure Bekanntschaft zu machen", sagte Rhodopis. "Wir haben in dieser... Höhle Unterschlupf gefunden. Genau wie ihr, wie es scheint."

"Wir dachten, die Sklavenhändler suchen nur ein Mädchen, das weggelaufen war. Wir haben es oben am Hang gehört und auf einmal waren sie auch hinter uns her."

"Als Rhodopis von diesen Schurken entführt wurde, bin ich ihnen gefolgt und habe auf eine Gelegenheit gewartet, meine Verlobte zu befreien."

"Hmm, kein schlechter Plan", sagte Trevor.

"So scheint es zu sein. Woher kommt ihr? Hatten euch die Sklavenhändler auch gefangen?" fragte Charaxus.

"Nein, zum Glück nicht. Wir... wir kommen aus Ushbantoun und sind auf dem Weg nach Innu, um... um unsere Eltern zu treffen..." antwortete Chryséis. "... die Sklavenhändler begannen, uns zu verfolgen, und so sind wir in diesem eingestürzten Gebäude gelandet." Trevor beendete die kurze Geschichte.

"Habt ihr etwas zu essen dabei?" fragte Katherine Rhodopis. "Ich bin immer noch hungrig."

"Ich habe ein paar Brötchen in meinem Rucksack und Walnüsse", antwortete Charaxus. Er war froh, daß er seinen Fehler von vorhin wieder gutmachen konnte, und gab den dankbaren Kindern etwas von seinem Proviant ab.

"Wie kommen wir hier bloß wieder raus?" fragte Katherine.

"Ich bin der Lehrling eines Händlers," erzählte Charaxus. "Es gibt uralte unterirdische Gänge in der Gegend, die die Kaufleute manchmal bei schlechtem Wetter benutzen. Denen können wir folgen."

Es wäre sicherer für sie, sich eine Zeit lang in diesen Gängen zu bewegen, um nicht gesehen zu werden.

"Ein brillanter Plan", gab Trevor zu. "Ich hoffe nur, wir finden unseren Weg von dort aus nach Innu zurück."

"Das wird kein Problem sein. Der Ausgang ist am Flußufer. Von dort aus nehmen wir einfach ein Boot."

Sie fragten nicht nach, welches Boot, aber das war im Moment auch unwichtig. Charaxus fand bald den Eingang zu dem unterirdischen Gang, an den er sich erinnerte und führte die Gruppe an. Der dunkle Gang war feucht und schimmelig, aber sie bahnten sich tapfer ihren Weg. An den Wänden gab es weder Kerzen noch Fackeln, aber Chryséis schaltete ihre Taschenlampe ein.

"Ein nützliches Werkzeug, Athenai", sagte Rhodopis

anerkennend.

"Ein nützliches Werkzeug, Athenai", sagte Rhodopis anerkennend.

"Danke, Rhodopis. Ja, es ist nützlich."

Zu Katherines Entsetzen glitt etwas an ihnen vorbei und schnupperte ein- oder zweimal an ihren Füßen, aber sie brachte es fertig nicht zu schreien. Es dauerte nicht lange, bis sie durch eine versteckte Tür hinter zwei massiven Eichen weiter flussaufwärts endlich nach draussen traten.

"Wir müssen den Fluss überqueren, um nach Innu zu gelangen", sagte Charaxus. "Das ist ein Stück flussaufwärts."

"Gut, solange wir nicht den Sklavenhändlern begegnen", meinte Chryséis. Vor ihnen schlängelte sich der mächtige Fluss in einem langen, glitzernden Band von Süden nach Norden.

Sie ruhten sich vom Schilf geschützt bei ein paar Haelsträuchern auf der grünen Uferböschung aus, und beobachteten, wie schnittige Boote mit großen aufgemalten Augen, den Fluss hinauf- und hinuntersegelten.

Rhodopis zeigte den Kindern, wie man Haselnüsse mit Steinen knackte und sie aßen so viele, wie sie nur konnten. Katherine versuchte, Nüsse in ihre schon prall gefüllte Hüfttasche zu stopfen, damit sie später etwas zu essen hatten. Es war aber nicht mehr viel Platz darin und die Nähte drohten zu platzen.

Rhodopis beschloss daher, aus den hohen Binsen eine Umhängetasche für sie zu machen. Sie arbeitete schnell, sang ein kleines Lied dabei und reichte Katherine dann die fertige Tasche. Sie machte noch eine Tasche für sich selbst und füllte sie mit Nüssen und einigen süßen Früchten, die sie von einem nahen Baum gepflückt hatte.

Katherine tat das Gleiche, während Trevor Zweige vom Obstbaum abschnitt. Das würden neue Zahnbürsten werden.

Charaxus erklärte, daß sie den Fluss bald überqueren

mussten, wenn sie es vor Sonnenuntergang in die Stadt Innu schaffen wollten.

"Wenn ich mich recht erinnere, müsste in der Nähe ein Boot liegen, das groß genug ist, um ein Faß Wein zu transportieren".

Sie brauchten nicht lange zu suchen. Inmitten des dichten Schilfs, war ein Boot an einen stabilen Ast gebunden. Es hatte gerade genug Platz für fünf Personen. Charaxus paddelte das Boot durch eine schmale Lücke im Schilf und dann über den Fluß.

Charaxus paddelte das Boot durch eine schmale Lücke im Schilf und dann über den Fluß. Glücklicherweise hatten die meisten Boote, die entlang der Wasserstraße segelten, für ein paar Stunden am Ufer geankert, um die Hitze des Tages abzuwarten. Zur Überraschung der Kinder tauchten seltsam aussehende Flussdelfine um ihr kleines Schiff auf, und bald hatten sie das Gefühl, daß das Boot für sie gesteuert wurde.

Es wurde langsamer und bewegte sich wie von allein gegen die Strömung auf das gegenüberliegende Ufer zu.

Das kleine Boot erreichte die andere Seite des Nila-Flusses in seichtem Wasser, weit entfernt von einem Krokodil, das sich am Ufer sonnte. Das Boot setzte an einer flachen Stelle auf und sie kletterten das Steilufer hinauf, nachdem sie das Boot an einem Felsen festgebunden hatten. Der junge Mannn half ihnen auf trockenen Boden, aber Chryséis war ihm gegenüber immer noch misstrauisch und hüpfte lieber selbst an Land.

Oben am Flussufer präsentierte sich ihnen ein Bild leuchtender Seen und Ackerflächen, und einer Stadt mit glänzenden Gebäuden. Gelbe und türkisfarbene Fahnen flatterten über den Dächern. Dies war Innu, die "Stadt der Sonne", die sich da vor ihnen ausbreitete. Sie waren fast an ihrem Ziel angelangt. Charaxus und Rhodopis versprachen, ihnen den Weg zur Zitadelle zu zeigen und die Zeitreisenden vergaßen für eine Weile ihre ganzen Probleme. Für eine sehr kurze Weile.

 **20**
DIE STADT
DER SONNE

"Das hier muss der Vorläufer von Kairo sein", rief Trevor ganz aufgeregt, "aber es sieht natürlich noch nicht so aus wie Kairo in Ägypten." Da arbeiteten Menschen auf den Feldern und Vimaans flogen über die Straßen und Bauernhäuser.

Rhodopis und Charaxus hatten keine Ahnung, was er da gesagt hatte, vor allem nicht in dieser komischen Sprache. Es machte ihnen aber wenig aus. Sie waren nur glücklich, den Sklavenhändlern entkommen zu sein und dies war ihr Zuhause. Was für eine Erleichterung.

Viele der Felder leuchteten in einer tiefgelben Farbe.

"Oh je, ich hoffe, das ist kein Sylphium!" sagte Katherine und berührte die kleine Flasche um ihren Hals.

"Nein, Athenai, das sind Blumen der Sonne ", erklärte Rhodopis. Erstaunlich, wie tausende von Sonnenblumen ihre grünen Hälse der Sonne entgegen streckten.

Sie liefen auf eine gepflasterte Straße hinunter und Charaxus, der sich in der Gegend gut auskannte, ging den Weg in die Stadt voran. Die Bauern auf den Feldern grüßten die fünf jungen Leute freundlich, als sie vorbeigingen, bevor sie sich wieder dem Unkraut-Jäten und Lockern des Bodens widmeten.

Neben der Straße befand sich ein Felsen, aus dem Quellwasser über einige Steine, die mit feuchtem Moos bewachsen waren, rieselte. Darunter bildete sich ein kleiner Bach, der an der Straße entlang ins Tal floss. Chryséis setzte sich neben eine Gruppe lächelnder Mädchen und füllte ihre Wasserflaschen mit der klaren Flüssigkeit. Sie berührte ein duftendes Blatt an einem staubigen Strauch neben der

Quelle, rieb das Blatt zwischen ihren Fingern und erkannte den Duft.

"Mhm, das ist Salbei", sagte sie und pflückte ein paar Blätter ab. Katherine nahm ein Blatt und roch daran. "Du hast recht, das ist Salbei."

Chryséis steckte die Blätter in den Schilfbeutel, den Rhodopis für sie gemacht hatte, gerade als ein Bauer neben ihnen in einen Vimaan anhielt, , der mit der geflügelten Sonnenscheibe von Innu geschmückt war. Er bot ihnen an, sie in die Stadt zu bringen.

"Danke, Athenai, das ist sehr freundlich von euch", erwiderte Rhodopis und sie kletterten in den Vimaan.

Sie flogen in die "Stadt der Sonne", und die Zeitreisenden mussten sich dauernd daran erinnern, daß sie sich tatsächlich in Ägypten befanden.

Lange bevor die ersten Dynastien der Pharaonen an die Macht gekommen waren. Hier gab es noch keine Pharaonen, keine Pyramiden und wahrscheinlich auch noch keine Mumien.

Sie passierten nun das Stadttor, das von zwei großen Obelisken mit Feuervögeln an der Spitze bewacht wurde. Jede Statue, die sie sahen, war mit schimmerndem Gold, Silber oder Orichalcum überzogen, und überall waren seltsame Symbole und Gegenstände zu sehen.

"Wohin, Athenai?" fragte der Bauer als sie den zentralen Stadtplatz erreichten.

"Wir müssen zur Zitadelle", antwortete Charaxus und der Vimaan machte eine scharfe Kurve nach rechts.

Sie kamen an dem berühmten 'Haus des Wissens' vorbei, der ältesten aller Bibliotheken in der Bekannten Welt. Viele kamen hierher, um die seltensten Dokumente auf Pergament, Pergament, Rindenpapier oder Tontafeln zu studieren. Vor langer Zeit hatten die Anhänger des "Vogelgotts" auch wissenschaftliche Schriften aus den Ländern Su Mâr und Airyana Vaëgo hierher gebracht.

Sie waren nun nicht mehr weit von der Zitadelle

entfernt, die sich auf einem flachen Hügel in einem schönen Stadtteil befand.

"Das ist die 'Schule der weißen Magie'", sagte Rhodopis stolz und zeigte auf ein großes Gebäude, das fast hinter einem Kabiri-Tempel verschwand. "Sie wird von der Priesterschaft des 'Rechten Pfades' geleitet. Sie beraten die Lady von Innu in wichtigen Angelegenheiten und sogar den 'Rat der Nationen' in Algiras."

Rhodopis war sichtlich stolz auf ihre Heimatstadt.

Der Vimaan bewegte sich um den Tempel herum und landete bald vor dem Tor der Zitadelle. Eine lange Reihe hoher Palmen führte hinauf zu den weißen Gebäuden auf dem flachen Hügel. Sie kletterten alle aus dem Vimaan und bedankten sich bei dem Bauern für seine Hilfe. Der nickte freundlich und flog sofort zum Marktplatz weiter.

Sie zeigten den Zitadell-Wachen den Brief, den die Jungfer Mingio ihnen gegeben hatte, und sie wurden sofort zur Lady von Innu gebracht.

Die Lady war recht jung und ziemlich klug. Sie las den Brief der Lady von Ush-bantoun und stellte den Kindern ein paar Fragen. Für sie gab es keinen Zweifel daran, daß König Osorkon und Königin Mé-lis-ah das Gesetz auf unaussprechliche Weise gebrochen hatten.

Ein Atala-Gerichtshof befasste sich mit solchen Angelegenheiten und würde über das Schicksal der Verbrecher entscheiden, aber in der Zwischenzeit setzte sie einen Rettungsplan in Gang.

Charaxus und Rhodopis berichteten ihr von den Sklavenhändlern, und die Lady verwies die Angelegenheit sofort an das "Haus der Wahrheit".

Danach verabschiedete sich das junge Paar. Als alle Formalitäten erledigt waren, konnten sie es kaum erwarten, nach Hause zu kommen. Ein Zitadell-Vimaan wartete bereits im Hof und der Abschied war kurz. Die Kinder wurden müde und hungrig, und die Lady der Zitadelle mußte nicht einmal ihre Gedanken lesen, um dies zu erkennen.

"Das Essen ist in eurem Gemach vorbereitet worden. Ihr müsst euch jetzt ausruhen", sagte die Lady und fuhr recht förmlich fort. "Im Namen aller rechtschaffenen Herrscher von Ta Mery möchte ich mich für die abscheuliche Behandlung entschuldigen, die ihr im 'Schwarzen Land' erfahren habt. Die Lady von Sydonia hat mir mitgeteilt, wie erleichtert sie ist, daß es euch gut geht. Sie scheint euch sehr zu schätzen und schickt ihre Grüße und guten Wünsche. Wir werden unser Gespräch am Morgen fortsetzen."

Hier in der Stadt Innu fühlten sie sich endlich in Sicherheit und die Kinder freuten sich, daß die Lady von Sydonia, sie nicht vergessen hatte.

Getreu ihrem Wort empfing die Lady von Innu die Kinder am nächsten Morgen. "Die Lady von Sydonia sagt mir, daß ihr Zeitreisende seid. In der Tat, das ist außergewöhnlich." Sie sah etwas überrascht aus.

"Ja, ehrenwerte Lady. Wir wollen bald in die Zukunft zurückkehren, aber die erforderlichen Geräte wurden zusammen mit unserem Gepäck im Palast in Ush-bantoun gestohlen."

"Ich verstehe. Dann werden wir mit der Suche nach euren Sachen beginnen, sobald wir Zugang zum Per-aa haben, Athenai. Wir werden unser Bestes geben, um die Diebe zu fassen - und eure Geräte zu finden. In der Zwischenzeit, möchte ich euch unsere Gastfreundschaft hier in Innu anbieten," sagte die Lady förmlich und steckte einen losen dunklen Zopf wieder an seinen Platz.

"Vielen Dank, wir nehmen die Einladung gerne an." Katherine verbeugte sich leicht.

"Die gute Lady von Sydonia hat mir geraten, euch die 'Schule der weißen Magie'zu zeigen, während ihr euch in unserer Stadt aufhaltet."

"Oh, 'Schule der weißen Magie'...das hört sich ja aufregend an," meinte Chryséis.

"Sie ist der Meinung, daß es für euch von großem Nutzen sein könnte, mehr über unsere weiße Magie zu lernen. Zumal ihr ja selbst einen gewissen Grad der weißen Magie erreicht habt."

"Vielen Dank, ehrenwerte Lady. Das würden wir sehr gerne tun."

Die Lady hob ihre Hand und ein großer, würdevoller Mann trat vor. Er war braungebrannt und hatte Lachfalten um die Augen.

"Ich möchte euch den Hohepriester Kha-Tefenet vorstellen. Er ist der Direktor unserer berühmten 'Schule der weißen Magie' und wird euch nun dorthin begleiten."

Sie folgten dem Mann durch einen herrlichen Rosengarten, vorbei an Wasserspielen und durch ein kleines Tor auf das Schulgelände hinter der Zitadelle. Auf dem Weg dorthin kamen sie an einem recht alten Obelisk vorbei. Kha-Tefenet bemerkte ihren Blick auf den Feuervogel, der auf der Spitze der Säule balancierte.

"Die 'Anhänger des Vogelgotts' errichteten diese südliche Säule, die Iwnu Schema, als sie vor vielen Jahren hier in Ta Mery ankamen. Es ist ein sehr berühmtes Denkmal", erklärte er.

Lachende Studenten in weißen Tuniken, die auf einer Art Botengang für ihren Lehrer waren, wurden auf einmal ganz höflich, als sie den Hohepriester sahen. Ihre Hände flogen an Lippen und Herzen, und Kha-Tefenet wechselte ein paar Worte mit ihnen. Die Schüler beäugten die drei Neuankömmlinge neugierig.

"Willkommen, Athenai aus Sydonia", sagten sie und liefen weiter.

Kha-Tefenet überquerte den gepflasterten Innenhof mit den Kindern und führte sie eine breite Treppe hinauf. Von hier aus sahen sie eine Reihe von Vimaanen, die an der Hauptstraße jenseits des Zitadellgebäudes entlangflogen. Auf der linken Seite des Innenhofes stand eine große goldene Waage auf einem Marmorsockel. Darauf lag eine große Feder von scharlachroter Farbe.

"Wir streben den Zustand von Maet an: Harmonie, Gleichgewicht und Seelenfrieden auf der Grundlage von Verständnis", erklärte ihnen der Priester, als sie die Treppe daneben hinaufstiegen. "Erst mit dem Verstehen kommt die Akzeptanz."

"Genau", erwiderte Trevor. "Aber ich glaube, wir sind im Moment nicht sehr ausgeglichen."

Der Priester nickte verstehend mit dem Kopf, und sie gingen durch massive Holztüren hindurch, die von zwei steinernen Sphinxen bewacht wurden. "Dies ist das Heiligtum von Astrea, der Göttin der Gerechtigkeit. Auf der rechten Seite seht ihr das Initiationszentrum."

"Endlich mal etwas typisch Ägyptisches, abgesehen von dem Obelisken draußen," flüsterte Trevor und sie besahen sich die einfache Halle.

Er erklärte ihnen, daß im Falle eines Krieges, die siegreiche Partei die Eigenschaften der Besiegten annahm. Dies war einer der Gründe, warum einige Lehrlinge als Missionare in die Bekannte Welt geschickt wurden. Sie boten ihren Rat an - Wissenschaft oder weiße Magie - um die Harmonie zu wahren. Nach dem letzten Examen wurden sie in dieser Halle in die 'Bruderschaft des Rechten Weges' eingeführt und erhielten den Titel Hanôk oder 'Weiser'.

Der Schuldirektor zeigte ihnen die Hallendecke. Sie war mit Sternzeichen und allen möglichen Symbolen bemalt. Chryséis deutete auf eine große Eidechse.

"Das ist der Krokodil-Gott mit dem Namen Sobek", antwortete Kha-Tefenet. "Und seht ihr die Frau mit dem Hund hier drüben? Das ist die Göttin Sopdet, die Verkünderin des neuen Jahres. Die fünfunddreißig hellen Sterne hier drüben werden Ikhemsu genannt. Sie bestimmen die korrekte Messung der Zeit."

Die Zeitreisenden hatten natürlich noch nie etwas von alldem gehört.

"Das hier ist der Berg Meru am äußersten Rand im Norden der Bekannten Welt. Jetzt ist er unter ewigem Eis begraben und von einem gefrorenen Ozean umgeben."

Das Bild einer wirbelnden Sonne befand sich ganz oben über den Sternen. Kha-Tefenet nannte es At-al-as, die 'Sonne auf ihrem höchsten Stand'."

"Das hört sich ja fast so an, wie die Hauptstadt von Atland," meinte Katherine.

"Da könntest du durchaus Recht haben, Kind," antwortete der Direktor und ging weiter.

"Verdammt, daß wir die Kamera nicht mitgenommen haben", sagte Trevor leise. "Ich werde mich nie an all das erinnern."

Sie stiegen eine weitere Treppe an der Rückseite des Gebäudes hinunter und Kha-Tefenet führte sie über den Gartenweg zu einem anderen Schulgebäude.

Reihen lebensechter Statuen auf beiden Seiten des Fußwegs erinnerten Katherine an die Armee von Kriegern, die man in China ausgegraben hatte - in der Zukunft. Jedes Gesicht hatte einen anderen Ausdruck. Natürlich hatte der Hohepriester ihre Gedanken gelesen.

"Dies sind Skulpturen von allen Königen und Königinnen aus der Zeit vor dem Dunklen Zeitalter", erklärte Kha-Tefenet.

"Wirklich? Die Statuen müssen dann aber sehr alt sein!" bemerkte Chryséis.

"Ja Kind, sie sind ausgesprochen alt."

▷▷▷ 21 DIE ZAUBER-SCHULE

Sie betraten ein Gebäude mit einer goldenen Sonne über dem breiten Hauptportal. Ein "geheiltes Auge" und eine bunte Schlange waren auf beiden Seiten davon angebracht. Das Gebäude beherbergte das "Lotusblumen-Seminar", in dem Einführungskurse in die "Lehren der weißen Magie" stattfanden.

"... nach der Ehrung des Monats des 'Verlangens nach Regen'. Am 17. Tag des Monats Athyr, wenn das Überfluten des Nila-Flusses aufgehört hat. Der zweite Monat nach der Herbst-Sonnenwende..."

Sie hörten dies einen Schüler im ersten Klassenzimmer zur Linken rezitieren, als sie den Korridor entlanggingen. Das Gebäude war hell und luftig. Hier gab es überdachte Gänge und einen kleinen Garten mit ein paar Springbrunnen im Innenhof. In einem anderen Klassenzimmer konzentrierten sich die Schüler darauf, die ersten Schritte im richtigen Umgang mit einem Narthexstab zu üben. Einfache Zaubersprüche würden dann später folgen.

Außen vor den Klassenzimmern standen Regale mit ordentlichen Reihen von Schilfschuhen und an der Wand lehnte ein Hirtenstab.

Durch eine andere offene Tür sahen sie etwa ein Dutzend Fünftklässler, die auf Schilfmatten saßen und aufmerksam der tiefen Stimme ihres Lehrers lauschten.

"Denkt daran, daß die Worte aus eurer Feder fließen müssen wie ein glitzernder Fluss im Mondschein", ermahnte er sie. Die Schüler übten sich in der Kunst der Kalligraphie auf Blättern aus dünnem Rindenpapier.

Die Schüler waren alle in Weiß gekleidet und die Lehrer trugen dunkelblaue Tuniken mit dem türkisfarbenen Streifen des gesamten Zitadellenpersonals.

Die Fächer, die in der ersten Stufe der 'Schule der weißen Magie' unterrichtet wurden, waren oft akademischer und langweiliger als die der etwas praktischeren zweiten und dritten Stufe.

Kha-Nefet durchschritt den kleinen Garten in der Mitte und die Kinder folgten ihm. Eine Gruppe älterer Schüler übte neben dem Brunnen gerade ein Lied ein.

"Das Titellied des Vogelfestes", sagte Kha-Nefet. Die Musiker trugen Tuniken und silberne Kordeln. Sie spielten auf Harfen und Rohrflöten, kleinen Terrakottatrommeln, Doppelflöten und Kitharas.

"*...immer schneller steigt ihr auf den Flügeln des Windes.*
Euer Gefieder leuchtet wie das Gewand des Vogelgotts.
Wie er wohnt ihr sowohl im Himmel als auch auf der Erde..."

Der letzte Ton verklang und die Melodie änderte sich. Sie begannen den Vogelchor und verschmolzen zu einem Crescendo von Vogelstimmen. Der kleine Schulgarten wurde von Nachtigallen und Spottdrosseln, Grasmücken und dem Ruf der Eulen erfüllt.

Die drei Zeitreisenden starrten das kleine Orchester an.

"Priester Kha-Tefenet", sagte Katherine. "Besuchen den auch Zauberer diese Schule? Wir haben in letzter Zeit einige äußerst böse getroffen..."

"Nein", sagte der Priester schlicht und schüttelte den Kopf. "Nicht diese Art von Zauberer. Adepten der schwarzen Magie dienen nicht der Menschheit, sondern nur sich selbst und ihren wertlosen Anhängern."

Mit einer Geste seiner rechten Hand lud er sie ein, weiterzugehen. "Die Schüler der dritten und letzten 'Schule der weißen Magie' werden in den 'Ashtar Vidya', den höchsten magischen Kräften, unterrichtet. Zum Wohle der Allgemeinheit. Dies ist ganz anders als die selbstsüchtigen Bestrebungen der Zauberer des 'Linken Pfades'. Allerdings sind schon Schüler oder sogar Priester mit einem schwachen Charakter bisweilen vom Weg abgekommen..."

"Ach wirklich?" staunte Trevor

"Den Eingeweihten wird das rechte Ohr mit einem Ohrring in Form eines Schlüssels durchbohrt," fuhr der Hohepriester fort. "Wenn ein Priester oder eine Priesterin ein Verbrechen begeht, bringt die Öffentlichkeit sie in die nächste Zitadelle. Werden sie für schuldig befunden, zieht ein Hohepriester den Ohrring heraus. Dabei bleibt das Ohrläppchen in zwei Teile gespalten. 'Geschlitzte Ohren' sind selten, und die Bewohner von Ta Mery meiden sie. Die meisten müssen das Land verlassen oder an abgelegenen Orten leben. Einige Brüder des 'Linken Pfades' wissen jedoch, wie sie solche geschlitzten Ohren verstecken oder sich tarnen können".

"Wow!" Die Kinder erinnerten sich daran, daß der Magi im Grossen Haus von Us-bantoun ein solches geschlitztes Ohr gehabt hatte.

"Und warum sind so viele Riesen auf dem linken Pfad?" fragte Chryséis.

"Die Riesen kennen sich gut mit den Künsten der Götter aus – und sie sind sehr begabt. Leider benutzen einige ihre Fähigkeiten für finstere Zwecke", meinte Kha-Tefenet. Dann hielt er inne und schien nickend auf eine unhörbare Stimme zu lauschen.

"Ich freue mich, sagen zu können, daß der Herrscher von Ush-bantoun samt seiner Frau in Gewahrsam genommen wurden. Ihr Zauberer wurde bei den Sklavenhändlern aufgespürt," verkündete der Schuldirektor. Offensichtlich hatte er eine telepathische Nachricht aus dem 'Haus der Wahrheit' erhalten.

"Die von euch beschriebenen Geräte," teilte er ihnen ebenfalls mit, "wurden in Ush-bantoun allerdings nicht gefunden. Die Königin tut so, als wüsste sie nichts davon. Sie meint sogar, daß ihr Kinder sie mitgenommen hättet, als ihr weggelaufen seid. Ihr eigenes Gerät sei auch verschwunden."

"Oh nein, wo versteckt sie die den bloß?" rief Katherine. "Wir brauchen sie doch wieder - und unsere anderen Sachen auch!"

"Wenn Melissa sie nicht hat, dann müssen die Magier sie haben," sagte Chryséis mit Tränen in den Augen.

"Macht euch keine Sorgen, sie werden gefunden werden ", versicherte ihnen Kha-Tefenet. "Wir werden alle mit einem Kaninchen in uns geboren, das uns hierhin und dorthin führt. Wir folgen, wohin das innere Kaninchen uns führt."

"Ein Kaninchen?" fragte Trevor.

"Es bedeutet, daß wir Maet - die innere Harmonie - erlernen und unser Schicksal akzeptieren müssen, egal wohin wir geführt werden", erklärte der Priester geduldig. "

"Richtig, ein Kaninchen", murmelte Trevor etwas verwirrt.

Sie hatten die gegenüberliegenden Seite des Gartens erreicht. Kha-Tefenet entdeckte sofort einen der älteren Schüler der dritten Schule, namens Dschehuti. Er war schon als kleiner Junge in die "Schule der weißen Magie" gekommen und half manchmal beim Unterrichten jüngerer Schüler aus.

Dschehuti war gerade damit beschäftigt, mit seinen Schülern die sieben Gesetze der edlen Energie zu üben, als Kha-Tefenet mit den Kindern eintraf and er sie angemessen begrüßte.

"Verzeiht mir, junge Freunde", entschuldigte sich Kha-Tefenet bei den Zeitreisenden. "Ich muss euch nun verlassen und Dschehuti hier wird sich um euch kümmern. Der Rat verlangt nach meiner Anwesenheit. Es gibt dringende Angelegenheiten zu besprechen."

Er gab die Besucher an Dschehuti weiter und ging davon, als ein tiefer Gong ertönte.

"Ah, es ist Zeit für die erste Pause", sagte Dschehuti. "Ich habe erfahren, daß ihr in meiner Heimat, den 'Auen des Himmels', wart."

"Ja, wir waren für ein paar Tage in einem Dorf namens Urka."

Katherine fragte sich, was er alles über sie wusste. Vielleicht sogar über ihre Zeitreisen?

"Ischpateh, pruscht taza?" Chryséis benutzte an eine Redewendung, die Bibi Gul ihnen beigebracht hatte. Sei gegrüßt, wie geht es dir?

Dschehuti musste lachen. "Ischpateh baba! Ischpateh baya! Pruscht taza?" Sei gegrüßt, Schwester, Sei gegrüßt, Bruder. Wie geht es euch? "Das ist sehr gut, Athenai. Ihr kennt unsere

Sprache."

"Nur ein wenig", meinte Chryséis. "Eigentlich ist das alles, woran ich mich erinnere."

Ihre Sandalen kratzten über den polierten Marmorboden und sie plauderten ein wenig über das Dorf Urka, die Bienenzucht und die Falkenköniginnen, während Dschehuti sie nach draußen führte.

"Hat Bibi Gul euch auch die Fledermäuse gezeigt? Ich erinnere mich, daß es in dieser Gegend viele Höhlen gibt."

"Ja, das hat sie. Adler stürzten sich von der Spitze des Hügels herab und fingen sie, als sie hinausflogen", sagte Trevor aufgeregt.

"Das klingt richtig", meinte Dschehuti.

Die Schüler der verschiedenen Schulen strömten auf den Hof und in die Gärten hinaus. Sie lachten und plauderten wie ganz normale Schulkinder.

"Findet ihr nicht, daß das genauso ist, wie in Pemberton?" flüsterte Chryséis. "Die Gärten und die Spiele, so wie hier."

"Wir haben nur keine Boote", sagte Trevor.

Einige der Schulkinder ruderten in kleinen Booten auf einem schmalen Bach, der in der Nähe der Zitadelle in einen See mündete. Andere schlenderten auf den Fußwegen zwischen Blumenbeeten und dem Flussufer entlang.

"Schau mal da drüben!" Katherine wies auf eine Gruppe jüngerer Schüler, die mit ihren Zauberstäben das Grundprinzip der Wandlung an einer Alabastervase übten. Die Vase verwandelte sich in einen winzigen Vimaan, dann in eine Schriftrolle und wieder zurück in die Vase.

Andere Schulkinder untersuchten ihre 'Wandernden Steine', die mit einem einfachen Zauberspruch und einem Schwung des Narthex-Zauberstabs auf einen Platz im Steingarten festgemacht wurden.

Am Tag zuvor waren die großen Kieselsteine an verschiedene Stellen des Schulgeländes gebracht worden. Inzwischen hatten die meisten 'Wandernden Steine' ihren ursprünglichen Platz im Steingarten wiedergefunden. Der

Zauberspruch musste geändert werden.

Zwei Kinder spielten mit Fröschen auf Seerosenblättern in einem kleinen Teich. Ein Mädchen blieb in sicherer Entfernung stehen.

"Ich mag keine Frösche", beschwerte sie sich. "Sie sind so kalt und schlüpfrig und machen mir Angst, wenn sie springen."

Katherine kicherte, als sie an den Streich denken musste, den sie Holly Benson damals in Pemberton gespielt hatten.

"Na, dann komm doch mit zu einer Partie Schweineschnauze", sagte ihre Freundin. Sie wandte sich an die Zeitreisenden. "Ihr seid herzlich eingeladen, mitzuspielen, fremde Athenai," lud sie sie ein.

Sie brauchte Trevor nicht zweimal zu fragen. Er konnte es kaum abwarten, Schweineschnauze zu spielen. Katherine und Chryséis folgten ihnen lustlos zu dem Sportfeld mit seinen sechs Spielplätzen. Aber dann fanden auch sie Spaß an dem Spiel und Katherine schoss sogar ein Tor von der zweiten Linie aus.

"Wollt ihr zu meinem Klassenzimmer mitkommen, junge Freunde?" fragte Dschehuti sie beiläufig, als sie keuchend neben ihm auf dem Rasen saßen. Er hatte in einer Schriftrolle gelesen, während er die Kinder im Auge behielt.

"Das wäre sehr nett", sagte Katherine und band ihr Haar zu einem Pferdeschwanz zusammen.

Obwohl sie jetzt viel fitter war, als zu Beginn ihrer Reise durch die Vortex, ermüdete sie eine Partie Schweineschnauze immer noch. Sie rückte das Amulett zurecht, das sie unter ihrer Tunika trug, und fragte sich, wann sie mehr über die Diebe erfahren würden, die ihre Habe gestohlen hatten. *Vielleicht hatte das 'Haus der Wahrheit' sie schon gefunden...*

"Noch nicht," sagte der junge Gelehrte. "Ihr müsst euch in Geduld üben." Natürlich hatte er Katherines Gedanken gelesen.

Der tiefe Gong ertönte erneut und das Freispiel endete.

In Dschehutis Klasse versuchten sie, ein Stillleben mit einer Obstschale zu zeichnen. Bei ein paar Kindern, die kaum älter waren als die drei Zeitreisenden, zeigte sich die Zunge zwischen den Zähnen, als sie sich konzentrierten. Ein einzelner

Junge war in der Nähe des Fensters mit Holzschnitzereien beschäftigt. Unter dem Messer des angehenden Tempelbildhauers erwachte ein Vogel aus einem Holzblock zum Leben.

"Das würde ich auch gerne machen", sagte Trevor.

Dann kam eine Priesterin herein und löste Dschehuti ab. Sie zitierte aus dem Buch von Thelik Tephan, dem "Atem des Lebens", während die Schüler weiterarbeiteten.

Die Zeit verflog wie im Fluge und ehe sie es sich versahen, rief der vertraute Gong die Schüler und Lehrer zum Mittagessen. In einer Halle waren geschnitzte Tische und Bänke aufgestellt. Ein weiterer Speisesaal neben dem dritten Schulgebäude war den Hohepriestern und den Eingeweihten vorbehalten.

Auf dem Weg zum Speisesaal zeigte Dschehuti ihnen einen für die Schule anscheinend recht wichtigen Gegenstand. Darin befand sich angeblich die Essenz allen Wissens. Es war eine enttäuschend kleine Kabine, die mit schweren dunklen Vorhängen verschlossen war.

"Dies ist für unsere Schüler gedacht, die für den Weg zur Wahrheit und zu höherem Verständnis bereit sind," erklärte der junge Mann.

Trevor und Chryséis waren fasziniert und beschlossen, sich während des Mittagessens hinauszuschleichen, um einen Blick in diese geheimnisvolle Kabine zu werfen. Vielleicht war es ja eine Art Orakel, und sie würden eine Antwort auf ihre brennende Frage finden, wo ihre Rucksäcke und ZPSe abgeblieben waren. Katherine war besorgt, daß eine wichtige Schulregel gebrochen werden könnte, und beschloss, zurück zu bleiben.

"Gibt es immer noch keine Neuigkeiten, was die Diebe angeht?" fragte Trevor Dschehuti, der sich zu ihnen gesellt hatte.

"Ich fürchte nicht", sagte der junge Mann.

Das Essen war einfach, aber köstlich und die Zeitreisenden liessen es sich schmecken. Nach einer Weile schlichen Chryséis und Trevor hinaus. Es waren keine Wachen oder Priester in Sicht, und die essenden Schüler ignorierten sie. Das war gut. Sie zwängten sich durch die dunklen Vorhänge und sahen sich einem Spiegel gegenüber! Einem großen Spiegel mit akkadischer Schrift in Gold auf dem breiten Rahmen. 'Jinåsuh svayahám. Erkenne dich selbst.'

"Das soll die Essenz all ihres Wissens sein?" Chryséis war enttäuscht. "Es ist doch nur ein Spiegel! Das ist ja ein Witz!"

"Ich glaube nicht, daß das ein Witz ist. Erkenne dich selbst... hmm. Wenigstens wissen wir jetzt, was hier drin ist."

"Wenn denen nichts Besseres einfällt als ein Spiegel, können sie wohl keine sehr guten Priester sein. Und sie sagen, sie hätten die magischen Lehren der Götter und..."

Trevor unterbrach sie. "Die haben keinen Grund, sowas zu erfinden."

Chryséis dachte einen Moment lang nach. "Na gut, aber ich bin immer noch nicht davon überzeugt..."

"Komm jetzt. Wir müssen zurück in den Speisesaal. Wer weiß, was passiert, wenn sie uns hier draußen finden."

Vor den schweren Vorhängen bewegte sich ein Priester eilig hinter eine Säule und ging dann den Gang entlang. Es war Kha-Tefenet. Er lächelte vor sich hin, als er in den zweiten Stock und zur Konferenz mit seinen Kollegen zurückkehrte. Dschehuti hatte gute Arbeit geleistet. Die Kinder würden die Bedeutung des Spiegels mit der Zeit verstehen.

"Noch nicht," sagte der junge Gelehrte. "Ihr müsst euch in Geduld üben." Natürlich hatte er Katherines Gedanken gelesen.

Der tiefe Gong ertönte erneut und das Freispiel endete.

In Dschehutis Klasse versuchten sie, ein Stillleben mit einer Obstschale zu zeichnen. Bei ein paar Kindern, die kaum älter waren als die drei Zeitreisenden, zeigte sich die Zunge zwischen den Zähnen, als sie sich konzentrierten. Ein einzelner Junge war in der Nähe des Fensters mit Holzschnitzereien beschäftigt. Unter dem Messer des angehenden Tempelbildhauers erwachte ein Vogel aus einem Holzblock zum Leben.

"Das würde ich auch gerne machen", sagte Trevor.

Dann kam eine Priesterin herein und löste Dschehuti ab. Sie

zitierte aus dem Buch von Thelik Tephan, dem "Atem des Lebens", während die Schüler weiterarbeiteten. Die Zeit verflog wie im Fluge und ehe sie es sich versahen, rief der vertraute Gong die Schüler und Lehrer zum Mittagessen. In einer Halle waren geschnitzte Tische und Bänke aufgestellt. Ein weiterer Speisesaal neben dem dritten Schulgebäude war den Hohepriestern und den Eingeweihten vorbehalten.

Auf dem Weg zum Speisesaal zeigte Dschehuti ihnen einen für die Schule anscheinend recht wichtigen Gegenstand. Darin befand sich angeblich die Essenz allen Wissens. Es war eine enttäuschend kleine Kabine, die mit schweren dunklen Vorhängen verschlossen war.

"Dies ist für unsere Schüler gedacht, die für den Weg zur Wahrheit und zu höherem Verständnis bereit sind," erklärte der junge Mann.

Trevor und Chryséis waren fasziniert und beschlossen, sich während des Mittagessens hinauszuschleichen, um einen Blick in diese geheimnisvolle Kabine zu werfen. Vielleicht war es ja eine Art Orakel, und sie würden eine Antwort auf ihre brennende Frage finden, wo ihre Rucksäcke und ZPSe abgeblieben waren. Katherine war besorgt, daß eine wichtige Schulregel gebrochen werden könnte, und beschloss, zurück zu bleiben.

"Gibt es immer noch keine Neuigkeiten, was die Diebe angeht?" fragte Trevor Dschehuti, der sich zu ihnen gesellt hatte.

"Ich fürchte nicht", sagte der junge Mann.

Das Essen war einfach, aber köstlich und die Zeitreisenden liessen es sich schmecken. Nach einer Weile schlichen Chryséis und Trevor hinaus. Es waren keine Wachen oder Priester in Sicht, und die essenden Schüler ignorierten sie. Das war gut. Sie zwängten sich durch die dunklen Vorhänge und sahen sich einem Spiegel gegenüber! Einem großen Spiegel mit akkadischer Schrift in Gold auf dem breiten Rahmen. 'Jinåsuh svayahám. Erkenne dich selbst.'

"Das soll die Essenz all ihres Wissens sein?" Chryséis war

enttäuscht. "Es ist doch nur ein Spiegel! Das ist ja ein Witz!"

"Ich glaube nicht, daß das ein Witz ist. Erkenne dich selbst... hmm. Wenigstens wissen wir jetzt, was hier drin ist."

"Wenn denen nichts Besseres einfällt als ein Spiegel, können sie wohl keine sehr guten Priester sein. Und sie sagen, sie hätten die magischen Lehren der Götter und..." Trevor unterbrach sie. "Die haben keinen Grund, sowas zu erfinden." Chryséis dachte einen Moment lang nach. "Na gut, aber ich bin immer noch nicht davon überzeugt..."

"Komm jetzt. Wir müssen zurück in den Speisesaal. Wer weiß, was passiert, wenn sie uns hier draußen finden."

Vor den schweren Vorhängen bewegte sich ein Priester eilig hinter eine Säule und ging dann den Gang entlang. Es war Kha-Tefenet. Er lächelte vor sich hin, als er in den zweiten Stock und zur Konferenz mit seinen Kollegen zurückkehrte. Dschehuti hatte gute Arbeit geleistet. Die Kinder würden die Bedeutung des Spiegels mit der Zeit verstehen.

Nach dem Mittagessen folgte eine Ruhephase. Die Schüler durften den Nachmittag in den Gärten oder in ihren Zimmern verbringen. Die Erholung des Geistes war ebenso wichtig wie das Lernen selbst. Die meisten trieben Sport oder übten Zaubersprüche.

Als Dschehuti die Besucher wieder in den zweiten Stock führte, flackerte eine Fata Morgana an einem Ende eines Klassenzimmers. Irgend etwas historisches. Die mattierte Têrakhon-Decke ließ sanftes Licht herein, die Wände waren mit Fresken bemalt und weiße, tulpenartige Blumen wuchsen in hohen Töpfen. Sie reinigten die Luft und wurden ersetzt, sobald sie sich violett färbten. An den Wänden standen Bücher in Regalen. Es gab eine Schulbibliothek in diesem Gang?!

Sie setzten sich auf die blassgrünen Stühle und Dschehuti entschuldigte sich nach einer Weile. Katherine und Trevor sahen sich die Bücher in der kleinen Bibliothek an, während Chryséis auf ihrem Stuhl vor sich hin döste.

Die Zeitreisenden waren dankbar für die Ruhepause. Erst vor wenigen Tagen noch waren sie vor einer teuflischen

Königin, vor Magiern und Sklavenhändlern geflohen. Am späten Nachmittag begleitete Dschehuti die Zeitreisenden zurück zur Zitadelle. Aus dem Amphitheater drangen leise Melodien herüber. Die Schüler des letzten Jahrgangs übten ihr Abschiedslied.

"...Die Sonne malt Schatten unter uns.
Der Wind raschelt in den Blättern,
Deine Wurzeln sind ein starker Anker,
doch viele Segel könnten dich forttragen ..."

Ein paar braune Vögel mit gegabelten Schwänzen flogen aus einem duftenden Frangipani-Baum und schimpften auf die Kinder und Dschehuti, als sie vorbeigingen.

Ein schwacher Nebel zog auf und dämpfte den farbigen Sonnenuntergang in Ta-Mery, der die Zeitreisenden dennoch an Ägypten denken ließ.

▶▶▶ 22 DIE HÄNGENDEN GÄRTEN

Als sie bei der Zitadelle ankamen, waren die Sklavenhändler und der Magier festgenommen und dem "Rat der Nationen" auf Atala übergeben worden.

"Einige der Grillen sind zwar noch auf freiem Fuß, aber die Dinge im Schwarzen Land kehren langsam zur Normalität zurück", teilte ihnen die Lady der Zitadelle mit. "Die Lady und alle ihre Angestellten sind frei und sie hat wieder die Regierungsgeschäfte übernommen. Nur einer der Täter ist entkommen: Totolin, der Gehilfe des Zauberers".

"Tja, immerhin. Das sind gute Neuigkeiten," sagte Katherine erleichtert.

"Sehr gute Neuigkeiten. Leider sind eure gestohlenen Sachen noch immer nicht gefunden worden. Ich glaube, wenn Mé-lis-ah oder einer ihrer Diener eure Zeitreisegeräte gestohlen hätte, wären sie im Per-aa wieder aufgetaucht."

"Es is möglich, daß sie sie irgendwo anders versteckt ", schlug Trevor vor.

"Das ist zwar möglich, aber es ist nichts dergleichen gemeldet worden." Die Lady lächelte. Die Kinder schüttelten traurig die Köpfe.

"Allerdings haben drei Männer vor zwei Tagen Ush-bantoun mit einer kleinen Moki-Karawane überstürzt verlassen. Uns wurde gesagt, daß es sich dabei um Freunde der Magier handelt. Sie könnten sehr wohl die Diebe sein!" Sie schenkte ihren jungen Besuchern Granatapfelsaft in Kristallgläser ein und sprach weiter.

"Nach dem Bericht, den wir erhalten haben, kehren sie durch das Land Magnesia wieder nach Attock zurück und werden vermutlich als nächstes die Stadt Rostau ansteuern. Wir werden versuchen, ihren Weg zu verfolgen. Es gibt also noch Hoffnung für euch, Kinder aus der Zukunft."

Die Frau lächelte wieder. "Da gibt es noch etwas anderes: die Lady von Sydonia bedauert sehr, daß sie sich bisher nicht persönlich um euer Problem kümmern oder mit euch kommunizieren konnte..."

"Oh?" Ja natürlich! Sie trugen immer noch die Schutzamulette, die Pepi ihnen auf dem Fest des Sokhar gegeben hatte. Sie schienen gegen jegliche Gedankenübertragung wirksam zu sein. Vielleicht war es an der Zeit, sie abzunehmen.

"... sie wird jedoch eine vertrauenswürdige Jungfer namens Oruwen hierher entsenden, um euch bei der Suche nach den gestohlenen Sachen zu helfen."

"Das würde sie wirklich tun?" fragte Katherine und musste nun auch lächeln.

"In der Tat, das würde sie. Wie ich höre, kennt ihr die Jungfer Oruwen schon", meinte die Lady.

"Ja, wir sind ihr in Sydonia begegnet", meinte Trevor.

Chryséis war ungeheuer erleichtert. Sie würden demnach also doch nicht für immer in der Vorgeschichte verloren sein! Die Lady von Sydonia half ihnen, die ZPS zu finden und endlich wieder nach Hause zu kommen.

"Wie sollen wir denn die Diebe finden? Sie könnten inzwischen überall sein." Trevor war nicht davon überzeugt, daß alles so glatt gehen würde, selbst wenn Oruwen ihnen half.

"Red keinen Unsinn, Trev. Wir werden sie finden, so oder so. Wir haben gar keine andere Wahl. Wenn wir eines der Zeitreisegeräte aus dieser Zeit benutzen, werden wir nie wieder genau zu dem Zeitpunkt zurückkehren, an dem wir aufgebrochen sind. Aber irgendwie werden wir schon nach Hause kommen," sagte Katherine ernsthaft.

"Dann ist es wohl am besten, wenn wir unsere Zeitportalsucher wieder finden," erwiderte Trevor.

"Das ist wahr, junger Freund. Deshalb gebe ich euch dieses Gerät..." Die Lady zeigte ihnen einen kleinen schwarzen Kasten.

"...das euch helfen wird, eure Sachen aus der Zukunft nach den elektromagnetischen Schwingungen zu orten, die uns die Lady von Sydonia gegeben hat. Ihr könnt es als Dankeschön für eure Tapferkeit bei der Rettung der Lady von Ush-bantoun und aller guten Menschen dort betrachten. Es wurden auch neue Paizas ausgestellt. Ihr könnt euch nun in Ta Mery wieder frei bewegen."

"Unsere Sachen haben eine andere Frequenz?" fragte Chryséis, aber die Lady wurde von einer telepathischen Botschaft abgelenkt.

"Ich höre gerade, daß die Jungfer Oruwen morgen nach Rostau teleportiert wird, so daß keine wertvolle Zeit verloren geht. Ihr selbst werdet nun in einem Vimaan nach Rostau gebracht und sie dort treffen."

"Vielen Dank ehrenwerte Lady," erwiderten die Kinder höflich.

"Es war mir ein Vergnügen. Geht nun im Schutze der Erdmutter und des Vogelgotts und seid erfolgreich."

Und so verließen die Zeitreisenden Innu ‚die Stadt der Sonne, in Begleitung eines Wächters vom 'Haus der Wahrheit'. Die Schutzamulette hatten sie sicher verstaut und waren schon mit der Lady von Sydonia in Kontakt getreten. Sie hatte ihnen viel Glück bei ihrem Vorhaben gewünscht.

Schon auf dem Weg nach Rostau hatte das Aufspürgerät angeschlagen. Der Wächter suchte den Boden unter ihnen ab, aber es stellte sich heraus, daß es sich dabei um einen Fehlalarm handelte. Es waren nur ein neuartiges landwirtschaftliches Gerät und ein medizinisches Instrument, an denen der erstaunte Erfinder arbeitete.

"Na toll," meinte Chryséis ettäuscht. "Wenn das so weiter geht, kann die Suche ja nur ein paar Jahre dauern."

Später suchten sie die gepflasterten Straßen von Rostau ab, in der Hoffnung, die Diebe zu finden, bevor Oruwen eintraf. Die Stadt war auf einem Hochplateau erbaut, und auf den ersten Blick wirkte Rostau wie ein riesiger Terrassengarten. Vor allem rote, rosa und weiße Rosen blühten auf den Terrassen entlang aller größeren Gebäude.

"Wow, sowas habe ich noch nie gesehen", staunte Katherine.

"Es ist in der Tat eine außergewöhnliche Stadt, Athenai", meinte der Wächter. "In Ta Mery sind wir sehr stolz auf die Hängenden Gärten in Rostau."

Blumen und Sträucher schienen an jeder freien Stelle zu gedeihen. Es gab da auch Palmen mit Blättern wie ausgestreckte Finger und Azaleen in vielen Farben. In Rostau war es merklich kühler als in Innu, und es regnete hier häufiger, aber wenn die Sonne durch die Wolken brach, präsentierte sich die Stadt in einem einzigen bunten Farbenmeer.

Doch eine Moki-Karawane war leider weit und breit nicht zu sehen. Während ihr Wächter in einem nahe gelegenen Geschäft nachfragte, beobachteten die drei Freunde Mosaikleger in einem Hof nebenan. Ein Handwerksmeister arbeitete an einem Bodenbild, das das Gesicht eines jungen Mannes zeigte, das sich in das eines alten Mannes verwandelte, wenn man es von der anderen Seite betrachtete.

Die Wände des Innenhofs waren mit Szenen eines Sommergartens bemalt, und Trevor griff nach seiner Digitalkamera. Natürlich war sie nicht mehr da, und er ließ die Hand mit einem Seufzer sinken.

In der Zitadelle erfuhren sie, daß das Naia-Festival, das nur alle fünf Jahre stattfand, in Kürze beginnen würde. Musiker, Dichter und Tanzgruppen unterhielten die Menschen in allen Ecken der Stadt. Als krönender Abschluss lockte ein Dichterwettstreit viele Besucher in das große überdachte Amphitheater von Do'oni im Westen von Rostau. Ein heiliger Ort in den Hügeln, an dem die besten Barden aus aller Welt gefeiert wurden. Viele kamen aus Lyonesse, Magnesia und sogar aus Twiskland, um teilzunehmen.

All das bedeutete viele, viele Menschen – und viele Karawanen.

"Toll, wie sollen wir jetzt diese Diebe finden?" knurrte Trevor, als sie allein in ihrem Zimmer waren. "Weißt du noch, wie geschäftig es beim Fest in Ush-bantoun war? Jetzt nimm noch 'ne ganze Menge Geklirre und Gesang dazu. Mist. Haben die hier nichts besseres zu tun, als ständig Feste zu feiern?"

Er nahm die Beutel, die sie von der Lady of Innu als Ersatz für ihre gestohlenen Rucksäcke geschenkt bekommen hatten, und warf sie auf sein Bett. Die Schilftaschen waren überflüssig geworden.

"Beruhige dich", sagte Katherine. "Oruwen wird jeden Moment hier sein, dann können wir Pläne schmieden."

Sie mussten nicht lange warten. Sobald Oruwen eintraf, nahm sie die Kinder unter ihre Fittiche, und der Wächter machte sich mit dem Vimaan auf den Weg nach Innu. Nur, die Jungfer war genauso mürrisch wie in Sydonia und konzentrierte sich nicht gerade auf die Suche.

"Ganz gleich, was die Lady sagt", murrte sie. "Ich werde diese wunderbare Stadt nicht verlassen, ohne Horakhti, den großen Löwen, gesehen zu haben."

"Die haben einen Zoo hier?" fragte Katherine.

"Nicht ein Zootier, Athenai. Eine sehr große Statue, die aus einem Felsen im Plateau gehauen wurde."

"Warum ist dieser große Löwe denn so wichtig? Wir müssen die Diebe finden, die unsere Sachen gestohlen haben, und unsere… Geräte", protestierte Trevor. "Was ist, wenn sie die Stadt schon verlassen haben? Dann müssen wir sie ganz schnell verfolgen!"

"Und das werden wir auch, junger Freund. Aber der Große Löwe ist sehr, sehr alt und es heißt, daß er von den Göttern erschaffen wurde und Glück bringt. Ich kann unmöglich diesen Ort verlassen, ohne die Statue gesehen zu haben."

"Diese Jungfern kommen wohl nicht oft genug raus," murmelte Katherine. Aber die Jungfer Oruwen ließ sich nicht umstimmen, und so besuchten sie dann letztendlich den größten Park in Rostau, um Horakhti, den Großen Löwen, zu sehen.

Die Verkäufer entlang der Straßen verkauften wohlschmeckende Süßigkeiten, die aus dem berühmten Rostauri Rosenwasser hergestellt wurden, und Oruwen konnte auch dieser Versuchung nicht widerstehen.

Rosenwasser wurde auch in der Kosmetik verwendet und war in anderen Teilen des Landes sehr gefragt. In der Tat bedeutete Rostau "Rosentau" und war ein sehr passender Name, wie Katherine fand.

Auf der Ostseite grenzte der Park an einige sehr große Gebäude, die in der Ferne zu sehen waren. Aber ihre Funktion war den drei Kindern unklar. Große weiße, bauchige Vasen flankierten den südlichen Eingang. Überall im Park gab es Springbrunnen, und wenn die Kinder dachten, daß es in der Stadt viele Blumen gab, trauten sie ihren Augen kaum, als sie hinter Oruwen die Fußwege entlang liefen.

"Habt ihr das gesehen? " flüsterte Chryséis zu Katherine.

"Was denn?"

"Ich glaube, ich habe um die Blumen herum kleine Feen gesehen."

"Wirklich?" meinte Katherine. "Trevor, hast du etwa Feen gesehen?"

"Nein, noch nicht."

Die Kinder wussten schon so einiges über Feen. Auf der Insel Ruta Ynis hatten sie keine sehr guten Erfahrungen mit ihnen gemacht, aber in Prydhain waren sie von ihnen gerettet worden, als sie sich im Fûna-Gebirge verirrt hatten.

Und tatsächlich flatterten da daêvas, Feen, die sich um Pflanzen kümmern, emsig zwischen den Blumen umher. Einige Feen kehrten gelben Pollen in große blauen Blüten, andere pflückten Blattläuse von den Blättern oder legten verwelkte Blüten auf ordentliche Haufen.

Und tatsächlich flatterten da daêvas, Feen, die sich um Pflanzen kümmern, emsig zwischen den Blumen umher. Einige Feen kehrten gelben Pollen in große blauen Blüten, andere pflückten Blattläuse von den Blättern oder legten verwelkte Blüten auf ordentliche Haufen.

Die Jungfer Oruwen schritt weit aus und scherte sich nicht, um die kleinen Kreaturen am Wegesrand. An einem kleinen See sang eine Spottdrossel und bunte Pfauen stolzierten auf den burgunderroten Rasenflächen umher, aber Oruwen hatte es eilig. Sie wollte den Löwen sehen und dann so schnell wie möglich zur Zitadelle zurückgehen. Den Kindern sollte es recht sein und sie liefen eifrig hinter ihr her.

Die Statue war von Bäumen umgeben, aber der Löwe war höher als die höchsten Bäume und wirkte irgendwie fehl am Platz in diesem gepflegten, weitläufigen Park.

Horakhti war ein riesiger Löwe aus Kalkstein, der über und über mit roter Farbe bemalt war. Trotz der Farbe sah er irgendwie alt und verwittert aus. Eine Steintafel zwischen den massiven Pfoten erklärte die astronomische Bedeutung der Statue im Fluss der Sterne.

"Cool", sagte Chryséis. "Das ist ja so cool!"

Die drei Freunde tauschten unsichere Blicke aus. War das etwa...? Das konnte doch nicht sein!

"Ist das die Sphinx von Gizeh?" fragte Katherine. "Echt jetzt!" Diese Löwenskulptur war sicherlich groß genug, aber sie war doch ein Löwe und keine Sphinx! Ein roter Löwe noch dazu.

"Das kann nicht sein", sagte Trevor. "Und wo sind bitteschön die Pyramiden von Gizeh? Gehören die nicht zusammen?"

"Sei nicht blöd, hier gab es doch vor 12 000 Jahren noch keine Pyramiden", zischelte Chryséis.

"Wenn das wirklich die Sphinx von Gizeh sein soll, warum gibt es dann keine Pyramiden?" fragte er beharrlich.

Chryséis rollte nur mit den Augen. "Woher soll ich das denn wissen?"

Nachdem sie die Statue eine Minute lang angestarrt hatte, nahm Oruwen den Fußweg um die Statue herum oder vielmehr um den Wassergraben herum, der sie umgab, und hörte garnicht, daß die Kinder etwas sagten. Sie bewunderte diese Statue, als ob sie das Wichtigste auf der Welt sei, dabei mussten sie doch langsam gehen.

Sie versuchten wieder mit Oruwen Schritt zu halten und als sie wider am Ausgangspunkt des Fusswegs angelangt waren, sagte die Jungfer: "Wir müssen jetzt zurückgehen, Athenai. Es wird schon spät."

Na endlich! Die Kinder seufzten und folgten der

entschlossenen Jungfer. Auf dem Weg nach draußen kamen sie an der Statue einer jungen Frau und einem Hund vorbei. Der Hund hatte eine lange Schnauze und spitzen Ohren. Er lag mit ausgestreckten Vorderpfoten auf dem Boden, wie der gigantische Löwe, und war schwarz angemalt und sah Nubi, dem Hund von Azurias Maya, nicht unähnlich. Die strenge junge Steinfrau trug eine elegante, gefaltete Toga aus Kalkstein.

Auf einer Steinplatte stand, daß der schwarze Hund Upuaut und die steinerne Jungfer über das wachten, was von der Schöpfung der Götter übrig geblieben war. Der Löwe hingegen hatte die Aufgabe, den Himmel zu bewachen und die Jungfrau vor der Rückkehr der Götter aus ihrem Sternenreich zu warnen. Aber sie hatten kaum Zeit den ganzen Text zu lesen. Katherine spürte einen Stich der Traurigkeit, als sie den Hund sah. Sie fragte sich, wie es Tepi jetzt wohl ging. War sie glücklich und wohlbehütet?

Bald befanden sie sich auf dem Weg zurück zur Zitadelle. Trevor konnte nicht länger warten und platzte mit der Frage heraus, die ihn beschäftigte. "Verehrte Jungfer, warum gibt es in Ta Mery keine Pyramiden?"

Chryséis verdrehte die Augen. "Wirklich?"

"Sie weiß wahrscheinlich nicht einmal, wovon du redest", flüsterte Katherine.

Oruwen schaute überrascht aus. Die Schulkinder der Bekannten Welt wussten alles über diese Dinge, aber diese Kinder waren natürlich anders.

Sie seufzte und antwortete ihnen nach bestem Wissen. "Es gab einmal Pyramiden. Nicht hier, sondern an den Ufern des Nila-Flusses. Dann änderte der Fluss seinen Lauf, und schon bald waren die schönen blauen und weißen Pyramiden, die die Ufer des mächtigen Flusses geschmückt hatten, völlig im Schlamm verschwunden."

Die Kinder trauten ihren Ohren nicht. "Es gab blaue und weiße Pyramiden am Fluss?" fragte Trevor. "Und die sind im Schlamm versunken?"

"Aber natürlich sind sie das, junge Freunde." Oruwen

versuchte, sich in Geduld zu üben. "Es ist allgemein bekannt, daß der Gott Osiris das unkontrollierte Überlaufen des blauen Nila-Flusses korrigiert hat, und unter anderem aus diesem Grund. Die Pyramiden wurden in Ta Mery nie wieder aufgebaut."

Nie wieder aufgebaut? Warum nicht? Es musste doch Pläne geben, sie wieder aufzubauen. Die Fragen prasselten auf die überraschte Jungfer ein wie fallende Eicheln im Herbst.

"Niemand weiß mehr, wie solche Pyramiden richtig gebaut werden. Das ist schwieriger als man denkt. Abgesehen vielleicht von den Kabiri, aber viel altes Wissen ist mit der Zeit verloren gegangen. Das dunkle Zeitalter ..."

Es gab so viele Dinge, die die Kinder noch wissen wollten, aber Oruwen drängte sie zum Weiterlaufen. Sie erhielt gerade eine telepathische Nachricht von der Lady der Zitadelle, daß ein Seher seine Dienste angeboten hätte, um die gestohlenen Sachen der fremden Besucher wieder zu finden, und teilte es den Zeitreisenden mit. Sie erwarteten einen alten Mann mit langem, weißem Haar und Bart und waren überrascht, einen jungen Mann mit einem freundlichen Lächeln vorzufinden; er war glatt rasiert und sein Haar war kurz geschnitten.

Er forderte sie auf, sich zu setzen, und hörte sich dann Oruwens überschwängliche Erklärungen an. Die Art der gestohlenen Gegenstände überraschte ihn nicht, da er ja ein Seher war. Offensichtlich reichten normale telepathische Fähigkeiten, die so viele Menschen hier besassen, nicht aus, um die Diebe zu finden. Auf die Bitte der Jungfer hin hielt er einen Moment lang die Hände der Kinder und erzählte ihnen, daß ihre Sachen von Dieben in Ush-bantoun auf Befehl eines Magiers gestohlen worden waren - zweifellos von einem bösen Mann, der im Auftrag einer unwürdigen Königin handelte. Das war ja allgemein bekannt.

"Ah, ja. Wie ich sehe, haben die beiden Diebe eine Abmachung mit dem Zauberer getroffen. Sie arbeiten für die Sklavenhändler und wurden beauftragt, die Geräte an einen sicheren Ort im Osten zu bringen... nachdem drei ganz besondere

Kinder entkommen waren. Ihr habt Glück gehabt, Athenai."

"Das kann man wohl sagen", meinte Katherine.

"Aber warum verkaufen sie die Geräte nicht einfach? Wie kann der Zauberer sicher sein, daß sie jetzt ihren Teil der Abmachung einhalten?"

Der Seher dachte einen Moment lang nach. "Die Diebe waren gezwungen, seinen telepathischen Anweisungen zu folgen. Sie wissen, was ein Zauberer mit ihnen machen wird, wenn sie nicht gehorchen", sagte er. "Sie haben Rostau verlassen und sind auf dem Weg nach Osten. So wie es aussieht, hat der König von Attock zugestimmt, die Geräte für den Zauberer und die Königin von Ush-bantoun aufzubewahren. Es scheint einen Plan zu geben, sie bald aus ihrem Gefängnis in Innu zu befreien."

"Das wird nicht so einfach sein", sagte Oruwen verächtlich, "und der König ist ihnen anscheinend ganz gleichgültig."

"Ich glaube, daß der Assistent des Zauberers noch nicht gefasst worden ist. Er wird seine Kräfte einsetzen, um seinem Herrn zu helfen."

"Wir müssen uns einfach beeilen und sie jetzt finden", sagte Trevor ungeduldig. "Können wir das Aufspürgerät benutzen?"

"Ja, wenn wir uns in der Nähe der Geräte befinden, aber das Land von Attock ist im Osten, weit weg von hier. Als Tarnung sind sie mit zwei Mokis zu Fuß unterwegs, in Richtung Magnesia. Wartet mal, sie haben unterwegs einige Gegenstände verloren, ohne es zu bemerken."

Er beschrieb den Ort als eine Schlucht im Land Libyaion, die Schlucht von Kerinkuyu. Er lachte vor sich hin und erzählte, daß einer der Mokis müde sei und auf sehr komische Art und Weise um sich zu treten begann.

"Eines der Geräte, die ihr sucht, und ein Beutel aus ungewöhnlichem Material, sind in die Kerinkuyu-Schlucht gefallen - nicht zu tief - sie können geborgen werden..." Er überlegte einige Augenblicke, als wolle er noch etwas sagen. "Die Sicht beginnt zu verblassen. Das ist alles, was ich sehen kann, fürchte ich. Viel Glück, Athenai."

Die Kinder waren so aufgeregt, daß sie ihm immer wieder die Hand schüttelten und ihm für seine Hilfe dankten. Das war für prähistorische Verhältnisse sehr seltsam, aber der Seher lachte nur gutmütig und nahm seinen Lohn von der Jungfer entgegen. "Gern geschehen ... sagt man das nicht so in eurer Zeit?" fragte er.

"Ja, das ist es. Wie können Sie ...?" fragte Trevor erstaunt.

"Er ist ein Seher, duh!" sagte Katherine.

"Danke euch. Schukri, athenai. Schelanti", sagten Oruwen und die Lady von Rostau, und der Seher verließ die Zitadelle.

"Ich kann es kaum glauben", sagte Chryséis. "Er konnte das alles sehen? Wir müssen diese Kerinkuyu-Schlucht finden."

"Ja, wir werden früh am Morgen aufbrechen", sagte Oruwen.

"Nein, wir müssen jetzt aufbrechen! Was ist, wenn sie merken, daß sie das Gerät verloren haben und zurückgehen, um es zu suchen?"

"Das werden sie nicht im Dunkeln tun, Freund Trevór", sagte die Lady. "Diese Diebe wissen nicht, daß Ihr ihnen bereits dicht auf den Fersen seid."

Trevor konnte in diese Nacht nur schlecht schlafen. Immer mußte daran denken, daß sie vielleicht schon zu spät waren.

 # 23   DIE LANGE ABKÜRZUNG

Noch vor Sonnenaufgang forderte Oruwen die Kinder auf, sich bereit zu machen.

Als sie nach draussen gingen, um den eleganten Zitadell-Vimaan zu besteigen, erlebten sie eine Überraschung. Dschehuti, der junge Lehrer von der Zauberschule, wartete auf dem Rasen.

"Ich trete in die Reisephase meiner Ausbildung ein", sagte er. "Der letzte Schritt, bevor ich ein 'Drache der Weisheit' werde. Deshalb werde ich euch begleiten und helfen, wo ich kann. Zugleich werde ich mich auf die Suche machen nach dem Tempel des Vogelgottes im Koh-Kaf-Gebirge."

Die Zeitreisenden waren noch müde und wussten nicht recht, was sie sagen sollten. Deshalb nickten sie nur und lächelten. Sie würden noch einen weiteren Reisegefährten haben, außer Oruwen. Wie cool.

"Ah junger Mann", sagte die Jungfer. "Ihr seid ein Lehrling, der den alten Namen des Gottes Thoth angenommen hat. Der Spiegel einer wichtigen Gottheit auf Erden. Wie passend..."

Priester nahmen oft den Namen der Gottheit an, deren Eigenschaften sie nachzuahmen gedachten. Aber die Kinder hatten natürlich keine Ahnung, wovon Oruwen sprach und es war ihnen auch nicht wichtig.

"Super ..." Trevor fand es nur toll, mal wieder einen männlichen Reisebegleiter zu haben.

Die Lady von Rostau verabschiedete sich von ihnen, und sie stiegen wieder einmal in einen Vimaan, voller Hoffnung, daß sie wenigstens eines ihrer Zeitreisegeräte in der Schlucht von Kerinkuyu finden würden. Als sich der Vimaan langsam von der Zitadelle in Rostau entfernte, hob sich die Sonne gerade über den Horizont. Die neue Baustelle eines Tempelbezirks kam bald in Sicht. Eine Gruppe von riesigen Ingenieuren war dabei, die Umrisse eines Tempels auf dem Gelände zu vermessen. Es war ein recht großes Gelände.

Auf dem gerodeten Feld unten, spielten Kinder eine Partie Pok-ta-pok. Sie hatten behelfsmäßige Linien in den schmutzigen Boden gezeichnet und ließen den Ball an ihren Körpern, Schultern und Oberschenkeln abprallen. Sie spielten mit aller Kraft gegen die ersten beiden Steinreihen einer neu errichteten Tempelmauer und versuchten, den Ball durch einen über ihren Köpfen angebrachten Ring zu befördern.

Der Tempel wurde zu Ehren der großen Götter errichtet, die vor dem dunklen Zeitalter hier auf dem Plateau gelebt hatten.

Die Riesen schienen sich nicht an den spielenden Kindern zu stören. Die Ingenieure waren gerade dabei, eine Fläche mit einer geknoteten Schnur auszumessen, ein Verfahren, das "Schnurdehnung" hieß. Die Zeitreisenden hatten das in einer der Schriftrollen in der Bibliothek von Kem-Oun gelesen.

"Immer noch keine Pyramiden", seufzte Chryseis, als sie weiter Richtung Norden flogen.

Sie überquerten einen großen See und bogen dann in nordöstlicher Richtung ab. Ein Schwarm weißer Vögel flatterte um den Vimaan herum und ließ sich am Seeufer nieder. Das Blaue Meer lag zu ihrer Linken, während der Vimaan eine Stadt nach der anderen passierte.

Die Diebe hatten offenbar die Route im Zickzackkurs durch die Städte Silsila, Sohag und Kena genommen und waren nun auf dem Weg zur Hafenstadt Gubla. Oruwen bestand darauf, tiefer zu fliegen, damit sie mit dem Gerät nach den Gegenständen suchen konnten, die die Diebe auf ihrem Weg nach Osten verloren haben könnten. Das war garnicht so einfach, weil die Straßen recht belebt waren.

Die Kinder waren beunruhigt. Was war, wenn jemand den Zeitportalfinder in der Schlucht entdeckte, bevor sie den Ort erreichten?

"Dauert das nicht zu lange so?" fragte Chryséis.

"Vielleicht sollten wir die Städte auslassen und uns direkt zur Schlucht begeben."

"Wir müssen versuchen, so viele eurer Sachen wie möglich zu finden", meinte die Jungfer beharrlich. "Ihr wollt doch nichts aus der Zukunft bei uns zurücklassen, jedenfalls nicht mehr als nötig." Die Kinder verstanden, worauf Oruwen hinauswollte: Wenn sie etwas zurückließen, das nicht in die Epoche passte, könnte die Zukunft eine andere Wendung nehmen.

"Wenn ein Tier zum Beispiel an einer Plastikverpackung erstickt, könnte die ganze Rasse aussterben", sagte Chryséis.

"Das ist vielleicht ein bisschen zu dramatisch", erwiderte Katherine.

"Vielleicht, aber wir wissen es nicht wirklich, wir können es nur vermuten. Lasst uns tun, was wir können, um hinter uns aufzuräumen."

"Na gut", murmelte Trevor. Bei ihrer Suche fanden sie dann einen noch verpackten Müsliriegel, mit dem ein Gastwirt in Silsila bezahlt worden war, und eine Sonnenbrille auf der Landstraße. Sie fanden die Sonnenbrille hinter einem Busch am Wegesrand. Trevor rief aufgeregt, daß der Fahrer sofort landen solle. Obwohl die Brille etwas verbogen war, triumphierten die Kinder über den kleinen Erfolg.

"Da haben wir's", sagte Oruwen. "Das ist schon besser." Außerdem fanden sie eine alte Binsen-Sandale, ein zerbrochenes Feuersteinmesser und zwei schmutzige Lappen mit einer aufgedruckten Elefantenbordüre, die vielleicht vom Wind von einer Wäscheleine getragen worden waren und nichts mit ihnen zu tun hatten.

Leider brachte das Aufspürgerät nichts von Bedeutung zutage, aber es war interessant zu sehen, was manche Leute so in ihren Hinterhöfen rumliegen hatten. Es dauerte nur einen halben Vormittag, um drei Städte zu durchqueren. Oruwen war recht tüchtig, aber es gab noch immer keine Spur von den gestohlenen ZPS-Geräten.

Als sie sich der Schlucht von Kerinkuyu näherten, konzentrierte sich Dschehuti auf die Bedienung des Suchgeräts.

Und sie brauchten nicht lange zu warten. Plötzlich sprang das Suchgerät geradezu in Dschehutis Hand herum. Er zoomte auf die genaue Stelle ein und... sie hatten den Zeitportal-Sucher gefunden!

Der Vimaan setzte sanft am Straßenrand auf und wich einem von zwei Mokis gezogenen Karren aus. Sie sprangen alle aus dem Vimaan. Katherine sah ein schwarzes Knäuel zuerst, das knapp unterhalb des Straßenrandes lag, am Fuße einer Zwergpalme und Zistrosenbüschen mit ihren klebrigen Ästen und Blättern.

Sie eilte darauf zu, beugte sich hinunter und holte Chryséis' Rucksack herauf. Er war nicht sehr schwer. Da fehlte also etwas! Sie durchstöberten den Inhalt, aber der ZPS war nicht dabei, auch nicht der Palmtop-Computer, den sie als Logbuch benutzten. Nur ein paar saubere Unterhosen und zwei T-Shirts lagen noch zusammengedrückt auf dem Boden des Rucksacks. Es sah ganz so aus, als sei die Tasche von den Dieben unbemerkt, heruntergefallen.

Vimaane zogen über der Straße an ihnen vorbei und die Leute beobachteten sie neugierig. Dschehuti suchte die Stelle ab und ging langsam in die Richtung, die das Suchgerät anzeigte. Die anderen folgten ihm bis zum Rand der Schlucht. Aber wo war bloß das ZPS?

"Es muss doch hier irgendwo sein ..." sagte die Jungfer Oruwen ungeduldig.

"Vielleicht weiter unten", schlug Katherine vor und zeigte auf den Fluss unten in der Schlucht.

"Aber doch wohl nicht im Wasser", sagte Trevor ein wenig verärgert.

"Oh bitte, so tief unten kann es nicht liegen", jammerte Katherine.

Dann schlug das Suchgerät wieder an.

Trevor sah etwas auf einem Felsvorsprung glitzern, etwa drei Meter weiter unten. Er verlor keine Zeit und kämpfte sich durch das Gestrüpp den Abhang hinunter. Kurz über dem Felsvorsprung sah er das ZPS und griff danach. Er war nervös und verfehlte das Gerät in seiner Ungeduld nur knapp. Dieses setzte er allerdings gerade so weit in Bewegung, daß es weiter den Hang hinunterrutschte.

Es blieb eine Weile auf einem Grasbüschel liegen und rollte dann weiter zwischen die Zweige eines Zistrosenstrauchs, wo es stecken blieb. Dann purzelte es auf einmal weiter nach unten. Die hintere Abdeckung brach ab und legte das komplizierte technische Innenleben frei. Das ZPS prallte gegen Steine und Pflanzen, bis der wertvolle Zeitportal-Sucher in den Fluss platschte. Sie starrten ihm entsetzt hinterher. Das konnte doch einfach nicht wahr sein! Das Rauschen schien sich ins Unerträgliche zu steigern.

"Nein!" schrie Trevor, über sich selbst wütend. "Nein, oh nein!" *Befand er sich in einem Albtraum?* Vielleicht passierte das alles ja gar nicht wirklich, und er würde gleich aufwachen... jetzt gleich... und war alles wieder gut. Aber es war kein Albtraum.

Ihr wertvoller Zeitportal-Sucher war im Flusswasser unten versunken. Trevor wollte dem Gerät gleich hinterher springen, aber Dschehuti rief: "Es ist zu gefährlich, Freund..."

Gefährlich, gefährlich, hallte es spottend aus der Schlucht zurück. Trevor gab seinen wilden Plan auf, aber sie waren doch so nahe dran gewesen. Warum musste so etwas ausgerechnet jetzt passieren?

Er sackte in sich zusammen und starrte auf den Fluss, der nicht sehr weit von ihm entfernt war. Er ignorierte die Rufe der anderen, die ihn aufforderten, nach oben zurückzukehren und hörte nichts mehr außer dem Rauschen des Wassers.

Dschehuti war bereits auf dem Weg nach unten zu ihm, als Trevor sich endlich zusammenriss. Er griff nach ein paar Sachen, die zusammen mit dem ZPS, ebenfalls aus Chryséis' Rucksack hinuntergerollt waren. Dann kletterte er vorsichtig wieder den Hang hinauf, wobei er zwei Zahnbürsten, eine Tube mit antiseptischer Creme und eine weitere mit Zahnpasta fest in der Hand hielt. Er sah noch etwas anderes, das fehl am Platz aussah - in einem Zistrosenbusch, der sich mit den Wurzeln an einen Felsvorsprung festklammerte.

Es war der Palmtop-Computer! Trevor verlagerte sein Gewicht nach rechts und weg von dem Felsvorsprung, auf dem er stand. Dann beugte er sich langsam vor und klaubte den Palmtop vorsichtig aus dem Busch heraus. Direkt hinter dem Palmtop lag auch eine kleine Dose mit Vaseline.

"Was ist das, Trevor, was hast du denn da?" rief Chryséis ihm zu, aber das Rauschen des Flusses übertönte die gemurmelte Antwort des Jungen. Dschehuti streckte seine Hand aus und zog Trevor über die Felskante hinauf. Erschöpft hielt der den Palmtop hoch, bevor die beiden weiter kletterten, bis sie oben angekommen waren.

"Das gibt's doch nicht! Es ist der Palmtop", sagte Katherine. Für sie war es, als würde sie einen alten Freund wiedersehen und sie konnte nicht die Träne zurückzuhalten, die ihr über die Wange kullerte. Als Trevor oben ankam, nahm sie ihm den Computer vorsichtig aus der Hand.

Trevor setzte sich an die Straße.

"Toll, ich hoffe, er funktioniert noch." Chryséis dachte wie immer praktisch. "Aber wir können ihn so nicht benutzen, bis wir wenigstens eine der Vakuum-Batterien gefunden haben."

"Sieht ganz gut aus," meinte sie. "Ich frag' mich, was noch so alles da unten liegt oder ins Wasser gefallen ist. Ich kann mich kaum dran erinnern, was ich alles im Rucksack hatte."

Sie suchten den Hang ab, aber da war nichts weiter zu sehen, was ihnen einigermassen bekannt vorkam - und das Aufspürgerät rührte sich auch nicht mehr.

Dschehuti kniete sich neben Trevor und legte ihm eine Hand auf die Schulter. "Athenai, du magst den Grund dafür jetzt nicht sofort verstehen, aber..."

"Es ist meine Schuld, daß wir nie wieder nach Hause zurückkehren werden", unterbrach Trevor ihn. "Das war so glitschig da unten... und der Boden ist einfach unter mir weg gerutscht", versuchte er zu erklären.

"Übertreib' mal nicht," meinte Chryséis.

"Mach dir keine Sorgen, Trev", sagte Katherine und wischte sich die Träne weg. "Es gibt doch noch zwei weitere ZPSs, und wir müssen sie einfach nur wiederfinden."

"Aber die Chancen stehen gut, daß wir sie nicht wiederfinden werden", stöhnte Trevor. "Ich meine, wie sollten wir hier überhaupt etwas finden?"

"So darfst du nicht mal denken..." rief Chryséis, "...natürlich werden wir sie finden!"

"Natürlich..." wiederholte Katherine. Die Tränen hatten aufgehört. "Wir werden jetzt nicht das Handtuch werfen. Wir sind doch schon so weit gekommen. Einverstanden?"

Sie reichte erst Trevor und dann Chryséis die Hand zum Abklatschen. Obwohl ihre Freunde weniger begeistert waren, keimte wieder etwas Hoffnung in ihnen auf.

"Wir müssen uns wieder auf den Weg machen... da wartet noch eine andere Stadt auf uns...", drängte Oruwen sie und wunderte sich über das seltsame Ritual des oben Händeklatschens.

Dschehuti sagte nichts. Er stand einfach nur auf und rieb sich den Schmutz von den Knien.

"Ich meine, wir sollten zu Fuß weiter gehen", schlug Trevor vor. "Was ist, wenn da noch mehr rumliegt, was den Dieben runtergefallen ist? Wir könnten etwas übersehen und das Risiko will ich nicht eingehen."

Es war ihnen klar, daß er etwas tun musste, um sich von dem verlorenen Zeitportal-Sucher abzulenken. Ihre prähistorischen Freunde verstanden das. Oruwen, die das Sagen hatte, beschloss, allein zur Hafenstadt Gubla vorauszureisen und sich dort genauer umzusehen.

"Dschehuti, du wirst die Kinder ab hier begleiten und zu Fuß nach den gestohlenen Gegenständen suchen. Wir werden uns in der Zitadelle von Gubla wieder treffen. Sie ist nicht weit entfernt und ihr solltet spätestens am Abend dort angekommen sein. Morgen früh machen wir dann gemeinsam weiter."

Die Jungfer Oruwen stieg in den Vimaan und schwebte davon. Der Vimaan wurde immer kleiner, bis er ganz verschwunden war, während Dschehuti mit den Kindern die staubige Straße Richtung Gubla entlang marschierte.

Obwohl Dschehuti die ganze Zeit das Suchgerät benutzte, gab dieses keinen Pieps von sich, und nach einer Weile dachten die Mädchen, daß es eine Schnapsidee gewesen sei, den ganzen Weg in die Stadt zu laufen. Eine steinerne Brücke führte über die enge Schlucht um einen der Hügel herum und Dschehuti dachte, es sei eine willkommene Abkürzung.

"Lasst uns in diese Richtung gehen," schlug er vor. "Dieser Weg wird uns sicher schneller nach Gubla bringen."

Die Kinder nahmen seinen Vorschlag dankbar an und überquerten die Brücke. Sie waren nun nicht mehr direkt an der Straße. Chryséis strich verträumt mit der Hand über die gefiederte Gräser am Wegesrand. Die kitzelten an ihrer Handfläche und sie dachte wie schön es war, den Palmtop wieder zu haben. Auf dem kleinen Computer waren so viele Forschungsergebnisse gespeichert, und wenn sie ein großartiges Physikprojekt abliefern wollten, brauchten sie jedes kleine Bisschen davon.

Neben der Straße war ein Rascheln im Gebüsch zu hören. Chryséis schaute träge auf und sah zu ihrem Entsetzen, wie eine zischende Klapperschlange ihren Kopf an ihren Knöchel stieß. Sie sprang erschrocken zur Seite und schrie vor Überraschung auf. Die Klapperschlange schnappte in die Luft. Als es sah, daß keine unmittelbare Gefahr bestand, zog sich das Reptil flink in das hohe Gras zurück und war verschwunden.

Dschehuti, der mit Trevor vorausgelaufen war, blieb stehen und drehte sich um. Chryséis starrte sie schockiert an.

"Da, da war eine Schlange... eine Schlange", hauchte sie. Dschehuti vergewisserte sich, daß die Schlange auch wirklich verschwunden war. Dann bestand er auf einer kurzen Rast.

Chryséis fühlte sich unwohl dabei und wollte sich nicht hinsetzen, auch wenn Dschehuti ihr versicherte, daß die Schlange sie nicht länger belästigen würde. Sie tranken etwas Wasser und aßen ihre Reisekuchen. Ein kleiner Trupp Soldaten, die einen Eilboten begleiteten, hielt an, und die Soldaten versprachen, nach den Dieben Ausschau zu halten.

Katherine schaute zufällig hinter den Stein, auf dem sie saß, und sah das Papier eines Müsliriegels. Die Diebe waren hier gewesen!

"Abfall ist offensichtlich kein modernes Problem", sagte Chryséis und hielt die Packung hoch. In dem Moment hüpfte das Aufspürgerät, das Dschehuti neben sich gelegt hatte.

"Das ist ja nicht besonders zuverlässig," brummte Trevor. "Wenigstens wissen wir jetzt, daß wir wegen der Abkürzung den richtigen Weg eingeschlagen haben."

Nach einer weiteren Stunde Fußmarsch hatten sie nur einen zerfledderten goldenen Ohrring und ein paar verfaulte Früchte gefunden, doch bald kam eine schäbige Hütte in Sicht. Hier konnten sie nachfragen.

Vor der Hütte spielten schmutzige, in Lumpen gehüllte Kinder irgendein Spiel in schlammigen Pfützen und ein hagerer Mann war damit beschäftigt, die Hauswand weiß zu streichen. Ein älterer Junge half ihm dabei. Auf einem Müllhaufen am Tor wimmelte es nur so von Fliegen, aber ansonsten schien der Ort einigermaßen sauber zu sein.

Eine einfach gekleidete Frau schöpfte mit einen Eimer aus dem Brunnen und nickte zur Begrüßung.

"Wir werden hier eine Weile anhalten und uns ausruhen, Freunde", sagte Dschehuti.

"Wir sollten aber nicht lange bleiben", ermahnte Trevor ihn. "Wir müssen weitersuchen und vor Sonnenuntergang in Gubla sein."

Der junge Gelehrte nickte und ging auf das Häuschen zu. Über der Eingangstür war ein Schild angebracht. Es handelte sich also um ein Gasthaus mit Schankerlaubnis, denn in gemalten Hieroglyphen stand da auf Akkadisch:

"Übernachten - Essen - Trinken".

Unter dem Text war ein Glas mit Bouza-Bier aufgemalt.

Der hagere Mann steckte seinen Pinsel in den Eimer, stellte den Eimer auf den Boden und machte ein Zeichen zur Begrüßung. "Schelanti, Fremde. Glaubt ihr an Osiris, den höchsten aller Gottheiten, den Befreier von Kannibalismus und Sklaverei, den Begründer der Zivilisation und das

Symbol der mächtigen Sonne?" Seine Augen waren stechend. *Was war das denn für eine komische Frage? War der Mann verrückt?* Aber ein kurzer Blick auf Dschehuti versicherte ihnen, daß alles in Ordnung war. In Ta Mery war dies anscheinend eine angemessene Frage.

"Wir glauben daran und wollen euch nichts Böses", antwortete Dschehuti. Anscheinend eine Art Passwort.

"Dann seid willkommen an diesem Ort des Friedens. Habt ihr Reisedokumente bei euch?" fragte der Mann. Eigentlich war er nicht berechtigt, solche Reisedokumente zu kontrollieren, aber der Gastwirt war in seiner Jugend ein Zitadellenwächter gewesen, und alte Gewohnheiten liessen sich nur schwer ablegen. Dschehuti sah Trevor an.

"Ähem, sicher. Warum nicht?" Trevor holte die Paizas, die sie in Innu erhalten hatten hervor und reichte sie dem Mann. Der glotzte auf die Tonscheiben. Dies konnten keine gewöhnlichen Kinder sein, wenn sie Paizas der Lady von Innu bei sich trugen – und der junge Mann war ein angehender Priester! Er reichte Trevor die Paizas zurück und bat sie herein. "Bringt diesen guten Leuten etwas Herzhaftes zu essen, Frau, und einen Krug unseren guten Bieres."

"Willkommen", sagte seine Frau und ging mit einem Eimer Wasser ins Haus voran. Die schmutzigen Kinder lachten und zeigten auf die Fremden, bevor sie ihre Aufmerksamkeit wieder den Pfützen und ein paar Stöcken zuwandten.

Die Frau des Gastwirts servierte Gazelleneintopf mit weißen Sermschoten und Kürbismus, und das Essen war überraschend schmackhaft. "Mögt ihr gekochte Vogeleier?" fragte sie.

"Danke", antwortete Katherine höflich. "Ein Ei, bitte." Die Frau sah überrascht aus. Das war ja nicht gerade viel. Katherine starrte auf das kleine weiße Objekt. Dann teilte die Frau löffelweise geschälte Wachteleier aus.

Endlich fragte Dschehuti den Gastwirt, ob er etwa verdächtig aussehende Männer mit einer kleinen Moki-Karawane gesehen habe.

"Ich erinnere mich an eine solche Karawane. Zwei Burschen

und zwei Mokis", sagte der Mann. "Ich habe ihnen nicht viel Aufmerksamkeit geschenkt. Sie waren wohl auf dem Weg nach Gubla, aber es war seltsam, daß sie diese Abkürzung abseits der Straße nahmen."

Sie bezahlten das Essen und machten sich wieder auf den Weg.

"Woher wusstest du, daß der Mann uns Informationen über die Diebe geben würde?" fragte Katherine.

"Athenai, das wusste ich nicht, aber ich habe meine Intuition eingesetzt", antwortete Dschehuti. "Und ihr habt ja selbst gesehen, daß die Karawane hier vorbeigekommen sein muss."

Der weitere Weg entpuppte sich als Pfad entlang der enger werdenden Schlucht, die mit großen Kieselsteinen übersät und von steilen Felswänden umgeben war.

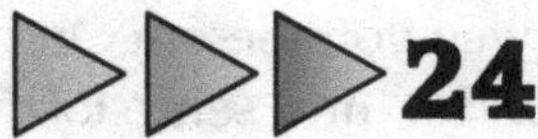 **24** DIE STURZFLUT

"Der Gazelleneintopf war zwar ganz gut, aber was würde ich jetzt nicht für ein Stück Schokolade geben", stöhnte Katherine.

Sie hatten den Pfad weiter oben an der Felswand verlassen, als dieser zu beschwerlich wurde, und liefen jetzt über die flachen Kieselsteine unten in der Schlucht. Niemand sonst war hier zu sehen.

"Ja, oder Cornflakes..." Chryséis seufzte.

"Nein, es muss Schokolade sein", entschied Katherine, "...mit Joghurtfüllung oder mit Nüssen und Rosinen."

"Ach, hört schon auf." Trevor war irritiert. Er mochte keine Schokolade. "Wie wär's, wenn ihr einfach nur das esst, was es hier gibt?"

"Au weia, jemandem ist eine Laus über die Leber gelaufen," kicherte Katherine.

Dschehuti schenkte der Unterhaltung in der Sprache der Kinder keine Beachtung. Er hatte eine Aufgabe zu erfüllen: aufmerksam auf Geräusche zu achten und nach seltsamen Gegenständen Ausschau zu halten, die hier herumliegen mochten, aber seine Bemühungen blieben ergebnislos.

"Wir werden in dieser Richtung weitergehen. Es ist sicher nicht mehr weit bis Gubla", sagte er und beschleunigte seine Schritte.

"Findet ihr es nicht komisch, daß keine anderen Reisenden diesen Weg hier nehmen?" fragte Trevor.

*

Aber das stimmte so nicht ganz. Für einen anderen Reisenden waren die Hindernisse auf dem Felspfad nämlich kein großes Problem. Er war Dschehuti und den Zeitreisenden etwas voraus. Dieser Reisende hieß En-kidu und stammte aus dem Clan der Ipú. Er war nach der weisen Muttergöttin mit dem Eulenkopf benannt, von der eine lebensgroße Statue einst in En-kidus Höhle gestanden hatte - weit weg von diesem Ort. Die Ipú waren Söhne des Nanak, des Mondes, und sehr stolz darauf. Für das zivilisierte Volk waren sie primitive Wildmänner. Konks, die die Wildnis und ihre eigene Gesellschaft bevorzugten, und En-kidu war, wie alle seine Artgenossen, mit rötlichem Fell bedeckt.

In seinen Augen waren zivilisierte Menschen waren laut, rochen komisch und hatten zu wenig Haare. Sie bauten ihre Höhlen in großen Siedlungen aus Lehm und getrocknetem Gras und irgendeinem mysteriösen, glänzenden Kristall. Das war nicht halb so gut wie eine gute, solide Höhle.

Er hatte die Höhlen der Haarlosen gesehen. Er liebte Weintrauben in der Nähe und achtete darauf, nicht gesehen zu werden, wenn er sich im Herbst an den süßen Früchten bediente. Man musste allerdings aufpassen, daß man nicht auf verfluchte Sklavenhändler traf. Sie nahmen Konks wie ihn gefangen und zwangen sie dazu, in den Steinbrüchen oder Kupferminen im Roten Land zu arbeiten. Zwei Exemplare diess Ungeziefers waren nicht weit entfernt mit ihren beiden Mokis vorbeigekommen, und ihr Geruch hatte ihm nicht gefallen. En-kidu konnte sie genau erschnüffeln und wusste wie er sich vor ihnen verbergen musste.

Er hatte mit seiner Frau E-nush wunderbare Jahre in der geräumigen Höhle im Schoße des Clans, weit weg im westlichen Vorgebirge verbracht. Ihre beiden Kinder, ein Junge und ein Mädchen, waren dort glücklich und zufrieden aufgewachsen, hatten gespielt und die Gebräuche der Söhne Nanaks gelernt.

En-kidu hatte sie gut versorgt und er liebte seine Frau... sie war so schön gewesen mit ihrem weichen rötlichen Haar und ihren tiefen dunklen Augen. Aber es schmerzte ihn, jetzt an sie zu denken.

Vor vierzehn Tagen, als die Mondsichel so dünn wie die Schneide eines Feuersteinmessers gewesen war, hatte das friedliche Leben seines Clans aufgehört. En-kidu war an der Reihe gewesen, die Höhle zu bewachen, als die anderen Männer vor Sonnenaufgang auf die Jagd gegangen waren.

Es war am besten, die großen Echsen zu jagen, wenn die Luft noch kühl war. Die Kälte machte die Tiere träge und sie waren leichter aufzuspüren.

Die Höhle hatte zwei große Kammern aus ockerfarbenem Gestein, die an einem Berghang gelegen waren. Frauen und Kinder hielten sich oft in der zweiten Kammer auf, um Tierhäute zu schaben oder grobe Matten und Körbe zu flechten.

En-kidu hatte diese Höhle seiner Vorfahren immer schon geliebt, und es schmerzte ihn bitterlich, daß es sein Zuhause nun nicht mehr gab. Er hatte jeden roten Handabdruck an der Höhlenwand auswendig gekannt. Der große mit den zwei gekrümmten Fingern war der seines Urgroßvaters gewesen, und der kleine daneben gehörte seiner jungen Tochter Kanah.

Dann kam das Erdbeben und sein freudvolles Leben war im Nu vorbei gewesen. Die Kleinen hatten sich in der Kinderstube aufgehalten. Normalerweise war dies ein gut geschützter Ort, aber als die Felsen auf sie herabdonnerten, wurden viele ihrer kostbaren Kinder schwer verletzt oder sogar getötet.

Die Frauen, die Körbe geflochten hatten, hatten versucht, die Kinder zu erreichen und sie in Sicherheit zu bringen. Doch die herabfallende Felsen versperrten den Fluchtweg im hinteren Teil der Höhle. Es hatte viel Blutvergießen gegeben.

En-kidu hatte wie so oft in der vorderen Kammer in der Nähe des Eingangs gearbeitet und Pfeilspitzen aus Feuerstein geschliffen. Er entkam dem sicheren Tod, doch für seine Familie kam jede Hilfe zu spät.

Als die anderen Männer von ihrer Jagd zurückkehrten, bot sich ihnen ein Bild der Verwüstung. Sie hatten nur ein leichtes Zittern auf dem boden hinter den Hügeln verspürt, das sich wie die Tritte einer Herde Riesenechsen anfühlte.

Die Männer stimmten in das Wehklagen der wenigen Überlebenden ein, während En-kidu wütend an der Rückseite der Höhle grub und Steine auf einen wachsenden Haufen warf.

Die Jäger gingen auf die Knie und halfen ihm, die hintere Höhle freizulegen. En-kidu fand seine Tochter und seinen kleinen Sohn, die von herabfallenden Trümmern erschlagen worden waren. Es dauerte einen weiteren Nachmittag, bis sie zu den Frauen durchkamen. Zwei von ihnen waren noch am Leben, aber die schöne E-nush lag tot mit zertrümmertem Schädel da. En-kidu hatte ihren leblosen Arm berührt und das rötliche Haar war so weich gewesen. Der tapfere En-kidu wurde von Schuldgefühlen geplagt. Warum hatte er überlebt? Er war wertlos und unfähig gewesen, die hilflosen Clanmitglieder zu beschützen, wie es doch seine Pflicht war.

So fand En-kidu seine Tochter und seinen kleinen Sohn, die von herabfallenden Trümmern erschlagen worden waren. Es dauerte einen weiteren Nachmittag, bis sie zu den Frauen durchkamen. Zwei von ihnen waren noch am Leben, aber die schöne E-nush lag tot mit zertrümmertem Schädel da. En-kidu hatte ihren leblosen Arm berührt und das rötliche Haar war so weich gewesen. Der tapfere En-kidu wurde von Schuldgefühlen geplagt. Warum hatte er überlebt? Er war wertlos und unfähig gewesen, die hilflosen Clanmitglieder zu beschützen, wie es doch seine Pflicht war.

Da nahm der erfahrene Jäger seinen Beutel und eine kleine Figur, die seine Tochter Kanah für ihn gemacht hatte, und verließ seine Heimat.

Er ging nach Westen, ohne zu wissen warum, und nur Vater Mond begleitete ihn. Der große, haarige Konk sah haarlosen Menschen ähnlicher als die Konks in Alesia. Er war schlank und nicht so schwerfällig wie seine kuppelköpfigen Vettern.

En-kidu kletterte flink über die vertrauten Felsen im Ipú-Gebiet, bis er die Hügel nicht mehr erkannte und streifte von da ab ziellos über Berg und Tal. Seine Schulter war von herabfallenden Steinen verletzt worden, aber als er das Territorium des Clans trauernd verliess, tat sie ihm eine Zeit lang nicht mehr weh. Aber die unbehandelte

Wunde hatte begonnen anzuschwellen und zu eitern.

E-nush kannte sich mit der Pflanzenkunde aus. Sie hätte gewusst, was zu tun sei, aber E-nush war nicht mehr bei ihm. Es kümmerte ihn wenig. Der Tod würde ihn von seinen inneren Qualen befreien.

Die kleine Antilope, die er fast nebenbei erlegt hatte, lag in einer Ecke der Höhle oberhalb der Schlucht, wo er sich vor den Sklavenhändlern verborgen hatte. Die Beute musste zubereitet werden, aber keine Familie würde von der herzhaften Mahlzeit profitieren. Der trauernde Wildmann lehnte sich gegen die raue Felswand. Er stützte die verletzte Schulter mit seiner Hand und beobachtete, wie die Sonne am Himmel gen Westen entlang wanderte.

*

Die Zeitreisenden und Dschehuti gingen weiter im ausgetrocknete Flussbett und fragten sich, ob dieser Weg noch nach Gubla führte.

Grasbüschel wuchsen zwischen den Kieselsteinen, und ein paar kahle Büsche hielten sich an den steilen Hängen fest. Nach einer scharfen Biegung kam das Skelett eines großen Tieres in Sicht. Es lehnte gegen eine Felswand, und unter den gebleichten weißen Knochen befanden sich nur Schlamm und Steine.

Abgebrochene Äste ragten aus dem großen Brustkorb heraus, und Vögel hüpften von Knochen zu Knochen auf der Suche nach saftigen Insekten.

Die Sonne neigte sich schon und Dschehuti beschloss, daß ein felsiger Überhang ihnen einen schattigen Rastplatz bieten würde. Sie schlugen dort ihr Lager auf und er holte das gebratene Fleisch und das ringförmige Reisebrot heraus, das ihm die Frau des Gastwirts mitgegeben hatte.

Nur eine kurze Pause, dann würden sie weiterwandern und bei Einbruch der Nacht in Gubla sein. Plötzlich hob er die Hand und lauschte. Dann war er sich sicher. "Nehmt eure Sachen und klettert hoch!" schrie er.

Die drei Freunde waren verblüfft. *Warum hoch?*

Aber da war keine Zeit für Erklärungen. Vielleicht waren die

Diebe in der Nähe oder gefährliche Tiere. Aber die Diebe waren nicht mehr in der Nähe, und welches Tier auch immer noch in der Schlucht war, versuchte ebenfalls zu klettern oder schnell fortzulaufen.

Sie packten hastig zusammen. Dschehuti stopfte das Essen wieder in seinen Rucksack und war bereits auf halbem Weg die Felswand hinauf. Er kletterte von Felsbrocken zu Felsbrocken und peilte den Vorsprung direkt über ihm an, dann drehte er sich um und reichte Katherine und den beiden anderen Kindern, die zwischen den Felsen nach oben stolperten, die Hand.

Chryséis fand, daß das Skelett von oben eindeutig wie die Überreste eines Dinosauriers mit einem langen gebrochenen Schwanz aussah, dann hörte sie ein furchterregendes Rauschen und Poltern und kletterte schneller nach oben.

Sie hatte es beinahe geschafft. Chryséis hing noch am Felsvorsprung und versuchte, sich hochzuziehen, als das Rauschen lauter wurde. Ihre Hände begannen zu schmerzen, und Dschehuti versuchte, sie in Sicherheit zu bringen, aber sie drohte wieder hinunter zu fallen.

Dschehuti spürte, wie er unsanft zur Seite gestoßen wurde. Eine haarige Hand griff nach Chryséis und zog sie auf den Vorsprung hinauf.

Chryséis blickte auf und wurde fast ohnmächtig bei dem Anblick. Sie blickte in das Gesicht eines großen haarigen Konks! Dann geschah etwas aus heiterem Himmel. Turbulente Wassermassen kamen die Schlucht hinunter gestürzt. Sie schäumten und spritzten über verwitterte Felsen, wie so viele andere Sturzfluten zuvor. Immer schneller bewegte sich die Flut die Schlucht hinunter und riss zappelnde Tiere, Schlamm, Felsen und splitterndes Holz mit sich.

Der zerbrochene Stamm einer majestätischen Zeder prallte gegen die Felswand unterhalb des Felsvorsprungs und ließ das Gestein erzittern. Das schmutzige Wasser stieg bis knapp unter den Überhang hinauf, plätscherte über die Kante und riss das große Skelett von seinem Ruheplatz hoch, wobei es den grinsenden Schädel direkt an ihnen vorbei trug.

Sie bewegten sich von der Kante fort und setzten sich, noch keuchend vor lauter Schreck. Chryséis sah sich den Konk, der sie auf den Vorsprung gezogen hatte, genauer an. Er verströmte einen starken Tiergeruch, aber seine Gesichtszüge waren eher nett mit den ausdrucksstarken, braunen Augen. Sie hatten etwas Trauriges und zugleich Väterliches an sich.

Seine Stirn war nach hinten geneigt und sein Kinn ähnelte dem eines Schimpansen. Sein kräftiger Körper war mit borstigem Haar bedeckt, aber sein Gesicht war fast kahl mit einer flachen, breiten Nase und starken Augenbrauen. Das Beinkleid und der Lederumhang, die er trug, waren sorgfältig genäht und ein grobes Feuersteinmesser mit einem Holzgriff steckte in dem Riemen, der um seine Hüfte geschlungen war. Ein kleiner Lederbeutel hing um seinen Hals.

Dieser Wildmann war zwar auch muskulös, aber sein Kopf war nicht kuppelförmig. Er wirkte nicht unfreundlich und gab einen schüchternen Gruß von sich, der etwas anders war als die gewohnten Begrüßungen, aber es war dennoch ein Gruß.

"Sha-anti", murmelte er. Seine Aussprache war abgehackt und kehlig.

An diesem Morgen hatte En-kidu die Flut gerochen, lange bevor sie die Schlucht erreichte. Er fand recht schnell Schutz in der Höhle, die von großen Katzen verlassen worden war - Hngu, wie sie in der Konk-Sprache genannt wurden. In den Ohren derer, die komplexe Sprachen gewöhnt waren, war es ein Grunzen, nicht mehr. En-kidu hatte auch diese haarlosen Menschen gerochen, lange bevor sie in Sichtweite kamen. Sie waren jetzt bei ihm und hatten Angst, diese junge Leute.

Trevor holte tief Luft und versuchte zu kommunizieren: "Schelanti, athenai." Er sah den verwirrten Blick in den dunklen Augen und merkte, daß der Wildmann ihn nicht verstand. Es könnte an dem tosenden Wasser unter ihnen liegen... deshalb schrie er schon beinahe.

"En-kidu." Der Konk nannte seinen Namen und zeigte mit der haarigen Hand auf die mächtige Brust.

Für die Kinder klang es wie eine Reihe verschluckter

Konsonanten. Es war allerdings beruhigend, daß seine Absichten friedlich zu sein schienen. Er zeigte den kurzen Weg nach oben und lud sie ein, den Unterschlupf mit ihm zu teilen. En-kidu achtete darauf daß alle sicheren Fusses dort anlangten, was eine Weile in Anspruch nahm.

In der Höhle setzte Chryséis die Vorstellung fort. "Chryséis". Sie zeigte auf sich selbst.

"Krchs". En-kidu brachte ein Lächeln zustande.

Er bewunderte das helle Haar des Mädchens, das im Sonnenlicht leuchtete. Dann war Dschehuti an der Reihe, sich vorzustellen. Er beherrschte ein paar Brocken Konkese, das aus viel Gestik und Grunzen bestand. Einfache Sätze hatte er in der Schule für Weiße Magie in Innu gelernt. Ein Glitzern des Erkennens ging über das Gesicht des Konk-Mannes. "Dju-tee", wiederholte er.

Dann deutete Trevor auf sich selbst. "Trevor", murmelte er langsam.

"Troro."

Trevor nickte. Zum Schluss war Katherine an der Reihe.

"Katie."

"Kee", sagte En-kidu und zeigte auf das dunkelhaarige Mädchen, und Katherine nickte. Sie bemerkte die tote Gazelle in der kleinen Höhle und auch, daß er seinen linken Arm festhielt. Sie vermutete eine Verletzung und fragte den Konk mit Gesten, ob sie einen Blick darauf werfen dürfe.

Zuerst sah En-kidu keinen Grund, warum ein unbehaartes Mädchen sich seine Wunde ansehen sollte, doch dann überlegte er sich die Möglichkeit, daß die Erdmutter dieses Mädchen mit Heilkräften ausgestattet hatte. Er schnupperte an ihr und stellte fest, daß sie einen guten, unschuldigen Geruch hatte. Er bat sie zu sich, und drehte seinen Oberarm so, daß die eitrige Wunde zum Vorschein kam. Die Wunde sah furchtbar aus.

Ohne sie zu berühren, untersuchte Katherine die Schulter.

"Ich glaube nicht, daß der Knochen gebrochen ist, aber die Fleischwunde ist infiziert."

Sie kramte in ihrer Hüfttasche nach der antiseptischen

Creme und etwas zum Abdecken der Wunde.

"Hey, nicht schlecht, Mary Poppins", sagte Chryséis.

"Warte, ich hab' da was." Trevor riss ein Stück vom Saum seiner Tunika ab. "Hier, probier's mal damit."

"Keine Ahnung, ob das ausreicht, aber wir müssen versuchen, ihm zu helfen. Schliesslich hat er uns ja auch geholfen." Der Wildmann des stolzen Ipú-Klans störte sich nicht an den Schmerzen, die das Verbinden der Wunde verursachte, aber der Stoffstreifen verblüffte ihn. Selten hatte er etwas so Feines gesehen.

"Sieht gut aus", sagte Chryséis, als Katherine fertig war. Ein Funke der Hoffnung kehrte in das Herz des mächtigen Konks zurück. Die freundliche Hilfe der jungen haarlosen Menschen berührte ihn. Vielleicht war dies ein Zeichen der Muttergöttin, daß er überleben sollte.

*

"Aaah!" Chryséis stieß einen Schrei aus, der die Geräuschkulisse des fließenden Wassers durchbrach. Sie stand neben dem Höhleneingang. Die anderen eilten nach draußen, um zu sehen, ob sie sich verletzt hatte, aber Chryséis schien in Ordnung zu sein. Nur - sie blickte starr auf einen schlangenartigen Kopf, der sich über die Kante des Felsvorsprungs schob. Der massive Kopf tastete sich in ihre Richtung vorwärts.

"Oh nein..." Katherine fühlte ihre Knie weich werden. Sie hatte einmal einen Anaconda-Film gesehen. Es war ein Gruselfilm gewesen, der nicht gerade auf Logik basierte. Aber dies war kein Film.

Würde das Reptil versuchen, sie zu verschlingen?

Sie suchte nach einem Stein. *Irgendwo muss doch ein Stein herumliegen*, dachte Katherine wild entschlossen. Sie wollte der Schlange etwas an den Kopf werfen.

Zur Überraschung aller begann En-kidu zu grunzen, brüllte die Schlange an und marschierte direkt auf sie zu.

War der Wildmann verrückt geworden? Sicherlich würde das Reptil ihn super-schnell vom Felsvorsprung heben und dann verschlingen.

Aber zu ihrem Erstaunen, hob der Konk seine grobe Keule und schlug der Schlange damit auf den Kopf. Einfach so. Enkidu erkannte das Tier als das obere Ende eines jungen Diplodocus - ein Uhnt in der Konk-Sprache. Ein harmloser pflanzenfressender Saurier mit einem großen Körper und einem sehr langen Hals. Selbst Dschehuti hatte noch sie ein solches Tier gesehen.

Kopf und Hals glitten von der Kante und fielen mit einem Plumps ins Wasser. Er hatte den Diplodocus nur betäubt und der junge Saurier schüttelte den Kopf und schnaubte. Dann brüllte er und zog sich plantschend von ihnen zurück.

Uhnts weideten an zarten Blättern, die an Baumwipfeln wuchsen. Sie konnten manchmal lästig sein, diese Uhnts, und neugierig, besonders die jungen, aber ziemlich harmlos. Enkidu wusste nicht wie er es den Haarlosen erklären sollte.

Der Konk stapfte deshalb einfach zurück in die Höhle und fuhr fort, die Antilope zum Braten vorzubereiten. Sie folgten ihm ganz beeindruckt von dem was passiert war, und setzten sich. Bald flackerte ein Feuer in der Nähe des Höhleneingangs auf. Er fühlte sich seltsam wohl in seiner Haut, jetzt, da er jemanden hatte, mit dem er sein Essen teilen konnte.

*

Die Sturzflut zog sich langsam zurück und hinterließ stinkenden Schlamm und viel Zerstörung, aber es wurde dunkel, und sie hatten keine andere Wahl, als den Morgen abzuwarten.

Im glühenden Licht des Herdfeuers hatte Trevor dann eine Idee. Er begann, eine Paste aus zermahlener Holzkohle und einem Klecks Vaseline in einem flachen Loch im Felsen zu mischen. Er zeichnete vorsichtig mit dem Zeigefinger auf die Höhlenwand und tat sein Bestes, der Zeichnung das Aussehen eines Dinosauriers zu verleihen. Es kam ein Konk hinzu. Dann zeichnete er seine Freunde und sich selbst mit Baseballkappe, T-Shirt und Shorts, in der Hand ein ZPS. Chryséis setzte sich neben Trevor. "Was machst du denn da?"

"Wonach sieht es wohl aus?" antwortete Trevor.

"Warum malst du mit diesem schwarzen Zeug?"

"Weil ich Lust dazu habe." Trevor war zu vertieft in seine Arbeit, um viel zu reden.

"Du weißt, daß du eine prähistorische Stätte verschmutzt, oder?" klärte Chryséis ihn auf.

"Was kümmert mich das? Wir haben schon so viel zurückgelassen. Zeitportal-Sucher, Kleidung, DNS..." Er begutachtete seine Bilder grimmig.

"Sieht gut aus. Bin ich das?" Katherine zeigte auf die Zeichnung eines Mädchens mit einem langen Pferdeschwanz. Sie hielt ihren Kopf schief, um die Bilder zu betrachten.

"Ja", sagte Trevor und beendete seine Zeichnungen.

Die Mädchen sahen sich gegenseitig an. Chryséis verzog das Gesicht und Katherine zuckte mit den Schultern. Sie überließen Trevor seiner kreativen Arbeit und setzten sich draußen auf den Felsvorsprung, wo sie mit Dschehuti etwas Trinkwasser teilten.

"Die Höhle ist abgelegen. Ich sage, wir lassen ihn einfach weiter zeichnen", sagte Chryséis.

"Die Höhle mag jetzt isoliert sein, aber was ist in 12.000 Jahren?" wandte Katherine ein. "Als Wissenschaftler sollte Trevor es besser wissen."

"Sieh mal, wenn die Zeichnungen so lange überdauern, daß jemand versucht, sie zu analysieren ... dann wird es keinen großen Unterschied machen. Es ist ja nicht gerade so, als würden Wissenschaftler ungewöhnlichen Funden viel Aufmerksamkeit schenken."

"Da hast du wohl recht", sagte Katherine und überließ Trevor seine lustigen Zeichnungen.

Später gab En-kidu jedem von ihnen ein Stück von dem leicht angebrannten Fleisch. Trevor war nicht wirklich hungrig, aber En-kidu ermunterte ihn, ordentlich zu essen. Dschehuti kaute bereits auf seinem Stück Antilopenfleisch herum und es schien ihm zu schmecken.

En-kidu zerquetschte einen großen Skorpion mit seiner bloßen Faust, als dieser sich näherte. Die Kinder bekamen einen Schrecken und sahen sich unruhig um. Was war, wenn es hier noch mehr Krabbeltiere gab?

Schließlich verbrachten sie eine ungemütliche Nacht auf dem Höhlenboden, aber mit einem starken Wildmann in der Nähe fühlten sie sich irgendwie sicher.

Am Morgen war die Flut vollständig zurückgegangen, aber die Kieselsteine in der Schlucht waren mit glitschigem Schlamm bedeckt.

"Von nun an werden wir auf höherer Ebene gehen müssen", sagte deshalb Dschehuti. " Wildmänner sind bemerkenswert widerstandsfähig, aber ich möchte kein Risiko eingehen und durch den Schlamm waten. Darin lauern Krankheiten, und wir sind keine robusten Wildmänner..."

Der Konk-Mann hatte sich praktisch über Nacht von seiner Verletzung erholt. Der Verband war ab. Die Wunde war zwar noch etwas geschwollen, aber unter dem roten Haar hatte sich schon Schorf gebildet, und die Wunde heilte. Sie gaben ihm zu verstehen, daß es an der Zeit sei, aufzubrechen. En-kidu nickte, räumte die Überreste des Feuers und die Antilopenknochen vom Höhlenboden auf und warf sie in die schlammige Schlucht. Normalerweise hätte er keinen Teil des Tieres verschwendet, aber es gab ja keine Frauen hier, die das Fell bearbeiten oder sich am Knochenmark laben konnten. Er wurde auf einmal unruhig und suchte die Schlucht mit seinen Augen ab. Der Wildman spürte seinen CLAN.

*

En-kidus Clanmitglieder hatten sich auf die Suche nach ihm gemacht. Drei von ihnen wagten sich weit in das Land des haarlosen Volkes vor, um ihn zu finden. Sie brauchten En-kidu, um das, was von ihrer Gemeinschaft übrig geblieben war, wieder aufzubauen.

Sie gingen weit oben and der Schlucht entlang und es dauerte nicht lange, bis sie meinten ihn zu spüren. Unten bot sich ihnen ein Bild der Verwüstung, dort wo die Flut gewütet hatte. Irgendetwas sagte ihnen, daß En-kidu noch am Leben war und Ra-ku, der Älteste von ihnen, deutete ohne zu sprechen mit seinem Stab auf einen Felsvorsprung. Die drei Konks liefen oberhalb der Felswand weiter, bis sie in die Nähe des Vorsprungs kamen.

Zwei haarlose Kinder saßen dort auf dem Boden. Zwei seltsam aussehende Mädchen. Sie pflückten Blätter von einem Strauch und hörten nicht, wie die Männer sich näherten. Ehe sie es sich versahen, waren Chryséis und Katherine von drei großen rothaarigen Konk-Männern umringt, die ihre Speere am Boden aufplanzten.

Die beiden Mädchen saßen starr da und wagten es nicht, sich von der Stelle zu rühren. Trevor, En-kidu und Dschehuti waren in der kleinen Höhle und packten die Überreste des Bratens in die rohe Gazellenhaut.

Im Vergleich zu En-kidu sahen diese Konks bedrohlich aus. Die Männer starrten sie an. Was sollten sie bloß tun?

Ihrerseits wussten die Wildmänner nicht, wie sie mit den Kindern sprechen sollten und standen trotz ihres furchterregenden Aussehens seltsam schüchtern da. Sie mussten sich wahrscheinlich auf einen Kampf vorbereiten, falls die Eltern der Mädchen in der Nähe waren.

En-kidu wusste, was er zu tun hatte, noch bevor er die drei Clanmitglieder erblickte und begab sich auf den Vorsprung, um seine Verwandten zu begrüßen. Er zuckte zusammen, als freundliche Klatscher auf seine verletzte Schulter regneten.

"Wir haben dich endlich gefunden." Unverständliche Grunzlaute und Gesten wurden ausgetauscht. "Wir haben eine neue Heimathöhle gefunden", erzählten sie ihm. Ein benachbarter Clan, die Neph-il, hatte während des Erdbebens ebenfalls viele Verluste erlitten, und die beiden Gruppen wollten sich zu einem einzigen Clan zusammenschliessen. Bei der nächsten großen Clanversammlung würden sie um Ehefrauen werben.

Dschehuti und Trevor kletterten ebenfalls zum Kamm hinauf, und nach weiterem Grunzen nahmen die Wildmänner das übrige Gazellenfleisch auf die Schultern, verabschiedeten sich ohne Umschweife und machten sich auf den Heimweg.

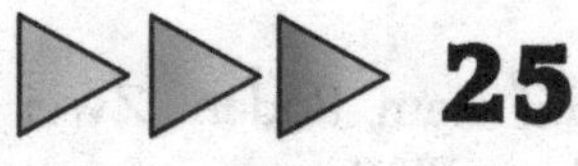 **25**   **VERLOREN UND WIEDER GEFUNDEN**

Gubla war eine angenehme und effiziente Küstenstadt in der Provinz Libyaion. Eine Brise wehte von Westen her und das Blaue Meer schimmerte in der Ferne wie ein Juwel.

Die Flaggen an den städtischen Gebäuden wehten im Wind, und im Hafen, wo große Hundestatuen die Stadt Gubla vor Bösem bewachten, zogen die Segelboote an ihren Vertäuungen.

Dschehuti und die Kinder fanden den Weg in die Stadt und waren innerhalb einer Stunde dort angelangt.

Auf ihrem Weg hatten sie im Vallé Fucinaia, dem Tal der Schmiede, Kupferminen gesehen. Rauch stieg aus vielen Rohren auf, wo das Metall in unterirdischen Öfen veredelt wurde. Ihre Geschichte über die Begegnung mit einem freundlichen Konk, der Chryséis bei einer Sturzflut vor dem Absturz bewahrt hatte, wurde mit Unglauben aufgenommen. Außerhalb der Stadt hatten sie die Jungfer Oruwen angetroffen, wie sie einen Vimaan steuerte, um nach Dschehuti und den Kindern zu suchen, die letzte Nacht nicht rechtzeitig zurückgekehrt waren.

Jeder in der Zitadelle war um die Besucher besorgt gewesen.

"Die wilden Konks sind doch sicherlich feindselig", meinte Oruwen. "Ich kann mir nicht vorstellen, daß sie zu zivilisiertem Denken oder Handeln fähig sind. Sie sind nur gut für die Kupferminen." Ihre Schimpftirade überraschte die drei Kinder. Die Jungfer war zwar immer schon mürrisch gewesen, aber nicht engstirnig. Sie stand schliesslich in den Diensten der Lady von Sydonia, was immerhin etwas zu sagen hatte.

"Und jenseits von Su Mâr liegen Rusicada, Magnesia, Bakhtri und Soghdiana." Sie hatten schon in Sydonia von diesem Land gehört. Im heutigen Asien also.

"Da müssen wir hin?"

"Ja dorthin sind die Diebe unterwegs, und wir werden sie erwischen, bevor sie sich mit dem König von Attock treffen können", bestätigte Oruwen.

"Ist das da unten eine Statue? Eine goldene?" fragte Chryséis und zeigte auf the Boden unter dem Vimaan. "Sie ist so groß."

"Das ist die goldene Statue von Marduk", erklärte Dschehuti ihnen. "Der Gott des Krieges. Das Denkmal ist schon recht alt und an Vollmond findet dort gewöhnlich ein Markt statt."

Oruwen steuerte den Vimaan wortlos aus der Stadt und über die Landschaft hinweg.

"Ich glaube, wir sollten uns in Rusicada ein wenig auszuruhen", sagte Dschehuti und deutete auf ein ziemlich großes Wasserreservoir und eine Siedlung auf einem bewaldeten Hügel.

"Wir sollten nicht zur Plantage von Kharsag gehen. Das würde uns nur aufhalten", widersprach Oruwen.

"Das Aufspürgerät scheint zu reagieren," sagte Dschehuti.

"Ach wirklich?" meinte die Jungfer mit hoher Stimme.

"Wir können uns ja im Wald unterhalb der Siedlung ausruhen, uns erfrischen und uns dann wieder auf den Weg machen. Ihr habt doch Proviant mitgebracht, Oruwen?"

"Proviant? Ja natürlich, habe ich Proviant mitgebracht."

Dschehuti seufzte und wartete, bis die Jungfer neben einer kleinen Quelle auf einer Waldlichtung landete. Dann holte Oruwen Körbe voller Essen und Getränke in Têrakhon-Flaschen hervor, die niemandem zuvor aufgefallen waren. Sie ließen sich zu einem gemütlichen Picknick nieder, während Dschehuti den Kindern von Kharsag erzählte.

"Der Standort war perfekt für eine Siedlung der 'Schöpfergottheiten' geeignet und die Legende besagt, daß der Bezirk der 'Leuchtenden' über Nacht entstanden ist", erzählte er ihnen. "Die einfachen Leute, die in den Hügeln lebten, wussten zunächst nicht, was sie von all dem halten sollten. Sie verstanden ja kaum was die Götter taten. Aber mit der Zeit gelang es den 'Leuchtenden', sie davon zu überzeugen, daß sie gute Absichten hatten." Dschehuti nahm sich etwas zu essen.

"Nach anfänglichem Zögern strömten die Eingeborenen in den 'Garten von Kharsag' mit seinen eigentümlichen Gebäuden und Bewohnern. Das alles gehört nun der Vergangenheit an. Heutzutage wird es als große Ehre angesehen, in der Siedlung zu leben und Fertigkeiten zu erlernen, die von den 'Den Leuchtenden' gelehrt wurden."

"Die Götter - 'Die Leuchtenden' - haben ihnen dann sozusagen die Zivilisation beigebracht?" fragte Trevor.

"Ich würde sagen, ja. Als die Götter die Plantage verließen, traten die D'Ånu die Nachfolge 'der Leuchtenden' an und setzten deren gute Arbeit und Lehren fort. Die Götter hatten beschlossen, weitere Siedlungen zwischen den Flüssen Idiglat und Buranum zu errichten, wo sie die Eingeborenen dort ebenfalls unterrichteten."

"Dies geschah über viele Generationen hinweg, bevor die Götter alle Orte verließen, um zu ihrem himmlischen Wohnsitz zurückzukehren. Obstbäume bedecken die sonnigen Hänge. Kirsche, Apfel, Pflaume und Birne. Die Götter hatten viele der Pflanzen aus fernen Regionen mitgebracht. Es heißt, sie seien besonders schmackhaft. Ihr könnt später einen Spaziergang machen und sehen, ob es hier ein paar Früchte zu pflücken gibt."

Nach dem Essen lehnte sich Oruwen an einen Baumstamm und machte ein Nickerchen. Seit Gubla schien sie eher ruhig zu sein und ihre eigene Gesellschaft vorzuziehen.

"Vielleicht fühlt sie sich nicht wohl", sagte Chryséis.

"Ja vielleicht, aber dieser Ort ist doch toll!" staunte Katherine. "Sieh dir nur all diese Bäume an. Wer kommt mit, um Früchte zu pflücken?"

"Ich komme mit", sagte Trevor, und die beiden Kinder schlenderten den Hügel hinauf.

Dort trafen sie auf zwei stämmige Männer, die auf dem Weg nach unten waren. Sie gehörten zu den Utzinco, einem Eingeborenenstamm, der es vorzog, nicht auf der Farm zu leben, sondern nur die Waren zwischen Kharsag und

Siedlungen im Tal hin- und herzutragen.

Die kleinen, kräftigen Männer trugen schwere Körbe mit der Hilfe von Lederriemen, die sie sich über die Stirn gelegt hatten. Sie grüßten die Kinder und machten sich schnell wieder auf den Weg. Die Utzinco waren den guten D'Ånu-Leuten auf der Plantage treu ergeben. Sie lebten in primitiven Hütten auf den Hügeln, liebten das Bier, das auf der Plantage gebraut wurde, und brauchten nicht viel.

Chryséis wischte ein paar große schwarze Ameisen ab, die begonnen hatten, Tannennadeln über ihren Fuß zu tragen. Sie saß auf dem weichen Moosboden zwischen großen Baumwurzeln. Es roch nach Tannennadeln und etwas anderem – so etwas wie Schwefelrauch. Die Kupferminen waren im Tal angesiedelt, und der Wind hatte sich gedreht.

Es war kaum zu glauben, daß diese fruchtbare Gegend in der Neuzeit zu einer trockenen Halbwüste werden sollte. In der Ferne schimmerten die goldene Statue des Marduk und der weiße Palast von Su Mâr. Katherine und Trevor waren immer noch auf der Suche nach den tollen Obstbäumen, von denen Dschehuti ihnen erzählt hatte.

"Sieh mal, da drüben ist ein Apfelbaum", sagte Katherine. Der Baum stand in der Nähe einer groben Mauer, die zur Plantage gehören musste. Trevor war ungeschickt und trat einen Regen von kleinen Steinen los.

"Sei vorsichtig, Trev, es ist ziemlich steil hier ", warnte ihn Katherine. Sie pflückten einen rotbackigen Apfel und kosteten die säuerliche Süße.

"Mmh, das ist wirklich gut für einen Apfel", sagte Trevor. Sie gingen an der Mauer entlang und kamen zu einem Gebäude, das ein Teil der Mauer zu sein schien. Über dem Eingang war ein Schild angebracht:

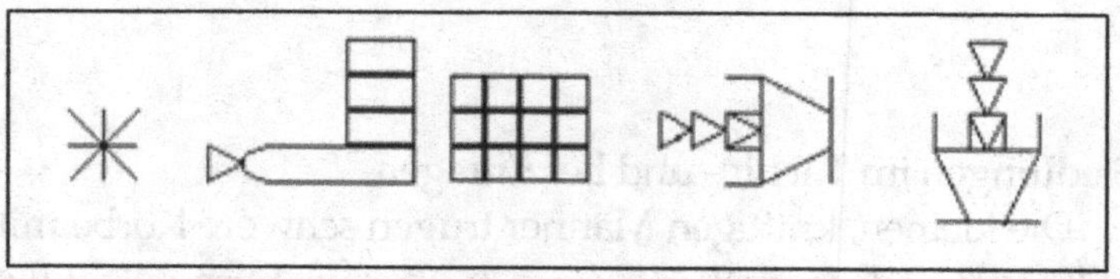

"Dingir   en   ge   li "
"Glänzender Herr der Kultivierung"

"Meinst du, das bedeutet sowas wie Bauerngott?" fragte Katherine.

"Wahrscheinlich, ich meine, auf dieser ganzen Plantage geht es doch darum, Nahrung für die Region zu produzieren."

"Shalanti", sagte jemand hinter ihnen und die beiden Freunde zuckten zusammen. Es war einer der Utzinco-Männer. Er setzte sich auf einen moosbewachsenen Stein und versuchte, ihnen etwas zu sagen.

"Utzinco sieht fremde Männer mit Mokis", sagte er. Er hielt zwei Finger hoch. "Ungefähr vor so vielen Tagen. Am Fuß des Hügels."

"Du hast hier fremde Männer gesehen?"

Vielleicht waren es die Diebe?

Der Läufer nickte. "Utzinco sehen Männer nicht gut. Sagten keinen Gruß zu den Läufern. Ich sehe, wie sie Tasche nehmen und wegwerfen. Kleider. Sachen. Ich weiß nicht   genau..." Offensichtlich wusste er nicht, wie er beschreiben sollte, was diese Dinge waren. "Ein paar Kleider", fügte er hinzu und zupfte an seinem Sarong.

"Kannst du uns die Sachen zeigen?" fragte Trevor. Er konnte sich nicht sicher sein, aber es klang wichtig.

"Utzinco kann den Kindern die Sachen zeigen", stimmte der Mann zu und winkte ihnen, daß sie ihm folgen sollten.

"Ich laufe nicht den ganzen Weg mit ihm den Berg hinunter", protestierte Katherine.

"Freund Utzinco", sagte Trevor. "Ist es sehr weit? Willst du uns die Sachen lieber bringen?"

"Nein, nicht weit. Nicht weit. Werde sie Athenai zeigen."

"Nun, wenn es nicht weit ist, können wir ja mit ihm gehen..."
Katherine warf ihrenApfelkern in die Büsche und folgte dem
Läufer. Und tatsächlich mussten sie nicht weit laufen, bis der
Utzinco-Mann nur wenige Meter entfernt stehen blieb. Der
Mann kratzte an der Wand herum und hielt auf einmal
Katherines ausrangierten Rucksack hoch, der leicht mit Harz
verklebt war. Neben Tannennadeln enthielt er auch einige
Plastiktüten und Taschentücher. Ihr Pflegestift hatte sich in einer
unteren Ecke festgesetzt und ihre Kleidung und Schuhe waren
grob hineingestopft worden. "Trevor, hör auf, in meinen Sachen
rumzuwühlen." Katherine begann sich zu ärgern.

"Das ZPS ist nicht drin!" rief Trevor. "Ich kann nicht glauben,
daß sie genau wussten, wonach sie suchen mussten."

"Da kann man nichts machen", sagte Katherine enttäuscht.
"Lass uns zu den anderen zurückgehen. Immerhin haben wir
noch einen Rucksack und ein paar Sachen, die wir vielleicht
gebrauchen können."

"Was denn zum Beispiel? Einen Lippenpflegestift? Wozu
soll das gut sein, wenn wir nicht nach Hause zurück können?"

"Hey, reg' dich ab. Das ist doch nicht meine Schuld!"

"Okay, okay ... wir sind sowieso schon viel zu lange hier."
Diesmal war es Trevor, der daran war, die Nerven zu verlieren.

Sie gaben dem überraschten Utzinco-Mann ein paar
Münzen aus ihrem Lederbeutel und er grinste breit. Dann lief er
im Zickzack den Hügel hinunter. Sie gingen und zeigten den
anderen ihren Fund. Das Suchgerät neben Dschehuti machte
einen Satz. "Was denn... der Kerl hat euch einfach so Katherines
Rucksack gegeben?" Chryséis konnte es nicht fassen. "Ich bin
sicher, er hat deine Sachen durchwühlt und wohl das
mitgenommen, was ihm gefallen hat."

"Und was willst du jetzt machen? Ihm hinterherlaufen und
ihm sagen, daß er es zurückgeben soll?" sagte Katherine.

"Athenai, bitte sprecht in einer Sprache, die jeder verstehen
kann", tadelte sie Oruwen, die gerade von einem Spaziergang
zurückkehrte. "Dschehuti, was ist denn passiert?"

Der junge Mann erzählte der Jungfer, was geschehen war.

"Dieser unwürdige Floh eines Läufers!" explodierte Oruwen. "Ich werde ihn finden und er wird mir das Gerät geben und wenn ich es aus ihm herausprügeln muss!"

Sie starrten Oruwen an. Sogar Dschehuti konnte sehen, was für ein seltsames Verhalten sie an den Tag legte!

"Fühlt Ihr Euch nicht wohl, ehrenwerte Jungfer?" fragte er sie mit besorgtem Blick. "Ich bin sicher, wir können hier eine Pflanze finden, mit der wir Euch helfen können."

"Pah, Pflanzen! Ich will die Geräte, und zwar sofort. Wir verschwenden viel zu viel Zeit mit Herumsitzen."

"Was meint ihr, was wir tun sollen?" fragte Trevor verwirrt.

"Wir werden zusammenpacken und den Vimaan besteigen. Spürt ihr nicht etwas auf, Dschehuti? Was ist mit dem nutzlosen Suchgerät oder eurer berühmten Intuition? Sagt uns, ob die Utzincos die Geräte der Kinder haben oder nicht."

Dschehuti dachte einen Moment lang nach. "Ich würde sagen, nein. Sie haben es nicht, aber wir können das Suchgerät aber trotzdem benutzen, wenn wir wissen, wo sie sich aufhalten. Die Chancen stehen gut, daß die Diebe sie haben und wir sie so nicht finden werden. Dann sollten wir eher hinter den beiden Diebe her sein. Die Utzinco wissen ja nichts mit sowas anzufangen."

"Es gibt also noch wenigstens eins davon?" fragte Oruwen mit plötzlichem Interesse und rieb sich die Hände.

"Ja, wir hatten drei..." begann Katherine. "Sollte sie das nicht wissen?" Flüsterte sie Chryséis zu.

"Wir könnten in Kharsag suchen ", schlug Dschehuti vor.

"Ach, Blödsinn... wir machen uns auf den Weg", sagte Oruwen. "Benutzt eure Intuition, Mann."

"Nun gut, ehrenwerte Jungfer ", sagte Dschehuti, der nicht ganz wusste, was er von dem Allem halten sollte. Sie packten zusammen und stiegen in den Vimaan. Als sich das Gefährt in die Lüfte erhob, war es bereits später Vormittag. Diesmal steuerte Dschehuti den Vimaan, und er nahm den kürzesten Weg zum Lande Magnesia und das unzuverlässige Suchgerät schlug lange Zeit nicht an.

▶▶▶ 26 IN DIE UNTERWELT

Magnesia war ein dünn besiedeltes Land, wo die Bergregion von Mysia einen Großteil des Landesinneren einnahm. Diese Region was ebenso berühmt für die begehrte Moly-Blume wie die Insel Ruta Ynis.

"Das sagenhafte fliegende Volk der Nepeshai, lebt um die klaren Bergseen herum, und in den Koh-Kaf-Bergen im Nordosten gibt es immer noch die riesigen Saurier", erzählte ihnen Dschehuti. Die Kinder staunten.

"Ist nicht der Tempel des Vogelgottes im Koh-Kaf-Gebirge?" fragte Chryséis ihn.

"Ja, in der Tat ist der Tempel dort. Ich werde mich dort auf die Suche nach dem Vogelgott machen."

"Ach so?" meinte Katherine.

"Ja, ich hatte euch ja gesagt, daß ich dies ein Teil meiner Mission ist..."

"Aha, aber du wirst doch sicher warten, bis wir unsere gestohlenen Geräte wiedergefunden haben, oder?" fragte Trevor.

"Aber natürlich, Athenai, das werde ich tun."

Sie überflogen die Reste eines großen Schiffes, das zerschmettert an der Spitze eines Berges in Soghdiana lag. Ein düsteres Überbleibsel aus dem Dunklen Zeitalter, als Meeresfluten bis ins Landesinnere vorgedrungen waren. Eine Herde von Steppenpferden jagte über die Ebene unter ihnen.

Als sie kurz davor waren, die Ebene von Kaltyrion zu überqueren, geschah etwas Seltsames. Der Vimaan begann, sich in die Höhe zu schrauben und anstatt nach Osten abzubiegen, flogen sie nun über einen Hügelkamm in die entgegengesetzte Richtung. Offenbar konnte Dschehuti den Vimaan nicht mehr steuern und es fühlte sich an, als hätte das Fahrzeug ein Eigenleben. Die Kinder saßen ängstlich da und starrten durch die durchsichtige Abdeckung.

"Was ist nur mit diesem Vimaan los?" Chryséis seufzte.

"Ich weiß es nicht", sagte Trevor. "Ich hoffe nur, daß wir nicht wieder von bösen Riesen kontrolliert werden." Sie hatten ja schon etwas ähnliches damals in Prydhain erlebt.

Reihen von Dattelpalmen flogen vorbei und kleine Häuser, aber gab es hauptsächlich endloses, wogendes Gras und grasende Tiere zu sehen.

Oruwen saß still da, mit halbgeschlossenen Augen, als ob der launische Vimaan sie überhaupt nicht interessierte. Vielleicht hatte sie ja wieder Kopfschmerzen oder sie schlief. Als Dschehuti endlich wusste, wohin sie unterwegs waren, war es bereits zu spät. Der Teleporterstrahl brachte sie langsam vor zwei Pyramiden zu Boden, die mit hochglanzpolierten Steinplatten von dunkelblauer Farbe verkleidet waren. *Wenigstens gibt es in diesem Teil der Welt ein paar Pyramiden,* dachte Katherine.

Oruwen wusste ebenfalls, wo sie waren: am Eingang zu Malinkuyu - der Unterwelt. In Soghdiana und Magnesia gab es viele unterirdische Städte, die bis zu 15 Stockwerke tief waren. Die 'Söhne der Götter' hatten sie vor vielen Jahren mit Werkzeugen gegraben, die durch Gestein schnitten wie ein heißes Messer durch Butter.

Auf dem Boden darüber deutete wenig auf die Existenz dieser fast vergessenen Städte hin. Die Götter hatten dort besondere Maschinen hinterlassen, mit der unterirdisch Nahrung produziert werden konnte, sowie Lüftungsschächte und unterirdische Kanäle. Diese Städte hatten die Bevölkerung während der Katastrophen des Dunklen Zeitalters am Leben erhalten, als ganze Gemeinden in Malinkuyu Zuflucht gefunden hatten. Wenn man nicht gelegentlich in den Bibliotheken der Bekannten Welt eine Fata Morgana darüber sehen würde, wäre die Unterwelt ganz in Vergessenheit geraten. Nach dem dunklen Zeitalter zogen die Bewohner von Malinkuyu fort und gründeten Siedlungen an anderen Orten der Region.

Da das Wissen um fortschrittliche Medizin verloren gegangen war, hatten einige unterirdische Städte eine Weile als als Hospize für unheilbar Kranke gedient. Die Toten wurden in den untersten Ebenen beigesetzt und wenn ein Raum voll war, wurde er einfach versiegelt. So erhielt Malinkuyu den Ruf der 'Unterwelt' - das Reich der Toten. Zwei weitere Städte waren sogar Gefängnisse gewesen, aber der Name Malinkuyu stand nun für etwas noch Unheilvolleres.

Firbolge waren dort eingezogen und eine Stadt galt als Stützpunkt der Anhänger des 'Linken Pfades'.

Die beiden blauen Pyramiden markierten den Haupteingang von Malinkuyu. Sie waren ein letztes Anzeichen für die frühere Anwesenheit der Götter. Andere Eingänge zur 'Unterwelt' waren nicht gekennzeichnet. Für das ungeübte Auge war die Ebene von Kaltyrion nur Steppenland soweit das Auge reichte mit hohem, flaumigem Gras, das sich im Wind wiegte. Dschehuti wusste das zwar alles, aber er hatte keine Zeit für Erklärungen. Dschehuti wusste das zwar alles, aber er hatte keine Zeit für Erklärungen. Egal, wie sehr er sich auch bemühte, den Vimaan wieder vom Boden abzuheben zu lassen, das Gefährt rührte sich einfach nicht.

Niemand war zu sehen. Sie warteten eine Weile, dann kletterten sie aus dem Vimaan. Die Jungfer schien jetzt belebter zu sein. Oruwen hatte sich anscheinend von ihren jüngsten Kopfschmerzen erholt und gab keinen ihrer üblichen mürrischen Kommentare von sich, sondern schritt den anderen selbstbewusst voran.

"Ehrenwerte Jungfer, kennt Ihr diesen Ort?" fragte Dschehuti, aber Oruwen antwortete dem jungen Gelehrten nicht. Sie hatten keine andere Wahl, als ihr auf dem ausgetretenen Pfad zwischen den beiden blauen Pyramiden zu folgen. Immerhin war sie die Vertreterin der Lady von Sydonia, der Mentorin der drei Kinder und musste als solche respektiert werden. Das lange Gras auf dem Fusspfad war kurz und klumpig und von vielen Füßen platt getrampelt.

Dschehuti suchte nach dem Narthexstab in der Tasche seiner

Tebenna. Er musste vielleicht seine magischen Kräfte zum Einsatz bringen, falls die Brüder vom 'Linken Pfad' in der Nähe waren. Die Zeitreisenden fühlten sich wie verlorene Astronauten auf einem fremden Planeten. Rosafarbene Wolken hoben sich deutlich vom sich verdunkelnden Himmel ab und verstärkten das unheimliche Gefühl dieses Ortes. Vor ihnen führten Stufen hinab und Oruwen ging hinunter, während die anderen ihr wortlos folgten.

Am Fuße der Treppe hörten sie Stimmen und das erste, was sie sahen, war eine recht seltsame Kreatur. Dann eine andere. Und eine dritte. Es waren die Köpfe von Reptilien.

"Die Köpfe sitzen alle auf demselben Körper", sagte Trevor kaum hörbar. Die Köpfe hatten lange, spitze Ohren, fast wie die von Hunden, wenn da nicht die Reptilienaugen und die schnalzenden Zungen gewesen wären. Die Kreatur hatte Stacheln auf Nacken und Rücken, ganz wie bei einem Drachen.

"Das gibt's doch garnicht", hauchte Chryséis. "Was machen die denn hier?"

"Gruselig!" flüsterte Katherine. Die Köpfe schnupperten die Luft und starrten den Neuankömmlingen entgegen. Oruwen hielt sich weit von dem dreiköpfigen Reptilienhund entfernt und schien die Kreatur zu fürchten. Sechs Paare geschlitzte gelben Augen verfolgten jeder ihrer Bewegungen.

"Ich bin froh, daß Tepi nicht hier ist", murmelte Katherine, "Sie hätte sicher einen Anfall bekommen."

Als sie das untere Ende der Treppe erreichten, peitschte der stachelige Schwanz der Kreatur gegen die Wand. Der Anblick war so beeindruckend, daß sie den Tresen nicht bemerkten, hinter dem zwei hässliche Firbolge standen. Es waren die Torwächter Hormig und Piromis. Das war allgemein bekannt.

"Hey!" kreischte einer der Firbolge die fünf Neuankömmlinge an. "Benehmt euch gefälligst!" Sie blieben stehen und starrten auf die hässlichen kleinen Männer.

"Verdammt", sagte Chryséis. Sie hatte plötzlich die wilde Idee, sich umzudrehen und all die Treppenstufen wieder hinaufzulaufen, auf das Feld hinaus und... einfach nur wegzurennen. Aber wohin sollte sie rennen? Selbst wenn sie gewusst hätte, wie man einen Vimaan lenkt, funktionierte dieser ja nicht. Dschehuti sagte nichts, aber er stand schützend vor den Kindern und behielt das Ungeheuer im Auge.

Dschehuti stand starr da. Oruwen begrüßte dagegen die beiden Firbolge mit einer unbeholfenen Verbeugung, und die Firbolge verbeugten sich als Antwort darauf.

"Woher kommt ihr?" wollte Piromis wissen.

"Ähem, wir sind, wir sind...", begann Trevor, doch die Jungfer Oruwen unterbrach ihn mitten im Satz.

"Schelanti, Athenai", lächelte sie sanft. "Wir kommen aus K h a r s a g und waren gezwungen hier zu landen. Diese Kinder sind aus Alesia, und Dschehuti hier ist ein Gesandter im Dienste der Lady von Innu." Dschehuti zeigte den Firbolgen die Paizas. Oruwen blickte den angehenden Priester streng an, während Hormig die Scheiben nahm und beide Firbolge ihren Inhalt studierten. Es war offensichtlich, daß sie nicht wussten, was sie da vor sich hatten und es kam ihnen nicht mal in den Sinn, Oruwen nach ihrer Paiza zu fragen. Sie reichten die Scheiben kommentarlos zurück.

"Die Kinder stehen unter besonderem Schutz", fügte Dschehuti hinzu. "Sollte ihnen etwas zustoßen, wird das Konsequenzen haben." Die Wachen sahen unbehaglich aus, das hiess, daß die Androhung von Konsequenzen sogar bei Firbolgen ein gewisses Gewicht hatte.

"Vielen Dank, werte Beamte", sagte Oruwen daraufhin. "Bringt uns jetzt bitte zu eurem Anführer."

Die beiden Firbolge blinzelten sie an. Zu ihrem Anführer? Wovon redete diese alte Jungfer? "Nicht so schnell, Hexe!" sagte Hormig. "Sagt, was Ihr wollt." Oruwen hob ihren linken Ärmel ein wenig an. Ihre Reisegefährten konnten nicht sehen, was die Firbolge sahen.

Die Zwerge gafften. "Unser Anführer... ja natürlich... sofort", stotterte Piromis. Er ging durch das robuste Metalltor und verschwand für einige Zeit. Der andere Firbolg beschäftigte sich derweil damit, die Besucher unhöflich anzustarren.

"He, du!" bellte er Dschehuti plötzlich an. Der junge Priester blickte überrascht auf. "Ja, du. Ist das ein Narthex? Gib ihn mir. Hier unten ist keine Magie erlaubt."

Obwohl er beteuerte mit magischen Gegenständen nur zu handlen, hatte Dschehuti keine andere Wahl, als seinen Zauberstab auszuhändigen. Sie würden jetzt ohne nennenswerte Verteidigung sein.

Als Piromis wieder auftauchte, kam ein Riese hinter ihm hergestapft, der eine unordentliche Tunika und fleckige Hosen trug. Sein Gesicht war zwischen buschigen Augenbrauen und einer Unmenge von dunklen Haaren kaum zu erkennen. Die schlechten Zähne sahen sogar noch furchterregender aus, und er stocherte darin mit einem dünnen Knöchelchen herum.

Der Riese war einer der Rebellen aus den abgelegenen Koh-Kaf-Bergen, die den dortigen Bewohnern das Leben immer wieder schwer machten. Allerdings war er nicht der mächtige Anführer, wie die Firbolge es vorgaben, sondern nur ein kleiner Aufseher in den örtlichen Minen.

Er tat sein Bestes, um so pompös und wichtig zu erscheinen, wie es sich für einen richtigen Anführer gehörte. Das dreiköpfige Ungeheuer wurde ganz aufgeregt, als es den Riesen sah und jaulte, wie es ein winselnder Hund getan hätte. Der Kabiri warf seinen großen Zahnstocher in die Richtung des Tieres und die drei Köpfe kämpften lautstark darum, während der Riese vor Lachen brüllte.

"Ja... was wollt ihr denn?" Fragte er unhöflich.

"Ah, guter Herr. Ich wusste, daß ihr uns Besucher nicht lange warten lassen würdet. Wir waren auf dem Weg nach Magnesia und haben beschlossen, in eurer schönen Stadt einen Zwischenstopp einzulegen," sagte die Jungfer.

"Ja gut...", der Riese schien nicht zu wissen, was er sonst sagen sollte. "Kommt mit mir."

Oruwens Gefährten waren verblüfft. "Was will sie denn hier?" flüsterte Chryséis.

"Vielleicht will sie ja einen Trick versuchen. Wenn die Diebe in dieser 'Unterwelt' sind und unsere Geräte haben, versucht sie wahrscheinlich, sie irgendwie zurückzubekommen oder das Suchgerät einzusetzen. Vielleicht wusste sie nur nicht, wie sie es uns sagen sollte", sagte Trevor leise.

Der Kabiri hatte sich nicht einmal vorgestellt und stapfte einfach einen steilen Gang hinab. Sie bahnten sich ihren Weg um den Tresen und den dreiköpfigen Reptilienhund herum. Ein massiver scheibenförmiger Stein lehnte an der Wand, und um die Ecke herum stand eine große Maschine mit Spiralen, die in Têrakhon-Behälter führten. Die Maschine sah nicht so aus, als ob sie funktionierte, nahm aber viel Platz ein.

Sie erreichten eine Halle, in der grob aus dem Fels gehauene Säulen die Decke abstützten. Die Halle war spärlich eingerichtet, mit einem langen Tisch auf der einen Seite und Stühlen unterschiedlicher Höhe und Machart darum herum. Eine Gruppe von Firbolgen starrte ihnen nach.

"Interessant. Wenigstens gibt es hier kein Fest", murmelte Trevor. Chryséis warf ihm einen Blick zu, der einen Baobab-Baum hätte schrumpfen lassen können. "Mir ist ein Fest allemal lieber als eine unterirdische Stadt", zischte sie und wäre beinahe in eine Säule hineingelaufen.

In einem anderen Teil der Halle war eine Gruppe von Männern in eine Schlägerei verwickelt. Rivalisierende Sklavenhändler waren sich nicht einig über die Verteilung der Sklaven, die in einer Ecke zusammenkauerten. Plötzlich tauschten einige der schreienden Männer waghalsige Hiebe. Ein Holzstuhl flog durch die Luft und landete mit einem Krachen auf dem Boden. Der Kabiri brüllte sein mächtiges Lachen und ging an der Gruppe vorbei, ohne sich einzumischen. Er hatte nichts mit dem Sklavenhandel zu tun. Er arbeitete mit den Firbolgen in den Minen. Dass Malinkuyu auch ein Treffpunkt für Sklavenhändler war, ging ihn nichts an.

Dschehuti war entsetzt über die Raufbolde, aber der Kabiri ignorierte den Tumult und führte sie weiter ein paar Stufen hinauf durch eine weitere runde Türöffnung. Dann winkte er sie in einen kleineren Raum, die "Gästegruft", und ging ohne ein weiteres Wort hinaus.

Der Raum fühlte sich feucht an. An den Wänden standen schmutzige Bänke und die unwilligen Gäste setzten sich.

"Genial, was sollen wir jetzt machen?" Trevor nahm seinen Rucksack ab und ließ sich auf eine Bank plumpsen.

"Ehrenwerte Jungfer ", sprach Dschehuti Oruwen höflich an. "Ich vermute, daß Ihr unsere Flucht plant. Sollen wir den 'Rat der Nationen' alarmieren? Oder die Lady von Innu?"

"Was? Oh ja, ich meine nein. Ich plane, daß wir diesen Ort verlassen und werde sofort tun, was getan werden muss. Überlasst es mir." Mit diesen Worten stand sie auf und verließ den feuchten Raum. Einfach so. Selbst Dschehuti, der sonst so stoische Priester, konnte seine Verwirrung nicht verbergen.

"Was hat sie vor?" fragte Chryséis.

"Wir müssen Vertrauen haben", sagte Dschehuti und versuchte, würdevoll zu wirken. "Ihr müsst euch keine Sorgen machen. Oruwen ist eine erfahrene Jungfer und wird wissen, was zu tun ist."

Katherine begann eine Melodie ihrer Lieblingsband 'Bliss Five' zu summen: "Wenn du mich brauchst, werde ich da sein ... für immer und immer ..." Obwohl es ihre Nerven beruhigte, irritierte Trevor das entönige Gesumme.

"Ach, hör schon auf, ich kann nicht denken ...", brummte er.

Katherine hörte zu summen auf und trommelte stattdessen mit ihren Fingern auf die Steinbank. Chryséis hatte dagegen nicht die geringste Absicht, auf die Rückkehr der Jungfer zu warten. "Was ist, wenn die Jungfer versucht, auf eigene Faust zu entkommen?" meinte sie. "Ich traue ihr irgendwie nicht über den Weg. Sie benimmt sich wirklich komisch heute."

"Was denkst du, was wir tun sollen?" fragte Trevor. "Sie könnte sich selbst in Gefahr bringen, und uns auch."

Oruwen war keine große Hilfe bei der Suche nach den gestohlenen Geräten gewesen. Seit Gubla, um genau zu sein. Dschehuti grübelte über die Situation nach und schien zu meditieren. Chryséis legte ihre Hand auf Katherines Finger, um das Trommeln zu stoppen, dann ging sie zur Tür und sah in den Gang hinaus. Es war niemand in Sicht. Nur gedämpfte

Geräusche kamen aus der großen Halle. Es war seltsam, daß keine Wachen bei der "Gästegruft" postiert waren.

Bedeutete das, daß sie keine Gefangenen waren?

"Dschehuti", sagte sie. "Ich will dich nicht erschrecken, aber wir haben Mittel, um uns unsichtbar zu machen. Warum fliehen wir nicht einfach?"

Endlich antwortete Dschehuti. Es schien ihn nicht zu überraschen, daß die Kinder sich unsichtbar machen konnten. Denn das konnte er auch und zeigte es den Kindern. "Nun gut", sagte er mit einem Seufzer. "Athenai, ich werde der Jungfer folgen und dafür sorgen, daß sie in Sicherheit ist. Ihr drei werdet euch bitte so lange in diesem Raum aufhalten und versucht nicht, auf eigene Faust Heldentaten zu vollbringen. Wir sind von viel Bösem umgeben - Obeah!" Dschehuti murmelte etwas, das wie ein Zauberspruch klang und verschwand wieder.

"Das ist ja ne tolle Methode", sagte Katherine anerkennend. "Wir sollten versuchen, diesen Zauberspruch zu lernen, dann müssen wir uns keine Sorgen mehr wegen der Unsichtbarkeitsumhänge machen."

"Hmm. Toller Trick, aber ich würde lieber einen Weg aus dieser Höhle finden, indem ich unsere Unsichtbarkeitsumhänge benutze. Ich kann nicht einfach nur rumsitzen." Chryséis ging auf und ab wie ein Tiger in seinem Käfig. "Er hat auch das Suchgerät im Vimaan gelassen."

"Dschehuti sagte doch, wir sollen hier warten...", meinte Katherine.

"Ich weiß..."

"Ich frage mich, warum diese hässlichen Zwerge - oder wer auch immer - unseren Vimaan hierher teleportiert haben", sagte Trevor, während er die Wände des kahlen Raumes erkundete und hier und da abklopfte. "Der Riese sah mir nicht gerade wie ein Anführer aus. Was wollen sie bloß von uns?" Vielleicht gab es irgendwo eine versteckte Tür, genau wie im Palast von Ushbantoun. Aber es gab hier drin nichts als festes Gestein.

"Vielleicht sind es die Zeitportal-Sucher. Sie haben sie

vielleicht und Oruwen versucht mit ihnen zu verhandeln. Die Diebe sind auch Sklavenhändler und handeln mit allem Möglichen." Katherine sprang auf. "Du meinst, sie haben die Zeitportal-Sucher und wollen sie verkaufen?"

"Vielleicht ..." Die Kinder würden sehr bald herausfinden, wie nahe an der Wahrheit sie waren.

*

Dschehuti folgte Oruwen in die große Halle zurück. Er sah ein Stück ihres weißen Gewands und eine Schilfsandale hinter einer Säule verschwinden und eilte der Jungfer nach. Sie ging in einen anderen Raum, der an die Halle grenzte.

Die Sklavenhändler kämpften immer noch miteinander und machten einen hässlichen, aber nützlichen Hintergrundlärm. Er sah, wie Oruwen in dem Raum mit einem Mann sprach. *Sie ist so mutig*, dachte er. Dschehuti trat näher heran.

Es gab keinen Zweifel daran. Der Mann war ein Zauberer des 'Linken Pfades'! Auf einem Regal lag ein Sortiment von Dingen, von denen zwei ziemlich seltsam aussahen. Waren es die gestohlenen Instrumente der Kinder?

Er vermutete, daß das linke Gerät für Zeitreisen bestimmt war. Es unterschied sich nicht wesentlich von anderen derartigen Gegenständen, die er gesehen hatte. Kleiner vielleicht und eine andere Farbe. Hätte er doch nur sein Aufspürgerät dabei gehabt, aber das lag noch im Vimaan. Auf der anderen Seite hätte das Gerät ihn sicher verraten.

Das größere Instrument hatte eine dunkle Farbe und war seltsam geformt und eine Tasche lehnte an der Wand, neben den Füßen des Zauberers. Dschehuti lauschte, wobei er darauf achtete, kein Geräusch von sich zu geben. Aber vielleicht war der Zauberer ja in der Lage, seine Anwesenheit zu erraten....

"Ich habe die Kinder mitgebracht, Sire", sagte Oruwen. "Sie werden Euch den richtigen Umgang mit den Geräten zeigen, die Ihr von den Dieben aus Attock erworben habt."

"Ihr wart in der Sache sehr hilfreich... Jungfer ", lobte der Zauberer. "Dies wird mich in der Tat sehr mächtig machen. Ein weiteres Instrument dieser Art ist auf dem Weg zu König

Acarnôn von Minnegara. Er hat ein Vermögen in Sklaven dafür bezahlt. Herauszufinden wie das magische Instrument funktioniert ist sein Problem. Dieses hier reicht im Moment für meine Zwecke aus. Das andere werden wir später wieder von Acarnôn stehlen." Der Zauberer gackerte und die Jungfer Oruwen auch. *Was für eine Schauspielerin*, dachte Dschehuti beeindruckt. Sie ließ den Zauberer glauben, daß sie auf seiner Seite sei.

"Dann solltet Ihr sie gehen lassen, Herr", sagte sie. "Sie stehen unter dem Schutz des 'Rates der Völker'. Ihr dürft keine Bestrafung dafür riskieren, daß sie sich hier aufhalten."

Der Zauberer war nicht mehr ganz so fröhlich. "Und der junge Zauberlehrling aus Innu?" Er blickte auf und schnupperte die Luft. Dschehuti hielt den Atem an. *Hatte der Zauberer seine Anwesenheit bemerkt?*

"Der Priester geht mich nichts an, Herr. Er ist noch kein Hanôk und wird unsere Bemühungen nicht behindern können. Ich werde hier bleiben und Euch, wie versprochen, in Malinkuyu dienen."

Die Jungfer opfert sich edelmütig auf und will unsere Freilassung aushandeln, dachte Dschehuti. Selbst auf die Gefahr hin, einem Zauberer des 'Linken Pfades' dienen zu müssen. Das konnte er nicht zulassen! Die gute Jungfer wusste nicht, wozu dunkle Zauberer fähig waren. Einem Bruder des Linken Pfades konnte man nicht trauen.

Dschehutis Plan war einfach: er musste einen Fluchtweg finden. Er zog sich so leise wie möglich zurück und erkundete einen der Gänge, die von der Halle wegführten. Es war eine Sackgasse. Dann versuchte er es mit einem anderen Gang, der hier und da Stufen aufwies und nach oben führte. Er hatte Glück. Der Gang führte über die Erde. Weit entfernt von den blauen Pyramiden. Er flüsterte einen weiteren Zauberspruch und wurde zum Standort der Kinder transportiert. Oruwen war jedoch immer noch nicht zu ihnen zurückgekehrt.

"Athenai, wir müssen uns beeilen. Ich habe einen Weg gefunden, diese unterirdische Stadt zu verlassen, und sah eure

Geräte bei einem bösen Zauberer."

"Dschehuti, bist du das?" fragte Trevor. "Du bist immer noch unsichtbar."

"Ja, und ihr solltet euch nun auch unsichtbar machen."

Die drei Kinder schnappten sich ihre Sachen und aktivierten die VUs. Dann verschwanden sie einer nach dem anderen.

"Der Zauberer möchte, daß ihr ihm erklärst, wie sie funktionieren. Das ist der Grund, warum wir hierher nach Malinkuyu gebracht wurden."

"Unsere Geräte sind hier?"

"Ich habe wenigstens eines von ihnen gesehen. Die gute Jungfer hat angeboten, in den Diensten des Zauberers zu bleiben, wenn wir dafür freigelassen werden."

"Aber das können wir nicht zulassen ...", wandte Trevor ein.

"Nein, Athenai, das können wir nicht. Sobald ihr sicher über der Erde seid, werde ich zurückkehren und die Jungfer und euere Instrumente holen. Dann werden wir gemeinsam von diesem Ort fliehen." Die Zeitreisenden verstanden.

Es blieb keine Zeit für Fragen. Sie hielten sich aneinander fest und folgten Dschehuti. In den Gängen begegneten sie niemandem und tasteten sich weiter vorwärts, doch als sie den großen runden Ausgang erreichten, war dieser fest verschlossen. Was für ein Rückschlag!

"Wir kommen hier nicht raus", flüsterte Trevor. Aber Dschehuti war darauf vorbereitet. Er deutete unsichtbar auf die Tresortür und flüsterte etwas. Nichts geschah. Ein Narthex wäre besser gewesen, aber dann wiederholte er denselben Zauberspruch mit lauterer Stimme. Die riesige Scheibe knarrte und stöhnte, dann gab sie nach und drehte sich langsam auf ihrer eigenen Achse.

Als die Öffnung groß genug war, schob Dschehuti die drei Kinder hindurch und die Treppe hinauf ins Freie.

"Versteckt euch, wo immer ihr könnt", sagte er. "Ich komme gleich wieder."

Dann kehrte er in die Tiefe der unterirdischen Stadt zurück.

▷▷▷▷ 27 DER GESTALTWANDLER

"Da drüben, die Bäume. Kommt schnell!" drängte Trevor seine Freunde und sie folgten ihm zu einem Steinhaufen neben drei Haoma-Bäumen.

"Wir sollten die Ladys von Sydonia und Innu alarmieren. Wegen der Sklavenhändler und den Firbolgen und..." Chryséis versuchte, mit Trevor und Katherine mitzuhalten, die ziemlich schnell liefen.

"Wir können keine Aufmerksamkeit auf uns lenken", sagte Trevor. "Wir sind gerade erst entkommen und wenn die rauskriegen, wo wir sind..."

Katherine keuchte. "Immer das gleiche Problem..."

Sie erreichten die Steinhaufen und versteckten sich dahinter, so gut sie konnten. Nicht weit von der anderen Seite des Eingangs gab es noch mehr Bäume und einen Brunnen, aber von hier hatte man einen recht guten Überblick.

Chryséis ließ sich auf einen flachen Felsen nieder und Trevor hielt es für besser, den Skorpion nicht zu erwähnen, den er unter einen Felsen krabbeln sah. In der Ferne türmten sich grüne Ausläufer gegen die grauen Berge auf. Das hieß, sie waren den Hügeln ziemlich nahe, und wenn sie fliehen mussten, war dies der richtige Weg. Sie hatten allerdings keine Ahnung, welche Berge es waren oder wie sie ohne den Vimaan fliehen sollten. Außerdem konnten sie hier niemanden kontaktieren. Zumindest dachten die Zeitreisenden das.

"Sobald wir den ZPS wieder haben, sollten wir uns hier schleunigst rausbeamen," meinte Trevor.

"Aber wir können die Dinge doch nicht einfach so stehen lassen", flüsterte Chryséis. "Wir können nicht einfach in die Zukunft zurückreisen, ohne uns vorher zu verabschieden."

"Also hör mal, wenn es sein muss, werden wir genau das tun. Das weißt du doch", flüsterte Trevor in demselben dringenden Tonfall zurück. "Aber jetzt müssen wir erst einmal heil von hier wegkommen."

Chryséis war eine Weile still. "Also gut," stimmte sie ihm schliesslich zu.

Katherine beobachtete eine große Kakerlake, die an der Spitze eines Felsens entlangkrabbelte, und schnappte sich das Insekt. Zum Entsetzen ihrer Freunde stopfte sie sich die knusprige Kakerlake in den Mund und begann zu kauen. Später gab sie zu, daß sie Froscheintopf und Kakerlaken immer noch hasste und daß sie keine Ahnung habe, warum sie Lust auf das Insekt gehabt hatte. Vielleicht lag es an der ganzen Magie um sie herum.

"Geht's dir gut, Katie?" fragte Chryséis mit einem angewiderten Gesichtsausdruck. "Hör mal, wenn du Hunger hast, gibt's bestimmt noch was anderes zu essen." Katherine ignorierte sie. Sie hatte sich einfach gezwungen gefühlt, die Kakerlake zu essen. Das war alles.

Beim Ausgang bewegte sich was.

"Oh, sieh mal da, Oruwen hat es geschafft rauszukommen ", sagte Katherine, immer noch kauend. Die Jungfer ging ziemlich gelassen auf eine Hütte zu, die halb versteckt unter einem großen Baum auf der anderen Seite des Eingangs stand.

"Was macht sie denn da und wo ist Dschehuti?" Katherine wollte aufspringen und zu der Jungfer hinüberlaufen, aber Trevor packte sie am Ärmel und zog sie wieder runter. Er hatte das Gefühl, daß etwas nicht stimmte. Sie versteckten sich weiter hinter den Steinhaufen, aber was machte die alesische Jungfer eigentlich allein in einer baufälligen Hütte, wenn sie doch mit Dschehuti fliehen sollten?

Dann tauchte Oruwen wieder aus der Hütte auf.

"Wartet, das ist gar nicht Oruwen - das ist doch Totolin!"

Die Kinder sahen sich erschrocken an. Hatte sich der Zauberlehrling aus Ush-bantoun in Oruwen verwandelt? Dort hatte er sich also versteckt. Hatte Totolin sie getötet oder war die Jungfer noch am Leben? Deshalb hatte sie sich so seltsam verhalten. Es war die ganze Zeit Totolin gewesen, und er war ein Gestaltenwandler!

"Ich wusste es doch!" Chryséis spuckte die Worte geradezu aus.

"Nein, das wusste keiner von uns", widersprach Trevor.

"Oh, die arme Oruwen. Wo ist sie jetzt nur?"

Die Jungfer hatte sich bei den Sklavenhändlern seltsam wohlgefühlt und nun wussten sie auch warum. Totolin hatte natürlich nicht die Absicht, die Kinder von hier wegzubringen. Sein linker Ärmel fiel ein wenig zurück und enthüllte eine kleine Tätowierung auf seinem inneren Unterarm. Die sah aus wie ein Schlangenkopf mit einer schwarzen Spinne oben drauf. Das war es, was die beiden Firbolge gesehen hatten, als Oruwen bei ihrer Ankunft nach dem "Anführer" fragte.

Totolin war auch dabei gewesen, als der Zauberer mit den Sklavenhändlern am Fluss in der Nähe von Ush-bantoun verhandelte. Er war die Verbindung zur Unterwelt!

Katherine spürte, wie ihr die kalte Angst über den Rücken lief. "Wir sollten fliehen. Was ist, wenn wir entdeckt und zurück in die Unterwelt geschleppt werden ... und ..."

"Wir können nicht einfach ohne Dschehuti abhauen..." sagte Trevor. "Und wir wissen auch nicht, wohin wir gehen sollen. Dschehuti sagte, wir sollten hier auf ihn warten. Er ist ja auch ein Zauberer und dazu noch ein ziemlich guter."

"Ich wusste doch, daß etwas mit ihr, äh, ihm, nicht stimmt", zischte Chryséis und ihre Freunde rollten nur mit den Augen. "Dschehuti hätte es besser wissen sollen..."

Totolin stolzierte vor der Hütte auf und ab und wartete auf irgend etwas.

"Niemand ist perfekt", verteidigte Katherine ihn.

"Wo ist er bloß? Wir sollten uns weiter weg verstecken, bis Dschehuti zurückkommt", flüsterte Trevor. Sie bewegten sich schnell weiter vom Eingang zurück, bis sie außer Sichtweite waren. Zumindest dachten sie das. Totolin hatte drei Schatten gesehen, die sich von ihm fortbewegten. *Warum sind diese lästigen Kinder hier oben?* Er hatte gedacht, sie seien unten in der 'Gästegruft'. Diese kleinen Schlingel. Er musste sie zurückbringen, weil er sie gerade an die Riesen in Malinkuyu verkauft hatte. Er rief die Kinder mit sanfter Stimme und ging auf die kauernden Schatten zu. "Ah, da seid ihr ja." Totolin trat näher heran. "Ihr lauft so ganz alleine weg, was?"

Chryséis blickte auf. "Was machst du denn hier, Totolin?" Der Gehilfe des Zauberers war verblüfft.

"Du nutzloser kleiner Krötenschleim-Ball ", griff Chryséis ihn an, noch bevor er antworten konnte. Das war das Schlimmste, was ihr auf Akkadisch einfiel.

"Oh, warum so unhöflich, kleine Kinder? Wir sind doch Freunde, nicht wahr?" Totolin legte seinen kleinen Kopf schief.

"Freunde? Das wäre ja noch schooner," funkelte Katherine ihn an.

Der Gestaltwandler hatte nicht mit Widerstand von einfachen Kindern gerechnet. Nun, sie werden mir nicht lange widerstehen, dachte er. Nicht, wenn ich mit ihnen fertig bin.

Trevors Hand lag am Griff seines Jagdmessers. Keiner von ihnen bemerkte wie Dschehuti jetzt ebenfalls aus dem Eingang auftauchte. Er hielt etwas in seiner Hand. Es war der Narthex-Stab, den die Firbolge ihm abgenommen hatten. Erst hatte er die Torwächter und dann das dreiköpfige Ungeheuer damit vernichtet, als er den Stab zurückstahl. In seiner Tasche befanden sich zwei Instrumente und Katherines Rucksack hing über seiner Schulter.

Er hatte nach der Jungfer gesucht und dann beschlossen, erst zu den Kindern nach oben zurückzukehren. Jetzt stand Dschehuti im Schatten beim Brunnen und traute seinen Augen kaum. Jetzt stand Dschehuti im Schatten beim Brunnen und traute seinen Augen kaum. Vor den Kindern stand der berüchtigte Totolin von Ereb.

Er war mit ihm in der gleichen Klasse gewesen, bis Totolin von der Zauberschule in Innu verwiesen wurde. Der junge Dschehuti hatte ihn bei der Ausübung von Obeah, der schwarzen Magie, erwischt. Obeah war kein Kinderspiel undTotolin war nun bereits mit ‘Denen des Linken Pfades' verbunden.

Dschehuti hatte ihn nicht mehr gesehen seit Totolin von der Schule für Weiße Magie in Innu verwiesen worden war. Jetzt stand er vor ihm und sprach mit einem großen Steinhaufen, und Dschehuti vermutete, daß die Kinder sich hinter dem Felsen versteckten. Von der Jungfer Oruwen war keine Spur zu sehen, aber vielleicht war sie ja auch dort bei den Kindern... wohl kaum. Dschehutis Gedanken rasten.

Was hatte der abtrünnige Magier mit ihr gemacht? Er war ein Gestaltwandler, also hatte sich Totolin wohl in die Jungfer verwandelt! Dschehuti wusste nun genau, was zu tun war.

"Jungfer Oruwen, wir haben euch in der 'Gästegruft' vermisst", rief er. Totolin schaute ihn verwirrt an. Hielt Dschehuti ihn tatsächlich noch immer für die alesische Jungfer? Ausgezeichnet! Totolin begann wieder, die Rolle der Jungfer Oruwen zu spielen.

"Ah, Dschehuti, wir haben hier auf dich gewartet. Ich habe einen... versteckten Durchgang gefunden. Wir müssen uns beeilen", sagte er mit hoher Stimme.

Dschehuti änderte seinen Tonfall abrupt. "Was willst du mit den Kindern in unserer Obhut, Totolin, du Bösewicht?"

Der Gehilfe des Zauberers verzog das Gesicht. Er wurde blass und schwankte ein wenig vor lauter Schreck. Er war von einem Bruder des 'Rechten Pfades' entdeckt worden!

Dschehuti ließ sich nicht täuschen. Totolin blickte auf den Narthex, der auf ihn zeigte und wusste, daß es mit seinem Spiel vorbei war. Die Kinder tauchten hinter dem Steinhaufen auf.

"Oh, aber ich bin doch euer Freund, Kinder..." stammelte er. Chryséis ignorierte seine Schmeicheleien. "Was sollen wir mit ihm machen?" fragte sie und Totolins Kopf wippte vor lauter Angst auf und ab.

"Er wird den Behörden der Bekannten Welt übergeben", meinte Dschehuti, dann wandte er sich an den kauernden Totolin. "Soll ich dich in ein Stück Holz verwandeln oder möchtest du lieber für eine Weile eine Feder sein?"

Der Nacken des kleinen Truthahns färbte sich ganz rot.

"Habt Erbarmen, Herr. Habt Erbarmen mit mir. Ich habe nur

getan, was von mir verlangt wurde", rief er.

"Nenne mich nicht Herr, Du undankbarer Kerl. Ich hoffe, du hast die Gepflogenheiten der Bekannten Welt nicht ganz vergessen. Im Namen Thoths werde ich dich kein weiteres Mal entkommen lassen," sagte Dschehuti voller Verachtung.

Dann geschah etwas Seltsames: der Assistent des Zauberers sank ohnmächtig zu Boden. Die Kinder sahen sich fassungslos an. Das hatten sie nicht erwartet. Dschehuti verlor aber keine Zeit und fesselte Totolins Hände. Mit einem Zauberspruch hob er ihn hoch in die Luft, und die Kinder starrten auf den schwebenden Körper.

"Wow." Chryséis pfiff durch die Zähne.

"Wir gehen jetzt besser, bevor uns jemand sieht", sagte Dschehuti und ging mit Totolin vor ihm voran. Die Kinder eilten hinter Dschehuti und dem schwebenden Totolin her.

Als sie die grünen Hügel erreichten, zog Dschehuti mit seinem Narthex einen Kreis auf den Boden und machte sie alle unsichtbar. Er ließ den Zauberer zu Boden sinken, zündete ein kleines Feuer an und bereitete in einem geflochtenen Körbchen, das er immer bei sich trug, Tee zu. Er warf ein paar Salbeiblätter aus Katherines Beutel in den Korb.

Erst dann erzählte er den Kindern, daß er ihren Zeitportal-Sucher dabei hatte! Dschehuti legte den ZPS gut sichtbar auf einen Felsen. Sie schauten was noch in dem Rucksack war. Die 'Bliss Five'-CD befand sich noch immer darin, und Katherine war überglücklich, ihre Musik wieder zu haben. In diesem Moment wachte die Assistenz des Zauberers auf.

Niemand nahm groß Notiz von Totolin, dessen Hände vor ihm an einen Felsen gebunden waren. Er machte sich von der Fessel frei, kroch unbeholfen hinter den Felsen und erleichterte sich. Die anderen schienen beschäftigt zu sein - ein idealer Zeitpunkt, sich davon zu machen. Aber er wusste, daß er gegen Dschehutis Magie keine Chance hatte, sollte er entdeckt werden.

Dann sah er das Instrument der Kinder auf dem Felsen liegen. Es war das Instrument, das die Königin Mé-lis-ah so verzweifelt gesucht hatte. Totolin mochte die Königin nicht. Sie hatte ihm manchmal einen Tritt gegen das Schienbein verpasst, wenn sie unzufrieden war. Aber dieses Ding musste wichtig sein, wenn es hier in der Unterwelt gelandet war. Er ließ das Seil vom Felsbrocken gleiten, kroch nach vorne und tastete im Dunkeln nach dem Gerät. Totolin bekam es zu fassen und griff mit der rechten Hand fest danach, wobei er zufällig ein paar der Knöpfe drückte.

Plötzlich begann der Boden vor ihm zu schimmern und bewegte sich im Kreis. Ein Wunder war geschehen und er konnte sein Glück kaum fassen. Aber was war das? Er starrte ängstlich zu Dschehuti hinüber. Totolin wusste vom Aufenthaltsort des Obeah-Schlangengotts und diese Öffnung musste nach Tiphereth führen, dem Hort der dunklen Magie!

Er, der unwürdige Diener eines großen Magiers, erhielt diese unglaubliche Gunst. Den Fluchtweg nach Tiphereth, mit einer Öffnung kreisend wie eine sich windende Schlange!

Totolin machte einen zögernden Schritt nach vorn. In diesem Moment sah Dschehuti das Gerät in Totolins Hand und die bebende Vortex. "Nein, nicht hineinspringen!" rief er.

Chryséis ließ einen Holzlöffel fallen, mit dem sie gerade den Tee umrührte, und rannte auf die Vortex zu. Wenn sie ihn doch nur rechtzeitig erreichen könnte... aber es war zu spät.

"Nein!" riefen die Kinder entsetzt.

"Haaah!" Der kleine Zauberer verschwand mit einem triumphalen Schrei. Sie standen schockiert da und sahen zu, wie die kreisende Vortex zusammen mit ihrem ZPS in Totolins Hand verschwand.

"Das darf doch nicht wahr sein", begann Katherine zu heulen. "Wir können jetzt nicht mehr nach Hause zurückkehren! Das war unsere letzte Chance, nach Hause zu kommen." Die Stelle, an der die Vortex Totolin verschluckt hatte, war jetzt wieder genauso ruhig wie vorher. Sie waren doch so nah dran gewesen, und nun hatten sie Totolin samt ihrem Zeitportal-Finder zum allerletzten Mal gesehen!

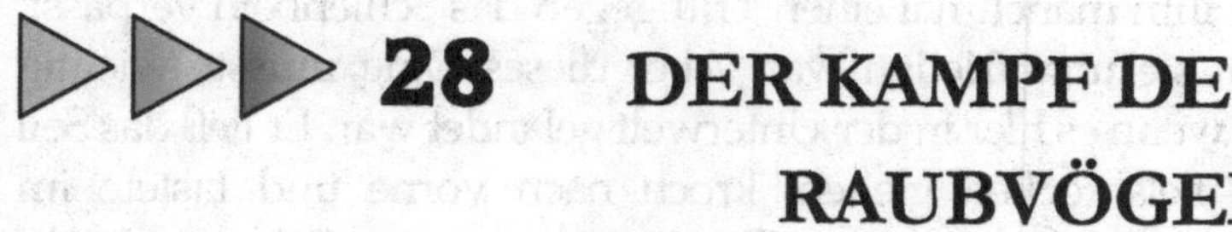

28 DER KAMPF DER RAUBVÖGEL

"Ich hoffe, er ist auf einem fleischfressenden Dinosaurier gelandet!" brachte Trevor hervor. "Oder im Inneren eines glühenden Vulkans."

"Warum in aller Welt ist er nur in die Vortex gesprungen? Kann mir das jemand erklären?" Chryséis war wütend. "Diese ganze Reise ist wie verhext, das kann ich euch sagen..."

Chryséis sprach Englisch und sah, wie Dschehuti sie verwundert ansah.

"Ehm, ich meine, ich verstehe nicht, warum er gesprungen ist", fuhr sie in zittrigem Akkadisch fort. Chryséis versuchte, sich in die prähistorische Sprache zurückzuversetzen, die sie jetzt benutzten, als hätten sie nie etwas anderes gesprochen.

"Er ist nach Tiphereth entkommen", antwortete Dschehuti, "Die Region, die unterhalb der Unterwelt liegt, dem Aufenthaltsort des schrecklichen Schlangengotts. Er ist eine mächtige Gottheit, die von der Bruderschaft des 'Linken Pfades' verehrt wird."

"Dieser Idiot von einem Hexenmeister!" schimpfte Trevor nur, aber es war sinnlos. Der Zeitportal-Sucher war weg - nach all den Mühen, die sie auf sich genommen hatten, ihn wiederzufinden.

"Athenai, beruhigt euch", sagte Dschehuti. "Es gibt noch ein weiteres Zeitinstrument."

"Ja, aber das ist doch..." Trevor konnte seinen Satz nicht beenden.

"Junge Freunde, ihr solltet auf den Lehrer der Magie hören", sagte eine Stimme im Hintergrund. Sie sahen sich verwundert um. Wer war das denn?

"Habt ihr mich schon wieder vergessen? Und natürlich auch

vergessen, mich zu rufen, wenn ihr mich braucht?" Die Stimme klang irgendwie vertraut.

"Wer bist du, zeige dich!" Chryséis hatte genug von Überraschungen.

"Kannst du mich nicht sehen? Ich bin hier. Genau hier."

Sie blickten auf ein schwach schimmerndes Licht über dem Felsen, an den Totolin gebunden gewesen war. Genau dort schwebte - der Dschinn in seiner purpurnen Samtpracht und kratzte sich an einem Ohrläppchen, das unter dem Turban hervorlugte.

"Oh, Dschinn, du bist es!" rief Trevor erleichtert.

"Verehrter Dschinn," Dschehuti sprach sehr höflich mit dem magischen Wesen. "Willkommen und vielen Dank für eure Mühe. Ihr seid sicher hier, um uns zu helfen?"

"Thank you." Der Dschinn neigte den Kopf leicht zur Seite. "Ihr hättet mich rufen sollen, young Athenai. Es war nicht einfach, euch hier draußen in der Wildnis zu finden. Ihr seid unsichtbar... mit dem Schutzzauber um euch herum und so weiter..."

"Oh das tut uns leid, daran haben wir nicht gedacht", sagte Katherine und der Dschinn lächelte.

"Ich glaube, ihr seid in Not und braucht Hilfe. Eure Verzweiflung war nicht zu überhören. Verschwenden wir keine Zeit." Er sah Katherine an. "Aber was ist das? Ich will jetzt keine Tränen mehr sehen." Sie wischte sich die Tränen weg und sah zu ihm auf.

"So, das ist schon besser. Kein Grund für Tränen, wenn der gute alte Dschinn hier ist, um zu helfen. In der Tat uralt ..."

"Willst du damit sagen, daß es noch Hoffnung für uns gibt?" fragte Trevor.

"Ja, das ist völlig richtig, junger Mann. Erst waren es eure Amulette und nun befindet ihr euch an einem abgeschirmten Ort . Der böse Zauber verhindert den Austausch von Gedanken mit allen außerhalb. Die Lady von Sydonia ist sehr beunruhigt darüber. Vor allem, weil die arme Jungfer Oruwen gestern kaum noch bei Bewusstsein, in einem Boot vor dem Hafen von

Gubla gefunden wurde."

Er hob die Hand, um unnötige Fragen zu unterbinden und Chryséis ließ ihre Hand schnell wieder sinken.

"Legt eure Amulette wieder an. Wenn Ihr damit nicht von ehrenwerten Ladys entdeckt werden könnt, dann erst recht nicht von den weniger ehrenwerten Brüdern des 'Linken Pfades' - hier!"

Der Dschinn warf Dschehuti ein Amulett des 'Geheilten Auges' zu. Der nahm die Schnur mit dem Anhänger und legte sie sich um den Hals, während die Kinder das Gleiche mit den Amuletten in ihren Taschen taten.

"Na bitte", sagte der Dschinn. "Das ist besser. So werden sie euch nicht finden. Ich erkläre mich bereit, die gute Lady selbst von der lage zu benachrichtigen."

"Dschinn, wo warst du denn, als wir dich in Ush-bantoun gebraucht hätten?" fragte Trevor.

"Ah, ja... Ich glaube, selbst da wurde ich nicht gerufen. Aber was glaubt ihr, wer euch die Öffnung unter dem Baum gezeigt hat, durch die ihr vor den Schergen der Sklavenhändler geflohen seid? Ich war nicht weit entfernt, als ihr verfolgt wurdet." Natürlich erinnerten sich die Kinder. Sie hatten sich damals beim versunkenen Schwimmbecken versteckt.

"Leider darf ich mich nicht unter die Erde begeben und ausserdem habe ich auch anderes zu tun..."

"Danke, daß Ihr jetzt hier seid", sagte Chryséis und der Dschinn verbeugte sich leicht als Zeichen der Anerkennung.

"Der kleine Zauberer Totolin hatte den Vimaan zur unterirdischen Stadt geführt und dachte, daß Obeah ausreicht, um seinen Willen durchzusetzen. Ha, ha." Er grinste und rieb seine Hände aneinander. "Und jetzt ist er fort. Das hat er davon."

"Aber er hat doch unser Gerät mitgenommen," klagte Katherine.

"Das dritte Zeitreisegerät wurde dem König von Minnegara im Land Attock im Tausch gegen Sklaven übergegeben", sagte Dschehuti. "Wir müssen nun dorthin."

"Ja, König Acarnôn ist ein schlechter Mensch und Vorsicht ist geboten." Der Dschinn schüttelte den Kopf. "Ich fürchte, ihr müsst nach Attock reisen und euch das nehmen, was euch gehört. Aber zuerst must du, Dschehuti, den Tempel des Vogelgottes finden. Daran führt kein Weg vorbei, und jetzt müsst ihr Kinder ihm dabei helfen."

"Wir müssen ihm helfen?" fragte Chryséis erstaunt.

"Ja, Athenai. Ihr müsst jemand anderen helfen. Tut das, was richtig ist, und der wahre Weg wird euch gezeigt."

"Wie lange wird das wohl dauern?" wollte Chryséis wissen.

Der Dschinn schüttelte wieder den Kopf und betrachtete den den dunkelblauen Nachthimmel.

"Wie können wir Dschehuti dabei helfen, lieber Dschinn?" wollte nun auch Katherine wissen.

"Ah, die richtige Frage. Alles wird sich euch bald offenbaren." Ein surrendes Geräusch mischte sich mit dem Lachen der Dschinn und später erinnerten sie sich nur noch daran, daß sie eingeschlafen waren. Als sie wieder erwachten, erhob sich die Sonne schon über den Bergen. Sie befanden sich auf einer Bergwiese, und der Dschinn war nirgends zu sehen. Er musste sie mit einem Zauber hierher gebracht haben. Nicht weit entfernt von ihnen lag das felsige Ufer eines Hochlandsees.

"Wo sind wir denn jetzt und was machen wir hier?" fragte Trevor.

"Ich bin sicher, wir werden es bald herausfinden", sagte Dschehuti und nahm sein Amulett ab. "Wir scheinen hier sicher zu sein, also werde ich um Hilfe von der nächsten Zitadelle bitten."

Sie hatten nicht lange am Seeufer gerastet, als ein sehr großer schwarzer Adler mit langen, kräftigen Flügelschlägen auf sie zuflog. Der monströse Vogel kreiste über ihnen und kreischte durchdringend heiser.

"Runter!" brüllte Dschehuti, aber da war keine Zeit, seinen Narthex herauszuholen. Die Lichtung bot keine Deckung, also kauerten sie sich einfach zusammen und machten sich so klein wie möglich. Im Handumdrehen stürzte sich der schwarze

Adler auf die fünf Reisenden und packte Trevor an seinem Rucksack. Dann flog er nach oben und der Junge baumelte an seinen Krallen. Trevor war erstarrt vor Schreck und versuchte, nicht nach unten zu schauen, wie die Luft ihm so um die Ohren zischte.

"Trevor... Trevor!" Er konnte den schwachen Schrei kaum noch hören, als der riesige Vogel mit ihm auf die Wolken zuflog.

Die Gedankenübertragung war genau das, worauf der dunkle Magier von Magnesia gewartet hatte. Als Bruder des Linken Pfades wusste er von der Flucht der Kinder aus der Unterwelt, und da er ein Gestaltwandler war, hatte er sich in einen riesigen Adler verwandelt. Er würde sich die beiden anderen lästigen Kinder gleich schnappen und sie in sein Gebiet hineintragen. Selbst Dschehuti würde vor ihm nicht sicher sein.

Er stieß auf einmal hinab und ließ Trevor unsanft auf den Boden fallen, bevor er zu der Gruppe zurückkehrte. Trevor hatte sich bei dem Sturz das Handgelenk verletzt und versuchte, sich vor dem großen Vogel hinter Felsen zu verstecken. Als der mächtige Vogel wieder auf der Lichtung angelangt war, erlebte der Adlerzauberer allerdings eine Überraschung. Ein anderer sehr großer Vogel flog direkt auf ihn zu. Er war viel größer als der Adler und hatte ein vielfarbiges Gefieder.

"Es ist Simorgh Ankh, der Vogelgott!" rief Dschehuti unten.

Der schwarze Adler versuchte zu entfliehen und begab sich in einen Sturzflug, aber der mächtige Simorgh Ankh jagte dem großen Vogel geschickt mit großer Geschwindigkeit hinterher, streckte seine Krallen nach ihm aus, und der riesige Adler stürzte in seiner Panik auf die Felsen und brach sich das Genick. Der riesige bunte Vogel landete neben Dschehuti und den Mädchen im schwankenden Gras.

"Was ist mit Trevor passiert?" rief Katherine und Simorgh Ankh legte den Kopf schief.

"Der Adler hat den Jungen in diese Richtung weggetragen", rief Dschehuti schnell und zeigte nach Norden. Simorgh Ankh erhob sich erneut in die Lüfte und suchte nach dem Jungen. Nach einer Weile ließ das Rauschen von Flügeln sie aufblicken. Dort, mitten in der Luft, sahen sie Simorgh Ankh mit Trevor, der sicher auf seinem breiten Rücken saß. Der große Vogel landete sanft im Gras und ließ den Jungen herabklettern. Trevors Handgelenk schmerzte noch immer, also winkte er mit der anderen Hand. Die Mädchen stürmten auf ihren Freund zu und umarmten ihn.

"Oh, Trevor, bist du in Ordnung? Ich dachte, der Adler hätte dich umgebracht", schluchzte Chryséis und wischte sich die Augen.

"Autsch... Vorsicht, der Adler ließ mich einfach fallen und mein Handgelenk tut jetzt ganz schön weh."

"Ah gute Freunde", sagte der Vogelgott in einem tiefen Zwitscherton. "Schelanti, Besucher in meinem Reich. Verzeiht diesen rauen Empfang, aber der dunkle Zauberer hat mit seinem Leben dafür bezahlt."

Die Kinder starrten ihn fassungslos an. Sie hatten nicht gewusst, daß der Adler ein Zauberer gewesen war.

"Es freut mich sehr, Zauberlehrling Dschehuti und meine jungen Freunde, daß ihr der Unterwelt entkommen seid."

Er nickte mit einer anmutigen Bewegung und schloss die Augen. Aus der Ferne hörte man das Knurren und Brüllen von etwas, das ziemlich große Saurier sein könnten.

"Wir müssen uns tief im Koh-Kaf-Gebirge befinden", sagte Dschehuti und konnte sein Glück kaum fassen, daß der Vogelgott selbst gekommen war, um sie zu retten.

▶▶▶ 29 EIN TEMPEL VOLLER GEHEIMNISSE

"Gerechter Simorgh Ankh", sagte Dschehuti und verbeugte sich leicht vor dem Vogelgott. "Ich fühle mich zutiefst geehrt, in eurer Gegenwart."

"Und ich freue mich, euch kennenzulernen, Dschehuti und junge Freunde aus der Zukunft."

Die Kinder waren kaum noch überrascht, wenn jemand so etwas zu ihnen sagte und es gab keinen Grund, die Tatsache vor einem mächtigen Vogelgott zu verbergen. Also begrüßten sie den großen Vogel höflich. Ein langgezogenes Brüllen hallte zwischen den Bergen wider und ließ sie erstarren.

"Sind das etwa Saurier?" fragte Trevor.

"Ja, es gibt hier in den Bergen noch Herden aus uralter Zeit ", meinte Simorgh Ankh. " Meist weit entfernt von Siedlungen."

Trevor gefiel das ganz und gar nicht. Ich hülle mich in einen Panzer aus Licht, dachte er, ich bin geschützt. Genau wie die Wasserhexe es ihm in Prydhain beigebracht hatte. Trevor erinnerte sich plötzlich an sein erstes Zeitreise-Experiment und sah wieder die großen dampfenden Körper mit goldenen und grünen Schuppen vor sich. Da lagen schlafende Dinosaurier zwischen hohen Felsen. Ihm stieg der Gestank in die Nase und er spürte ihre Wärme und bahnte vorsichtig einen Weg um die großen Körper. Einer wälzte sich mit einem Stöhnen um, gähnte laut und entblößte dabei große, scharfe Zähne. Er sprang flink zur Seite, aber die Dinosaurier reagierten nicht mal...

"Trevor, Trevor!" Chryséis schüttelte ihn. "Hey, träumst du, oder was?"

"Emm, ich glaube schon..." sagte Trevor. "Mein Handgelenk tut weh. Kannst du da was dagegen tun, Dschehuti?"

"Lasst mich mal sehen, junger Freund." Der riesige Vogel ließ sich derweil in seinem prächtigen Federkleid nieder, während Dschehuti Trevors Hand untersuchte. "Das sieht gebrochen aus."

"Oh nein."

"Kein Grund zur Sorge. Es gibt einen Zauberspruch, mit dem ich den Knochen heilen kann." Dschehuti murmelte etwas vor sich hin, und Trevor drückte die Augen zu. Dann öffnete er wieder die Augen und bewegte seine Hand. "Der Schmerz ist weg", verkündete er dann.

"Ohne ein Heilgerät zu benutzen?" fragte Katherine.

"Das ist weiße Magie ", sagte der Vogelgott gelassen.

"Ich danke dir, Dschehuti. Schukri, vielen Dank", stammelte Trevor.

"Es ist mir eine Freude, dir zu helfen, Athenai", antwortete der Lehrer der weißen Magie.

"Wenn ihr dazu bereit seid, werde ich euch nun zum Tempel hoch oben in den Bergen bringen", sagte der Vogelgott.

"Oh, das wäre einfach wunderbar", murmelte Dschehuti und die Kinder nickten nur.

"Dann setzt euch jetzt bitte auf meinen Rücken."

Als sie alle sicher auf seinem starken Rücken saßen, erhob sich der Vogelgott in die Lüfte und riesige Schwingen trugen sie in luftige Höhen hinauf. Es wehte ein kalter Wind, und Chryséis öffnete eine Weile lang nicht die Augen. Schließlich tat sie es aber doch und sah, wie sich etwas zwischen den Bergen unter ihr bewegte. Das waren eindeutig keine Menschen. Sie segelten durch die Luft und folgten den Ufern eines großen Flusses. Der bahnte sich am Ursprung als Rinnsal seinen Weg die Berge hinunter, wurde am Kailas oder "Himmelsberg" zu einem Bach und schließlich zu einem großen Fluss.

"Ich frage mich, wie dieser Tempel wohl aussieht...", meinte Chryséis. Neben ihr klammerte sich Katherine an den kräftgen Federn fest.

"Der Vogelgott muss ganz schön wichtig sein. Weißt du noch, wie die Leute ihn sogar in den Auen des Himmels' erwähnt haben?" sagte Katherine. "Das so richtig weit weg von hier."

"Was will Dschehuti eigentlich in dem Tempel?" Chryséis beugte sich auf die andere Seite und bereute es im selben Augenblick. "Puh, wir sind so weit oben. Ich sollte besser nicht nach unten schauen."

Bergsiedlungen kamen jetzt in Sicht, aber sie wagten es nicht, direkt nach unten zu sehen. Der Fluss glitzerte im schwächer werdenden Sonnenlicht wie ein breites Band aus lauter Kristallen. Sie hielten sich fest und achteten darauf, nicht auf eine Seite zu kippen. Simorgh Ankh schien sich allerdings nicht an der Last auf seinem Rücken zu stören. Als sie endlich am Ziel waren, ging die Sonne über den Berggipfeln gerade unter.

Vor dem "Tempel des Vogelgottes" stand eine riesige Statue von Simorgh Ankh, die aus cremefarbenem Kalkstein gehauen war. Man konnte sie zwischen den anderen aufragenden Felsen erst kaum ausmachen. Die Statue befand sich über einem Portal, das den Eingang zu einer Höhle bewachte und war vor Zeiten mit großem Geschick gemeißelt worden. Jede Feder war im schwindenden Licht deutlich zu erkennen und steinerne Augen musterten jeden Ankömmling genau. Die Augen waren aus glänzenden Kristallen, was ihnen einen geheimnisvollen Schimmer verlieh.

Simorgh Ankh umkreiste seine Statue zweimal und landete dann sanft auf einer großen Plattform. Djehuti half den Kindern beim Herunterklettern, denn sie fühlten sich ganz steif von dem kalten Wind und der Anstrengung, sich während des Fluges an Simorgh Ankhs gefiedertem Rücken festzuhalten.

Die Plattform war rundherum von einer niedrige Mauer umgeben, und in der Nähe befand sich ein erstaunlich grüner Garten. Sie konnten auch das dumpfe Plätschern eines Wasserfalls hören.

DasTor war verschlossen. Die Leisten des hölzernen Portals waren mit Gold überzogen und in das verwitterte Holz war über beide Portalflügel hinweg ein großes "Argus-Auge" aus grünlichem Kupfer eingelassen.

Um diesen Tempel zu finden, musste man den Ort auf dem Kailas-Plateau schon genau kennen. Sie befanden sich im Lande

Soghdiana, wo das Kailas-Plateau als heilig verehrt wurde. Der Tempel auf dem Plateau war schwer zugänglich, und nur Hirten kletterten manchmal die zerklüfteten Felsen hinauf, um eine Ziege oder ein Lamm wieder einzufangen. Sie kehrten danach in ihre Dörfer zurück und erzählten fantastische Geschichten von einem Haus der Götter in den Bergen.

Kaum hatten sie die Vorderseite des Tempels erreicht, als sich das Portal unerwartet wie von Geisterhand öffnete. Djehuti gab den Kindern ein Zeichen, ihm zu folgen, und führte sie in die dunkle Höhle hinein. Währenddessen ließ sich Simorgh Ankh an einem gemütlichen Plätzchen am kleinen Wasserfall nicht weit vom Eingang nieder.

"Geht nur, ich warte hier", sagte der sprechende Vogel und steckte seinen Kopf unter einen Flügel. "Ich bin müde von dem langen Flug." Die Kinder gingen tapfer weiter.

Ein schwaches Licht fiel auf funkelnde Kristalle, die in Grüppchen an den Wänden der Höhle wuchsen. Aufgeschreckte Vögel, die darin nisteten, ergriffen die Flucht, als sich das schwere Portal langsam hinter den Besuchern schloss. Katherine war nervös, aber Djehuti schien nicht besorgt zu sein. Der Boden war glitschig und man musste vorsichtig gehen.

Eine dünne Schicht von unangenehm riechendem Vogelmist bedeckte den Boden. Es gab ein ständiges Geflatter, wie sich kleine Vögel durch lange Luftschächte hinein und wieder aus der Höhle hinaus bewegten. Sie erreichten eine weitere mit Metall verkleidete Tür. Sie versperrte den Besuchern den Blick in den Tempel jenseits der schimmernden Halle.

"Toll, und was machen wir jetzt?" fragte Chryséis und ihre Stimme hallte ein wenig nach.

"Keine Ahnung. Simorgh Ankh hätte uns sagen sollen, ob es ein Passwort oder sowas gibt, um da reinzukommen", sagte Trevor. "Dschehuti sollte wissen, was zu tun ist."

Die Tür öffnete sich jedoch unversehens auf knarrenden Scharnieren und hinter der Tür befand sich ein breiter Gang und noch mehr Türen. Sie gingen hindurch und sahen, daß an den Türen Metalltafeln mit seltsamen Symbolen befestigt waren. Es schien sich um Berechnungen und Zeichnungen zu handeln, und eine der Zeichnungen sah aus wie eine Raumfähre mit einem Gesicht.

Auf einer anderen Tür war ein schüsselförmiges Fahrzeug mit langen Roboterbeinen auf Rollen abgebildet, das man aus verschiedenen Blickwinkeln betrachten konnte, und ein anderes Bild ähnelte einem Android. Das war alles ganzunglaublich.

"Was ist das denn alles?" staunte Katherine.

Djehuti gelang es, die Inschriften zu lesen: "Da steht 'Der Gyelrap - Genealogie der Könige'." Er ging zu der Tür auf der anderen Seite des Ganges und las vor: "'Das Buch von Akâsa oder 'Das Licht der Natur' und 'Das Buch von Atharve, das die Geheimnisse der weißen und schwarzen Magie enthält'."

"Dieser Tempel ist wohl so eine Art Bibliothek", sagte Chryséis. "Jeder Raum scheint seine eigenen Bücher zu haben."

"Das sind keine gewöhnlichen Bücher", sagte Dschehuti. "Diese Bücher sind auf Stein- und Holzblöcke gedruckt. Und zwar Tausende davon. Einige sind sogar auf sehr dünne Metallfolien gestanzt, die in einem Rahmen aufgehängt werden müssen. Ich habe das in der Schule gelernt, aber ich kann nicht glauben, daß ich wirklich hier bin und mir das selbst ansehe. Die meisten dieser Bücher wurden von den Göttern hierher gebracht, um sie sicher aufzubewahren und mit gebildeten Menschen geteilt zu werden."

Die Kinder hatten irgendwie etwas anderes erwartet: sowas wie Götterstatuen und Schätze, wie Gold und Juwelen. Räucherstäbchen und Priester, die geräuschlos herumliefen und vor einer Statue des Simorgh Ankh beteten. Nun ja, Dinge eben, die sich normalerweise in einem Tempel befanden.

"Der 'Tempel des Vogelgottes' muss eines der Verstecke sein, die die Götter für wichtige Bücher ausgewählt haben. Wisst ihr noch, wie der Bibliothekar in Kem-Oun uns davon erzählt hat?" meinte Trevor.

"Oh, ich wünschte, ich könnte diese Bücher lesen oder auch nur ansehen", hauchte Chryséis.

"Nur Eingeweihte in das alte Wissen sind in der Lage, die

Bücher zu lesen und zu verstehen. Und selbst dann würde es sehr lange dauern dies zu tun", erwähnte Djehuti. "Es wird eine Zeit kommen, in der die Menschheit bereit ist, wieder aus den alten Büchern zu lernen, die ihr jetzt verborgen sind."

Djehuti ging voran in eine noch größere Halle und das Licht war besser hier. Sie sahen goldene Gegenstände, die in den Ecken aufgestapelt waren. Die Halle sah ein wenig aus wie die Höhle von Ali Baba in 'Tausendundeiner Nacht'.

"Ha, es ist also ein echter Tempel mit Schätzen und nicht nur eine Bibliothek", sagte Trevor entzückt.

"Wenn es dich glücklich macht, Trevor. Wahrscheinlich war Gold kein großer Schatz für sie," antwortete ihm Katherine.

Chryséis war damit beschäftigt, sich einen langen Tisch und Stühle aus schwerem dunklem Têrakhon in der Mitte der Halle genauer anzusehen. Eine Ansammlung von seltsamen goldenen Tieren war hinter dem Tisch einer Reihe aufgestellt. Ein Seeungeheuer stand da neben einem kleinen Stegosaurus und einem schwerfälligen Iguanodon. Da gab es auch einen Elefantenvogel und einen Mammut - und ein Pferd.

All diese Tiere waren aus massivem Gold gearbeitet. Da gab es etwa fünfzig verschiedene Tierarten und über dem Tisch befand sich ein runder Kronleuchter, der alles anstrahlte.

"Das ist Schekinah, das ewige Licht", erklärte Djehuti. "Das erste und ewige Licht."

Das ewige Licht war für die Zeitreisenden nichts Neues. Jedes "Haus des Lebens" hatte seine eigene Lampe, und Prytaneum. Diejenigen, die sie gesehen hatten, beherbergten immer eine Metallschale mit dem ewigen Feuer, aber Dschehuti hatte gesagt, daß dies das 'erste ewige Licht' war... Die Wände und Decken schienen in einem Winkel von fast 90 Grad aus dem Fels geschnitten zu sein und eine Art Glasur bedeckte die Oberfläche des Gesteins. So ganz anders als die rauen Wände des kristallüberzogenen Eingangsbereichs und sogar der Unterwelt, aus der sie gerade entflohen waren.

"Wer geht da?" fragte eine tiefe, entschlossene Stimme.

Die Kinder sahen sich ängstlich um, aber Dschehuti verneigte sich leicht in die Richtung des Tisches und sagte: "Hanôk, oh Weiser, Hüter der Geheimnisse des Vogelgottes, wir grüßen dich demütig."

Er verbeugte sich erneut und wartete. Es kam lange keine Antwort.

"Dschehuti von Innu und drei junge Athenai zukünftiger Herkunft bitten um die Erlaubnis, sich euch zu nähern."

"Ah, ich habe euch erwartet", sagte die Stimme daraufhin.

Die Kinder sahen nun eine Gestalt mit langen weißen Haaren und Bart auf einem der großen Stühle sitzen. Der Kopf des alten Mannes reichte kaum bis zum oberen Rand der Stuhllehne. Hanôk, der Hohepriester des Vogelgottes, winkte sie heran. Als sie den Weg durch die Halle zurücklegten bemerkten die Zeitreisenden interessante Wandmalereien. Der Tisch reichte bis zu Trevors Schultern, und es waren genug Stühle da für etwa dreißig Personen. Nicht gerade für Riesen, aber für große Menschen. Aus der Nähe sah der alte Mann mit dem weißen Haar allerdings nicht mehr ganz so klein aus.

"Dschehuti, Lehrling aus Innu, benannt nach dem großen Gott der Schrift. Berichte über euren Mut eilen dir und deinen Reisegefährten voraus. Ich freue mich, daß Ihr mithilfe von Simorgh Ankh, dem Vogelgott selbst, den Weg zum Tempel gefunden habt, der von den At-tee'kah D'At-tee-keen erbaut wurde. Die Ältesten der Alten."

"Danke," sagten die Kinder ehrfürchtig.

"Ich bin der Hüter dieser Stätte und auch der Etana, der großen Vogelfahrzeuge, in denen die Götter vor langer Zeit bevorzugt durch die Lüfte reisten. Sie werden im Tempel sicher aufbewahrt und warten auf die Rückkehr der Götter."

"Hier gibt es Fahrzeuge?" fragte Chryséis. "Ihr meint so etwas wie Vimaane?"

"Nicht ganz dasselbe, Kind. Etanas können auch im Weltraum eingesetzt werden. Sie sind viel größer als die Vimaane von heute."

Den Kindern stand der Mund offen.

"Woher kommt denn der Vogelgott?" fragte Trevor vorwitzig.

"Er kam mit den Göttern," antwortete der alte Mann geduldig. "Von einem weit entfernten Ort. Der Hanôk muss nach seiner Dienstzeit ersetzt werden, aber der Vogelgott hat viele Generationen kommen und gehen sehen."

"Dann muss er sehr alt sein", meinte Trevor.

"In der Tat, junger Freund, sehr alt."

"Was passiert, wenn die Brüder des 'Linken Pfades' den Tempel finden?" Trevor konnte seine Neugier nicht verbergen.

"Die Brüder des 'Linken Pfades' sind wütend, daß ihnen dieses nützliche Wissen vorenthalten wird. Obwohl sie von den Firbolgen der Unterwelt unterstützt werden, bleibt der Tempel vor ihrem Zugriff verborgen. Nur diejenigen, die würdig sind, dürfen ihn betreten."

"Bitte, könnt Ihr uns helfen, ehrenwerter Hanôk?" fragte Katherine plötzlich. "Diebe haben unsere Rucksäcke in Ushbantoun gestohlen, und sie enthielten unglaublich wichtige Geräte. Ohne mindestens einen von ihnen können wir nicht nach Hause zurückkehren." Stille.

"Ich weiß. Ihr werdet alle eure Antworten erhalten, auch du, Dschehuti. Du bist auserwählt worden, meine Nachfolge als Diener des Vogelgottes und Hüter des Tempels anzutreten", sagte der alte Mann ohne große Umschweife. "Neben den alten Aufzeichnungen und den Etanas birgt dieser Tempel auch großartige Instrumente. Eines davon kann jeden Gegenstand schwerelos oder sogar schwerer machen. Deshalb seid ihr ja gekommen, Dschehuti. Ein Kind könnte einen großen Felsen mit dem Finger anstoßen und ihn so auf jede gewünschte Höhe heben. Gigantische Städte wurden auf diese Weise gebaut. Selbst Instrumente, die Zeitreisen ermöglichen."

"Unsere Architekten werden sehr dankbar dafür sein. Und es ist mir eine große Ehre, die Bücher und diese Instrumente zu studieren und zu bewahren, ehrenwerter Hanôk", sagte Dschehuti.

Der Hohepriester des Vogelgottes öffnete den Deckel eines gräulichen, in Kupfer gefassten Feuersteinkastens und nahm eine schmale Schriftrolle aus Rindenpapier heraus. Das Papier war dicht mit Texten und Symbolen beschrieben. Ein goldenes Siegel war auf das Pergament gestempelt: ein auffliegender Vogel in einem Sonnensymbol.

"Dies, Dschehuti von Innu, ist eine heilige Schrift. Sie enthält die Berechnungen und Anweisungen, nach denen Eure Architekten in Ta Mery suchen." Er legte die Schriftrolle zurück in das Kästchen und Dschehuti schien zu wissen, wovon dieser Hanôk sprach.

"Ihr werdet eine Kopie dieser unschätzbaren Schrift anfertigen und sie mit nach Innu zurücknehmen. Dort soll sie für die nächsten Yugas sicher aufbewahrt werden. Dann werdet Ihr zum Tempel des Vogelgotts zurückkehren."

"Ich verstehe, ehrenwerter Hanôk", sagte Dschehuti, "und ich danke dem Vogelgott für dieses unbezahlbare Wissen. Trevor reckte den Hals und sah auf dem Papier eine Pyramide mit vielen Symbolen und Gleichungen.

"Athenai aus der Zukunft, ich werde mich mit euch morgen früh unterhalten. Ich glaube, es ist schon ziemlich spät, und da wir keine Götter sind, müssen wir uns jetzt ausruhen."

Hanôk war im Tempel nicht allein mit dem Vogelgott. Er hatte seine eigenen Helfer, Dwergare, wie die kleinen Leute in Soghdiana genannt wurden. Sie gingen ihrer Arbeit im Hintergrund nach, und die Besucher bemerkten sie erst jetzt. Ein Dwergar nahm das Kästchen und einen anderen Gegenstand zu einem viel kleineren Tisch, der an der Wand stand. Der andere Gegenstand war ein glitzernd grünes Ei in einem goldenen Halter.

"Das sieht ganz nach einem Sprechenden Stein aus", flüsterte Katherine. "Einer aus Smaragd."

"Ich glaube, du hast recht!" meinte Trevor. "Das ist also mindestens ein weiterer Sprechender Stein, abgesehen von dem in Caradoc."

"Und es ist nicht der einzige", sagte Hanôk, der sie natürlich gehört hatte. "Lasst uns jetzt essen und bis morgen früh ausruhen", schloss Hanôk die Audienz.

Einige Dwergare führten die Besucher in einen Speisesaal an der Seite der großen Halle und nach dem Essen wurden sie in eine Kammer geführt, die offensichtlich zum Schlafen bestimmt war. Matratzen aus Federn luden die Gäste zur Nachtruhe ein. Trevor ließ sich auf die nächste Matratze fallen und schlief ein, ohne sich ausgezogen oder gar die Zähne geputzt zu haben. Sie schliefen die ganze Nacht tief und fest.

Am Morgen langweilten sich die Kinder nach dem Frühstück. Hanôk war noch nicht fertig, um sie zu empfangen, also beschlossen sie, die Räume mit ihren Taschenlampen zu erkunden. Gerade Säulen stützten die Decken ab, interessant. Sie öffneten eine beliebige Tür.

"Der Raum ist warm und trocken", sagte Katherine. "Er muss ein wirklich gutes Belüftungssystem haben."

Sie fuhr mit den Fingern an der Wand entlang. Die Substanz, mit der die Felsen bedeckt waren, fühlte sich an wie Glas. Die Dwergare beobachteten sie, um sicherzugehen, daß keines der Bücher berührt wurde, aber ansonsten durften sie sich frei bewegen. Holzblöcke, steinerne und tönerne Keilschrifttafeln waren auf und um die Regale herum über einander gestapelt. Es gab Pergament- und Papyrusrollen hier, die mit Malereien und Schriftzeichen bedeckt waren.

"Könnt ihr euch vorstellen, wie alt das alles hier sein muss wenn esnoch aus der Zeit der 'Göttern' stammt?" fragte Chryséis.

"Nein, das kann ich nicht, aber der Vogelgott oder Hanôk müssten das wissen." Katherine war schon zur Tür hinaus geeilt und in einen anderen Raum hinein. Hier hingen hauchdünne Blätter aus Metallfolie in offenen Schränken. "Ist das nicht eine Folienbibliothek, Chris?"

"Das müssen so ziemlich die ältesten schriftlichen Aufzeichnungen überhaupt sein. Ich habe von solchen Bibliotheken in unterirdischen Höhlen in Ecuador gelesen und hier haben wir auch davon erfahren."

Sogar Mirage-Rollen wurden in speziellen Kisten aufbewahrt. Darauf befanden sich Filme von den ersten Erkundungen der Götter auf dem jungen Planeten und sogar von deren Wohnstätten.

"Gott sei Dank sind diese Sachen hier sicher!" sagte Trevor.

"Ja. Kannst du dir vorstellen, daß ein paar verrückte Riesen das alles einfach stehlen oder zerstören? Gut, daß sie die Schriften dort verstecken, wo niemand sonst sie finden kann."

"Sieh dir das an." Katherine hielt eine goldene Tafel hoch, auf der deutlich eine Pyramide zu erkennen war. Auf der anderen Seite stand eine Person mit einem Heiligenschein. Ein paar Zeilen mit Piktogrammen neben der Figur schienen eine Erklärung für das Bild zu bieten. Natürlich konnten sie diese nicht lesen. Sie kamen nicht dazu, die Zeichnung des Androids näher zu studieren.

Eine Dwergar-Frau kam herein und sagte: "Bitte kommt mit mir, Athenai. Der ehrenwerte Hanôk ist jetzt bereit, mit euch zu sprechen."

▷▷▷ 30 DER VERRÜCKTE KÖNIG

Der Hüter des Tempels wartete schon auf sie. Er saß auf einem großen grünen Kissen auf einer hölzernen Plattform im windgeschützten Garten und Hanôk sah jetzt viel freundlicher aus als die Nacht zuvor. Eine dünne Wolkendecke verdeckte das Sonnenlicht auf dem Plateau, und von dem großen Vogel Simorgh Ankh war nichts zu sehen.

"Kommt nur her", rief er ihnen zu, und sie stiegen die schmalen Stufen zur Plattform hinauf, die von einem Zampun-Baum beschattet wurde. Katherine war überrascht, Hanôk außerhalb der Höhle zu sehen.

"Auch ich brauche manchmal frische Luft", erklärte er, before sie etwas zu dem Thema sagen konnte.

"Ihr seid ziemlich gut im Gedankenlesen", sagte sie.

"Das gehört zu meiner Ausbildung, Athenai."

"Ist es nicht gefährlich für Euch, außerhalb des Tempels zu sein?" fragte Katherine.

"Wir sind hier gut geschützt, das kann ich euch versichern. Aber lasst uns über andere Dinge sprechen: ich habe bemerkt, wie ihr einige unserer wertvollsten Bücher und Aufzeichnungen studiert habt."

"Ja Sir, ich meine ..." antwortete Trevor. "Wie lange müssene die Bücher und all die anderen Dinge, die dort versteckt sind, aufbewahrt werden? Wir haben seit unserer Ankunft so viele gute Leute kennengelernt. Meint ihr nicht, daß sie das alles sehen sollten?"

"Ah, so viele Fragen." Hanôk hob seine Hand und lächelte. "Die Prüfungen der Menschen auf diesem Planeten sind noch lange nicht vorbei und es gibt Gefahren, die größer sind als die von bösen Riesen und Zauberern." Meinte er damit etwa geologischen Katastrophen?

"Ja, bis zu einem gewissen Grad," kam die Antwort sofort. "Aber die Gier nach Macht und Besitz verdrängt nur allzu oft die besseren Eigenschaften der Menschen. Werden Weisheit, Gerechtigkeit und Freiheit wieder zu den drei Säulen der menschlichen Gesellschaft, dann könnten die Götter beschließen, erneut ein 'Goldenes Zeitalter' einzurichten."

Chryséis und Trevor starrten ihn an und verschlangen jedes Wort, das Hanôk sagte. Katherine hingegen studierte eine fette Raupe, die an einem langen Blatt hochkroch. Chryséis schnippte das Knie ihrer Freundin und Katherine sah irritiert auf.

"Ihr seid in der Lage, durch Raum und Zeit zu reisen und euer Wissen, das ihr hier erlangt habt, in der Zukunft zu benutzen", fuhr Hanôk fort.

"Tja, wenn wir jemals wieder zurückkehren...", begann Chryséis.

"Oh, aber das werdet ihr. Zumindest, wenn ihr klug seid und nicht dem freundlichen Lächeln derer traut, die behaupten, den Willen der Götter zu kennen. Man wird euch nach Minnegara bringen, wo König Acarnôn euer kostbares Gerät aufbewahrt. Dort werdet ihr auch den Rest eurer Sachen wiederfinden und danach abreisen."

"Wird Dschehuti mit uns kommen?" fragte Trevor.

"Dschehuti wird sich auf dem Rücken von Simorgh Ankh nach Eridu begeben und dort ein Schiff nach Innu nehmen, um seine vom Vogelgott zugewiesene Aufgabe zu erfüllen."

"Aber was ist mit uns?" Trevor war ganz entsetzt, daß sie alleine weiterreisen mussten.

"Ihr werdet bald die nötige Hilfe erhalten, aber das letzte Stück des Weges müsst ihr aus eigener Kraft zurücklegen", erklärte Hanôk ihnen.

"Und wann brechen wir auf?"

"Ihr werdet sofort aufbrechen." Hanôk sprach noch, als einige der kleinen Leute schon ihre Sachen in den Garten brachten.

"Werden wir Dschehuti nicht wiedersehen?" fragte Katherine. "Wir würden uns gerne bei ihm für alles bedanken."

"Er ist schon auf dem Weg nach Eridu, aber er weiß es."

"Heißt das etwa, wir müssen von hier aus den ganzen Berg hinunterlaufen?" fragte Chryséis.

"Die Dwergar werden euch den Weg zur Straße nach Minnegara zeigen. Danach müsst ihr alleine weitergehen."

Es war ein steiler Abstieg vom Tempel aus und sie hatten soeben die staubige Straße erreicht, als die kleinen Leute sich auch schon von ihnen verabschiedeten.

"Minnegara liegt in dieser Richtung." Sie zeigten nach Osten. "Lebt wohl, Athenai. Mögen die Götter mit euch sein." Hanôk hatte gesagt, sie sollten zu Fuß gehen., also gingen sie zu Fuß und folgten der Straße.

"Es kann nicht mehr weit sein," versuchte Trevor, die anderen aufzumuntern.

Auf der höher gelegenen Seite der Straße waren Nomaden damit beschäftigt, ihre Lasttiere zu entladen. Sie ignorierten die Kinder und legten gewaschene Teppiche zum Trocknen in der Sonne aus. Als sie um eine Ecke bogen, sahen sie ihren alten Freund, den Dschinn, ruhig auf einem Felsen am Straßenrand warten, abgeschirmt vom Blick der Nomaden.

Der Dschinn räusperte sich, und die Kinder liefen erfreut zu ihm hinüber.

"Schelanti, guter Dschinn. Danke, daß ihr gekommen seid, um uns zu helfen," grüßten sie ihn.

"Ich werde helfen, wo Hilfe nötig ist", antwortete der Dschinn. "Das bedeutet, daß ich euch einmal mehr zu Diensten stehe."

"Wirst du uns zu dem Ort bringen, an dem sich unser Zeitportal-Sucher befindet?" fragte Chryséis ihn.

"Nun ja... sozusagen." Der Dschinn legte seine Stirn in Falten. "Was braucht ihr den am dringendsten?"

"Wir brauchen Transport. Uns wurde gesagt, daß sich die Objekte, die wir suchen, bei einem König Acarnôn von Minnegara befinden. Könnt ihr uns dorthin bringen?"

Es war den Zeitreisenden nicht in den Sinn gekommen, daß

sie den Dschinn einfach hätten auffordern können, die Gegenstände auf der Stelle zu ihnen zu bringen!

Der Dschinn musterte die Umgebung und ihm fielen die Teppiche ins Auge, die zum Trocknen auf Steinen ausgebreitet lagen. Er lächelte und schnippte mit den Fingern. Einer der dicken roten Teppiche hob sich gemächlich ab. Die Nomadenfrauen waren zu beschäftigt, um dies zu bemerken und wie durch ein Wunder begann der Plüschteppich in ihre Richtung zu schweben.

"Ein fliegender Teppich?" Chryséis kicherte. "Das gibt's doch nicht!"

"Liebe junge Freunde, hier ist euer Transport. Ich wünsche euch eine angenehme Reise in die Stadt Minnegara", sagte der Dschinn.

"Das ist ja großartig. Wir werden auf einem Teppich nach Minnegara fliegen!"

"Setzt euch auf den Teppich", befahl der Dschinn, und sobald sie bequem darauf saßen, rollten sich die Ränder des Teppichs hoch und bedeckten sie fast.

Und so kamen die Kinder zu Minnegara. Es gab ein Gemurmel und ein scharfes Schnippgeräusch, und sie spürten, wie sich der Teppich bewegte. Zuerst ganz langsam und dann schneller und schneller. Sie zischten durch die Luft, und das Gefühl war berauschend.

Trevor streckte den Kopf heraus und hielt sich an den Fransen fest. Er sah, daß die Straße, auf der sie noch vor wenigen Minuten gewandert waren, nun ein schmaler Streifen unterhalb des Plateaus war. Der Teppich stieg weiter nach oben, und Trevor fiel zurück in die Mitte.

Schliesslich begann der Teppich zu sinken, was den Kindern ein komisches Gefühl in der Magengrube versetzte. Unten befanden sich Gebäude, die auf Hügeln thronten. Unten waren sie aus dem Fels gehauen und oben mit Holz gebaut. Die Gebäude sahen nicht gerade einladend aus, aber sie flogen jetzt niedrig genug, um bemalte Tücher mit Jagdszenen zu sehen, die von den

Dächern flatterten. Menschen gingen auf der Straße entlang oder ritten auf den Rücken von Elefanten.

Der Teppich setzte sanft neben der Straße auf und entfaltete sich. Sie befanden sich hoch oben über einem Tal, ausserhalb der Stadt. Zuerst rührten sich die drei Freunde nicht, sie wussten nicht so recht, was sie tun sollten. Chryséis setzte sich als erste auf.

"Ich habe Durst", erklärte sie und nahm einen Schluck des Quellwassers, das sie vom Plateau mitgebracht hatten. Katherine und Trevor setzten sich nun ebenfalls auf.

"Wir müssten jetzt eigentlich in Attock sein", sagte Katherine.

"Mann war das ein toller Flug", rief Trevor begeistert.

"Mir gefällt der Flug in einem Vimaan besser." Chryséis reichte die Wasserflasche an ihre Freunde weiter.

"Komm schon, Chris, das war doch total fantastisch", sagte Katherine.

"Okay, ein bisschen vielleicht," gab sie zu.

"Wir müssen jetzt los. Sollen wir den Teppich hier einfach so liegen lassen?" fragte Trevor.

"Na klar, oder willst du das Ding etwa den ganzen Weg nach Minnegara mitschleppen?" Katherine lachte.

Sobald sie vom Teppich heruntergeklettert waren, begann er sich sogleich vom Boden zu heben. Ihr wundersames Gefährt rollte sich zusammen und raste nach Westen zurück. "Cool!" sagte Chryséis.

Sie hörten knirschende Geräusche und Schnauben, und eine Karawane erschien auf der Straße auf dem Weg nach Osten.

"Schelanti Athenai!" grüßte Trevor sie. Die Karawane kam zum Stehen.

"Schelanti. Sain bainuu."

Eine Familie von Händlern war auf dem Weg nach Minnegara und bot den Kindern an, sie mitzunehmen. In ihren spitzen Hüten und Filzwesten sahen sie freundlich genug aus, sie sprachen kaum Akkadisch, und machten sich in erster Linie mit Gesten verständlich. Die Frauen nickten energisch, als sie das Wort "Minnegara" hörten, und schoben große Togoo-Töpfe beiseite. Dann hoben sie die drei Kinder auf ihre zähen kleinen Pferde und die Karawane setzte sich wieder in Bewegung.

Bald tauchten hinter den Hügeln große kegelförmige Türme auf. Es war die Stadt Minnegara.

Einer der Yaks auf der Straße hinterließ einen stinkenden Haufen direkt neben den Tischen. Chryséis schnupperte und schnitt eine Grimasse, aber das war nur ein kleines Ärgernis im Vergleich zu dem, was noch kommen sollte.

König Acarnôn war kein netter Mensch und daran gewöhnt, alles zu bekommen, was er wollte. Heute Morgen hatte er beschlossen, daß er eine neue Frau wollte. Er war der schönen einheimischen Mädchen überdrüssig geworden und wünschte sich dieses Mal eine exotischere Gemahlin. Der König hatte von den blonden Mädchen in Casumir gehört, die Augen in der Farbe des Sommerhimmels hatten. Nicht die schönste Färbung, aber auf jeden Fall anders als bei den gewöhnlich dunkleren Stämmen von Attock.

Obwohl die Gesetze der Bekannten Welt diese Praxis verpönten, war Minnegara von der zivilisierten Gesellschaft ja weit entfernt. Hier bekam der Herrscher, was er wollte, und seine riesigen Wachen waren nun hocherfreut, als sie eine Casumiri-Frau im heiratsfähigen Alter auf dem Platz entdeckten. Sie näherten sich langsam, um das Mädchen und ihre beiden Begleiter nicht zu erschrecken.

Sie war sicherlich eine geeignete Braut für den König.

"Sain bainuu", begrüßten sie die drei Fremden. "Wir möchten, daß ihr uns zum Schloss begleitet." Man kann wohl sagen, daß die Kinder ein wenig überrascht waren.

"Das ging aber schnell", erwiderte Katherine und stand gleich auf.

"Wir suchen König Acarnôn", rief Chryséis über den Lärm auf der Straße hinweg. "Könnt ihr uns zu ihm bringen?"

Nicht gerade das, was die Wachen von einer Casumiri-Frau erwartet hatten, aber wenigstens war keine Gewalt nötig. Die Wachen hoben die Zeitreisenen auf ihre Schultern und trugen sie mit großen Schritten den Hügel zum Schloss hinauf.

Die Frau am Essensstand schüttelte misbilligend den Kopf, aber man stellte sich den Wachen des Königs Acarnôn nicht so einfach ungestraft entgegen. Also widmete sie sich lieber der Zubereitung ihrer Speisen für die Wildmänner, die sich an einen Tisch gesetzt hatten.

Währenddessen betraten die Wachen das Schloss und die schweren Tore schlossen sich hinter ihnen. Sie gingen weiter in die große Halle und setzten die Kinder ab. Ein Mann saß auf einem goldenen Stuhl und starrte sie an. Das musste der König sein!

Na prima! Alles was sie jetzt tun mussten, war einen Weg zu finden, um ihre gestohlene Habe zurück zu bekommen und diesen Ort zu verlassen. Aber das war leichter gesagt als getan.

Der Herold des Königs übernahm das Reden für ihn, während er sich auf dem Thron mit einem goldenen Messerchen die Fingernägel reinigte und gelegentlich zu den Fremden aufblickte. Die Kinder verstanden nur sehr wenig von dem, was der Herold sagte und besahen sich eingehend den Wandbehang hinter dem Thron, auf dem ein schwarzer Adlerkopf und ein roter Drache prangten.

Schliesslich wandte sich der Herold arrogant an die drei Fremden. "Vor euch befindet sich König Acarnôn von Minnegara... und wer werdet ihr wohl sein?" Zum Glück verstanden sie diesmal, was der Mann sagte.

Die Kinder wussten bereits, daß niemand in Attock jemals etwas von Alesia jenseits des atlantischen Meeres gehört hatte, also sagte Trevor: "Wir kommen aus dem Königreich Amerika, ganz weit im Westen. Wir sind Trevor, Chryséis und Katherine."

Er wies auf jeden von ihnen, und die Wachen trugen ihren Teil zur Geschichte bei. Der König beäugte das Mädchen mit dem glänzenden Haar und der weißen Haut voller Interesse. *Nicht besonders schön, aber sie wird genügen*, dachte er.

"Keine schlechte Wahl", sagte der König, ohne seinen Blick von Chryséis abzuwenden und die Wachen freuten sich über das Lob. Er starrte noch etwas länger und flüsterte dem

Herold etwas zu.

"Mein Herr, der König von Minnegara, möchte die jungen Reisenden einladen, seine Gäste auf der Burg zu sein", meinte der Herold.

Der König erhob sich von seinem Thron und sah nun recht klein aus in seinem purpurnen Staatsgewand. Die Höflinge fielen auf die Knie und der Herold drückte die Kinder nach unten. Denen gefiel es garnicht hier, aber wenn sie den letzten ihrer ZPSs finden wollten, mussten sie unten bleiben, bis die riesigen Wachen sie in ein anderes Gebäude brachten.

"Was hat dieser Kerl bloß vor?" fragte Katherine und schloss die Tür zu ihrem Zimmer. "Hast du gesehen, wie er Chryséis die ganze Zeit angestarrt hat?"

"Ja, das ist vielleicht ein komischer König. Ich traue ihm nicht über den Weg", sagte Trevor.

"Hoffentlich ist er kein Kannibale oder sowas", meinte Chryséis.

"Das war mal ein schönes Königreich hier", krächzte auf einmal eine Stimme neben ihnen. Eine alte Frau trug ein Bündel mit Wäsche herein. "Nicht der beste König ist der Acarnôn, aber du scheinst es ihm angetan zu haben, mein Kleines", sagte die alte Frau und nickte Chryséis zu.

"Oh?" rief Katherine misstrauisch.

"Ich würde sagen, der König hat die Absicht, deiner jungen Freundin einen Heiratsantrag zu machen."

Wie bitte?! Aber vielleicht tratschte die Frau ja nur.

"Heiraten?", Chryséis schüttelte sich. "Dein König gibt mir eine Gänsehaut. Ausserdem ich bin sowieso nur ein Kind."

"Hier bist du keins mehr", sagte die Alte. "Ich werde versuchen, euch zu helfen, aber jetzt muss ich gehen." Sie legte die Wäsche hin und ging die Treppe hinunter.

"Traust du ihr?" fragte Katherine.

"Ich weiß nicht recht. Hoffentlich werden wir sie eh nicht brauchen", antwortete ihr Trevor.

Draußen im Hof war irgend etwas los. Das tägliche Ritual war im Gange, wobei die königliche Familie zum Abendessen in den Speisesaal geleitet wurde.

"Das ist ja ein Anblick für die Götter", meinte Katherine, als sie aus dem Fenster schauten.

Der König saß auf einem Zwerg-Elefanten und lächelte auf seine sich verbeugenden Untertanen herab. Seine Lieblingsfrau ritt auf einem noch kleineren Elefanten hinter ihm. Dann folgten die weniger wichtigen Ehefrauen und Konkubinen ihnen zu Fuß, eine Armee von Kindermädchen mit den königlichen Kindern und ein paar Höflinge. Eines der Kinder zog an einer kurzen Schnur ein hölzernes Pferdchen auf Rädern hinter sich her.

Plötzlich drehte sich Katherine um. "Wo ist eigentlich Chryséis? Sie war doch eben noch hier!"

"Du hast recht. Sie stand gerade eben noch neben mir", sagte Trevor.

"Schau mal da drüben... ist das nicht Chryséis?"

Chryséis wurde von einer riesigen Wache hinter dem Rest der königlichen Familie hergetragen. Sie sah verängstigt aus und umklammerte ihren Rucksack, in dem sich der Palmtop befand. "Wie wurde sie denn aus dem Zimmer geholt, ohne daß wir es bemerkt haben?" Katherine war jetzt eher wütend als erschrocken.

"Keine Ahnung", sagte Trevor. "Aber wir müssen ihr schnell helfen!"

Chryséis sah sich nervös um und ignorierte das Lächeln der Höflinge. In dem Moment sah sie Trevor und Katherine oben beim Fenster stehen. Es gab keinen Grund für eine überstürzte Flucht oder den gefährlichen Einsatz von Telepathie. Sie hob langsam ihre Hand, um ihnen zuzuwinken, und sie winkten zurück.

"Wir sehen uns gleich draußen...", sagte sie und schnitt eine Grimasse. Ihre beiden Freunde nickten. Gut, sie hatten verstanden.

Der König winkte mit seiner juwelenbesetzten Hand und sagte ein Gedicht zu Ehren seiner neuen Braut auf. Der königliche Hof lächelte und nickte wohlwollend.

"... saftig wie eine Pflaume, strahlend wie die Sonne...", reimte er in schlechtem Akkadisch und sah Chryséis an.

"Was, ich...?" fragte Chryséis.

"Ja, mein Schatz. Dir soll es an nichts fehlen. Sobald du die sechzehnte Königin von Minnegara und meinem Königreich bist... werden unsere Kinder...", sagte er auf Akkadisch.

Das könnte dir so passen... Chryséis musste nachdenken. "Kinder?" unterbrach sie ihn. "In meinem Land bin ich eine Prinzessin und viel zu jung, um geheiratet zu werden."

Der König wandte sich an den Herold. "Dann werden wir wohl die Geister um Erlaubnis bitten müssen".

Katherine und Trevor wurden später zum Essen abgeholt, durften aber nicht mit Chryséis sprechen. Der Herold bliess einen anhaltenden, klagenden Ton in sein Muschelhorn, und das Mahl begann. Nach dem Abendessen wurde Chryséis von Dienerinnen sogleich fortgebracht.

Was sollten sie nun tun?

Bald schlichen sich zwei unsichtbare Kinder aus ihrem Gästezimmer und erkundeten das Schlossgelände. Ihre Sachen hatten sie vorsichtshalber mitgenommen, im Falle, daß sie Chryséis und ihren ZPS fanden. Hinter der Falkenklause, stand der Tempel des Kriegsgottes Xipe Xolotle. Ein Weg führte von der großen Halle zum Tempel, ein anderer von ihm weg zu gewaltigen Mauern, die das Burggelände vom Dorf und dem offenen Feld auf dem Hügel trennten.

Ihre Lage erschien hoffnungslos, es sei denn, sie schafften es, die Burgmauern irgendwie zu überwinden.

Die Sonne warf immer längere Schatten auf das Gras und die Steinmauern, als sie wieder am Tempel vorbeikamen. Zwischen zwei Feuerschalen befand sich ein großer Steinaltar und - der ZPS lag auf einem weinroten, Samtkissen auf dem Altar neben ihrer kleinen Kamera!

Die Sonne warf immer längere Schatten auf das Gras und die Steinmauern, als sie wieder am Tempel vorbeikamen. Zwischen zwei Feuerschalen befand sich ein großer Steinaltar und - der ZPS lag auf einem weinroten, Samtkissen auf dem Altar neben ihrer kleinen Kamera!

Dann sahen sie Chryséis. Sie stand an einer Seite des Altars fast hinter einer Säule. Sie trug ihre eigenen Kleider und hatte ihren Rucksack noch immer über der Schulter. Und der König stand ihr auf der anderen Seite gegenüber.

Sie brodelte sichtlich vor Wut und blickte starr auf den dunklen Boden. Ein Schamane trat mit erhobenen Armen an den Altar heran und murmelte einen Singsang, um die Geister der Tiefe zu beschwören. Das magische Pulver, das in die Flammen geworfen wurde, hatte nicht die gewünschte grüne Farbe ergeben. Die Farbe eines Verlöbnisses. Stattdessen war ein feuriges Rot entstanden. Die Farbe des Blutes. Das verhieß nichts Gutes für eine Heirat des Königs mit dem Mädchen.

"Ungünstig. Die drei Fremden müssen auf der Stelle getötet werden, um den Gott Xipe Xolotle zu besänftigen."

"Das dürft ihr nicht tun!" schrie Chryséis die beiden überraschten Männer trotzig an.

"Wie könnt ihr es wagen, so mit einem König von Attock zu reden?" wütete der Schamane. "Ihr habt den Geistern zu gehorchen."

"Wie kann ich es wagen, so mit euch zu reden? Ich werde dir sagen, wie ich es wagen kann, so mit dir zu reden..." Chryséis machte ihrer Wut weiter auf Englisch Luft, was sowohl den Schamanen als auch den König verwirrte. Doch Chryséis war nicht mehr zu stoppen. "Ich würde lieber auf Glas herumkauen, als dich zu heiraten, das ist es, was..."

"Wachen...!" rief der König mit hochmütiger Stimme.

Zwei riesige Wachen in reich verzierten Brokatgewändern verbeugten sich vor König und Schamane, dann packten sie Chryséis. "Nehmt eure stinkenden Hände von mir, und zwar sofort!" wütete sie gegen die überraschten Riesen. "Lasst mich los!" Ihre Wut veranlasste die Wachen dazu, ihre Hände fallen zu lassen und hilflos auf ihren König zu starren.

"Nehmt sie fest", befahl der König mit kalter Stimme.

In diesem Moment erschütterte eine Explosion den Tempel

und dann noch eine. Das war ziemlich unerwartet.

Der König, der Priester und seine Wachen stürmten nach draußen. Sie kümmerten sich nicht mehr um das schamlose Mädchen. Die Sicherheit ihres Königs war wichtiger. Katherine und Trevor schalteten ihre VUs aus, und noch etwas ziemlich Unerwartetes geschah: Ein junger Mann kam in den Tempel gerannt und schnappte sich den Zeitportalfinder vom Altar.

"Hey, was machst du da, das ist unserer!" Trevor wollte nicht zulassen, daß er ihnen der wertvolle Zeitportal-Sucher vor der Nase weggeschnappt wurdet. Niemals!

Er griff nach der Kamera und wollte sich auf ihn stürzen, aber die Verwirrung währte nur einen kurzen Augenblick, bis der Mann den zuvor unsichtbaren Trevor und Katherine neben Chryséis erblickte. Er lächelte und forderte die Kinder mit Gesten auf, still zu sein und mit ihm nach draußen zu kommen. Da standen keine Wachen mehr.

"Wie… was...?" stotterte Trevor.

"Später, Athenai. Seid bitte leise. Wir müssen uns beeilen. Es ist noch nicht vorbei, Freund", sagte der junge Mann mit einem alesischem Akzent. "Mein Name ist Mischan von Minnegara. Ich werde es später erklären."

"Warum sollten wir dir vertrauen?" fragte Chryséis gereizt.

"Chris, komm schon, wir haben keine andere Wahl", zischte Katherine. "Jeder, der uns jetzt helfen will, ist unser Freund." Sie hörten Stimmen in der Nähe und Mischan gab ihnen wieder ein Zeichen, still zu sein.

"Wir müssen gehen", flüsterte er und reichte Katherine den ZPS.

Mischan winkte den Kindern, ihm den Weg zur Burgmauer hinunter zu folgen. Die Unsichtbarkeitsumhänge waren jetzt nicht mehr von Nutzen.

"Die Lady von Sydonia hat mich beauftragt, nach euch Ausschau zu halten. Niemand hat etwas geahnt ...", sagte er und trieb sie zur Eile an.

Ihre alte Freundin, die Lady von Sydonia, hatte sie also nicht vergessen! Er gab Katherine das ZPS und sagte: "Wir müssen uns beeilen, bevor entdeckt wird, daß die Explosionen eine

Ablenkung waren. Der König wird niemandem wohlgesonnen sein, der aus seinem Schloss flieht."

Sie folgten ihm mit wild klopfenden Herzen. Jemand aus dem Gefolge des Königs könnte sie sehen und Alarm schlagen.

Als sie eine massive, in die Wand eingelassene Tür erreichten, drückte Mischan die Klinke herunter und - nichts geschah.

"Oh Erdmutter, hilf uns", sagte er, drückte die wenig benutzte Klinke erneut herunter und warf sein Gewicht gegen die Tür. Nichts. Dann hörten sie ein kratzendes Geräusch, das von draußen kam. Ein Schlüssel drehte sich in dem großen Schloss. Waren sie entdeckt worden? Und überhaupt, wo war eigentlich der Dschinn, wenn man ihn brauchte?

Mischan gab den anderen ein Zeichen, von der Tür zurückzutreten, die sich langsam öffnete und... ein Kopf mit blonden Zöpfen erschien.

Es war Monicia, Mischans jüngere Schwester. Ihr Bruder sprang vor und jagte dem Mädchen einen gewaltigen Schrecken ein. "Warum im Namen der guten Erdmutter...?" Er war sichtlich verärgert.

Das Mädchen entschuldigte sich kleinlaut. Sie war aufgehalten worden. Mischan sagte seiner Schwester, sie solle die Tür abschließen, sobald sie draussen waren und den Schlüssel an seinen Platz zurücklegen. Dann solle sie weglaufen. Sie schoben sich durch die Tür hindurch, als lautes Geschrei erklang: "Tuslaarai! Tuslaarai!...Hilfe! Hilfe!"

"Wir müssen fliehen!" rief Mischan und sie rannten los.

Der junge Mann sprintete auf eine Plantage mit Pflaumenbäumen zu und sofort verdeckten die Bäume die Gruppe mit ihren Blättern und Ästen. Sie kämpften sich durch die Plantage hindurch, in der Hoffnung, daß die Wachen sie nicht entdeckt hatten.

"Komm, nimm meine Hand", sagte Trevor und zog Chryséis mit sich. "Vorsichtig, da ist ein Stein." Katherine war direkt hinter ihnen.

Bald ertönten weitere Rufe, aber sie wagten es nicht, sich

umzudrehen und nachzusehen. Als die Sonne hinter den Bergen zu sinken begann, kletterte Mischan einen grünen Hang hinauf. Sie hatten die Ausläufer der Hügel erreicht.

"Dort werdet ihr einen Weg finden", sagte Mischan und deutete auf ein dünnes Band aus gehärteter Erde, das sich außer Sichtweite schlängelte. "Lauft schnell, aber seid vorsichtig. Benutzt eure Unsichtbarkeitsumhänge, wenn nötig." Woher wusste Mischan von den VUs? Die Lady von Sydonia musste es ihm gesagt haben. Sie hatte gewusst, daß sie nach Minnegara kommen und ihre Hilfe brauchen würden.

Woher wusste Mischan von den VUs? Die Lady von Sydonia musste es ihm gesagt haben. Sie hatte gewusst, daß sie nach Minnegara kommen und ihre Hilfe brauchen würden.

"Ich werde jetzt zu meinen Ziegen im Obstgarten zurückkehren. Keiner wird merken, daß ich fort war. Viel Glück und eine sichere Rückkehr in eure eigene Zeit. Die Erdmutter sei mit euch."

"Warte!" Sie gaben ihm ihre Amulette. "Sie werden dich und deine Familie beschützen", sagte Katherine.

"Ich danke euch. Geht jetzt, bevor die Wachen näher kommen", drängte Mischan sie weiter. Er legte sich eines der Amulette um den Hals und steckte die beiden anderen in eine Tasche seines Gewandes, dann verschwand er zwischen den Pflaumenbäumen, als die ersten Wachen in einer Staubwolke in Sicht kamen.

Die drei Freunde stolperten den steinigen Pfad entlang und hielten nur kurz an, um sich zu verschnaufen. Bald erreichten sie Deckung hinter ein paar Felsen.

"Schnell, Katherine. Der Zeit ... Portal ... Sucher!" krächzteTrevor völlig außer Atem.

Die Staubwolke hinter ihnen wurde größer. Chryséis war die erste, die sich durch die Felsen schob und Trevor folgte. Dann hielt Katherine ihre Hand aus und Trevor zog sie durch die Lücke hindurch. Sie sprangen auf den Boden und versteckten sich hinter den Felsen.

"Schnell doch, drück auf den Knopf. Der feste Bezugspunkt",

drängte Chryséis Katherine, die mit dem Instrument hierhin und dorthin zielte.

"Los, mach schon, dummes ZPS. Funktioniere gefälligst!" Trevor wurde ungeduldig. "Jetzt wäre ein guter Zeitpunkt!"

Katherine peilte einen anderen Ort an und hatte endlich Erfolg. Der wellenförmige Vorhang erschien. Endlich hatten sie eine Vortex!

"Kommt schnell. Das Portal öffnet sich!"

Die Wächter des Königs hatten den Felsvorsprung am Hang schon fast erreicht. Es war die letzte Barriere zwischen ihnen und den fliehenden Kindern! Die Wachen waren sich sicher, daß sie mit den Ausreißern zum Schloß zurückkehren würden, um sie, wie gewünscht, dem König zu opfern. Was dann geschah, versetzte die riesigen Wachen jedoch in Erstaunen. Ein glitzernder, pulsierender Vorhang und dann war da eine Öffnung, die wie eine verdammte Schlange kreiste? Sie zögerten. War dies etwa Tiphereth? Es war sicher nicht von dieser Welt ... Obeah! Sie wandten ihre Gesichter ab und warteten, bis sich der Staub gelegt hatte, aber als sie wieder hinschauten, war da kein Vorhang mehr, keine Schlange und die Kinder waren auch verschwunden!

Sie waren in die Heimat des Schlangengottes geflüchtet.

*

In Sydonia, im Lande Alesia jenseits des atlantischen Meeres, atmete die Lady der Zitadelle erleichtert auf. Sie hatte getan, was sie konnte. Die Kinder aus der Zukunft waren jetzt zumindest in Sicherheit.

Ende des Dritten Buchs

DIE AUTORIN

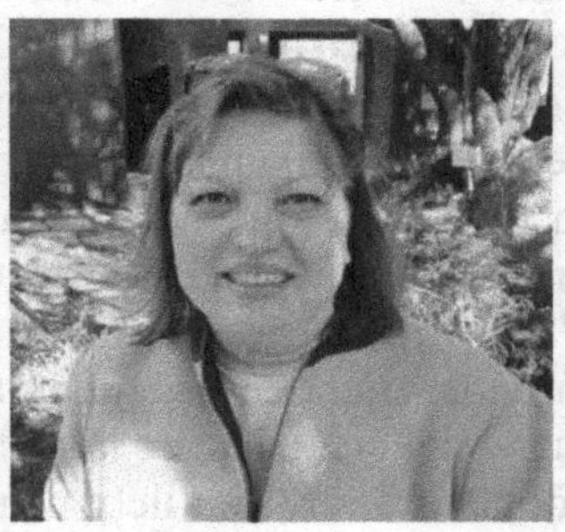

Evadeen Brickwood wuchs in Karlsruhe in einer Familie mit zwei Schwestern auf und studierte Sprachen und Kulturwissenschaften. Als junge Frau unternahm sie ausgiebige Reisen ins Ausland und viele ihrer Bücher basieren auf Erfahrungen, die sie bei dieser Gelegenheit sammelte. Die Autorin zog 1988 nach Afrika, mit einer Ausbildung zur Übersetzerin und einer ordentlichen Portion Abenteuerlust im Gepäck, arbeitete zwei Jahre in Botswana als Sekretärin und Sprachlehrerin, und beschloss sich in Südafrika niederzulassen.

In Johannesburg traf sie ihren deutschen Mann, heiratete und bekam zwei Töchter. Evadeen Brickwood studierte auch Informatik und Training-Management, arbeitete als freiberuflicher Software-Trainerin und Beraterin für Firmen, als Übersetzerin und Referentin an der WITS-Universität.

Im Jahr 2003 begann sie mit dem Schreiben von Romanen. Zunächst Jugendromane in der Serie „Erinnerung an die Zukunft", bei der es um Abenteuer in der Vorzeit geht, dann auch Romane, die sich in fremden Ländern abspielen. Sie wurde 2006 Mitglied bei PEN Südafrika. „Children of the Moon" wurde in Südafrika von zwei Verlagen veröffentlicht und gewann im Jahr 2017 den BookTalk-Radio-Club Preis in England als bestes Science Fiction Buch.

Wie Dieses Jugendbuch Entstanden Ist...

Es begann mit alles mit der englischen Version von "Kinder des Mondes", dem ersten Buch in der Reihe "Erinnerung an die Zukunft". Es hätte eigentlich nur ein einziges Buch werden sollen, aber das Buch wurde zu lang und einer meiner Leser, Cameron (8) landete im Krankenhaus, um sich die Mandeln entfernen zu lassen, und verlangte nach dem zweiten Buch, da ihm langweilig war. Ich schreibe meist erst auf Englisch, da ich in Südafrika lebe, "Der Sprechende Stein" war noch nicht fertig und ich konnte ihm leider nicht entgegenkommen, aber ich legte mich dann ins Zeug. Vielleicht hat er ja mittlerweile erfahren, daß "Der Sprechende Stein" veröffentlicht wurde.

Das zweite Buch nimmt den Leser mit auf eine Entdeckungsreise in eine antike Welt, einige Zeit nach der letzten Eiszeit und vor den großen Katastrophen, wie z. B. die gewaltigen Überschwemmungen, die das Antlitz der Erde verändern würden. Der Berg Meru wird in einigen Legenden als das Land des ersten Zeitalters beschrieben, ein Paradies für Menschen in Harmonie mit der Natur. Heute liegt er unter einer Eisdecke irgendwo in der Nähe des Nordpols, umgeben von einem "Ozean aus Milch". Zu dieser Zeit erholt sich die Menschheit vom dunklen Zeitalter und hat ihren früheren Glanz noch nicht ganz wiedererlangt.

Die Kinder reisen über ein Meer, das wir heute Atlantik nennen, und viele ihrer Abenteuer sind von alten Legenden inspiriert. Geschichten aus der Odyssee und dem Mabinogion waren da bei meinen Recherchen ganz besonders wichtig.

Sprechende Steine und große sich bewegende Steine haben ihren Platz in den Legenden der britischen Inseln. Ein besonderer Stein von einiger Bedeutung faszinierte mich, da er durch Metallscharten festgehalten wurde und - trotz postierter Wachen - regelmäßig den Weg über das Meer in ein anderes Land fand, von wo er dann geborgen werden musste. Ich konnte nicht widerstehen, über einen solchen besonderen Stein zu schreiben. Der sprechende Stein in dieser Geschichte ist natürlich ein Produkt meiner eigenen Fantasie, ebenso wie die Inseln im Atlantischen Ozean.

Sagenumwobene Länder wie Atlantis, Avalon und Lyonesse

tauchen ebenso auf wie weniger bekannte Kontinente und Inseln in dieser Region. Maligasima soll es sogar auf einem anderen Planeten gegeben haben. Es ist erstaunlich, was man alles finden kann, wenn man danach sucht. Die Azoren gelten als Überreste einer größeren Landmasse, und das Bermuda-Dreieck findet am Anfang besondere Erwähnung.

Ich habe versucht, die möglichen Standorte ehemaliger Landmassen im Atlantischen Ozean anhand alter und moderner Karten zu rekonstruieren. Hi-Bresil ist eine solche Landmasse, die in gälischen Legenden erwähnt wird. Da in einer so alten Welt die Dinge sehr unterschiedlich gewesen sein müssen, kam ich nicht darum herum, eine eigene Sprache schaffen, die sich von Region zu Region etwas verändert. "Akkadisch" ist größtenteils eine Mischung aus Altirisch (Schelanti), Griechisch, Latein und Sanskrit, aber ich habe auch Anleihen bei anderen Sprachen gemacht, die ich für den Schauplatz passend fand, während die Zeitreisenden sich Richtung Osten begeben.

Es ist natürlich reine Spekulation, ob Seeungeheuer oder andere so genannte Monster zu dieser Zeit noch existierten, aber sie sorgten für spannende Action, die ich mir nicht entgehen lassen konnte. Drachen und Riesen werden in sehr alter und seriöser Literatur erwähnt, ebenso wie viele andere Dinge, die in den folgenden Episoden vorkommen werden.

Evadeen Brickwood

Dieses Buch ist in jedem guten Buchgeschäft erhältlich

Das E-Book gibt es bei den meisten Online-Stores, wie u.a. Smashwords, Kobo, Tolino, Neobooks, Kindle & Apple i-Store

Die Webseiten der Autorin:

http://www.evadeen.wixsite.com/youngbooks
http://www.evadeen.wixsite.com/novels
http://www.evadeen.wixsite.com/charlieproudfoot